GOLDMANN

Im Goldmann Verlag liegen
bereits folgende Taschenbücher
zu »Indiana Jones« vor:

Rob MacGregor: Indiana Jones und der letzte Kreuzzug · 9678 • Campbell Black/James Kahn: Jäger des verlorenen Schatzes/ Indiana Jones und der Tempel des Todes (Sammelband) · 9653 • Wolfgang Holbein: Indiana Jones und die Gefiederte Schlange · 9722 • Wolfgang Hohlbein: Indiana Jones und das Schiff der Götter · 9723 • Wolfgang Hohlbein: Indiana Jones und das Gold von El Dorado · 9725 • Wolfgang Hohlbein: Indiana Jones und das Schwert des Dschingis Khan · 9726 • Wolfgang Hohlbein: Indiana Jones und das verschwundene Volk · 41028 • Wolfgang Hohlbein: Indiana Jones und das Geheimnis der Osterinseln · 41052 • Wolfgang Hohlbein: Indiana Jones und das Labyrinth des Horus · 41145 • Wolfgang Hohlbein: Indiana Jones und das Erbe von Avalon · 41144 • Rob MacGregor: Indiana Jones und die Herren der toten Stadt · 42330 • Rob MacGregor: Indiana Jones und das Orakel von Delphi · 42328 • Rob MacGregor: Indiana Jones und der Tanz der Giganten · 42329 • Rob MacGregor: Indiana Jones und das Geheimnis der Arche · 42824 • Rob MacGregor: Indiana Jones und das Vermächtnis des Einhorns · 43052

Martin Caidin

INDIANA JONES
und die
Hyänen des Himmels

Roman

Deutsch von
Bettina Zeller

GOLDMANN VERLAG

Die amerikanische Originalausgabe
erschien unter dem Titel
»Indiana Jones and the Skypirates«
bei Bantam Books, New York

Umwelthinweis
Alle bedruckten Materialien dieses Taschenbuches
sind chlorfrei und umweltschonend.
Das Papier enthält Recycling-Anteile.

Der Goldmann Verlag
ist ein Unternehmen der Verlagsgruppe Bertelsmann

Deutsche Erstveröffentlichung März 1996

Umschlaggestaltung: Design Team München
Umschlagmotiv: Oliviero Berni/Ag. Schlück
Satz: deutsch-türkischer fotosatz, Berlin
Druck: Elsner, Berlin
Verlagsnummer: 43163
Redaktion: Jens Martin Meyer
T. T. · Herstellung: Peter Papenbrok
Made in Germany
ISBN 3-442-43163-8

1 3 5 7 9 10 8 6 4 2

1

Sie beobachteten, wie der erste Zug sich ächzend den Hügel hochkämpfte. Undurchdringlicher, schwarzer Rauch und glühende Kohlesprengsel stiegen aus dem dicken Schornstein auf. Dieser Zug glich einer rollenden Festung. Der Lokomotive vorangestellt war ein gepanzerter, aus extra starkem Stahl spezialgefertigter Wagen mit länglichen Aussparungen für die Maschinengewehre. Auf dem Waggondach drehte sich ein Geschützturm mit einer 57 mm Maschinenkanone. Stöhnend und grollend zog die Lokomotive ihre schwere Last. An sie angehängt waren zwei Flachwagen mit schützenden Metallplatten und Sandsäcken, hinter denen acht mit Maschinengewehren bewaffnete Männer Schutz suchten. Nicht eine Sekunde lang ließen sie die zu beiden Seiten an ihnen vorüberziehenden Büsche und Sträucher aus den Augen.

Dieses Gefährt war ein Killerzug, auf jede Eventualität eingestellt, eine Art metallene, gepanzerte Vorhut, allein dazu gedacht, die sichere Reise des zweiten Zuges zu gewährleisten, der in einem Abstand von tausend Metern folgte. Mit aufeinander abgestimmter Geschwindigkeit rollten die beiden Züge an der Südwestküste Südafrikas entlang. Im metallverstärkten Waggon des zweiten Zuges war ein dickwandiger Safe mit drei Schlössern installiert. Das Monstrum war am Boden festgeschraubt und zusätzlich mit dicken Eisenketten gesichert. Im Safe lag eine einzige Tasche aus wasserabweisender Robbenhaut, innen mit dickem Leder ausgeschlagen. In der Tasche befanden sich Diamanten im Wert von gut einer Milliarde Dollar. Knapp einhundert riesige, perfekt geformte Steine, die für wenige Edelsteinhändler in Amsterdam bestimmt waren, deren mit allen möglichen Sicherheitsanlagen ausgerüstete Geschäfte in einer von massiven Wänden geschützten Enklave im Zentrum der Stadt lagen.

Normalerweise wurden Diamanten direkt von Kapstadt aus verschifft. Wenigstens wollten die Besitzer der Diamantminen das die Welt glauben machen. Aber manchmal wurden sie auch von Port Elizabeth, East London oder von den Häfen von Durban oder Maputo, die ein Stück weiter hoch an der Südwestküste Südafrikas lagen, ihrem Bestimmungsort zugeführt. Truppen bis an die Zähne bewaffneter Soldaten begleiteten diese Schätze – auch das wurde bei jeder Gelegenheit lautstark verkündet. Und hinter vorgehaltener Hand ließ man mitteilen, daß Gold transportiert wurde. Den Versuch zu unternehmen, einen Goldtransport zu überfallen, war – wie jedermann wußte – ein unsinniges Unterfangen, das an schiere Dummheit grenzte. Die Chance, das Edelmetall zu erbeuten, war gleich Null, weil die Fracht von einem Heer von Schützen begleitet wurde und darüber hinaus viel zu schwer war, um ohne großes Aufsehen weitertransportiert zu werden.

Wenn es um Diamanttransporte ging, war den Minenbesitzern jedes Täuschungsmanöver recht. Ihnen ging es einzig und allein darum, daß die Ware unbehelligt den Bestimmungsort erreichte. Ein einzelner Mensch konnte in Form von Diamanten einen Wert transportieren, der den von vielen, mit Goldbarren bestückten Waggons übertraf. Christian Vlotman, der Südafrikaner, der seit Jahren immer wieder mit dem Transport von Edelsteinen betraut wurde, reiste grundsätzlich auf unergründlichen und ungewöhnlichen Pfaden, um das Gelingen seiner Mission nicht zu gefährden.

Ihm war auch die Idee gekommen, die beiden Züge in Richtung Norden zur Alexander-Bucht zu schicken, die an der Grenze zu Namibia lag. Namibia hatte früher einmal zu Südwestafrika gehört. Die Alexander-Bucht lag an der Flußmündung des Oranje. Schon vor vielen Jahren hatte Vlotman veranlaßt, daß der Fluß ausgehoben wurde, und nun wartete ein großes, ebenfalls gepanzertes Schiff auf das Eintreffen des Zuges. Das Schiff sollte von dort aus mit der Fracht an Bord in Richtung Amsterdam fahren.

Der Kommandant des Kriegsschiffes sollte jedoch lange warten müssen, ohne für das Ausharren entlohnt zu werden.

Als der Vorhutzug mit seinen Wachen, die den Finger am Abzug der Gewehre hielten und jeden Augenblick mit einem Angriff rechneten, den Hügelkamm hinter sich ließ und in eine viele hundert Fuß breite Flußniederung rollte, machte sich ein einzelner Mann hinter den verstreuten Felsblöcken an einem Metallgriff zu schaffen und drückte ihn bedächtig nach unten. Zweihundert Pfund Dynamit, mit Tauen an den Holzbohlen der Eisenbahnschienen befestigt, gingen unter ohrenbetäubendem Lärm in die Luft. Die massiven Holzbalken zersplitterten, wurden aus den Eisenhalterungen gerissen, und noch bevor sich der Rauch der Explosion legte, verbogen sich die Schienen. Donner hallte durch die Flußniederung und Bergausläufer, das Splittern und Knirschen der sich krümmenden Brücke schallte durch die Ebene. Wie in Zeitlupe begann der Zug zu schwanken und zu zittern wie Espenlaub, was bei einem so stabilen Gefährt seltsam anmutete. Lautes Klirren übertönte das Donnern, als die Zugwaggons dem gepanzerten Wagen und der Lokomotive in rasantem Tempo in die Tiefe folgten und in die Niederung stürzten.

Die Erde erzitterte und bebte und schien müde aufzustöhnen, als die Lokomotive samt der Anhänger gegen die Felsen schlug. Rauch und Staub wurden aufgewirbelt, und ein Krachen und Zischen kündete von der Explosion der Dampfkessel.

Noch in einem Umkreis von mehreren Kilometern hob und senkte sich die Erde, wodurch die Schienen unter dem nachfolgenden Zug verbogen wurden. Der zweite Zug entgleiste nicht, sondern hielt dem Beben stand, aber die Besatzung wußte um das Unglück, das die Vorhut ereilt hatte. Geistesgegenwärtig rissen die Lokomotivführer an den Bremsen, bis von den Eisenrädern, die über die Schienen schliffen, Funken stoben. Der erste Ingenieur hängte sich mit seinem ganzen Gewicht an eine Kette, woraufhin kreischend Dampf abgelassen wurde. Ein schriller Pfeifton setzte alle anderen Männer auf dem Zug über das Unheil und die lauernde Gefahr in Kenntnis. Wenige Augenblicke später stand der Zug. Die Dampfmaschine schickte Rauchwolken aus dem Schornstein.

Bewaffnete Wachen verfolgten mit großen Augen, wie die Falle zuschnappte: Eine Reihe kleinerer Explosionen riß die Schienen hinter ihnen auseinander und machte die Umkehr unmöglich. Nun war die Fahrt in beide Richtungen versperrt. Wie ein gefallener Dinosaurier klebte der Zug auf dem kurzen Schienenstrang. Die Maschinengewehre und anderen Waffen erinnerten an tödliche Stacheln. Aber selbst das größte Raubtier kann zum Gefangenen seines Eigengewichts werden. Vorausschauend stellten sich die Wachen auf den bevorstehenden Angriff ein.

Keine Kugeln, keine Mörsergranaten, nichts. Keine Bomben. Statt dessen waberte weißer Rauch von den Hügeln in die Ebene hinunter. Da war nichts, auf das sie schießen konnten. Nur ... *Rauch*? Sie konnten sich keinen Reim auf ihre Lage machen. Hilflos beobachteten sie, wie der schwere Qualm langsam den Zug einnebelte.

Beim Einatmen bemerkten die Männer, daß es sich nicht um Rauch handelte. Wie gestrandete Fische schnappten sie nach Luft, griffen sich an die Kehlen, legten verzweifelt die Hände auf den Brustkorb. Phosgengas drang in ihre Nasen und Münder und zerfleischte ihre Lungen. Der schwere, süßliche Duft frischgemähten Heus, der Hauch des Erstickungstodes, lag über allem, als das Gas Muskeln und Nerven lahmlegte. Die Männer fielen zu Boden, bäumten sich ein letztes Mal auf und starben.

Phosgengas in reiner Form verflüchtigt sich innerhalb von dreißig Minuten. Aber die Männer auf den Hügelkämmen hatten keine Zeit zu verlieren. Oberst Hans Stumpf sprach mit ruhigem, aber bestimmtem Ton zu den Männern, die mit Kopfhörern ausgerüstet waren und seine Anweisungen erwarteten. Die Befehle des Oberst wurden über Funk weitergegeben.

»Ausschwärmen – *jetzt*«, ordnete Stumpf an. Die Männer verließen ihre Deckung. Sie trugen kugelsichere Westen, die jetzt überflüssig waren, und Gasmasken zum Schutz gegen die tödlichen Gasschwaden, die noch in der Luft hingen. Mit einstudierter Genauigkeit und synchronisierten Bewegungen strömten sie den Abhang hinunter.

Die schweren Türen des gepanzerten Waggons sprengten sie mit kleinen Mengen Glycerin auf und fanden acht Männer. Ihre Körper waren vom Kampf gegen den Erstickungstod gezeichnet. Nachdem sie einen Leichnam beiseite geschafft hatten, brachten sie Sprengstoff am Safe an und stiegen aus dem Waggon. Wieder drückte jemand einen Metallgriff nach unten. Die dicken Panzerwände dämpften das Geräusch der Explosion im Wageninnern. Nur kurze Zeit später kletterten die Männer wieder in den Waggon zurück, ohne sich vom aufsteigenden Rauch, der aus der Türöffnung quoll, abhalten zu lassen.

Die Safetür hing nur noch in einer Angel. Ein Mann holte eine Eisenkiste heraus und brach den Deckel auf. In einem roten Samtbeutel lag die Beute, auf die sie es abgesehen hatten. Der Wert der Diamanten überstieg das Vermögen eines Kaisers. Die Steine waren von unterschiedlicher Größe und Farbe. Der Mann, der mit der Beute in der Hand neben dem Safe kniete, schien vom Anblick überwältigt zu sein. Aber nicht die Diamanten, sondern eine einzelne Pyramide, mit einer Seitenlänge von etwa acht Zentimetern und fremdartig anmutenden Symbolen, die auf den Flächen eingraviert waren, erregte sein Interesse. Eine Pyramide aus polierter Kupferbronze. Mit geübten Bewegungen packten er und ein anderer Soldat die Diamanten und die Pyramide in versiegelte Beutel mit Luftkammern. Der Anführer gab einem anderen Mann ein Handzeichen, woraufhin drei Männer den Hügel hinuntergerannt kamen. Oberst Stumpf erwartete sie schon am Ufer. Er deutete auf die Beutel. »Ist alles drin?« wollte er wissen. In seinem ansonsten strengen Tonfall schwang heute Besorgnis mit.

Die Männer nahmen ihre Gasmasken ab. »Ja, Herr Oberst. Ist alles drinnen. Der gesamte Safeinhalt.«

»Und der, ähm, besondere Gegenstand?«

Eine behandschuhte Hand umfaßte die Tasche. »Ist ebenfalls darin.«

Der Oberst rang sich ein Lächeln ab, aber nur eine Sekunde später waren seine Lippen wieder zu einer hauchdünnen Linie geschrumpft. »Ausgezeichnet. Berlin wird erfreut sein. Weitermachen wie vereinbart.«

Eilig begaben sie sich zu einem großen Schlauchboot, das in einer kleinen Bucht versteckt lag. »Die Dämmerung setzt ein«, merkte Stumpf an und betrachtete den Abendhimmel. »Die Männer sollen sich mit dem Zug beeilen. Ich erwarte, daß sich jedermann in zwanzig Minuten in den Schlauchbooten befindet.«

Entlang der Eisenbahnlinie legten Männer neue Sprengstoffladungen an. Alles geschah mit einer Effizienz, die auf jahrelange Praxis schließen ließ. Nur wenig später stießen sie zu ihren Kameraden am Ufer. Mit einem Fernglas inspizierte Oberst Stumpf die offene See. Nacht legte sich über das Land.

»Ah!« rief Stumpf laut aus. »Ich sehe das Leuchtsignal. Los! Es geht los!«

Vier Schlauchboote hielten zwei Meilen aufs offene Meer hinaus, wo der verschwommene Schatten des Kommandoturms eines Unterseebootes auf sie wartete. Ohne ganz aufzutauchen, nahm das Boot die Mördertruppe auf. Stumpf kletterte als letzter in die Einstiegsluke. Noch einmal drehte er den Kopf, warf einen Blick zurück zum Zug, der in der Abenddämmerung kaum mehr zu sehen war, und drückte dann mit dem Daumen auf einen Funksender. Eine Reihe von Explosionen riß riesige Teile aus dem Zugrumpf und wirbelte sie meterhoch in die Luft. Kurz darauf standen die trockenen Büsche längs der Bahnstrecke in Flammen. Stumpf nickte selbstzufrieden. Er schleuderte den Sender in eines der versinkenden Schlauchboote, die man mit Messern durchlöchert hatte. Einen Augenblick später war das Boot in die schwarze See getaucht.

Der Rettungszug traf zwei Stunden später ein. Ungläubig ließen die Männer der Truppe ihre Blicke über die schreckliche Verwüstung schweifen, die sie erwartete.

Am nächsten Morgen …

Vierundsiebzig Meilen südwestlich von Kap Dernburg stieg das Unterseeboot aus den Tiefen des Meeres auf, ohne die Wasseroberfläche zu durchbrechen. Ein grauer Himmel mit dicken Regenwolken spannte sich über die unruhige See. Die Funkantenne wurde zweihundert Fuß hoch ausgefahren und sandte Signale aus.

Eine Wache rief nach Oberst Stumpf. »Das Flugzeug, Herr Oberst! Backbord. Ganz dicht über dem Horizont. Es kommt direkt auf uns zu!«

Stumpf schaute durchs Fernglas. Sie gingen nicht das geringste Risiko ein. Das mußte die Rohrbach Romar des Deutschen Aero Lloyd sein. Wenn nicht, würden sie keine Sekunde zögern, das nahende Flugzeug mit Maschinengewehren vom Himmel zu holen und ihre Reise dann unter Wasser fortzusetzen. Das großmotorige Flugboot vibrierte unverkennbar, das Dröhnen der schweren Propeller klang leicht asynchron. Das Flugzeug zog tiefe Schleifen, flog in weitem Bogen über das U-Boot und gab sich mit einem verschlüsselten Funksignal zu erkennen. Oberst Stumpf wandte sich an den U-Boot-Kommandanten. »Der Rauch, falls es Ihnen nichts ausmacht«, bat er.

Der Kommandant nickte zustimmend und rief zwei Männern von seiner Besatzung, die sich auf Deck befanden, eine Order zu. »Rauch! Zwei Granaten! Schnell!«

Die beiden Männer rissen die Zünder der Granaten heraus und legten sie auf das Deck. Flammen züngelten hoch, dicke Rauchwolken stiegen auf. So konnten sie die Windrichtung und die Windgeschwindigkeit ablesen. Das Flugboot machte in der Ferne kehrt und begann mit dem Landeanflug.

Voller Stolz beobachtete Oberst Stumpf den großen Eindecker, der wie für diese Mission gemacht zu sein schien. Der Rumpf war über den konturierten Bauch abgeflacht, und seine Tragflächen hatten von Spitze zu Spitze eine Spannweite von hundertundzwanzig Fuß. Drei hochleistungskräftige BMW VLuz Motoren arbeiteten kraftvoll. Die vierblättrigen Propeller, aus massivem Hartholz gefertigt, wirbelten die Luft über der See auf. Soweit Stumpf wußte, steuerte Moreau das Flugzeug. Er war weit und breit der fähigste Flieger, und es brauchte einen Spezialisten, um dieses vierzigtausend Pfund schwere Monster zu fliegen. Die Maschine setzte sanft auf dem Wasser auf und tauchte dann in das Meer ein, als Moreau die Motoren drosselte. Die Romar landete ganz dicht neben dem Unterseeboot. Sofort ließen die Matrosen ein Schlauchboot ins Wasser, hielten es aber noch an den Sicherheitsleinen fest.

Drei Männer der Sturmtruppe kamen an Deck. Einer von ihnen hielt die wasserdichte Tasche in Händen. Stumpf gab ihnen mit einer Handbewegung zu verstehen, im Schlauchboot auf ihn zu warten. Vor dem Gehen wandte er sich an den Kapitän. »Vielen Dank, Kapitän Loerzer. Ihre zeitliche Abstimmung, ja, alles ist perfekt gewesen.« Die beiden Männer schüttelten sich zum Abschied die Hände. Loerzer lächelte. »Wenn ich daran denke, was unsere Mission für das neue Deutschland bedeuten wird ...« Kopfschüttelnd und über alle Maßen gerührt brach er ab.

Stumpf salutierte knapp und kletterte in das Schlauchboot. »Los«, befahl er kurz angebunden. Die Männer paddelten mit ausladenden, kraftvollen Bewegungen in Richtung der wartenden Romar und stiegen in das Flugzeug. Stumpf drehte sich um und gab mehrere Pistolenschüsse auf das Schlauchboot ab. Pfeifend und zischend trat die Luft aus den Löchern, das Boot sank.

Als er an Bord des Flugzeuges kam, sah er, daß Moreau ihm vom Cockpit aus einen Blick zuwarf. »Guten Tag, Erhard!« rief Stumpf ihm entgegen. »Beeil dich, mein Freund!«

Von Moreau winkte und nickte. Kurz darauf rollte ein tiefes Donnern über das dunkle Meer. Leuchtsignale, die vom U-Boot abgefeuert wurden und deren Lichtschein auf dem Schiffsrumpf reflektierte, sorgten für die notwendige Sicht, auf die Moreau beim Start seiner Maschine angewiesen war. Kurz bevor der Lichtschein versiegte, war das große Rohrbach-Flugboot in der Luft und stieg schnell gen Himmel. Bei etwa siebenhundert Fuß verfügte der Pilot über die entsprechende Flughöhe, ließ die Maschine einen weiten Bogen beschreiben und folgte im Abstand von einhundert Meilen vage dem Küstenverlauf Südafrikas. Nachts rechnete hier niemand mit einem Flugboot und erst recht nicht mit einem Flugzeug, das hundert Meilen südlich von Kapstadt durch die Luft donnerte. Es dauerte noch eine Weile, bis das Flugzeug zuerst einen östlichen und dann einen nordöstlichen Kurs einschlug.

Stumpf begab sich ins Cockpit. »Wie steht es mit der Treibstoffversorgung?« brüllte er gegen den Motorenlärm an.

»Ganz hervorragend!« gab Moreau zur Antwort. »Da wir nicht voll besetzt sind und keine Fracht transportieren, können wir mit dem Extratank eine Strecke von gut zweitausend Meilen zurücklegen. Wir werden das Schiff rechtzeitig erreichen und bestimmt noch Treibstoff übrig haben.«

Stumpf klopfte seinem Freund kameradschaftlich auf die Schulter. »Ich danke dir. Jetzt werde ich mich erst mal schlafen legen. Weck mich auf, falls sich etwas Ungewöhnliches ereignen sollte.«

Siebzehn Stunden später ... »Das Schiff müßte ungefähr fünf Meilen vor uns liegen«, sagte Copilot Franz Gottler zum Flugkapitän Erhard von Moreau. »Bei genau drei-fünf-zwei Grad. Ich habe schon Kontakt hergestellt. Sie halten sich am vereinbarten Punkt bereit.«

Von Moreau nickte beruhigt. Er unterdrückte ein Gähnen. Die vergangenen achtundzwanzig Stunden hatte er durchgehend am Kontrollpult zugebracht. Mit ungeahnter Wachsamkeit steuerte er das Flugzeug nach links und wich somit leicht vom Kurs ab, bevor er die drei Kontrollhebel langsam nach unten drückte. Das riesige Flugboot setzte zum Landeanflug an. Mit verblüffender Sanftheit berührte es die Wasseroberfläche, die sich in kaum wahrnehmbaren Wellen kräuselte. Von Moreau landete dicht neben dem wartenden Frachter, hielt aber genügend Abstand, um den Matrosen in den beiden Rettungsbooten ausreichend Spielraum zu lassen. Der Tank wurde geöffnet, und ein Teil der Besatzung der Romar machte sich daran, das Flugzeug mit Benzin und Öl aufzutanken. Die anderen Männer kümmerten sich um die Aufstockung des Proviants und luden Metallschüsseln mit heißem Essen und mehrere Fäßer Bier an Bord. Außerdem erhielt Moreau eine Nachricht vom Kapitän des Schiffes.

»Starten Sie sofort, nachdem Sie aufgetankt
haben und flugbereit sind. Nach Ihrem Start
werden wir gleich einen Positionsbericht
übermitteln, der Sie als kommerziellen Aero
Lloyd Flug 922 ausgibt. Sie sind in Lake

Victoria gestartet und halten sich genau an den Flugplan. Wir gratulieren Ihnen zu Ihrer Stippvisite im Süden. Dort unten ist inzwischen der Teufel los. Hals- und Beinbruch!«

Von Moreau grinste. *Hals- und Beinbruch.* Der Kapitän mußte früher einmal Pilot gewesen sein, sonst hätte er den Abschiedsgruß der Männer der Lüfte nicht gekannt. Er beugte sich zum Cockpitfenster hinüber, machte den Schiffskapitän aus und winkte freundschaftlich. Ein paar Minuten später entfernte sich das Flugzeug von dem Frachter und begab sich auf eine Position, in der der Wind von hinten auf die Maschine traf, was beim Start von Vorteil war. Dann hob das Flugzeug ab und verschwand am nachtschwarzen Himmel. Diesmal ließ von Moreau die Romar höher aufsteigen. Je weniger Personen das Flugzeug auf dem Weg nach Deutschland zu Gesicht bekamen, desto besser. Er kletterte auf eine Flughöhe von vierzehntausend Fuß, also fast bis an die Obergrenze für ein Flugboot. Nachdem die anvisierte Flughöhe erreicht war, nickte er Gottler zu. »Von jetzt an übernehmen Sie. Ich werde mich eine Weile aufs Ohr legen. Wecken Sie mich, falls etwas außer der Reihe eintritt.«

»Aber sicher.«

Bald schlief von Moreau tief und fest. Das Flugboot donnerte in Richtung Norden.

Vierzehn Stunden später nickte Flugkapitän Erhard von Moreau beruhigt und tippte mit dem Finger auf die Karte vom Mittelmeer, die auf seinem Schoß ausgebreitet lag. Seinem Copiloten warf er kurz einen Blick von der Seite zu. »Wir halten den Zeitplan ein!« lautete sein Kommentar. An seinem Gesicht konnte man ablesen, wie sehr ihn dieser Umstand erfreute. »Ein ganz bemerkenswerter Flug! Wer hätte schon gedacht, daß wir in einer Nacht Uganda, den Sudan und Libyen überqueren, und zwar ohne die kleinste Schwierigkeit, ohne die geringste Verzögerung?«

Gottler lächelte. »Im Augenblick kann ich nur Wasser erkennen. Wie lautet unsere exakte Position?«

Von Moreau hielt die Karte hoch. »Sehen Sie, das hier ist die libysche Küste. Erst vor kurzem sind wir über El Agheile und die Große Syrte geflogen, und jetzt sind wir über dem Mittelmeer, hier«, sagte er und zeigte auf einen Punkt auf der Karte. »Genau hier. Fünfunddreißig Grad nördliche Breite und achtzehn Grad westliche Länge. Sizilien und Italien liegen genau vor uns, und falls wir unseren gegenwärtigen Kurs halten, werden wir über die Straße von Messina fliegen, hier, über Livorno und von da aus direkt nach Hause.«

Von Moreau hielt die Landkarte hoch, damit sein Copilot einen Blick darauf werfen konnte, bevor er sie zusammenfaltete, den Blick unablässig auf das Cockpitfenster gerichtet. Bedächtig legte er die Karte beiseite und starrte mit verwundertem Gesichtsausdruck in den Himmel.

»Franz! Schauen Sie nach vorn! Geradeaus. Dreißig Grad über dem Horizont.« Irgend etwas dort draußen am Himmel reflektierte das Sonnenlicht, leuchtete kurz strahlend auf und blendete sie.

»Herr von Moreau, das sieht mir ganz ... nach einem Zeppelin aus! Aber das Ding ist *riesig!*« Gottler setzte sich kerzengerade hin, um besser sehen zu können. »Er ist sehr hoch oben, Kapitän, und blendet so sehr, daß ich ...«

»Kurs halten, Höhe ebenfalls«, befahl Moreau. »Ich werde das Fernglas suchen.« Er griff nach rechts unten, in die Tasche, in der seine Flugunterlagen verstaut waren, und tastete nach dem Fernglas. Fluchend drehte er am Sichträdchen.

»Mein Gott ...«

»Was ist es, Kapitän?« rief Gottler aufgeregt.

»Es hat die Form eines Torpedos. Meiner Schätzung nach

dürfte es wenigstens fünfzehnhundert Fuß lang sein, aber …« Er sprach nun mehr mit sich selbst als mit seinem Copiloten. »Aber das wäre ja wenigstens *doppelt* so groß oder noch größer als der größte Zeppelin, den wir jemals gebaut haben! Zuerst glaubte ich, das wäre der Graf Zeppelin. Der fliegt jetzt schon seit gut zwei Jahren über den Atlantik.«

»Aber, Kapitän, wir befinden uns in einer Höhe von vierzehntausend Fuß …«

»Ja, ja, ich *weiß*. Was für ein Flugobjekt das auch sein mag, es fliegt mindestens doppelt so hoch wie wir, und Zeppeline fliegen nun mal *nicht* so hoch. Außerdem – hier«, unterbrach er sich selbst. »Ich übernehme, und nun werfen Sie einen Blick nach draußen, Franz, und sagen *Sie* mir, was Sie da sehen.«

Gottler griff nach dem Fernglas. »Es ist so groß, wie Sie sagen, Kapitän. Aber … das da ist im Unterschied zum Graf nicht aus Stoff. Dieser Flugkörper besteht aus Metall. Und er ist überdurchschnittlich voluminös.«

»Was sehen Sie sonst noch?« fragte von Moreau ungeduldig nach. Er wollte wissen, ob es wahr sein konnte, was er gesehen hatte, oder ob ihm seine Phantasie einen Streich spielte.

»Motoren, Kapitän. Ich meine«, stammelte Gottler fassungslos, »*Keine* Motoren. Ich kann keine Motoren erkennen, und das ist schlechtweg unmöglich. So sehen Sie doch, es schlägt eine Flugroute ein, die die unsere kreuzen wird. Und das, obwohl das Ding wesentlich höher fliegt als wir. Aber wie … wie kann das Ding so etwas ohne Motoren tun?« Er nahm das Fernglas herunter und studierte fragend Moreaus Gesicht. »Kapitän, ich begreife nicht …«

»Zur Hölle, wen interessiert es, ob wir etwas begreifen! Schreiben Sie auf, was Sie sehen. Jede Einzelheit, haben Sie verstanden? Machen Sie sich Notizen!«

Von Moreau lehnte sich auf die rechte Armstütze und drehte den Kopf schräg nach hinten. »Stryker!« brüllte er seinem

Funker zu. »Können Sie über Funk Kontakt mit Hamburg aufnehmen? Machen Sie sich sofort an die Arbeit!«

Er wandte sich wieder an Gottler. »Nun? Schießen Sie los, was haben Sie noch gesehen?«

»Ich kann einfach nicht glauben, was ich da sehe, Kapitän, aber selbst aus dieser Entfernung kann ich erkennen, daß das Flugzeug beschleunigt. Es fliegt eindeutig schneller, und Kapitän! Sehen Sie diese Gegenstände, die Sie abwerfen? Sie funkeln so hell in der Sonne und ...

So etwas habe ich noch nie gesehen. So schauen Sie doch, Kapitän! Was für eine Form! Sehen wie ... wie Halbkreise aus. Und wie schnell sie sich bewegen! Und ... das ist ganz unglaublich. Keine Motoren, keine Propeller!«

Von Moreau riß seinem Copiloten das Fernglas aus der Hand. »Übernehmen Sie«, herrschte er Gottler an. »Kurs und Flughöhe halten. Stryker! Was ist mit der Verbindung nach Hamburg?«

Funker Albert Stryker kam ins Cockpit gestürmt. »Kapitän, irgend etwas blockiert die Funksprüche, die von unserem Flugzeug aus abgeschickt werden. Und wir können auch nicht über Funk erreicht werden. Ich empfange nur statische Geräusche. Es handelt sich um eine absichtliche und bewußte Blockade.«

»Warum haben Sie nicht eine andere Frequenz ausprobiert?«

»Kapitän, ich habe alle uns zur Verfügung stehenden Frequenzen probiert. Wir kriegen keinen Funkspruch durch.« Stryker warf jetzt einen Blick durch das dicke Fensterglas. Ungläubig beobachtete er drei halbmondförmige Objekte, die aus großer Höhe auf sie zugeflogen kamen. Vor Staunen fiel ihm die Kinnlade hinunter.

»Was ... was ist denn das da?«

»Zurück zu Ihren Funkgeräten, Stryker«, befahl von Moreau. »Versuchen Sie alles, was in Ihrer Macht steht. Sie müssen durchkommen.«

»Ja, Kapitän. Ich werde mein Bestes geben.« Stryker eilte nach hinten zur Funkanlage.

»So etwas ist mir bis jetzt noch nie unter die Augen gekommen«, sagte Moreau zu seinem Copiloten. »Das ist ganz erstaunlich. Ein monströses, torpedoförmiges Flugobjekt, dann diese eigenartigen halbmondförmigen Dinger, die durch die Luft rasen – mit sicherlich fünfhundert Meilen pro Stunde.« Er schüttelte den Kopf. »*Was* treibt sie an? Und *was* könnte das sein? Und woher kommen sie? Wer sind sie? Was wollen sie?« Frage um Frage kam ihm über die Lippen, aber Antworten gab es keine.

Stryker kam wieder ins Cockpit gestürmt. »Kapitän! Diese Dinger dort draußen ...« Mit zitternder Hand zeigte er auf einen funkelnden Halbmond, der, mit unglaublicher Geschwindigkeit wie von Zauberhand bewegt, an ihnen vorbeiraste und mühelos Kreise beschrieb. Zwei andere Flugobjekte hatten links und rechts der Romar Position bezogen.

»Sie haben mit uns Kontakt aufgenommen, Kapitän.«

Mit regloser Miene stierte von Moreau Stryker an. »In welcher Sprache?«

»In unserer, Kapitän. Auf deutsch.«

»Und was sagen sie, Stryker?«

Der Funker schluckte schwer, bevor er antwortete.

»Kapitän, Sie befehlen uns, umgehend auf dem Meer zu landen. Wenn wir ihrer Aufforderung nicht Folge leisten, werden sie uns vernichten.«

Für einen Moment erfaßte Moreau den Wahnsinn ihrer Situation. Über ihnen schwebte ein riesiges Flugobjekt. Offensichtlich eine Art Mutterschiff, ein fliegender Flugzeugträger. Form, Größe und Fluggeschwindigkeit waren unfaßbar, und trotzdem existierte es. Und dann diese seltsam funkelnden Halbmonde, die so unerhört beweglich waren und antriebslos zu fliegen schienen. Vom Standpunkt eines Ingenieurs aus betrachtet, waren sie der leistungsstarken Romar in jeder Hinsicht überlegen. Im Vergleich zu diesen Flugobjekten schien die Romar auf dem technischen Stand eines Ruderboots zu sein. Keine Sekunde zweifelte er daran, daß man sie vernichten konnte und würde.

»Sagen Sie ihnen, daß wir ihrer Aufforderung Folge leisten«, sagte von Moreau. Gottler warf ihm einen fassungslosen Blick zu.

»Das kann ich nicht tun«, erwiderte Stryker. »Sie haben uns befohlen, *auf der Stelle* mit dem Landeanflug zu beginnen. Und sie behaupteten auch noch, daß ich nicht mehr funken könne.«

Auch daran zweifelte von Moreau nicht. Sein Instinkt, auf den er sich beim Fliegen jahrelang verlassen hatte, der durch die Befehlsgewalt über die Kontrollpulte nur noch geschärft worden war, sagte ihm, was er zu tun hatte. Seine Intuition ließ ihn handeln, ohne sein Tun zu hinterfragen. Mit der rechten Hand umschloß er die Drosselklappe. Er senkte die Fluggeschwindigkeit. Sie waren im Begriff, mitten auf dem Mittelmeer zu landen.

Über Funk konnten sie niemanden informieren, aber von Moreau wußte, daß ihre Landung in Hamburg und Berlin registriert wurde, und da sie nicht über Sizilien herabgingen, das direkt auf ihrer Flugroute lag, wurde Alarm ausgelöst. »Stryker, senden Sie ein Notsignal mit unserer Position aus. Ich weiß, daß die Funkgeräte nicht funktionieren. Aber irgend etwas *muß* passieren. Vielleicht ändert sich ja etwas, da wir an Flughöhe verlieren. Wie auch immer, tun Sie Ihr Bestes.«

»Ja, Kapitän.«

Von Moreau konzentrierte sich auf die bevorstehende Landung. Gottler blickte stur geradeaus. »Von Westen her nähert sich eine dichte Wolkenformation, Kapitän«, meldete er. »Möglicherweise haben wir Nebel über dem Wasser.«

»Das hoffe ich«, erwiderte von Moreau mit finsterer Miene. »Das hier gefällt mir *gar nicht.* Ich fühle mich wie eine Ratte im Käfig.«

»Ja, Kapitän.«

Jetzt landeten sie auf dem Wasser. Heftiger Wind strich über die Flugzeugspitze, trieb die Wolken auf sie zu. Nebelschwaden strichen am Flugzeugrumpf entlang. Aber die Licht- und Sichtverhältnisse waren so beschaffen, daß sie sehen konnten, wie das monströse Flugobjekt, das hoch über ihnen geschwebt hatte, ebenfalls herunterkam und dabei direkt auf sie zuhielt.

»Wissen Sie, Franz, wenn wir diesen Wahnsinn hinter uns haben *und falls* wir das überleben, wird uns niemand, keine einzige Seele, glauben, was wir zu erzählen haben.«

»Ich bin mir sicher, Kapitän, daß es keinen Grund zur Sorge gibt. Unsere Fracht wird das verhindern. Sie werden alles Menschenmögliche in die Wege leiten, um uns zu finden. Berlin wird schnell handeln und keine Zeit verlieren.«

Von Moreau bemerkte die Wetterverschlechterung. Er beobachtete, wie das Flugobjekt größer wurde, je näher es kam. »Da gibt es nur ein Problem: Niemand weiß, wo wir sind. Und außerdem weiß niemand, daß das, was wir sehen, gar nicht existieren *kann*. Aber einmal abgesehen davon, besteht natürlich überhaupt kein Anlaß zur Sorge, nicht wahr?«

Gottler versagte sich eine Erwiderung.

2

Er ist alt geworden. Gütiger *Gott, die Jahre haben diesen Mann gezeichnet. Nie und nimmer hätte ich erwartet, ihn im Rollstuhl zu sehen. Und falls doch* – Professor Henry Jones mußte lächeln –, *dann mit einer an der Rückenlehne festgezurrten Rakete, die es ihm ermöglicht, funkenstiebend durch die heiligen Hallen zu rasen.*

Jones gab sich nach außen hin ganz gelassen, als Dr. Pencroft auf ihn zugefahren kam. Trotz des Rollstuhls und der siebzig Jahre, die er – umgangssprachlich ausgedrückt – auf dem Buckel hatte, war Pencroft noch immer ein Mann, der Autorität und Selbstbewußtsein ausstrahlte. Länger als die meisten Leute sich erinnern konnten, hielt er die Position des Vorsitzenden der Archäologie-Fakultät an der Londoner Universität inne, und jetzt, wo das zunehmende Alter seine Position gefährdete, drehte, setzte er alles daran, seiner Umwelt zu beweisen, daß er immer noch, trotz des ergrauten Haarschopfes und der dicken Brillengläser, diesen Posten ausfüllen konnte. Sein schmales Gesicht wirkte durch die pergamentene Haut noch ausgemergelter als sonst. Wenn man ihn so sah, erwartete man, daß seine Stimme dünn klang und zitterte, aber sobald er den Mund öffnete, wurde sein Gegenüber von der Kraft und Energie überrascht, über die der Sprecher noch immer verfügte. Seine Erfahrung und seine Autorität in Sachfragen wurden keine Sekunde lang in Frage gestellt.

Professor Henry Jones – der seinen selbstgewählten Spitznamen Indiana vorzog – bewunderte den alten Pencroft sehr, obwohl dieser Mann sich ihm gegenüber immer ziemlich widersprüchlich verhielt. Manchmal genoß er es, auf den beträchtlichen Altersunterschied anzuspielen, der zwischen ihnen lag, und hin und wieder ließ er Indy den unverzeihlichen Makel, ein Amerikaner und damit ein Emporkömmling aus den Kolonien zu sein, spüren. Aber das alles war natürlich nur Spiel und Fassade, denn er zollte Jones' Enthusiasmus und fundiertem Wissen allen Respekt. Des weiteren schätzte er Indys fast rücksichtslose Entschiedenheit, ein einmal gestecktes Ziel zu erreichen. In dieser Hinsicht waren die beiden Männer sich sehr ähnlich. In jungen Jahren hatte Pencroft sich seiner Arbeit mit dem gleichen Elan und derselben Sturheit verschrieben. Mehr als einmal hatte Pencroft sich gegen den Universitätskörper gestellt, der verzweifelt nach einer Möglichkeit suchte, Jones vom Lehrkörper zu entfernen und ihn wieder über den Ozean nach Hause zu schicken, ›wo er mit seinen ungehobelten Manieren und seinem Mangel an Umgangsformen auch hingehört‹. In diesen altehrwürdigen Hallen der Lehre und der Wissenschaft mochte sich Jones vielleicht wie ein Fremdkörper ausnehmen, aber er war eben auch mit außerordentlichen Begabungen und Fähigkeiten ausgestattet, mit einem brillanten Verstand und einer unglaublichen Intuition, was das Aufspüren von Geheimnissen aus der Vergangenheit betraf. Natürlich war Pencroft nie bereit, offen einzugestehen, wie sehr er die Rolle des Fürsprechers genoß. Das wäre in seinen Augen genauso gewesen, als würde er genau hinsehen, wie die Jahre und Jahrzehnte verstrichen.

Pencrofts Diener schob den Rollstuhl heran und hielt genau zwei Meter vor Jones inne. Einen Augenblick sprachen die beiden Männer kein Wort. So war Pencroft nun mal: Er nahm sich Zeit, wenn er sich mit einer ihm fremden Situation konfrontiert sah, wenn er etwas ganz Neues erlebte. Dann pflegte er zunächst seine Gedanken zu bündeln, über das Nächstliegende nachzudenken und kein Wort von sich zu geben, bevor er nicht ganz genau wußte, was er sagen wollte. So verhielt er sich nicht nur bei der Eröffnung der Unterhaltung, sondern auch hinterher. Und nach dem, was Pencroft in einer äußerst privaten Unterredung zu Ohren gekommen war, unterschied sich die jetzige Situation tatsächlich von allen anderen, die er bisher erlebt hatte.

Um ehrlich zu sein, Pencroft glaubte kein Wort von dem, was man ihm erzählt hatte. Kompletter Unsinn, nichts als Hirngespinste. Verängstigte Männer und Geister und Kobolde, alles Märchen. Als Leute von der Downing Street Number 10 an ihn herangetreten waren und um eine Unterredung ersucht hatten, war er mehr als verblüfft gewesen. Und je mehr sie zu erzählen wußten, desto erstaunter betrachtete er sie. Für ihn war es unfaßbar, daß Männer in hohen Regierungspositionen ihm eine derart phantastische Geschichte unterbreiteten und ein solches Hirngespinst auch noch ernst nahmen und dafür Zeit opferten. Seinem Charakter entsprechend zögerte er nicht, seine Meinung zu äußern.

Es scherte ihn wenig, daß die Männer, die ihm diese Geschichte vortrugen, Abgesandte des Premierministers waren; er schimpfte sie stumpfsinnige Trunkenbolde. Ohne mit der Wimper zu zucken, hörten sie sich seine Einschätzung an, was den alten, aber geistig regen Pencroft innerlich aufhorchen ließ. Mit einem Mal erkannte er, daß sie die gleichen Gedanken gehegt hatten, als man ihnen diese unfaßliche Geschichte vorgesetzt hatte. Es war ihnen also ernst, und wenn sie sich schon von ihrem bürokratischen Thron herabließen, um jemanden wie ihn aufzusuchen, mußten sie ziemlich verzweifelt sein.

Was ihn wiederum dazu brachte, sich an Professor Jones zu wenden, oder, treffender gesagt, an Indiana Jones, einen Namen, den der alte Mann für ausgesprochen lächerlich hielt. Er wußte, daß Jones Freunde ihn »Indy« nannten, aber dazu ließ Pencroft sich nicht herab. Mit einer Handbewegung wischte er die wirren Gedanken fort, die ihm durch den Kopf gingen.

»Womit sind Sie im Augenblick gerade beschäftigt?« fragte er Jones unvermittelt. Kaum hatte er die Frage gestellt, bereute er sie schon. Er wußte sehr wohl, wie sehr Jones es liebte, auf derlei unverfängliche Fragen unverfängliche Antworten zu geben.

»Falls ich nicht völlig falsch liege«, erwiderte Jones, »stehe ich nutzlos in diesem Flur herum, genau wie Sie. Meines Erachtens nach ein etwas unwirtlicher Ort, falls Sie mir diese Einschätzung nicht verübeln.«

»Wie können Sie es wagen?« schimpfte Pencroft und neigte den Kopf. »Jetzt hören Sie mal, Sie Unruhestifter«, fuhr er mürrisch, aber sichtlich wohlwollend fort, »kommen Sie in mein Büro, genau in zehn Minuten, keine Sekunde früher oder später.«

»Ich habe eine Vorlesung«, antwortete Jones ruhig. Natürlich wußte er, daß Pencroft seinen Stundenplan kannte.

»Ja, Sie haben *eine* Vorlesung, aber Sie werden Sie ausfallen lassen«, murrte Pencroft lächelnd. »In zehn Minuten.« Das Lächeln verschwand ebenso schnell, wie es auf dem Gesicht des Alten aufgetaucht war. Pencroft mußte husten, was ihm offensichtlich Schmerzen bereitete. Er schluckte schwer und machte eine lahme Handbewegung. »Ich meine es ernst, Indiana.«

Das genügte. Wenn Pencroft ihn so in aller Öffentlichkeit anredete, war es ihm tatsächlich ernst. Jones nickte. »Ich werde mich um eine Vertretung kümmern«, sagte er. »Ich komme dann.«

»Ich habe schon für eine Vertretung für Sie gesorgt«, fuhr Pencroft fort und freute sich insgeheim über diesen kleinen Sieg, den er für sich verbuchen konnte. Mit einer Geste bedeutete er seinem Diener, ihn ins Büro zu schieben. Jones blickte ihnen hinterher, bis sie in einem Nebenflur verschwanden.

Pencrofts offensichtliches Unbehagen machte Jones neugierig. Das paßte nicht zu ihm. Einen Augenblick lang vermutete er, daß den alten Mann anscheinend irgend etwas ziemlich aus der Bahn geworfen hatte, sonst wäre er niemals auf die Idee gekommen, eine Vertretung für Jones zu organisieren. In diesem Tempel der reinen Lehre hängte man sich eher auf, als daß man den Unterricht ausfallen ließ. Irgend etwas sehr Bedeutendes war geschehen, dessen war Indy sich nun hundertprozentig sicher. Aber Pencroft hatte mit keiner Silbe verraten, worum es sich handelte. Nur Geduld, ermahnte Indy sich, ich werde gleich Bescheid wissen.

Rasch begab Jones sich in sein eigenes Büro. Im davorliegenden Wartezimmer wedelte seine Sekretärin, Frances Smythe, mit einem Stapel Nachrichten. Kopfschüttelnd rauschte er an ihr vorbei. »Keine Anrufe durchstellen. Ich möchte durch nichts und niemanden gestört werden, verstanden?«

Die dunkelhaarige Frau schüttelte den Kopf. »Nein, ich verstehe nicht. Würden Sie mich bitte ins Bild setzen?«

»Sie klingen irritiert, Fran.«

»Ich bin verwirrt. Sie verwirren mich«, gab sie zurück. »Ich weiß, ich weiß. Sie sollen in ein paar Minuten in Pencrofts Büro erscheinen. Man hat hier angerufen, nach Ihnen gesucht. Das ist alles sehr geheimnisvoll, ja, es wurde sogar eine Vertretung für Sie arrangiert. Möchten Sie vielleicht eine Tasse Tee? Währenddessen könnten Sie mich in die Vorgänge einweihen.«

»Ich nehme Kaffee. Lauwarm. Wenn er heiß ist, kriege ich ihn nicht schnell genug getrunken. Außerdem«, stöhnte Jones, »ich habe nicht den kleinsten Schimmer, was hier vorgeht.«

Keine Minute später hielt er eine Kaffeetasse in Händen. Es war ihm ein Rätsel, wie es ihr gelang, ihm den Kaffee immer in der richtigen Temperatur zu servieren. Er suchte nach seiner Brille.

»Ich wünschte, Sie würden sich etwas Schickeres als dieses dünne schwarze Metallgestell zulegen«, seufzte Frances. »Wenn Sie diese Dinger tragen, sehen Sie immer wie ein Mondkalb aus.«

»Das hält die hübschen jungen Damen in den Vorlesungen auf Distanz«, gab Jones lachend zurück. Er warf einen Blick auf seine Uhr. »Hier.« Er reichte ihr die Tasse. »Ich muß mich auf den Weg machen.«

»Viel Glück.«

Unvermittelt hielt er inne. »Was?«

Sie blickte beschämt zu Boden. »Indiana«, sagte sie leise, mit einem sehr persönlichen Unterton. »Als Sie das letzte Mal auf diese Weise zu Pencroft gerufen wurden, na, Sie wissen schon, ging es um die Reise ins Amazonasgebiet, und ...«

»Lassen wir das«, erwiderte Indy brüsk. Um keinen Preis wollte er in diesem Augenblick an die erstaunliche junge Frau erinnert werden, mit der er nur kurz verheiratet gewesen war. *Mein Gott,* sinnierte er auf dem Weg in Pencrofts Büro. *Vier Jahre sind seit Deidres Tod vergangen, und es tut immer noch weh, als sei das alles erst gestern passiert ...*

Als er das Büro das alten Mannes betrat, versuchte er, die Erinnerungen auszuschalten. »Gehen Sie einfach hinein«, sagte Sally Strickland. Es war nicht zu übersehen, daß selbst Pencrofts Sekretärin aufgewühlt war. Heute schenkte sie ihm weder ihr berühmtes Lächeln, noch begrüßte sie ihn überschwenglich, wie das ansonsten der Fall war. Die spürbare Spannung nahm ihn gefangen: Er nickte ernst und trat ein.

»Schließen Sie die Tür«, sagte Pencroft unnötigerweise. Indy kam seiner Aufforderung nach und stieß die Tür mit dem Absatz zu. Aus irgendeinem Grund war der alte Mann nervös. Sein Verhalten wertete Indy als Signal:

Nimm dich in acht, übe dich in Geduld, sei vorsichtig. Als er sich umdrehte, bemerkte er die Anwesenheit eines dritten Mannes.

Hätte er diesen Herrn mit einem Wort beschreiben müssen, hätte Indiana Jones, ohne zu zögern, die Beschreibung *streng* gewählt. Wer er auch sein oder welchen Beruf er ausüben mochte, eines war ganz sicher: Dieser Mann war ein Profi. Das Benehmen, das selbstbewußte Auftreten, die stechenden Augen, der Schnitt seines Anzuges, die katzenartige Gelassenheit, die im krassen Gegensatz zu seinem aufmerksamen Blick stand ... all das sprach Bände. Und diesem Mann war es sogar gelungen, Pencrofts Selbstbewußtsein für den Augenblick zu erschüttern.

»Professor Henry Jones«, sagte Pencroft steif, »Das hier ist Mr. Thomas Treadwell. Mr. Treadwell ...«

Mit verblüffender Lässigkeit erhob Treadwell sich und reichte Indy zur Begrüßung die Hand. Wieder konnte Indy nicht umhin, die Stärke und Präsenz des Mannes wahrzunehmen. Während er betont langsam die Brille aus der Brusttasche nahm und die Gläser mit einem Taschentuch polierte, ließ er sich die Situation durch den Kopf gehen.

»Habe ich richtig verstanden, Treadwell?« fragte Indy gelassen nach. »Ist das Ihr richtiger Name, Mr. ähm ...« Er sprach den Satz nicht zu Ende.

»Richtig genug«, antwortete Treadwell. Der Ton, den er anschlug, verriet Indy, daß er über die entsprechenden Papiere und Dokumente verfügte, die jeden noch so mißtrauischen Menschen davon überzeugten, daß er der war, für den er sich ausgab.

»Nun, wie ich es sehe, haben wir hier eine Katz-und-Maus-Situation«, richtete Indy sich an beide Männer. Und dann blickte er Pencroft unverwandt in die Augen. »Darf ich erfahren, woher unser Besucher kommt?«

Pencroft nickte. Er selbst verfügte nur über ein Minimum an Informationen, ein Zustand, der ihm sehr mißfiel. Das Wort *Geheimdienst* lag buchstäblich in der Luft. Jeder, der in Pencroft nur den alten, tatterigen Professor sah, beging einen großen Fehler. Lange vor seinem Eintritt in das Universitätsleben hatte er beim Militär gedient, im Verlauf mehrerer Kriege den Rang eines Brigadiers erworben, bevor er seinen Abschied nahm, um Wunden zu kurieren, die gleich mehrere Männer hätten töten können. Genau wie Indiana Jones wußte er, wann er es mit einem Profi zu tun hatte.

»Ich werde keine Spielchen mit Ihnen spielen, Professor Jones«, antwortete Treadwell. »Ich arbeite für den militärischen Abwehrdienst. Und nicht für Scotland Yard, wie Sie wahrscheinlich schon erkannt haben. Ihre Körpersprache spricht Bände.«

Indy lächelte, nickte und wartete ab.

»Nur um es noch mal kurz klarzustellen, das, was ich Ihnen zu berichten habe, unterliegt der höchsten Geheimhaltungsstufe«, fuhr Treadwell fort. »Ich weiß, daß Sie amerikanischer Staatsbürger sind, aber darauf möchte ich jetzt nicht näher eingehen. Ihr Wort genügt uns.«

»Warten Sie, warten Sie«, mischte Pencroft sich ein. »Ich soll in der Hölle schmoren, wenn ich hier nur herumsitze und kein Wort herausbringe, weil meine Kehle staubtrocken ist.« Er drückte auf einen Knopf auf der Schreibtischplatte. »Sally, Tee. *Und* Brandy. Von beidem ausreichend.«

Sie warteten, bis Tee eingeschenkt und mit Cognac gemixt wurde und Pencrofts Sekretärin wieder verschwunden war. Plötzlich ertönte im Empfangszimmer ein Radio. Indy hob fragend die Augenbraue, aber der alte Mann grinste ihn siegessicher an. Bei dem Lärm konnte niemand ihre Unterhaltung belauschen.

»Zuerst möchte ich sagen«, begann Treadwell, »daß ich nicht damit rechne, daß Sie dem, was ich Ihnen nun erzählen werde, Glauben schenken werden.«

Zwanzig Minuten später wußte Indy, daß der Mann mit seiner Prognose richtig gelegen hatte.

Treadwell gab eine Geschichte zum besten, phantastischer als alles, was Indy bis dahin zu Ohren gekommen war. Und er hatte indianische Geister in Südamerika gesucht, war durch die unterirdischen Gänge von Pyramiden gekrochen, hatte sich mit Voodoo-Medizinmännern und Schamanen beschäftigt, die zu Bravourleistungen fähig waren und die von der Wissenschaft nicht nur als unglaublich, sondern schlichtweg als unmöglich angesehen wurden. In Stonehenge war er den Geistern von Riesen begegnet, er war auf dem schmalen Grat gewandert, der diese Welt von anderen Dimensionen trennte. Er hatte – genug jetzt und *aufgepaßt*, rief er sich zur Vernunft.

Treadwell schilderte ihnen die Einzelheiten des Hinterhaltes und des Diamantenraubes in Südafrika, berichtete von einem Giftgaseinsatz, erzählte von der paramilitärischen Truppe, deren Vorgehen auf eine extrem professionelle Handschrift schließen ließ. Diamanten im Wert von einer Milliarde waren entwendet worden, aber Indys Interesse wurde erst in dem Moment entfacht, als Treadwell von einem antiken Gegenstand sprach, auf dessen Oberfläche verschiedene Symbole eingraviert waren – ein Gegenstand, der weder von Erdenmenschen noch von einer irdischen Energie geschaffen worden sein konnte, wenn die historischen Fakten der Wahrheit entsprachen. Da Treadwell fortfuhr, grübelte Indy nicht weiter.

»Wir wissen, daß die Deutschen diese Operation in die Wege geleitet und durchgeführt haben. Dafür spricht nicht nur, daß das ganze Unternehmen mit einer gewissen teutonischen Effizienz durchgeführt wurde«, erläuterte Treadwell, »sondern auch die Tatsache, daß die Deutschen sich aktiv von einer im Krieg bezwungenen Nation zu einer neuen Gesellschaft wandeln. Offiziell ist dieser Teil meiner Ausführung selbstverständlich schlichtweg Unsinn, weil unsere Befehlshaber immer noch an das Gute im Menschen glauben, auch bei den Deutschen, die«, unterbrach er sich selbst, »meiner Meinung nach *nicht* gut sind. Dazu sind sie zu sehr damit beschäftigt, Waffen aus ihren Pflugscharen zu schmieden. Sie haben eine neue Geheimdienstorganisation geschaffen. Wir wissen zudem, daß Hermann Göring die deutschen Industriellen hofiert. Das alles sind unverkennbare Anzeichen einer Wiederbewaffnung.«

»Die Diamanten«, warf Indy ein. »Ich könnte mir denken, daß der Überfall Teil eines Finanzprogramms zur Reinstallierung einer neuen Militärmacht ist.«

Treadwell nickte. »Aber ihr Plan funktionierte nicht, Professor Jones.« Etwas in seiner Stimme verriet Indy, daß er jeden Moment erfahren würde, warum man ihn unter strengster Geheimhaltungsstufe in dieses Büro beordert hatte.

Pencroft machte eine Handbewegung. »Wie ist es Ihnen gelungen, eine *Bestätigung* dafür zu erhalten, daß die Deutschen darin verwickelt sind?«

»Einmal abgesehen davon, daß wir bestimmte Individuen überwachen und Berichte über ihr Tun erstellen«, erläuterte Treadwell schnell, »zeichnen wir die Bewegungen der Deutschen in Afrika detailliert auf. Ganz ungeniert versuchen sie, einen Großteil des Kontinents unter ihre Kontrolle zu bringen, mit Hilfe ihrer Condor-Fluglinien. Sie sind ebenfalls an Südamerika interessiert. Ich möchte ja nicht vom Thema abkommen, um es einmal so auszudrücken, aber je eher ich Ihnen verdeutlichen kann, daß wir *wissen*, was Deutschland tut, desto eher dürften Sie das Nachfolgende begreifen.

Wir wissen, daß ein bestimmter deutscher Flugkapitän, von Moreau, ein Rohrbach Frachtflugzeug fliegt, das regelmäßig von Deutschland nach Südafrika unterwegs ist und umgekehrt. Wir, ähm, sind in Besitz der Passagierliste gekommen, ohne daß der Aero Lloyd etwas davon erfahren hat ...«

»Sieh an, sieh an«, warf Pencroft mit einem Lächeln ein.

»Ja, Sir ... Ich möchte darauf hinaus, daß wir ein paar der aufgeführten Passagiere überprüft haben. Ihre Namen, ihre Reservierungen, die Nummern der Päße, alles war in Ordnung, mit der Ausnahme, daß sie diesen Flug niemals angetreten haben. Daraus dürfen wir schließen, daß es sich um eine verdeckte Operation handelte. Außerdem arbeiteten wir mit den Südafrikanern zusammen, die die zerstörten Züge untersuchten. Ihre Chemiker, die ebenfalls mit uns zusammengearbeitet haben, sind in der Lage gewesen, den Sprengstoff zu identifizieren. Wir kennen jetzt die Fabrik, die Industrieanlage, in der er hergestellt wurde. Unseres Wissens verfügt niemand anderer über diese chemische Substanz. Wir stießen auf genug Spuren, die diesen Verdacht erhärteten.«

»Mir ist noch etwas anderes über die Sache zu Ohren gekommen«, wandte Indy vorsichtig ein.

»Sie haben darüber gehört? Vor diesem Tag, meine ich?« fragte Treadwell tonlos nach.

»Nicht direkt«, antwortete Indy. »Aber es könnte ein Zusammenhang bestehen.«

»Bitte, Professor, hätten Sie die Freundlichkeit ...?« drängte Treadwell.

»Das ist hier in dieser Universität kein Geheimnis«, sagte Indy, »und auch nicht für unsere Kollegen von der Archäologie-Fakultät in Südafrika. Es heißt, daß in der Tiefe einer der zahllosen Diamantenminen ein unglaublicher Fund gemacht wurde. Was die Sicherheit dieser Minen anbelangt, ist mit den zuständigen Leuten nicht zu spaßen, aber das, was man dort gefunden hat, war zu bizarr, um unter den Teppich gekehrt werden zu können. Nicht einmal die Angestellten der Minengesellschaft konnten umhin, diskrete Nachforschungen anzustellen, die, wie Ihnen nun klar sein dürfte, nicht allzu diskret gewesen sind. Ich möchte Sie auf die Tatsache aufmerksam machen, daß möglicherweise nichts von dem, was ich Ihnen gerade erzähle, auch nur ein Körnchen Wahrheit enthält, aber in unserem Metier, Mr. Treadwell, schenkt man dem kleinsten Hinweis Aufmerksamkeit.«

»Welcher, ähm, Natur war dieser Fund, Professor Jones?«

»Es handelt sich um eine Pyramide, mit Markierungen und Symbolen, die bis dahin unbekannt waren.«

Leicht pikiert mischte sich Pencroft in die Unterhaltung ein. »Davon habe ich noch nichts gehört, Indiana. Sie müssen mich besser auf dem laufenden halten.«

»Ist vielleicht nur blanker Unsinn, Sir«, erwiderte Jones. Das war einer von Pencrofts Lieblingsausdrücken.

»Anscheinend stammt die Pyramide aus einem Minenabschnitt, in dem bis dahin noch nie geschürft wurde. Die neuen Schächte liegen tief. *Sehr* tief. Die Ingenieure haben errechnet, daß der Quarz dort unten in einem Zeitraum entstanden sein dürfte, der zwischen hunderttausend und mehreren Millionen Jahren liegt.«

»Und was bedeutet schon«, fuhr Indy leise fort, »eine Pyramide mit eingravierten Symbolen zwischen einer Diamantader, wo die Menschheit noch damit beschäftigt ist, von den Bäumen zu klettern?«

»Sind Sie sich des Alters sicher?« hakte Treadwell nach.

»Ganz im Gegenteil!« antwortete Indy. »Nichts von dem, was ich Ihnen gerade erzählt habe, ist bis jetzt bestätigt worden. Unter normalen Umständen würde niemand einen zweiten Gedanken daran verschwenden, sondern den Fund als Nichtigkeit abtun. Aber diese Pyramide, falls es sie tatsächlich geben sollte, kann im besten Fall nur ein paar tausend Jahre alt sein. Oder, wie manche Leute in Rom annehmen, *zweitausend* Jahre alt.«

Treadwell machte keinen Hehl aus seiner Verwirrung. »Rom? Zweitausend Jahre alt?«

»Entspricht ungefähr der Zeit von Christi Geburt«, mischte sich Pencroft mit einem Anflug von Häme ein. »Sie wissen doch, wer das ist, oder, Mr. Treadwell? Jehova, Jesus, der Erretter, man kennt ihn unter diesen, wie auch unter vielen anderen Namen. Und was Rom betrifft, ich bin sicher, daß Sie wissen, wo der Vatikan sitzt.«

»Aus diesem Grund«, fügte Indy hinzu, »ist der Vatikan sehr daran interessiert, in den Besitz dieses Gegenstandes zu gelangen. Schon die vageste Vermutung, die winzigste Wahrscheinlichkeit, daß die Pyramide existiert, daß sie Gravuren aufweisen *könnte*, daß sie zweitausend Jahre alt sein *könnte*, oder daß *möglicherweise* ein Zusammenhang zu Christus besteht, muß den Vatikan ins Grübeln bringen. *Falls* dieses Objekt wirklich existiert, mit all den Wenn und Aber, die ich gerade eben aufgezählt habe, will der Vatikan wissen, was es damit auf sich hat.«

Treadwell ließ sich erschöpft zurückfallen. Nach einiger Zeit blickte er auf, schaute zuerst Pencroft, dann Indy Jones an. »Was Sie gerade eben geschildert haben, macht das, was ich Ihnen bis jetzt noch vorenthalten habe, noch unwahrscheinlicher.«

»Das hier ist doch kein Ratespiel, oder?« warf Indy ungeduldig ein. »Jetzt legen Sie endlich die Karten auf den Tisch.«

»Ja, ja«, drängte Pencroft. »Tee und Brandy sind mir ausgegangen, und in meinem Alter wiegt das schwerer als eine Unterhaltung, die kein Ende zu nehmen scheint.« Indy wußte, daß der alte Mann unter starken Schmerzen litt, die er hinter brüsken Umgangsformen zu verbergen suchte.

Treadwell atmete tief durch. »Das Flugboot, diese Rohrbach mit den Diamanten und dieser geheimnisvollen Pyramide an Bord, *ist nie in Deutschland angekommen.*«

Treadwells Worte ließen sowohl Indy als auch Pencroft aufhorchen. »Jetzt versuchen Sie uns nur nicht weiszumachen, daß jemand ein deutsches Flugzeug entführt hat!« rief Pencroft aus. Es kostete ihn einige Mühe, nicht in schallendes Gelächter auszubrechen.

»Was ist geschehen?« fragte Indy ganz sachlich nach.

»Man hat uns *berichtet,* was geschehen ist«, fuhr Treadwell zögerlich fort.

»So sprechen Sie doch weiter, Mann!« rief Pencroft.

»Wir haben uns mit einem Mann unterhalten«, sagte Treadwell, seine Worte sorgsam wählend, »der allem Anschein nach zur Rohrbach-Crew gehört hat. Er ist der *einzige* Überlebende. Das Flugzeug wurde angegriffen. Er berichtete, daß sie nachts über Afrika geflogen sind. Der Pilot wählte eine Flughöhe von vierzehntausend Fuß, was sehr hoch ist. Höher kann eine Rohrbach mit vollen Tanks nicht aufsteigen. Uns wurde auch von der enormen Kälte berichtet, die dort oben herrscht, und daß einige Crew-Mitglieder wegen des Sauerstoffmangels unter Kopfschmerzen litten.«

»Ja, ja«, trieb Pencroft den Mann an. »Und was geschah dann?«

»Und dann herrschte auf einmal ein riesiges Durcheinander im Cockpit. Er sah den Funker, seines Wissens ein Mann namens Stryker, nun, wie auch immer, dieser Stryker wurde ganz nervös, weil seine Funkgeräte nicht mehr funktionierten, und nachdem sich die Aufregung im Cockpit noch steigerte – sie überquerten gerade das Mittelmeer – begann von Moreau urplötzlich und vollkommen unvermittelt mit dem Landeanflug über dem Meer.«

»Sie haben zu erwähnen vergessen, warum er sich dazu entschied«, warf Indy skeptisch ein. »Mir steht nicht der Sinn nach Rätselraten. Hatte er Probleme mit den Triebwerken oder mit dem Treibstoff oder mit was auch immer? Warum entschied sich der Pilot zur Landung?«

»Die Mannschaft ...«

»Warten Sie einen Augenblick«, unterbrach Pencroft den Redner. »Sie sprachen von einem Überlebenden. Wie sind Sie an diesen Mann herangekommen?«

»Ein französisches Flugzeug, das in jener Nacht im Tiefflug über das Mittelmeer flog, bemerkte unter sich ein Feuer. Niemand wußte, was das war. Hätte sich um ein abgestürztes Flugzeug oder um ein Schiff handeln können. Sie sandten sofort einen Notruf aus. Glücklicherweise befand sich gerade ein britisches Schiff in der Nähe, das sofort auf die Unfallstelle zuhielt. Im Wasser fanden sie ein Wrack vor, und mit ihren Suchscheinwerfern entdeckten sie einen Mann, der sich an einem Stück Holz festklammerte. Er war ziemlich schwer verletzt. Knochenbrüche, Verbrennungen, Schock. Gleich nachdem sie sich, so gut es ging, um ihn gekümmert hatten, erkundigte sich der Zahlmeister, ob es vielleicht noch andere Überlebende oder Rettungsboote gab, nach denen sie Ausschau halten sollten. Der Gerettete antwortete mit einem klaren Nein.«

»Fahren Sie fort. Was hat er *denn* gesagt?« wollte Indy erfahren.

Treadwell mußte wieder tief durchatmen. »Er behauptete, daß sie von einem riesigen fliegenden Objekt, silbern und strahlend, zur Landung gezwungen worden seien. Und daß das Flugzeug ungefähr dreihundert Meter lang gewesen sei und sich sehr schnell bewegt hatte ...«

»Das kann nicht sein«, murmelte Pencroft. »Nichts von dieser Größe ...«

Mit einer Handbewegung bedeutete Indy Pencroft, Treadwell ausreden zu lassen.

»Eine Menge von dem, was er zu erzählen hatte, klang nach Geschwätz. Und natürlich litt er unter starken Schmerzen, er war ja schwer verletzt. Aber der Zahlmeister behauptete, daß er, was das Flugobjekt, dessen Geschwindigkeit und dessen Größe anbetraf, sehr stur war. Und der Mann berichtete, daß der Mannschaft aufgefallen war, daß das Flugzeug keine Triebwerke besaß.«

»Na, das ist ja ein ziemlich seltsamer Ballon, den Sie da beschreiben«, merkte Indy ungläubig an.

»Diese Beschreibung ist *nicht* meine Erfindung, ich gebe nur wieder, was dieser Mann gesagt hat. Und das war noch längst nicht alles.«

»Fahren Sie fort, fahren Sie fort«, drängte Pencroft.

»Eine Reihe silberner oder goldener Flugobjekte, in diesem Fall war der Mann sich nicht hundertprozentig sicher, entfernte sich vom Mutterschiff. Diese Flugobjekte hatten die Form von Halbmonden. Vielleicht waren es auch Bumerange. Jedenfalls bewegten sie sich mit ungeheurer Geschwindigkeit und umkreisten die Rohrbach, die sich im Vergleich zu ihnen so träge wie ein gestrandeter Wal fortbewegte.« Treadwell hielt inne. »Und auch sie verfügten über keine erkennbaren Triebwerke.«

»Warum landete das deutsche Flugzeug?« fragte Indy.

»Offenbar hatte es eine Nachricht von dem größeren Flugobjekt erhalten. Entweder Landung oder komplette Vernichtung. Von da an flogen die Halbkreise in Formation mit der Rohrbach. Sie landeten auf dem Meer, das größere, fremde Flugzeug ging ebenfalls herunter, und menschenähnliche Kreaturen, so sah es wenigstens aus, stiegen auf das Flugzeug herab. Zuerst schossen sie die Tragflächen ab und eröffneten dann das Feuer auf die Crew. Zwei Piloten wurden auf der Stelle getötet. Mehr konnte dieser Mann nicht berichten. Er wurde getroffen und fiel von der Rohrbach ins Wasser. Er hatte eine Schwimmweste an, zog aber nicht gleich an der Leine. Augenblicke später, so behauptet er wenigstens, stand das deutsche Flugzeug in Flammen und explodierte kurz darauf. Daher seine Verbrennungen. Es gelang ihm gerade noch, seine Schwimmweste funktionstüchtig zu machen, bevor er das Bewußtsein verlor.«

»Und was geschah mit dem riesigen Flugobjekt und den Halbmonden, die ohne Triebwerke flogen?«

»Das wissen wir nicht.«

»Sind Sie sicher, daß Sie da nicht einem Märchen aufgesessen sind?« forderte Indy Treadwell heraus.

»In Südafrika gibt es zweiunddreißig Tote, zwei völlig zerstörte Züge und eine gesprengte Eisenbahnbrücke. Die Südafrikaner haben keine ruhige Minute mehr, weil ihnen Diamanten im Wert von einer Milliarde abhanden gekommen sind. Allem Anschein nach wurde eine Rohrbach zerstört. Sie und ihre Besatzung werden vermißt. Wir haben einen Augenzeugen, der unglaubliche Geschichten auftischt, und er schwört, daß er die Wahrheit spricht, und Sie wissen noch nichts von der Hysterie, die sich wegen dieser Angelegenheit in Deutschland breitgemacht hat. Und Ihr Klatsch aus Südafrika *ist* dem Vatikan zu Ohren gekommen. Der Papst und *sein* engster Mitarbeiterstab geraten wegen dieser Pyramide aus dem Häuschen.«

»Könnte ich mich mit dem Überlebenden unterhalten?« fragte Indy laut.

»Auch *ich* würde mich gern mit ihm unterhalten«, gab Treadwell zurück. Sein Tonfall verriet, wie enttäuscht er war. »Unglücklicherweise blieb er nur kurze Zeit am Leben. Im Augenblick nutzen unsere Leute in Deutschland alle Kontakte, über die sie verfügen, um seine Identität in Erfahrung zu bringen, falls das überhaupt noch möglich ist. Sie können sich ja vorstellen, was für Sicherheitsmaßnahmen die Deutschen nach diesem Ereignis eingeleitet haben. Denen kommt kein Sterbenswörtchen über die Lippen.«

»Da ist noch etwas, was Sie offenbar außer acht gelassen haben«, merkte Indy an.

»Und was ist das, Sir?«

»*Wer* waren die Leute in diesem seltsamen Flugobjekt? Und in diesen halbmondförmigen Dingern?«

»Wir haben nicht die geringste Ahnung, Professor Jones.«

»Ihnen dürfte ja auch klar sein«, gab Pencroft zu bedenken, »daß die Flugzeuge, die Sie uns beschrieben haben, nicht existieren. Daß es nichts gibt, was auf diese Beschreibung paßt, daß nichts Derartiges je gefertigt wurde, daß keines der uns bekannten Länder so ein Flugzeug bauen kann.«

»Ja, Sir.«

Die drei Männer schwiegen. Die Stille im Raum wirkte angespannt.

Pencroft bat seine Sekretärin, frischen Tee und Brandy zu bringen. Und dann war der Zeitpunkt gekommen, der Sache etwas mehr auf den Grund zu gehen.

»Bitte gestatten Sie mir ein paar Fragen«, bat Pencroft und brach damit das Schweigen.

»Selbstverständlich«, räumte Treadwell ein.

»Sie haben sich nicht rein zufällig an diese Institution gewandt?«

»Nein, Sir.«

»Liege ich richtig in der Annahme, daß Sie das taten, um sich in irgendeiner Form der Dienste von Professor Jones zu vergewissern?«

»Ja, Sir.«

»Wer hat Sie geschickt?«

Treadwell räusperte sich. »M. I. Two.«

Pencroft hob die Augenbrauen. Daß sich eine hochstehende Einrichtung der britischen Regierung dieses Falles annahm, überraschte ihn nun doch. Mit Indy tauschte er kurz einen Blick aus, wandte sich dann aber wieder Treadwell zu.

»Und nun«, fuhr der alte Mann fort, »hoffen Sie also auf die Mitarbeit unseres guten Archäologieprofessors?«

»Ja, Sir.«

»Das«, mischte sich Indy ein, »macht in etwa genausoviel Sinn wie ihre Himmelsteufel, oder wie auch immer – falls sie tatsächlich existieren. Menschen, die in die Luft gesprengt werden, Verbrennungen erleiden, einen Schock kriegen und fast den Tod in der See finden, können *alles mögliche* sehen. Aber lassen wir das einmal für einen Moment außer acht, Mr. Treadwell. Ich bin gerade von der University of Princeton freigestellt ...«

»Wo Sie als Professor für Literatur und Vergleichende Studien des Mittelalters angestellt sind«, beendete Treadwell den Satz für ihn.

»Ihre Hausaufgaben haben Sie gemacht«, bekundete Indy und nickte anerkennend. »Was nichts anderes bedeutet, daß Ihr Büro weiß, wie man die Namen und Titel von Personen in einem internen Telefonregister der Universität nachschlägt. Aber ich möchte fortfahren. Ich unterrichte momentan Keltische Archäologie. Und ich arbeite nicht zum ersten Mal in dieser Fakultät.«

»Wir haben ihn schon mal rausgeschmissen«, gab Pencroft kichernd bekannt. »Er wird Ihnen erzählen, daß er von den unerträglich überfrachteten, akademischen Versionen unseres allgegenwärtigen Colonel Blimp die Nase gestrichen voll hatte und uns aus freien Stücken verlassen hat. Aber, ehrlich gesagt, er ist eigentlich ziemlich unerträglich, er hält sich nicht an die Spielregeln, er verrennt sich in Nebensächlichkeiten, aber«, sagte Pencroft mit ernster Miene, »es kommt immer wieder vor, daß er mit etwas Handfestem von seinen Irrungen und Wirrungen zurückkehrt. Er hat uns den Omphalos von Delphi gebracht, nach dem wir jahrzehntelang gesucht haben, in dem Glauben, daß er auf eine geheimnisvolle Weise mit Stonehenge in Zusammenhang steht. Da haben wir richtig gelegen, aber es hat uns trotzdem nichts gebracht. Unser aus dem Rahmen fallender Kolonist hier«, er nickte Indy zu, »tat das Unmögliche, brach alle Regeln und errang einen Sieg, den wir für unmöglich gehalten hatten.«

Treadwell wußte, worauf der Alte hinauswollte. »Und Professor Jones arbeitet nach einem Muster.«

»Ach ja?« fragte Indy.

»Ja, Sir. Er leidet an einer Krankheit, die die Amerikaner ›Hüttenkoller‹ nennen. Er verträgt nur ein gewisses Maß an universitärem Alltag, und dann drängt es ihn hinaus in die freie Natur, und er muß als Archäologe arbeiten. Ob er sich dann in Wüsten, Bergregionen oder Dschungeln herumtreibt, ist nicht von Belang. Entschuldigen Sie, Sir«, er wandte sich nun direkt an Indy, »falls ich den Eindruck erweckt habe, den Tod Ihrer Gattin herunterzuspielen. Das lag nicht in meiner Absicht.«

»So habe ich das auch nicht verstanden«, entgegnete Indy kühl. »Ich möchte nur darauf hinweisen, daß meine Zeit hier fast abgelaufen ist. Ich habe vor, nach Princeton zurückzukehren oder mich einer anderen Universität anzuschließen, die an Ausgrabungen beteiligt ist.«

»Ich glaube nicht, daß Sie das tun werden«, behauptete Treadwell.

»Sie faszinieren mich, Mr. Treadwell. Bis jetzt bin ich nur sehr wenigen Leuten begegnet, die mit einer derartigen Überzeugung zu wissen vorgaben, wie meine Zukunft aussieht.«

Treadwell lachte. »Ich hatte nicht vor, mich so hervorzutun, Professor Jones. Um auf eine Redewendung zurückzugreifen, die auf Ihrer Seite des Ozeans so gern verwendet wird: Ich bin fest davon überzeugt, daß Sie dem, was wir Ihnen anzubieten haben, einfach nicht widerstehen können.«

Er beugte sich vor und rutschte an die Stuhlkante. Die beiden anderen Männer im Zimmer begriffen sofort, daß er jetzt auf den wahren Grund seines Besuches zu sprechen kam.

»Wir wünschen, daß Professor Jones herauszufinden versucht, um was für ein Flugzeug es sich handelt, das in den von mir geschilderten Vorfall verwickelt gewesen ist. Alles über die Menschen herauszufinden, die es entworfen haben. Wir hoffen, daß Sie ihre Identität, ihre Herkunft bloßlegen. Wir sind überzeugt davon, daß an der Geschichte mehr dran ist, als uns dieses verstorbene Besatzungsmitglied erzählt hat. Aus Gründen, die Ihnen gleich einleuchten dürften, wünschen wir des weiteren, daß Professor Jones weiter an der Universität von London beschäftigt bleibt, um den Schein zu wahren. Auf diese Weise erregen wir keine unerwünschte Aufmerksamkeit. Unter dem Deckmantel der Anstellung kann er überall hinreisen und, ähm, Ausgrabungen machen. Natürlich würde er in Wirklichkeit für uns arbeiten, aber das braucht ja niemand zu erfahren.«

»Haben Sie eine Vorstellung von der finanziellen Belastung, die auf Sie zukommen wird?« mischte sich Pencroft ein. »Die Universitätsverwaltung würde sich nie und nimmer auf ...«

»Niemand außerhalb dieses Raumes darf von unserer Vereinbarung erfahren«, lautete Treadwells etwas zu scharf formulierte Antwort. Jetzt war er wieder voll und ganz der sachliche Profi. »Mit Ausnahme der Personen, an die sich Professor Jones äußerst diskret wenden wird. Und was die anfallenden Kosten betrifft, die werden übernommen. Das wird die Regierung nicht in den Ruin treiben.«

»Na, dann liegt der Fall natürlich gleich ganz anders.« Pencroft konnte seine Überraschung nicht verbergen.

»Sie sagten, ich könnte Ihr Angebot nicht ausschlagen«, erinnerte Indy Treadwell. »Offensichtlich haben Sie noch eine Trumpfkarte im Ärmel.«

»Oh ja, so ist es.« Treadwell lächelte genüßlich. »Und nun zu dem Angebot, das Sie nicht abschlagen können. Natürlich werden noch andere Leute, andere Teams mit dieser Mission betraut, Männer mit anderen Fähigkeiten, anderen Verbindungen. Aber sollte es Ihnen als erstem gelingen, die Pyramide zu finden, dann dürfen Sie sie für sich behalten.«

»Sie meinen, sie würde *uns* gehören?« platzte Pencroft heraus.

»Es liegt ganz bei Ihnen, wem sie gehören wird. Ich möchte Ihnen nur versichern, daß die Krone keinerlei Ansprüche auf den besagten Gegenstand geltend machen wird.« Treadwell grinste überaus selbstgefällig. »Professor Jones wird doch nicht den Besitz eines Gegenstandes ausschlagen, der eventuell in direktem Zusammenhang mit Jesus Christus stehen könnte. Natürlich heißt das nicht, daß das wirklich der Fall ist, und ich bin, was die wahre Natur dieses Gegenstandes betrifft, überfragt. Aber das muß ich auch nicht wissen. Mein Interesse an diesem Unternehmen habe ich ja deutlich gemacht.«

Treadwell erhob sich und blickte Indy in die Augen. »Wie lautet Ihre Antwort, Sir?«

Indy streckte ihm die Hand entgegen. Treadwell drückte sie. Damit waren alle Fragen beantwortet. »Abgemacht«, sagte Indy noch. Treadwell wandte sich nun an Pencroft. »Möchten Sie noch etwas hinzufügen oder fragen, Professor?« Pencroft dachte einen Moment lang nach und schüttelte dann den Kopf. »Das ganze Unternehmen scheint mir wahnwitzig zu sein, Mr. Treadwell. Mein Interesse liegt aber auch eher bei dem nicht auszuschlagenden Angebot. Die Wirkung solch eines Fundes läßt sich im Augenblick noch gar nicht ermessen. Also, ich stimme ebenfalls zu.«

»Ich danke Ihnen, Sir.«

Daraufhin öffnete Treadwell seinen Aktenkoffer und händigte Indy einen dicken, versiegelten Umschlag aus. »Alles, was Sie brauchen, befindet sich hier, die Telefonnummern und Zeiten, zu denen ich erreichbar bin, ebenfalls.«

Indy nahm das Päckchen in Empfang. »Ich bin mir nicht sicher, ob ich Ihnen danken soll.«

Treadwell fand diese Entgegnung offenbar nicht amüsant. »Das wird die Zeit weisen, Sir.«

Auf einmal mußte Pencroft stark husten. Mit zittrigen Fingern zog er ein Taschentuch heraus und legte es schützend über den Mund. Treadwell und Indy tauschten Blicke aus, nickten sich knapp zu. Sie wollten warten, bis der alte Mann wieder bei Atem war. Nach einigen Minuten tupfte Pencroft die tränenden Augen ab und atmete tief durch.

»Sie beide«, er ermahnte sie mit dem Zeigefinger, »klingen wie zwei alte Weiber auf einem Teekränzchen, so wie Sie sich verhalten. Verschwinden Sie mir aus den Augen, damit diese Universität wieder ihre Funktion wahrnehmen und junge, wissensdurstige Geister erhellen kann.«

Zusammen verließen Treadwell und Indy sein Büro. Ohne dem bereits Gesagten etwas hinzuzufügen, trennten sie sich und gingen ihrer Wege. Treadwell verließ das Gebäude durch den Haupteingang, und Indy kehrte in sein Büro zurück. Er wartete fünfzehn Minuten, trank den Kaffee, den ihm Frances Smythe hingestellt hatte, klappte seine Aktentasche zu und verließ sein Büro.

Smythe fixierte ihn mit einem durchdringenden Blick. »Da Sie kein Wort für mich erübrigen können, müssen Sie ja eine ganz schön schwierige Sitzung hinter sich haben«, beschwerte sie sich.

Verdammt, sie hat recht, dachte Indy. *Nichts verlauten zu lassen ist schlimmer, als irgendeine* Geschichte *aufzutischen.* Er drehte sich zu ihr um. »Es ging um langweiligen Regierungsunsinn.«

»Genau den tischen Sie mir gerade auf«, konterte sie.

»Sie sind klüger, als es Ihnen guttut«, versuchte er sie mit einem Kompliment zu ködern.

»Ich werde den vergifteten Apfel, der mir angeboten wird, ignorieren.« Sie lächelte freundlich. »Aber, Professor, Sie haben vergessen, mir irgendeine Geschichte aufzutischen, mit der ich die Leute abspeisen kann, die eine Begründung hören wollen, warum Sie keinen Unterricht mehr geben.«

Das leuchtete ihm ein. Er dachte sich eine großspurige Geschichte aus, trug sie vor, hielt inne, fing von vorn an und erkannte dann, daß es sinnlos war, dieser Frau so ein Lügengebilde aufzutischen. »Lassen Sie sich etwas einfallen«, schlug er vor, »und legen Sie mir einen Zettel auf den Tisch, damit ich weiß, was ich erzählen soll.«

»Sie *sind* durchtrieben«, merkte sie an.

»Das reicht jetzt, Sherlock. Lassen Sie mich einfach erfahren, auf welche Geschichte sich Ihr reger Geist versteift hat.«

Zwanzig Minuten später betrat er den *Wild Boar Pub,* stellte sich an die Bar, orderte ein Bier und marschierte damit langsam zur Hintertür. Ohne daß die anderen Kneipengäste es bemerkten, schlich er sich davon und stieg eine schmale, steile Treppe hoch zu einem Privatzimmer.

Thomas Treadwell begrüßte ihn, indem er ihm mit einem halbvollen Bierkrug zuprostete. Indy nahm auf einem Sessel Platz. »Gefällt mir gar nicht, daß ich mich dem alten Mann gegenüber so verhalten muß, falls es Sie interessiert«, platzte er unvermittelt mit der Sprache heraus.

»Ist leider nötig«, lautete die Antwort. »Das Treffen an der Universität diente nur dem Zweck, Pencroft eine gewisse Position bei dem ganzen Unterfangen einzuräumen, aber er darf nur *einen Teil* erfahren. Jemand in seinem Alter läuft Gefahr, unfreiwillig etwas auszuplaudern und damit das ganze Unternehmen zu gefährden. Und außerdem haben wir ihm einen triftigen Grund geliefert, Sie von Ihren Pflichten zu entbinden.«

»Ich weiß«, seufzte Indy. »Werden wir ihn in nächster Zeit noch auf den neuesten Stand der Dinge bringen?«

Treadwell schüttelte den Kopf. »Nein, dieses Risiko können wir leider nicht eingehen. Pencroft wirkt *nicht* nur wie eine unschuldige, unwissende Seele, er *ist* es auch, und genau aus diesem Grund brauchen wir ihn.«

Indy lachte trocken. »Er würde mich eigenhändig umbringen, wenn er erfahren würde, daß ich etwas mit dieser verfluchten Pyramide zu tun habe.«

»Sie gehen zu hart mit sich ins Gericht. Sie haben wunderbare Arbeit geleistet, was die Gravuren anbelangt. Gütiger Gott, Indy, dieses Ding wirkt so echt, so alt. Keine Sekunde wäre mir in den Sinn gekommen, daß es sich um eine Fälschung handelt.«

»Ich weiß, ich weiß«, wehrte Indy ab. »Wann wird die Öffentlichkeit von der Wahrheit in Kenntnis gesetzt?«

»Wenn die Zeit reif ist. Im Augenblick glauben der oder diejenigen, die das Flugzeug zur Landung gezwungen haben, noch, daß dieses Artefakt echt ist. Da sie die Lüge nicht durchschauen, wie Sie und ich wissen, werden sie es einem finanzkräftigen Käufer anbieten. Und solange alles wie geplant läuft, Indy, haben wir eine einigermaßen gute Chance, die Identität dieser Leute aufzudecken.«

Indy hob eine Augenbraue. »Das ist Ihre Aufgabe, Thomas. Dieses Versteckspielen ist nicht meine Sache.«

»Dennoch sind Sie sehr gut darin. Ihre Lebensumstände sind

wie maßgeschneidert für diese Mission, das wissen Sie. Und wir *brauchen* jemanden, der bereit ist, als Köder für diese Gruppe zu fungieren. Sie müssen sich bereit halten, wie jeder andere M.I.Mitarbeiter auch.«

»Ich werde darüber hinwegsehen, daß Sie mich mit Spionen und Attentätern in einen Topf schmeißen, falls es Ihnen nichts ausmacht«, verkündete Indy und fuhr dann todernst fort. »Gibt es noch weitere Informationen über die Flugobjekte? Ich habe schlichtweg keine Ahnung, was ich den anderen davon erzählen soll. Ich hörte allerhand Beschreibungen: fliegende Untertasse, Scheibe, Halbmond und noch viele andere.«

»Sagen Sie mir, Indy, was halten Sie davon?«

»Unter der Voraussetzung, daß es diese Dinger gibt und daß sie funktionieren, wie man uns erzählt hat?«

»Ja.«

»Nun, ich kann nur sagen, daß ich sie für wirklich bemerkenswert halte.«

»Täusche ich mich, oder weichen Sie mir tatsächlich aus?«

»Keineswegs, Thomas. Hören Sie, nicht richtig informiert zu sein rechtfertigt noch lange nicht, Schlüsse zu ziehen, die auf einem *Mangel* an Daten basieren. Das erhöht nur die Chance, sich gewaltig zu irren.«

»Ich möchte, daß Sie sich den Namen eines Amerikaners merken, den Sie in Kürze treffen werden«, wechselte Treadwell abrupt das Thema.

»Was hat das mit diesen fliegenden Maschinen zu tun?«

»Mehr, als Sie glauben mögen. Der Name lautet Harry Henshaw. Er ist Colonel bei der Flugstaffel Ihrer Marines. Brillanter Mann, wirklich. Er gehört zum technischen Abwehrdienst. Was nichts anderes heißt, als daß er Testpilot ist und sich mit allem auskennt, was fliegen kann. Er gehört ebenfalls zu unserem Team. Man könnte ihn quasi als unseren Verbindungsmann auf der anderen Seite des Atlantik bezeichnen. Im

Augenblick durchsucht er den letzten Winkel auf der Suche nach etwas, das auf die Beschreibungen paßt und einen Hinweis auf diese fliegenden Scheiben liefert.«

»Und wie lautet seine Meinung?«

»Daß es sie gibt. Daß sie so fliegen, wie uns zugetragen wurde. Mit unglaublicher Geschwindigkeit.«

Auf einmal brach Treadwell ab, was Indy verärgerte.

»*Und*?« drängte Indy ihn. »Und glaubt er, daß diese Dinger *uns* gehören oder«, er blickte an die Decke, »ihnen? Wer oder was auch immer sie sein mögen.«

»Es ist noch zu früh, um Schlüsse zu ziehen, aber seiner Meinung nach handelt es sich um einen gewaltigen technischen Fortschritt, was die Aerodynamik betrifft, und nicht um etwas von einer anderen Welt.«

»Und wieso nimmt er das an?«

»Das erfahren Sie besser von Henshaw persönlich. Ach ja, da fällt mir ein, daß er mir eine Nachricht für Sie mitgegeben hat. Eine, mit deren Inhalt ich völlig einverstanden bin, wie ich vorausschicken möchte.«

»Jetzt wird es aber spannend.«

»Ja, genau so sehe ich das auch«, sagte Treadwell. »Henshaw möchte, daß Sie äußerst vorsichtig vorgehen und die Augen offenhalten. Egal, wie klug und umsichtig wir uns unserer Meinung nach verhalten haben; die Leute, die wir aufzuspüren versuchen, wissen mehr über uns, als uns recht ist.«

Indy kniff die Augen zusammen. »Wie das?«

»Henshaw vermutet – nein, er ist davon überzeugt, daß sich ein Verräter unter uns, in der Gruppe, befindet. Und das heißt ebenfalls, daß es klug wäre, Ihre Leute nichts von dem wissen zu lassen, worüber wir gesprochen haben, Indy.«

»Meine Leute sind vertrauenswürdig«, entgegnete Jones.

»Das hoffe ich.« Indys plötzlicher Stimmungsumschwung irritierte Treadwell. »Das hoffe ich von ganzem Herzen. Aber ich möchte Ihnen etwas aus eigener Erfahrung sagen: Bei diesem Spiel wird man *immer* überrascht.«

3

Mit einer langsamen, nachdenklichen Handbewegung führte Willard Cromwell die Bourbon-Flasche an den Mund, stülpte vorsichtig die Lippen über den Flaschenhals und nahm einen tiefen Zug. Behutsam setzte er die Flasche ab, schmatzte genüßlich, rülpste und verschloß die Flasche mit einem Korken. Er befand sich in dem abgelegenen Bauernhaus, das Indy für einen Monat gemietet hatte. Hier draußen konnte man sich nicht des Gefühls erwehren, inmitten eines großen, weiten Nichts zu sein. Die umliegenden Felder und das Bauernhaus schmiegten sich an das Ufer des Maquoketa-Flusses im Osten von Iowa.

Jede einzelne Bewegung Cromwells schien die anderen Anwesenden zu faszinieren, in Bann zu ziehen.

Cromwell hatte als Geschwaderführer beim britischen Royal Flying Corps gedient und gegen die Scharfschützen des Kaisers, die in Albatrossen, Fokker- und Rumpler-Maschinen durch die Lüfte kreisten, gekämpft. Damals hatte er die schwer zu bedienende Sopwith Camel geflogen und in Luftgefechten sechzehn der besten Flieger Deutschlands abgeschossen, die im Weltkrieg ihr Leben für das Vaterland gaben. Dann drehte ein rotznäsiger junger Ersatzflieger gleich bei seinem ersten Einsatz durch, weil er den Anblick seiner Kameraden, die in den abstürzenden Flugzeugen verbrannten, nicht ertragen konnte. Der Junge scherte aus, verließ den vorgegebenen Kurs. Cromwell sah ihn kommen, wohl wissend, daß von einer Sopwith keine Gefahr ausging.

Dabei bedachte er nicht die Möglichkeit, daß ein vor Angst versteinerter junger Mann auf die Idee verfallen würde, seine Vickers-Maschinengewehre abzufeuern. So brachte der Junge Freunden wie Feinden den Tod. Was den Deutschen nicht gelang, brachte dieser Flieger, der noch grün hinter den Ohren war, fertig: Willard wurde getroffen, drei Kugeln bohrten sich in seine Beine, eine in seinen Arm.

Ihm gelang es gerade noch, auf seiner Heimatbasis zu landen, bevor er wegen des starken Blutverlustes das Bewußtsein verlor. Vier ganze Monate lag er im Krankenhaus und verfluchte an jedem Tag diesen unwissenden, närrischen Idioten, der ihn abgeschossen hatte. Cromwell wußte nicht, ob der Wahnsinnige tot war. »Das wäre ein verdammtes Glück für ihn. Was gäbe ich darum, ihn mit bloßen Händen zu erwürgen«, machte sich Cromwell bei seinen Kollegen Luft, die ihn im Hospital besuchten.

Sein beherztes Geschimpfe brachte seine Kameraden, die für ihn Whisky einschmuggelten, zum Lachen. Nach einigen Wochen konnte er wieder gehen, wenn auch etwas steif. Seinen Arm zierte eine lange Narbe. Sie stammte von der Kugel, die ihn fast das Leben gekostet hätte. Es drängte ihn, wieder in den Kampf zu ziehen, aber damit war es vorbei. »Ist auch besser für Sie«, beschwichtigte ihn sein Vorgesetzter. »Ist keine einfache Aufgabe, mit diesen jungen Heißspornen mitzuhalten, hm? Aber ich kann Sie verstehen, Willard, und möchte Ihnen sagen, daß Sie in die Dienste der Marine treten werden.«

Cromwell verschluckte sich beinah. »Sie wollen *mich* an Bord eines Schiffes verfrachten?« knurrte er. Er warf seinen Gehstock auf den Schreibtisch seines Vorgesetzten. Wichtige Papiere und persönliche Gegenstände stoben durch die Luft. »Niemals!«

»So beruhigen Sie sich«, versuchte sein Boß ihn zu beschwichtigen. »Sie kommen nicht auf ein Kriegsschiff, Sie werden keine Wache schieben müssen, alter Mann. Man hat Ihnen das Kommando über ein Flugboot übertragen. Das ist eine sehr wichtige Aufgabe, Captain. Vielleicht werden Sie in Zukunft keine Flugzeuge mehr abschießen, aber warten Sie doch erst mal ab. Sie werden sich wundern, was man alles mit ein paar Hun-U-Booten machen kann, ja?«

Und Cromwell wurde zur Küstenwache abkommandiert, wo er ein Spezialtraining absolvierte, um sich mit den schwerfälligen Riesenmaschinen vertraut zu machen. Vom Charakter her war er nicht der Typ, der sein Unglück beklagte. Nein, er stürzte sich voller Energie in eine Aufgabe und wartete ab, ob sie sich als Fehlgriff oder als eine besondere Gelegenheit erwies. Was das Steuern der Maschinen anbelangte, brauchte er nichts zu lernen. Er war einer der Besten. Aber nun eignete er sich Wissen über diese eigenartigen Maschinen an und die besondere Handhabung, die sie verlangten. Nachdem er einige Zeit mit den Mechanikern zugebracht und ihnen auf die Finger geschaut hatte, konnte er wie ein Profi mit dem Schraubschlüssel umgehen und kannte sich hervorragend mit der Elektrik aus. Er lernte zu reparieren, wiederaufzubauen und wurde im Lauf der Zeit jedem studierten Flugzeugingenieur ebenbürtig.

All diese Strapazen nahm er nur deshalb auf sich, um zu sehen, was man so alles mit ein paar Hun-U-Booten machen kann. Die deutschen Unterseeboote wurden meistens von der Luft aus angegriffen und ausgebombt, was zur Folge hatte, daß man den deutschen Schützen die Möglichkeit bot, vom Unterdeck auf die Angreifer zu schießen. Die Zahl der Verluste war erschreckend hoch. Willard Cromwell zerbrach sich den Kopf, suchte nach einer Lösung. Am Ende war Madman Cromwell geboren.

Er veränderte und modifizierte sein eigenes Flugboot und sorgte dafür, daß seine Mechaniker und seine Mannschaft zusammenarbeiteten. Streben und Takelung wurden verstärkt, dickere elektrische Leitungen installiert, die Motoren und Triebwerke fein eingestellt, um ein Höchstmaß an Leistung herauszuholen. Sie »organisierten« Stahlplatten und panzerten die Bereiche, in denen die Mannschaft untergebracht wurde. Dann montierten sie eine 37mm Kanone mit langem Lauf und reduziertem Rückstoß, verdoppelten die Anzahl der Maschinengewehre und gingen auf die Jagd.

Bis dahin hatte noch nie jemand ein Unterseeboot in einem Sturzflug angegriffen und schon gar nicht mit einem Flugzeug, das für seine starre Schwerfälligkeit bekannt war. Aber was man auch an diesem Flugzeugtypus auszusetzen hatte, auf diese spezielle Maschine traf nichts davon zu. Als Cromwell auf sein Ziel zuhielt, bombardierte der vordere Schütze das U-Boot, während hinter ihm drei Männer Maschinengewehre bedienten und das Feuer eröffneten. Cromwell beabsichtigte, seine Bomben auf den Aussichtsturm zu werfen, und das konnte er nur tun, indem er in einem steilen Sturzflug auf das U-Boot zuhielt. Nur so konnte er sichergehen, daß die Flugbahn der Bomben stimmte und sie *im* Boot explodierten.

Er versenkte zwei U-Boote, machte viele andere manövrierunfähig, rettete Schiffe und Menschenleben und stieg dadurch wie ein Phönix aus der Asche auf. Doch dann geschah das Unvorhersehbare. Er griff ein deutsches Unterseeboot an und stürzte aus dem Himmel hinunter, während seine Männer die Maschinengewehre bedienten und die Gegner ausschalteten. Leider wurde die Bombe zu spät abgeworfen. Sie prallte vom Schiffdeck ab, schoß wieder in die Höhe und zerstörte den hinteren Teil seines Flugzeuges. Zuerst schien es, als wären die Götter mit ihm: Die Bombe detonierte nicht, sondern riß nur den Rumpf auf, was aber die Steuerung beeinträchtigte. Cromwell und seine Mannschaft flogen gerade über das U-Boot, als die zweite Bombe einschlug und explodierte. Dadurch wurde nicht nur das Boot aufgerissen, sondern auch das Flugzeug wurde erneut getroffen. Sie stürzten ins Meer. Das Flugzeug zerbarst.

Nur eine Minute später ging das U-Boot in einem Meer aus Flammen, Rauch und auslaufendem Öl unter. Cromwell und seine Männer legten die Schwimmwesten an und krabbelten in den Teil des Flugzeuges, der noch aus dem Wasser ragte. Ein britischer Zerstörer kam ihnen zur Hilfe und fischte die Männer aus der See.

Wieder wurde Cromwell ins Krankenhaus eingeliefert, diesmal mit gebrochener Schulter, leichten Verbrennungen und einer Reihe tiefer Wunden, die sich über seinen ganzen Körper zogen. In den folgenden Jahren führte er voller Stolz seinen ehrfürchtigen Kameraden die Narben vor. Nach seiner Entlassung machte Cromwell sich daran, seine schon umfassenden Fähigkeiten auszubauen, und wurde zu einem Experten, was Waffen und Zerstörung anbelangte. Weil seine Vorgesetzten ihn für ein Glückskind hielten, wurde er mit schwierigen Missionen beauftragt und an gefährliche Orte geschickt, um die britische Vorherrschaft zu festigen oder wiederherzustellen. Das Erlernen von Fremdsprachen fiel ihm leicht, da er mit einem ausgezeichneten Erinnerungsvermögen ausgestattet war, und bald fühlte er sich in den dunklen Gäßchen und verlassenen Straßen ebenso heimisch wie im Cockpit eines Flugzeuges.

Inzwischen waren die letzten Schlachten des Krieges längst geschlagen. Mit seiner gedrungenen Statur und seinem dicken Seehundschnauzbart glich Cromwell Colonel Blimp, dem Mann, der das koloniale Großbritannien verkörperte. Aber das war nur Fassade: Unter diesem Deckmantel verbarg er einen muskulösen, harten und überaus flexiblen Körper. Dieser Mann war gefährlich, egal, ob er Waffen oder seine Fäuste einsetzte. Zwei Jahre hatte er in der Türkei mit Profi-Ringern trainiert. Sie unterrichteten ihn und zeigten ihm alles, sie tauchten seine Hände in stinkende Pökellake und rieben seine Haut damit ab, bis sie so hart wie ein Brett war.

Diesen Mann hatte Indiana Jones als »Schußwaffe« auserkoren. Er konnte die unterschiedlichsten Funktionen übernehmen und in die Rolle des Mechanikers, des Piloten, des Waffenspezialisten schlüpfen, je nachdem, wie die Lage es erforderte. Im Kampf von Mann zu Mann glich er einer tödlichen Waffe. Trotzdem kannte er sich in den Wissenschaften aus, beherrschte ein Dutzend Sprachen und hatte ein Gedächtnis, das unübertroffen war. Jenen Personen, die glaubten, Indiana Jones zu kennen, fiel es schwer, seine Freundschaft mit dem schwer trinkenden, unberechenbaren Cromwell zu verstehen. Aber Indy hatte in der Tat eine gute Wahl getroffen. Cromwell war mehr wert als ein Dutzend Männer.

Und in diesem Augenblick, in diesem hübschen und abgeschiedenen Bauernhaus, inmitten von weitläufigen Feldern, strotzte Cromwell vor Ungeduld, die auch sein übermäßiger Whiskykonsum nicht eindämmen konnte. Er rülpste laut, und den anderen Anwesenden lief ein kalter Schauer den Rücken hinunter. »Wann kommt Indy endlich wieder zurück?« tobte er. Daß seine Frage rhetorisch gemeint war, änderte nichts an ihrer Schärfe. Sie erwarteten Indy aus Chicago zurück, aber erst nachdem er seine Aufgaben dort erledigt hatte. Wie sein Auftrag aussah, wußte niemand. Er hatte darauf bestanden, allein zu reisen. Das Geheimnisvolle und Besondere ihrer Situation nagte an ihrem Nervenkostüm. Nicht einmal das kraftvolle, schwere, dreimotorige Ford-Flugzeug konnte sie besänftigen. Sie wollten etwas *unternehmen*. Das Warten zermürbte sie, und es hätte sie sehr überrascht, wenn sie gewußt hätten, daß Indy mit seiner Reise genau das beabsichtigt hatte. Sein Team mußte in der Lage sein, unter extremen Umständen hundertprozentig zusammenzuarbeiten. Dabei war es nicht von Interesse, ob die Situation Handeln, Abwarten oder Passivität erforderte.

Hier herumzusitzen und zu warten, ohne den Grund zu erfahren, war Teil der Schulung. Falls sich die einzelnen Gruppenmitglieder aneinander aufrieben oder der eine oder andere zusammenbrach, war der Zeitpunkt günstig, sich dieses Problems anzunehmen und es umgehend auszumerzen.

»Die meisten Männer, die so viel trinken wie Sie«, merkte Gale Parker an, die Cromwell mit einer Mischung aus Abneigung und Bewunderung beobachtete, »wären längst umgefallen. Sie hingegen werden nervös wie ein Tiger im Käfig und rütteln an den Metallstangen. Wie schaffen Sie das nur?«

Cromwell warf ihr einen Blick zu. Dieser feurige Rotschopf, der auf eine herbe Art schön war, traf ihn dort, wo er nicht damit gerechnet hatte. Normalerweise nörgelten Frauen nur herum und kritisierten jeden und alles. Doch diese junge Frau hielt sich nicht an das Verhaltensmuster ihres Geschlechtes. Sie alle wußten kaum etwas über sie. Es gab keinen Akzent, der ihre Herkunft verriet, aber Cromwell, der viele Sprachen beherrschte, war Parkers linguistische Flexibilität gleich bei der ersten Begegnung aufgefallen. Sie gab sich weiblich, verfügte aber über eine physische und psychische Härte, die ihm sofort ins Auge sprang und der er Respekt zollte. Und ihm fiel auf, daß sie in vieler Hinsicht Indy ähnelte. Lange Zeit hatte sie sich allein herumgetrieben, das las Cromwell aus ihrem Blick. Er achtete jede Frau, die die Stärke besaß, sich in einer von Männern dominierten Welt zu behaupten, in der Frauen als Eindringlinge angesehen und dementsprechend behandelt wurden.

Cromwell wußte allerdings nicht, daß ihre optische Erscheinung mit Bedacht verändert, ihr Auftreten als Amerikanerin oder Nord- oder Osteuropäerin durch langjährige Übung einstudiert worden war. Indy wußte, wer oder was sie in Wirklichkeit war. Den Namen Gale Parker hatte sie aus gutem Grund gewählt: Sie wollte nicht, daß jemand von ihrer südeuropäischen Herkunft oder ihrem echten Namen, Mirna Abi Khalil, erfuhr und daraus vorschnell Schlüsse zog. Ihr Vater war Anhänger des muslimischen Glaubens, aber Gale, die als Kleinkind von ihren Freundinnen noch Mirna Abi gerufen wurde, verbrachte den prägendsten Lebensabschnitt bei ihrer Mutter, Sybil Saunders, in England. Diese Frau, die Gale großzog, war mit jeder Faser ihres Körpers eine Gläubige. Sie gehörte der Wicca-Religion an und stand einem altehrwürdigen Hexenorden vor, der vor etwa vierzehnhundert Jahren gegründet worden war.

Gale, die wie Indy im Jahre 1899 geboren worden war, begriff sehr früh, daß Disziplin der Schlüssel zum Erfolg war. Sie beschäftigte sich mit allen möglichen Wissenschaften, lernte das Leben und Überleben in der Natur und das »Lesen« von Tierfährten. Die Tatsache, daß bedeutende Artefakte des Landes, in dem ihre Mutter geboren war, vor sechstausend Jahren entstanden waren, faszinierte sie über alle Maßen.

Später konzentrierte sie sich auf das Studium, wählte gleich drei Fachrichtungen und nahm seltsame Pflanzen und Kräuter zu sich, die ihre Mutter züchtete. So kam sie mit vier Stunden Schlaf aus und bekam im Alter von vierundzwanzig Jahren ihren Doktortitel in Alte Geschichte verliehen. Bei Meistern der alten Traditionen nahm sie Unterricht und wurde eine gute Athletin in so unterschiedlichen Disziplinen wie Bergsteigen, Schwimmen, Akrobatik und selbst asiatischem Kampfsport, den sie ein ältlicher Japaner lehrte.

Auf einem ihrer Streifzüge durch die Wälder lernte sie Indy kennen, der dort nach längst in Vergessenheit geratenen Ruinen suchte. In Kürze traten die beiden Menschen, die über einen ausgeprägten Willen verfügten, in Wettstreit. Dieser seltsame Amerikaner machte sie neugierig, denn er wußte genau so viel von ihrer keltischen Vergangenheit wie sie. Die Tatsache, daß er Professor war, minderte ihren Respekt eher. Daraus machte sie ihm gegenüber kein Hehl. In ihren Augen waren Professoren schwerfällige Käuze, die sich hinter dicken, alten Mauern versteckten und lieber diskutierten als handelten. Und doch war sie Indy hier im Unterholz über den Weg gelaufen. Und genau wie sie wußte er sich von der Natur zu ernähren.

Daß sie unerwarteterweise um ihrer beider Leben kämpfen mußten, veränderte sie. Zusammen streiften sie durch die undurchdringlichen Wälder. Auf einmal legte Gale ganz unvermittelt ihre Hand auf Indys Arm und blieb wie angewurzelt stehen. Er folgte ihrem Beispiel. Ehe er sich versah, hielt sie ihren Bogen in Händen, spannte ihn und zielte. Genau in dieser Sekunde kam ein riesiges Wildschwein aus den Büschen gestürmt und hielt direkt auf sie zu. Gale schoß. Der Pfeil drang in den Kopf des Tieres und durchbohrte noch dessen Schulter. Das Wildschwein brach zusammen, richtete sich wieder auf und humpelte starrsinnig auf seine beiden menschlichen Widersacher zu. Die Wunde war nicht tief genug, um das große Tier schachmatt zu setzen. Schon riß Gale einen zweiten Pfeil aus dem Köcher und spannte den Bogen. Zu spät! Das Tier rannte auf sie zu. Plötzlich bemerkte sie, wie sie hochgehoben und beiseite geschleudert wurde.

»Der Baum dort drüben!« rief Indy. »Schießen Sie von dort aus!« Ihr leuchtete ein, daß sie dort oben außer Gefahr war und in aller Seelenruhe zielen und schießen konnte. Doch gerade als sie auf den ersten Ast geklettert war, meinte sie, umkehren zu müssen. Soweit sie sah, besaß Indy keine Waffe, und nun hielt das wutschnaubende Tier auf ihn zu. Mit großen Augen beobachtete sie, wie Indy seine Jacke aufknöpfte, eine Sekunde später eine Peitsche in Händen hielt und sie durch die Luft sausen ließ. Ein Geräusch, einem Pistolenschuß gleich, krachte durch den stillen Wald. Das Peitschenende zischte über die Augen des Wildschweins, das unter Schmerzen aufstöhnte. Blut spritzte aus der Wunde, als wäre jemand mit einem scharfen Messer über das Tier hergefallen. Das Schwein wirbelte herum und griff von neuem an. Diesmal zielte Indy auf seinen Vorderlauf. Die Peitsche wickelte sich um das Bein. Indy rannte zu dem Wildschwein hinüber, ohne den Peitschengriff loszulassen.

»Schießen Sie!« brüllte er. Das Tier taumelte, fiel zur Seite und gab seinen ungeschützten Bauch preis. Gale feuerte einen Pfeil ab, der tief in das Fleisch drang. Dann noch einen und noch einen. Während das Wildschwein verzweifelt schrie und mit dem Tod kämpfte, kletterte Indy in aller Seelenruhe zu Gale auf den Ast hoch.

»Wir warten einfach ab, bis es tot ist«, sagte er.

Sie starrte ihn verwundert an. So einen Zweikampf hatte sie noch nie miterlebt. Wie Indy die Peitsche handhabte, mit welcher Schnelligkeit er reagierte, mit welcher Kraft er das Tier fixierte, hinterließ einen tiefen Eindruck bei ihr. »Wo ... wo haben Sie das gelernt ... ich meine, wie haben Sie das nur *gemacht?*«

Die Peitsche immer noch in Händen haltend, antwortete er ihr. »Die habe ich schon, seit ich ein kleiner Junge war. In erster Linie setzte ich sie gegen Schlangen ein. Wenn man in Gefahr ist, ist das genau die richtige Waffe. Damit kann man einer Klapperschlange oder einer Blindschleiche den Kopf aufschlitzen, genau wie mit einem Messer.« Er grinste sie verschwörerisch an. »Aber Sie in Ihrem Robin-Hood-Kostüm sind auch nicht gerade ohne. Sie haben uns gerettet. Wenn Sie nicht so schnell reagiert und geschossen hätten, wären wir jetzt vielleicht tot.«

»Zum Glück hatte ich keine Zeit zu überlegen«, erwiderte sie leise.

»Diese Regel sollte man in solchen Situationen immer befolgen. Denk *nicht* nach. *Acta non verba.*«

»Handeln, nicht reden«, übersetzte sie aus dem Lateinischen. »Wer auch immer Sie sein mögen, Sie faszinieren mich. Sie sind Amerikaner, das können Sie nicht verleugnen. Und doch wissen Sie, wie man mit einer Peitsche umgeht, und Sie sprechen alte Sprachen.«

Wieder grinste er. »Über die Sprachen unterhalten wir uns später. In der Zwischenzeit könnten wir etwas essen. Ich hoffe nur, Sie sind als Koch ebenso gut wie als Bogenschütze.«

»Schützin«, betonte sie.

Er beäugte sie kritisch. »Das Offensichtliche bedarf keiner Erklärung.«

Sie war erstaunt und errötete. Sie kletterte von dem Ast herunter, ohne das zuckende Wildschwein aus den Augen zu lassen. Keine Minute später stand er neben ihr. »Sie dürfen sich aussuchen, was Sie machen möchten. Wie heißen Sie?«

»Parker. Gale Parker.«

Er streckte die Hand aus. »Jones. Indiana Jones. Möchten Sie etwas zu essen suchen oder lieber Feuerholz sammeln?«

»Ich werde das Fleisch rausschneiden, Sie gehen sammeln.«

Später saßen sie zusammen am Feuer, aßen frisches Fleisch und unterhielten sich bis in die frühen Morgenstunden. Gleich bei ihrer ersten Begegnung besiegelten sie wortlos ihre Freundschaft. Ja, Freundschaft war es, was sie verband, aber auch ein Hauch Verzweiflung, Witz, Klugheit und die Tatsache, daß sie beide nicht sonderlich erpicht auf Gesellschaft waren. Er bewunderte ihr profundes, instinktives Wissen, was alte Kunst und Kulturen anbelangte, ihren selbstverständlichen Umgang mit der schwarzen Magie der Zigeuner und ihr Interesse an allem Paranormalen. Und daß sie sich ebenso sicher in der Welt der Wissenschaften zurechtfand wie in den Wäldern. Indy kannte sich besser mit den Geistern und Göttern der verschiedensten

Kulturen aus, aber er war bis jetzt noch niemandem begegnet, der soviel mit ihm gemeinsam hatte.

In den folgenden Jahren hielten sie immer Kontakt.

Sie arbeiteten an mehreren wissenschaftlichen Projekten zusammen, und sie besuchte seine Vorlesungen in London, was ihn anfangs etwas irritierte.

Und dann kam auf einmal dieser Anruf. Es handelte sich seiner Auskunft nach um eine ganz besondere Mission, die von außerordentlicher Bedeutung war. »Mehr kann ich Ihnen im Augenblick nicht darüber sagen. Den Rest werden Sie später erfahren. Aber ich möchte, daß Sie mitmachen, zu meiner Gruppe gehören. Sie haben keine Bedenkzeit. Ja oder nein?«

Sie seufzte. Und wußte gleichzeitig, daß sie seinen Vorschlag nicht ablehnen konnte.

Und nun saß sie hier in diesem abgeschiedenen Bauernhaus in einem Bundesstaat namens Iowa, wartete und zerbrach sich den Kopf über das, was sie nicht wußte. Sie wartete darauf, daß Indy aus Chicago oder von wo auch immer zurückkehrte und sich zu dieser *ungewöhnlichen* Truppe gesellte, die er hier zusammengetrommelt hatte.

Obwohl Willard Cromwell eine komplexe und beeindruckende Persönlichkeit war, hatte sie doch bisher noch niemanden wie Tarkiz Belem kennengelernt. Gleich bei ihrer ersten Begegnung fand sie, daß man diesen dunkelhäutigen Kurden am besten mit einem Wort beschreiben konnte: *Gefahr.*

Tarkiz Belem war einer der unmoralischsten Menschen, der ihr bis jetzt unter die Augen gekommen war. Daß er jemanden wie Indiana Jones kannte, begriff sie nicht. Er schien das krasse Gegenteil von allem zu sein, was Jones verkörperte. Der erste Eindruck kündete weder von Intelligenz noch von Leidenschaft oder Witz. Und doch hatte Jones diesen Mann höchstpersönlich ausgesucht für diese – *falls* das der Wahrheit entsprach – besondere Mission.

Niemand, das wußte Indy, kannte sich besser als Belem in den dunklen Straßen und verschwiegenen Hinterzimmern des Mittleren Ostens und der angrenzenden Mittelmeerländer aus. Tarkiz beherrschte alle dort ansässigen Sprachen, wußte sich mit hochstehenden Regierungsbeamten auf deren Niveau zu unterhalten, wie auch im Gassenjargon der Hehler und Diebe. Außerdem schien er in diesen Ländern über wichtige Kontakte auf allen Ebenen zu verfügen. Falls es die Lage erforderte, wurde er auch im Vatikan empfangen.

»Er weiß etwas über jeden dort«, hatte Indy Gale erläutert, »und niemand weiß besser als Sie, daß in jenem Teil der Welt darin der Schlüssel zum Erfolg liegt. Sollte Tarkiz etwas zustoßen, gäbe es so etwas wie eine Explosion der Skandale. In Banktresoren hat er Unmengen von Informationen hinterlassen, die sofort *veröffentlicht* werden, wenn sein Tod bestätigt wird. Das hält die Personen, mit denen er Geschäfte macht, davon ab, ihn übers Ohr zu hauen. Was immer er möchte, wird ihm gewährt. Dieser Mann ist unglaublich gierig und schachert zusammen, was geht, aber er ist auch klug genug zu begreifen, daß eine Hand die andere wäscht. Und daran hält er sich bei seinen Geschäften. Natürlich fühlen sich die Leute ihm dadurch verpflichtet, aber er kümmert sich eben auch um ihre Belange.«

»Sie sagten, er sei klug«, führte Gale irritiert an. Sie konnte nicht fassen, daß Indy jemanden wie Tarkiz Belem mit diesem Attribut beschrieb.

Indy grinste sie fröhlich an. »Na gut, er hat die Intelligenz einer Bergziege. Aber er ist eine sehr eigenwillige Ziege.«

»Und genau so riecht er auch«, murmelte Gale.

Indy lachte laut heraus. »Wie wahr! Aber betrachten Sie es einmal von der Seite: Selbst wenn Sie ihn nicht sehen, werden Sie doch immer wissen, wann er kommt.«

Nun mußte auch sie grinsen. Indy war durch und durch Optimist. In seinen Augen war eine Tasse nie halb leer, sondern immer halb voll.

»Ist er tatsächlich Kurde? Meiner Meinung nach könnte er von einem irakischen Stamm, einem türkischen, einem indianischen oder afghanischen abstammen. Wer weiß? Dieser Mann hat mehrere Pässe und ...«

»Vierzehn«, unterbrach Indy sie. »Hören Sie, niemand beherrscht die Kunst des Überlebens so wie er. Er spricht viele Sprachen. Er ist knallhart. Ist in der Gosse aufgewachsen und lernte dank seiner Gerissenheit zu überleben. Sie scheinen seinen Mangel an Schulbildung zu beklagen, aber er verfügt über die besten Qualifikationen, wenn es darum geht, Informationen zu beschaffen. Das gelingt keinem so schnell wie ihm.«

»Er ist ein Krimineller, nicht wahr?«

»Zweifellos. Offiziell wird er mindestens in fünf Ländern gesucht, und das für eine Liste von Verbrechen, die länger als Ihr Arm ist. Aber jedes Mal, wenn er endlich verhaftet wird, hat man die Anklage fallengelassen, und innerhalb einer Stunde treibt er sich wieder auf den Straßen herum. Seine Freiheit erkauft er sich mit Geld, mit Erpressung, mit Kontakten. Gerüchte besagen, daß er sich viele Jahre als professioneller Mörder verdungen hat.«

Gale erschauderte. »Prima. Hat er auch Frauen und Kinder getötet?«

»Wenn dem so sein sollte, schließe ich mich Ihrer Meinung an. Aber dieser Mann hat auch eine andere Seite«, fuhr Indy fort, »auch wenn man das komisch finden mag. Er hat sich eine ganz persönliche Moralvorstellung zurechtgezimmert, an die er sich hält. Ich kann ihn nicht schuldig sprechen. Er ist das Produkt seiner Umgebung. Dort ist Mord und Totschlag genau so selbstverständlich an der Tagesordnung wie Kaffee und Apfelkuchen bei mir daheim. Was mich anbelangt, hält mich die Religion zu ihm auf Distanz.«

»Seine *Religion*?« platzte Gale heraus.

»Gold. Er glaubt von ganzem Herzen an den Mächtigen Gott des Goldes. Das grenzt meiner Meinung nach schon an Paranoia. Dabei geht es nicht nur um Geld, nein, ich spreche von dem Edelmetall. Von Gold in jeder Form. Juwelen, Münzen, Ingoten, wie auch immer.«

»Ich frage mich«, merkte Gale mit düsterer Miene an, »wie viele Gold*zähne* er wohl in seinem Mund haben mag.«

Indy war nicht zum Lachen zumute. »Bestimmt eine ganze Menge.«

»Machen Sie sich keine Sorgen, daß ihm jemand anderer mehr Geld als Sie bieten wird?«

Seine Antwort überraschte sie. »Oh, ich bezahle ihn nicht für seine Dienste. Jedenfalls nicht mit Geld, wollte ich damit sagen.«

»Womit dann?«

»Nun, es gibt ein altes Sprichwort, Gale. Darin heißt es, daß jeder Mann seinen Preis hat. Es ist nicht wahr, daß jeder gekauft werden kann, solange der Preis nur hoch genug ist. In Wirklichkeit hat jeder seinen Preis – oder einen *Grund*. Selbst bei einem Menschen wie Belem werden Sie auf etwas stoßen, das Geld transzendiert. Oder in diesem Fall Gold.«

»Und Sie kennen seinen Grund?«

Seine Antwort war ein Lächeln. Gale wußte, wann sie aufhören mußte. Ohne zu zögern, wechselte sie das Thema. Ihr Blick schweifte zum fünften Mitglied der Gruppe. Sie erinnerte sich an das Gespräch mit Indy über Rene Foulois.

»Unser Franzose scheint mir das genaue Gegenteil zu Belem zu sein.«

Indy hatte ihr erzählt: »Oh, das ist er. Ganz entschieden. Er wird in Häusern empfangen, wo wir nie und nimmer Zugang fänden. Er kennt Könige, Kaiser, Präsidenten, Diktatoren, er kennt überall jeden.«

»Ich weiß nicht sehr viel über ihn.«

»Er ist Pilot. Ein Meister der Lüfte. Darin gleicht er Cromwell. Zwei Piloten zu haben, die gleich gut sind, ist eine Art Versicherung.«

Woher er wirklich kam, erfuhr Gale nie. Während des Ersten Weltkrieges war Foulois für seine Flugkünste berühmt geworden, hatte mehr als vierzig deutsche Flugzeuge abgeschossen. Dafür wurde er in Frankreich zum Helden gekürt. Daß er darüber hinaus auch noch groß und schlank war, mit einem dünnen Menjou-Bärtchen, das seine Oberlippe zierte, und sich auf gesellschaftlichem Parkett selbstverständlich bewegen konnte, tat seinem Ruf keinen Abbruch, ganz im Gegenteil. Die Familie Foulois besaß mehrere Weinberge, ihre edlen Tropfen waren auf der ganzen Welt gefragt. Reichtum war schon seit jeher ein Schlüssel zum Tor der Welt, und Foulois, dieser wagemutige, wohlhabende Mann, der als Nationalheld gefeiert wurde, war überall gerngesehener Gast. Wenigstens ein Dutzend Regierungen empfingen diesen brillanten und charmanten Flieger mit offenen Armen.

Natürlich diente all das als Tarnung, mit dem Unterschied, daß die Tarnung *echt* war. Niemand vermutete, daß Foulois als Geheimagent der französischen Fremdenlegion diente, eine Position, in der die ganze Welt für ihn von Interesse war. Durch eine vor Jahren geschlossene Vereinbarung mit den Sicherheitsdiensten vieler Nationen hatte der verdeckt arbeitende Zweig der Legion »Zugriff« auf die ganze Welt.

Sie arbeitete unter dem Deckmantel *International Wine Consortium Ltd.*, deren Stammsitz und Büros in Bordeaux lagen.

Für Foulois war die Mission, der Jones vorstand, eine willkommene Abwechslung von seinen sozialen und diplomatischen Funktionen. Im Herzen war der Franzose Kampfflieger geblieben. Ihn dürstete es nach Aufgaben, die ihn begeisterten, an denen er sich messen konnte. Er liebte die Schlacht und das Risiko.

Trotzdem hielt er das Unterfangen, dem die Gruppe sich verschrieben hatte, für völlig lächerlich. Niemand anderer als Henri DuFour, Direktor des französischen Geheimdienstes, bat ihn, mit Indiana Jones zusammenzuarbeiten. Als er Foulois die halbmondförmigen Flugmaschinen und ihr überdimensional großes Mutterschiff beschrieb, schüttelte der Franzose abfällig den Kopf. Er glaubte nichts von dem, was ihm da vorgetragen wurde. Daß es Augenzeugen gab, änderte nichts an seiner Einstellung.

Dennoch willigte er ein, bei dem Unternehmen eine rangniedere Position einzunehmen. DuFours Überredungskunst fruchtete also. »Es ist nicht von Bedeutung, ob wir an die Existenz dieser phantastischen Maschinen glauben, Rene. Daß der Krieg mit Deutschland zwölf Jahre zurückliegt, und wir uns mit einer Wiederaufrüstung konfrontiert sehen, die viel zu schnell voranschreitet, allein das zählt. Wissen Sie von dem Trainingsprogramm der Russen für die Deutschen? Wissen Sie von ihren Navigatoren und Piloten? Gut, dann dürften Sie sich des Ernstes der Lage bewußt sein. Wir müssen herausfinden, was die Gegenseite im Schilde führt. Darin liegt Ihre Aufgabe. Sie werden für diesen Amerikaner arbeiten, und Sie werden so tun, als glaubten Sie den ganzen Unsinn.«

Foulois nickte. »Verspricht, äußerst amüsant zu werden. Wenn ich richtig verstehe, bauen die eines ihrer Ford-Flugzeuge um. Eine dreimotorige Maschine. Freue mich jetzt schon drauf, den Kasten zu fliegen.«

Und nun saßen sie alle in diesem isolierten, einsamen Bauernhaus, flachsten miteinander herum und fragten sich, was Indy Jones in Chicago zu erledigen hatte und warum das so wichtig war, daß sie hier untätig warten mußten.

Trotzdem blieb ihnen nichts anderes übrig, als auszuharren.

4

Ein gedrungener Mann in dicker Windjacke und Seemannsmütze durchquerte mit ausladenden Schritten den Chicagoer Busbahnhof. Beim genaueren Hinsehen bemerkte man, daß er leicht hinkte. Dieser Mann blieb jedem, dem er auffiel, garantiert durch folgende Merkmale in Erinnerung: die Jacke, die Kappe, das etwas windschiefe Gehen, die Zielstrebigkeit und Stärke, die er ausstrahlte.

Draußen vor dem Gebäude stellte er sich dicht an die Wand und beobachtete die Warteschlange vor den langsam herangleitenden Taxen. Nachdem sich die Reihe beträchtlich verkürzt hatte, marschierte er gemächlich die Taxireihe ab. Seine Bewegungen wirkten lässig, ruhig, aber sein Blick war aufmerksam, wanderte zielsicher von einem Wagen zum anderen, bis er das gelbrot markierte Fahrzeug entdeckte, das er gesucht hatte. Der Seemann blieb stehen, zog ein Feuerzeug heraus, hielt schützend eine Hand darüber und drückte unbemerkt auf einen Knopf, der keine Flamme, sondern ein winziges, helles Licht auslöste. Genau in diesem Augenblick wurde das Freizeichen des Taxis ausgeschaltet, angeschaltet und wieder ausgeschaltet. Der Seemann ließ das »Feuerzeug« in seine Jackentasche gleiten, hielt auf das Taxi zu und stieg ein. Kaum hatte er die Wagentür geschlossen, fuhr das Fahrzeug los und fädelte sich in den Verkehr ein.

»Schöner Abend, Sir«, begrüßte der Mann hinter dem Steuer seinen Fahrgast und inspizierte ihn im Rückspiegel.

»Ja, wenn man mal davon absieht, daß die Küche zu voll ist«, kam die Antwort.

»Mehr Teller als Tassen, würde ich sagen.«

»Trinken Sie Ihren Tee lieber kalt oder heiß, Sir?«

Der Fahrgast grinste. »Meinen Kaffee trinke ich schwarz.«

Das war die Bestätigung, die Professor Jones dem Mann hinter dem Steuer geben sollte. Nun mußte er nur noch auf die richtige Antwort des *Fahrers* warten.

»Genau wie ich. Ich gieße ihn immer in die Untertasse, damit er schneller abkühlt.«

»Ausgezeichnet«, sagte Jones.

»Treadwell hat einen Hang zu Übertreibungen, finden Sie nicht?« Der Fahrer lachte laut.

»Kommt ganz darauf an«, erwiderte Indy leidenschaftslos. »Sie kennen den Mann besser als ich. Ich habe Ihren Namen nicht verstanden«, fügte er schnell hinzu.

»Ich habe ihn noch gar nicht genannt. Am besten sagen Sie ihn mir, und dann können wir dieses geheimnisvolle Getue ad acta legen.«

»Colonel Harry Henshaw, Armee der Vereinigten Staaten. Kampfflieger, Testpilot, technischer Abwehrdienst, an Sonderprojekten beteiligt.«

»Professor Henry Jones, Professor für Literatur und Vergleichende Studien des Mittelalters, von der guten, alten Princeton University«, zählte der Taxifahrer auf. »Wie kommt es, daß man Sie Indy nennt und nicht Hoosier?«

Nun mußte Indy lachen. Keine Frage, daß sich Treadwell gerade *diesen* Armee-Offizier ausgesucht hatte. »Ich könnte mir denken, daß die meisten Leute Hoosier nicht buchstabieren können.«

Henshaw kicherte, hielt dann aber ganz unvermittelt an sich, als könne er seine Gefühle mittels eines Schalters steuern. »Ihre Pläne für den Zug morgen abend, sind die immer noch aktuell?«

Indy registrierte den veränderten Tonfall, das andere Gebahren. Jetzt ging es nur und ausschließlich ums Geschäft. Mit der Frage hatte Henshaw ihm noch mal bestätigt, daß er der richtige Mann war. Indy hatte bislang zu vergessen erwähnt, wohin er wollte, aber Henshaw fuhr in Richtung eines Nachtclubs namens *The Nest.* Und genau dorthin wollte Indy gebracht werden.

»Ja, so ist es«, antwortete Indy knapp.

»Man hat mir aufgetragen, Ihnen ein paar Fragen zu stellen«, fuhr Henshaw fort.

»Dann schießen Sie mal los.«

»Es gibt eine Menge Leute, die am Zaun hängen und Sie im Auge behalten, Professor, und ...«

»Indy, lassen Sie den Professor weg.«

»Okay. Wie ich sagte, viele Leute fragen sich, was vorgeht. Unter anderem, warum interessiert sich alle Welt für diese Zugladung, die unten in Südafrika verlorengegangen ist.«

»Hat Treadwell Ihnen das nicht erklärt?«

»Nein, Sir. Gemäß meinen Instruktionen soll ich das direkt von Ihnen erfahren.«

»Colonel, es wäre einfacher, wenn ich zuerst erführe, was Sie schon wissen«, meinte Indy.

»Man hört etwas über ein Artefakt. In der Gerüchteküche, die auf vollen Touren arbeitet, heißt es, daß dieses Artefakt entweder von einer sehr alten Kultur stammt, oder«, Henshaw zögerte, »ich weiß, das klingt ziemlich verrückt, es könnte von Außerirdischen stammen.«

In die Schatten der Rückbank gelehnt, grinste Indy zufrieden. Der Plan, den er und Treadwell vor einiger Zeit ausgearbeitet hatten, funktionierte ausgezeichnet. Treadwell konnte langjährige Erfahrungen als Ermittler des militärischen Abwehrdienstes *und* in Fragen der Kriminalistik vorweisen. Er glaubte fest daran, daß es einfacher war, den Leuten eine faustdicke Lüge anzudrehen als eine winzige Unwahrheit, und wenn man diese Einschätzung und die Gier der Leute berücksichtigte, konnte man Menschen alles mögliche glauben machen.

Indy mußte an das denken, was Treadwell ihm gesagt hatte: »Falls die Möglichkeit bestünde, daß Sie etwas sehr Wertvolles verlören oder es Ihnen gestohlen würde, müßten Sie daraus schließen, daß Sie sich und Ihren Besitz nicht immer richtig verteidigen können. Es gibt einen Trick, Ihren Besitz einigermaßen zu sichern: Sie greifen auf einen Aufspürer zurück. In vielen Fällen können Sie weder Chemikalien noch etwas, das Funksignale aussendet, einsetzen. Entfernung, Zeit, andere Komplikationen sprechen dagegen. Also sorgen Sie dafür, daß die Leute, die Ihnen geschadet haben, sich so verhalten, wie Sie es möchten, und auf diese Weise werden *sie* zum Tracer. Sehr praktisch.«

Treadwell hatte Indy eingeschärft, wie wichtig es war, daß sein Taxifahrer – Colonel Harry Henshaw von der U.S.Army – die Wahrheit erfuhr. Indy hatte den Auftrag erhalten, ihn davon in Kenntnis zu setzen, daß das Artefakt, das bei dem Raub in Südafrika entwendet worden war, absichtlich von Treadwell zwischen den Diamanten versteckt worden war. Durch Indys fachliche Kenntnisse im Bereich der Mythen und Mysterien war es den beiden Männern ein leichtes gewesen, ein Artefakt herzustellen, das in den Augen eines Laien außergewöhnlich selten und damit unbezahlbar zu sein *schien.*

»Harry ist ein eigenartiger Kauz«, hatte Treadwell ihm erzählt, »aber dafür ist er absolut brillant. Und einzigartig, keiner arbeitet so wie er. Er ähnelt einem, ähm, wandelnden Lexikon, hat Tausende von Informationen in seinem Kopf gespeichert, die er zusammen in Beziehung setzt. Die Schlüsse, die er zieht, verblüffen immer. Also, sagen Sie ihm die Wahrheit über das Artefakt, aber, bitte, Indy, tun Sie das nur, wenn Sie beide allein sind und es gewährleistet ist, daß niemand Ihre Unterhaltung belauschen kann.«

Indy blickte sich um. Ihm fiel auf, daß der Wagen in Wirklichkeit keiner Taxigesellschaft gehörte. Wahrscheinlich gehörte er der Regierung und wurde für »ungewöhnliche Transporte« genutzt, wie das im Moment auch der Fall war. Da Henshaw zur Truppe gehören sollte, die Indy bei seiner Suche nach diesen Scheiben oder Halbmonden oder was auch immer unterstützte, machte Treadwells Vorschlag Sinn. Ja, Henshaw mußte so schnell wie möglich in die Lage versetzt werden, eigene Untersuchungen durchzuführen.

»Harry, ist dieses Taxi sicher?« fragte Indy den Mann am Steuer.

»Sicher? Indy, dieser Wagen ist gepanzert. Das Glas ist kugelsicher. Wenn jemand mit einem Maschinengewehr auf dieses Fahrzeug feuert, prallen die Kugeln einfach ab.«

»Das meinte ich nicht«, erwiderte Indy schnell. »Keine Aufzeichnungsgeräte? Mikrofone, Funkgeräte?«

»Nein, Sir. Nichts von alldem.«

»Harry, Treadwell möchte, daß ich Sie über das Artefakt ins Bild setze.«

Plötzlich schlingerte das Taxi: Henshaw war offenbar mehr als erstaunt. »Freut mich, das zu hören. Würde lügen, wenn ich so täte, als jucke es mir nicht in den Fingern, die Wahrheit zu erfahren.«

»Sie werden sich noch wundern, Harry.«

»Was wollen Sie damit sagen?«

»Ist Ihnen der Ausdruck ›roter Hering‹ geläufig?«

»Ja. Das ist eine falsche Spur. Etwas, mit dem man andere Leute in die Wüste schicken kann.«

»Nun, diese Pyramide ist ein roter Hering.«

Der Colonel schwieg eine Weile lang. »Sind Sie sich da ganz sicher, Indy? Ich meine, wir haben derart wilde Geschichten darüber gehört ...«

»Genau das ist unsere Absicht gewesen«, unterbrach Indy ihn. »Das war von Anfang an unser Plan. Natürlich werden Sie mit *niemandem* darüber sprechen. Treadwell ist davon überzeugt, daß es irgendwo in seiner Organisation eine undichte Stelle gibt. Darum hält er sich so bedeckt. Trotzdem hat er darauf bestanden, daß Sie erfahren, was gespielt wird. Falls Treadwell recht hat, wird uns dieses Artefakt ein paar nützliche Hinweise liefern.«

Henshaw lachte trocken. »Wissen Sie was? Ich hoffte, hoffte wirklich, daß dieses Ding aus dem Weltraum stammt«, gab er zu und zeigte nach oben.

»Na, diesmal hat es nicht geklappt, Harry.« Indy schaute nach draußen auf die Straße. »Wir dürften gleich dasein. Ich möchte, daß Sie mich zwei Blocks vor dem Nachtclub absetzen. An irgendeiner Ecke, aber so, daß niemand sieht, daß ich mit dem Taxi gekommen bin.«

»Habe verstanden. Brauchen Sie Rückendeckung?«

»Nein, diesen Job muß ich allein erledigen. Sie wissen, wo sich unsere Gruppe aufhält, oder nicht?«

»Dieses Haus wurde von uns schon vor Ihrer Ankunft überwacht.«

»Danke, ist gut, das zu wissen.« Indy zeigte auf eine Straßenecke. »Lassen Sie mich dort drüben raus.«

Henshaw ließ den Wagen an den Bürgersteig rollen. Indy wartete, bis gerade kein Fußgänger unterwegs war. Bevor Henshaw wußte, wie ihm geschah, war Indy ausgestiegen und an der nächsten Ecke verschwunden.

Der gedrungene Mann mit der dicken Windjacke, den schweren Stiefeln und der gestrickten Wollmütze schlurfte schwerfällig auf den Blues und Jazz Club zu. *The Nest.* Leicht hinkend näherte er sich dem hellerleuchteten Eingang, der von einem Türsteher mit der Statur eines Grizzlybärs bewacht wurde. Mike Patterson war wie prädestiniert für diese Aufgabe. Der ehemalige Profiboxer, der es nie richtig nach oben geschafft hatte, war groß und stark genug, um diesen Job problemlos zu bewältigen. Ohne die Miene zu verziehen wies er Penner und Typen wie diesen schwerfälligen Seemann, die in den Club wollten, ab.

»Verzieh dich, du Niete«, knurrte Patterson die Gestalt an, die vor ihm auf der Straße stand. »Weißt du was, Junge, du stinkst fünf Meilen gegen den Wind. Ich wette, du hast seit Jahren keine Badewanne mehr gesehen.«

Henshaw hatte nicht mitbekommen, daß Sekunden, nachdem Indy ausgestiegen war, ein Bart sein Gesicht zierte. Diese Verkleidung hatte Gale für ihn ausgesucht. Das haarige Ding mußte mit Theaterkleber fixiert werden. Wer immer dieser armen Kreatur über den Weg lief, wäre nie und nimmer auf die Idee gekommen, daß das Indiana Jones war.

Vornüber gebeugt und schwer keuchend, versuchte der alte »Seemann«, sich an Patterson vorbeizuzwängen. »Ich werde niemanden belästigen«, jammerte er. »Möchte einfach nur die Musik hören.«

Dem alten Penner wurde eine kräftige, schwielige Faust vor das Gesicht gehalten. »Wenn du nicht sofort von hier verschwindest, du Arsch, wirst du nur die Vögel pfeifen hören, falls du kapierst, was ich damit sagen will. Jetzt mach dich vom Acker, bevor ich dich zu Brei schlage.«

Der alte Mann zuckte zusammen. »Tun Sie mir nichts«, flehte er.

Patterson brach in brüllendes Gelächter aus. Den Kerl zu vermangeln würde ihm eine Freude sein. Seine muskulöse Hand griff nach der Windjacke. Mühelos hob er den Mann hoch, bis nur noch seine Fußspitzen den Asphalt berührten. Mit der anderen Faust holte er weit aus.

Aber er schlug nicht zu. Der alte Mann hielt sein Gesicht ganz dicht vor Pattersons Nase und blies dem Türsteher weißes Puder in die Augen, das höllisch brannte.

Der Ex-Boxer heulte vor Schmerzen auf, taumelte zurück,

stolperte über einen Pfosten und fiel hin. »Ich bin blind!« rief er. »Ich kann nichts sehen. Meine Augen ... *ich kann nichts sehen!*«

Ein paar Männer kamen aus dem Jazzclub gerannt. Als sie sahen, daß Patterson sich auf dem Boden wand und wie ein Wahnsinniger seine Augen rieb, blieben sie wie angewurzelt stehen. Jack Shannon von den Shannon Brüdern, denen der Club gehörte, machte sich als erster ein Bild von der Lage und reagierte. Ohne groß nachzudenken, packte er den Penner am Arm und hielt ihn fest.

»Was ist hier passiert, alter Mann?« fragte Shannon nach einer Erklärung. Er zeigte auf Patterson. »Hast du das getan?«

»Ich wollte ihm nicht weh tun«, wimmerte der Seemann. »Wollte nur die Musik hören, das ist alles. Wollte diesen Musiker, diesen Shannon hören.«

»Woher kennst du seinen Namen?« brüllte Shannon. Diese Frage hatte er instinktiv gestellt. In der Nachtclubszene von Chiacgo war er bekannt wie ein bunter Hund, aber daß dieser Penner hier ...

Als der alte Mann sich mit seinem ganzen Körpergewicht an ihn lehnte, erstarrte er. Ganz deutlich spürte er, wie der Mistkerl ihm die Mündung einer Waffe in die Seite bohrte. Der alte Mann legte die Lippen an Shannons Ohr, und der Gestank von Fisch und Knoblauch ließ den Musiker fast in Ohnmacht fallen.

»Rein«, flüsterte der Alte, hustete ihm ins Gesicht und bohrte den Pistolenlauf noch tiefer in sein Fleisch. »Wir gehen rein, tun so, als seien wir alte Kumpel, kapiert? Bin ein Freund der Familie. Und dann gehen wir in einen der hinteren Räume, verstanden? Wir gehen in dein Büro und schließen die Tür, und du sorgst dafür, daß uns niemand stört. Alles klar?«

Shannon, der groß und hager war, ja, fast unterernährt wirkte, nickte. Er begriff überhaupt nichts mehr, ging aber davon aus, daß bei dem Alten ein paar Sicherungen durchgebrannt waren. Doch mit jemandem, der einem eine Waffe in die Seite bohrte, diskutierte man nicht. »Okay, okay«, erwiderte Shannon ruhig. »Aber immer sachte mit dem Bleirohr, alter Mann. Du willst doch bestimmt keine Scherereien.«

»Klappe halten, Mister.« Wieder spürte er die Mündung. »Setz dich in Bewegung und vergiß nicht, freundlich zu lächeln.«

Der Gestank des Alten bewirkte, daß Shannon seiner Aufforderung Folge leistete. Die Kellner des Clubs rissen die Augen auf, als ihr eleganter Boß Arm in Arm mit einem alten Penner durch die Kneipe marschierte, aber niemand gab einen Kommentar ab. Shannon war ein hervorragender Blues-Musiker, und jeder wußte, daß viele seiner Kollegen seit Beginn der Depression, die das Land im Würgegriff hielt, keine Arbeit mehr fanden. Shannon war überall für seine Großmütigkeit berühmt. So gut es ging, half er seinen Kameraden. Und genau aus diesem Grund stellte sich dem ungleichen Paar niemand in den Weg.

Vor der Bürotür blieb Shannon stehen. Die Waffe bohrte sich zwischen seine Rippen. »Denk dran, keiner darf rein«, lautete die heisere Warnung.

»Kein Problem, Alter«, antwortete Shannon sanftmütig. Er wollte sichergehen, daß der betagte Seemann sich nicht aufregte. Ein ordentliches Mahl und ein gut eingeschenkter Whisky würden ihn sicherlich besänftigen.

Shannon wandte sich an einen Hünen, der sie skeptisch beäugte. »Heh, Syd, das ist ein alter Kumpel von mir«, log Shannon. »Tu mir einen Gefallen. Die Sache ist persönlich, und wir möchten nicht gestört werden, okay?«

»Ja, Sir, ich habe verstanden«, gab der Mann zur Antwort. Er hatte das Gefühl, daß etwas nicht stimmte, aber ein Befehl war ein Befehl.

Im Büro befahl der stinkende alte Kauz Shannon, die Tür abzuschließen, was der Musiker auch tat, ohne einen Laut von sich zu geben.

»Und jetzt setzt du dich in den Sessel dort drüben.« Der Fremde trat ein paar Schritte zurück. Nun konnte Shannon die auf ihn gerichtete Waffe sehen, eine Webley .455, die sechs Kugeln faßte. Mit diesem Ding konnte man einen Elch mit einem Schuß erledigen.

Shannon hob die Augenbrauen. Irgendwie kam ihm die Waffe bekannt vor. Andererseits waren Waffen in Chicago genauso verbreitet wie Zigaretten. Shannon fragte sich, wer eine *Webley* trug? Eine Smith&Wesson, ja, das war keine Seltenheit. Oder einen Colt Automatic. Manchmal kam einem sogar eine Remington mit langem Lauf unter, aber ...

Ziemlich verwundert sah Shannon, wie der Alte die Mütze abnahm. Dann riß er den falschen Bart ab und grinste bis über beide Ohren. Die Windjacke fiel zu Boden, und die Webley verschwand unter einem dunkelblauen Sportjackett aus Wildleder.

»Tag, Jack«, begrüßte ihn der Mann, der nun gar nicht mehr alt war.

Shannon stand auf und schüttelte verwirrt den Kopf. »Ich glaube es einfach nicht«, flüsterte er. »Gott Allmächtiger, ich glaube es einfach nicht. *Indy!*«

»Ja, ich bin es.« Indy grinste seinen Freund an. Shannon kam zu ihm hinübergerannt, legte seine Arme um ihn und drückte ihn an sich. Dann klopften sich die alten Kameraden gegenseitig auf den Rücken.

Shannon trat zurück, um Indy zu mustern. »Mann, dein Anblick erfreut meine alten Augen«, rief er aufgeregt. »Aber ... aber warum diese Verkleidung?« Abwehrend hob er die Hand. »Warte mal kurz, Indy. Nach dem, was du mir angetan hast, brauche ich dringend einen Drink.« Er drehte sich um, schnappte sich eine Flasche und zwei Gläser von der Bar an der Wand. »Und du, alter Freund, brauchst eine Mundspülung und ein Bad.«

»Gehört alles zur Aufführung, Jack. Aber ja, laß uns einen trinken. Ich kann diesen Knoblauch- und Fischgestank auch nicht ausstehen.«

Shannon reichte seinem Freund und besten Kameraden aus Kindheitstagen das Glas. Sie stießen an und tranken schweigend einen Schluck Whisky. Shannon schenkte nach, aber diesmal nippte Indy nur vorsichtig an dem Drink. »Siehst großartig aus. Immer noch dünn wie eine Bohnenstange, aber ...« Er zuckte mit den Achseln. »Was macht deine Musik?«

»Läuft besser denn je. Wir haben jetzt ein festes Stammpublikum. Anscheinend gibt es doch ein paar Leute, die begreifen, daß ich einen neuen Trend im Blues kreiert habe.« Shannon kippte den zweiten Drink hinunter, stellte das Glas weg und ließ sich in den Sessel fallen.

»Ich kann es immer noch nicht fassen!« platzte er heraus. »Indy, was soll das *alles?* Du brauchst doch nicht so 'ne Nummer abziehen, um mich zu *besuchen.* Wir sind schließlich seit Ewigkeiten befreundet.«

Indy spülte den Mund mit Whisky aus, damit er den Knoblauch-, Fisch- und Pudergeschmack loswurde, bevor er das halbvolle Glas beiseite stellte.

»Ist ganz einfach, Jack«, antwortete Indy, plötzlich die Ernsthaftigkeit in Person. »Niemand außer dir darf erfahren, daß ich, daß Professor Jones heute abend hiergewesen ist.«

»Versteh ich nicht«, erwiderte Shannon ebenso ernst. »Früher warst du so eine Art fester Bestandteil von diesem Laden. Bist in regelmäßigen Abständen aufgetaucht. Stimmt was nicht, Indy? Ich meine, du mußt doch einen Grund haben, sonst würdest du nicht so eine Scharade abziehen.« Die Erinnerung an vergangene Zeiten ließ Shannon schmunzeln.

»Aber mir fällt gerade ein, daß du *immer* einen guten Grund hattest, für das, was du gemacht hast. Also, worum geht es, Kumpel?«

Indy studierte das Gesicht des Mannes, mit dem er hier, in dieser Stadt, aufgewachsen war. »Jack, hast du es immer noch mit der Kirche?«

»Was?«

»Ich meine, du hast immer das, was deine Familie für richtig und wichtig hielt, hochgehalten. Ich kann mich nicht erinnern, daß du mal die Sonntagsschule geschwänzt hast.«

»Tu ich auch *heute* noch nicht. Ist noch genau wie früher. Warum?«

»Könnte einen Einfluß auf das haben, was ich dich fragen muß.«

»Dann frag doch. Nur so wirst du es herausfinden, Indy. Aber sag mir zuerst, was du mit Patterson angestellt hast.«

»Mit wem?«

»Mit dem Gorilla, den wir am Eingang postiert haben. Obwohl der Mann schon mit einer Menge Unruhestifter fertig geworden ist, hast du ihn dazu gebracht, wie ein Schulmädchen zu flennen.«

»Ach, das.« Indy nickte. »Nennt sich Tigerauge. Ist ein Puder, das ein paar Chemiker für mich zusammengemixt haben. War in einer Kapsel, auf die man raufbeißt. Brennt tierisch und läßt die Augen tränen. Dein Mann wird vor morgen nichts sehen, aber dann dürfte wieder alles in Ordnung sein.«

»Danke, daß du's mir erzählt hast. Ich meine, Patterson ist ein ziemlich guter Mann. Hat es im Ring zwar nie richtig geschafft, aber er gibt sein Letztes, um uns hier zu beschützen. Na, das war's nun mit den Fragen, Indy. Aus dem, was du bisher erzählt hast, schließe ich, daß du nur eine Stippvisite machst und dann wieder aus der Stadt verschwindest, richtig?«

»Richtig.«

»Genauso, wie du gekommen bist? Mit Bart, humpelndem Gang, wie ein Penner?«

Indy schüttelte den Kopf. »Nein. Wenn ich dem Club den Rücken kehre, bin ich ein gutgekleideter Mann mit einer gewissen gesellschaftlichen Stellung, mit Schnauzbart, Rennbahnkäppi, die ganze Schose. Gibt es noch diesen hinteren Privatausgang auf das Gäßchen?«

»Aber sicher.«

»Na, dann werde ich den benutzen. Wirst du mich fahren?«

»Selbstverständlich. Jetzt hör mal, Indy, du steckst doch nicht in Schwierigkeiten, oder? Ich weiß, das habe ich dich schon mal gefragt, aber ich wollte dir nur sagen, daß ich alles für dich tun würde. Du bist der beste Freund, den ich habe.«

»Danke, Jack. Nein, ich stecke nicht in Schwierigkeiten.«

»Bist du sicher, daß du gleich wieder verschwinden mußt? Ich meine, Kumpel, ich könnte ein paar deiner Lieblingssongs spielen, um der alten Zeiten willen, und diesen Laden, der die ganze Nacht geöffnet hat, gibt es immer noch. Schinken, Weißkohl und Bohnen, richtig, Indy? Alles so, wie wir es früher immer gemacht haben.«

»Nein, geht leider nicht, auch wenn ich gern bleiben würde. Hör mal, Jack, ich muß dich um Hilfe bitten. Es geht nicht um mich. Klingt es zu hochtrabend, wenn ich sage, daß es um dein Vaterland geht?«

Shannon riß die Augen auf. »Bist du jetzt ein FBI-Mann, Indy?«

Indy lachte. »Nein, nichts in der Art. Ich würde dir ja gern mehr erzählen, aber mir sind die Hände gebunden. Vielleicht irgendwann später, aber jetzt geht es nicht. Du mußt dich auf mein Wort verlassen.«

»Na gut, dann schieß mal los.«

»Deine Partner hatten doch mal einen Zustelldienst für Zeitungen. Was ist mit den Lastwagen passiert, haben sie sie immer noch?«

»Aber sicher.«

»Kannst du sie mitten in der Nacht anrufen und um einen Gefallen bitten?«

»Kein Problem, ist doch eh ihre Hauptarbeitszeit.«

»Ich brauche ein paar von ihnen, Jack. Nicht für heute, so eilig ist es auch wieder nicht.«

»Wo brauchst du sie?«

»In Milledgeville.«

»Was ist Milledgeville? Klingt wie die Heimat der Zwerge, wenn du mich fragst.«

Indy mußte schmunzeln. »Nicht ganz. Das ist eine Stadt, ungefähr neunzig Meilen westlich von hier. Dort in der Gegend gibt es eine Menge Kleinstädte. Polo, Oregon, Chadwick und Milledgeville. Und es gibt eine Bahnlinie, die direkt durch das Tal fährt, in dem diese Städtchen liegen.«

»Du machst mich neugierig, vielleicht erzählst du mir später wirklich mal, um was es geht. Wie viele Leute brauchst du?«

»Genug, um morgen nacht einen Zug anzuhalten und ihn auszurauben.«

Shannon riß den Mund auf. Ein paar Minuten lang brachte er kein Wort heraus. Und dann brach er in schallendes Gelächter aus. »Ich dachte, diese Sache hätte Stil! Was hast du vor, Indy? Willst du dich Jesse James und seinen Männern anschließen?«

Indy erkannte die Absurdität seiner Bitte und stimmte ins Gelächter ein. »Nein. Und die Sache *hat* Stil. Es geht um einen Spezialauftrag, Jack. Wie ich schon sagte, es geht um *dein* Vaterland.«

»Wenn mir jemand anderer diese Geschichte auftischen würde, würde ich ...« Shannon schüttelte den Kopf. »Na gut, Indy. Ich vertraue dir. Was wird in diesem Zug transportiert?«

»Gold. Artefakte. Wertvolle Sachen.«

»Und hinter was bist *du* her?«

»Am Gold haben wir kein Interesse.«

»Na, dann liegt die Sache schon *ganz* anders. Aber was passiert mit dem Gold nach dem Überfall? Ich habe da so eine Ahnung, daß du das auch mitnehmen wirst.«

»Da liegst du richtig. Aber ich möchte, daß das Gold wieder an seinen wahren Besitzer zurückgeht.«

Shannon kniff die Augen zusammen. »Dann bist du also hinter einer Art, ähm, tja, hinter etwas anderem her. Wirst du das behalten? Das muß ich einfach wissen.«

»Auch nur für eine gewisse Zeit.«

»Das ist doch verrückt. Ich nehme an, du wirst mir als nächstes klarmachen, daß bei diesem Überfall niemand verletzt wird.«

»Genauso ist es.«

Shannon seufzte. »Ich habe die richtigen Männer für diese Sache. Nun denn, ich könnte mir denken, daß du dich für einen bestimmten Waggon interessierst. Wirst du ihn für uns kennzeichnen?«

»Die Einzelheiten wollte ich dir überlassen.«

»Wie sieht es mit Wachposten aus?«

»Liegt bei dir. Von mir aus könnt ihr eine Menge Krach machen und herumballern, aber niemand darf verletzt werden. Und ich möchte, daß du eine bestimmte Ausrüstung zum Einsatz bringst.«

»Geht klar. Mitgefangen, mitgehangen.«

Eine Stunde später hatten sie die Sache durchgesprochen. »Wohin mußt du jetzt?« fragte Shannon.

»Zu einem abgelegenen Bauernhaus. Zwanzig Meilen südlich von Dubuque. Ungefähr hundert Meilen von hier.«

»Kenne ich.«

»Aber zuvor müssen wir einen Abstecher zum Busbahnhof in Downtown machen. Meine Sachen liegen dort in einem Schließfach.«

»Geht in Ordnung.«

»Ich bin dir sehr dankbar für das, was du für mich tust, Jack.«

»Und ich werde dir sehr dankbar sein, wenn du mir dann mal die Wahrheit erzählst.« Shannon hielt eine Hand hoch. »Ist ja gut, ist ja gut. Ich werde mich in Geduld üben.«

Indy klopfte ihm kameradschaftlich auf die Schulter. »Eines Tages wirst du's erfahren. Aber bis dahin ...« Er griff in seine Tasche und zog einen kleinen Lederbeutel heraus. »Achte bitte darauf, daß das hier morgen abend dabei ist. Steck es in einen der Säcke.«

Shannon nahm den Beutel entgegen. »Darf ich reinschauen?«

»Wäre mir lieber, du läßt es bleiben.«

Shannon zuckte mit den Achseln. »Was ist es wert?«

»Oh, zig Millionen, etwas in der Art.«

»Seit wann mimst du den Komiker, Indy?«

Drei Stunden später hörte die Truppe, wie ein Fahrzeug mit leistungsstarkem Motor die Straße am Fluß entlangrollte, die zum Bauernhaus führte. Gale spähte durch einen Gardinenspalt. »Sieht wie ein Personenwagen aus«, rief sie den anderen zu.

»Wie viele?« knurrte Tarkiz.

»Ich kann nur ein Scheinwerferpaar erkennen«, antwortete sie. »Wenn ihr hier drinnen das Licht löscht, kann ich ...«

Rene Foulois kam ihrer Aufforderung nach, bevor sie den Satz beendet hatte. »Scheint sich nur um einen Wagen zu handeln. Er hält. Ein Mann ist auf der Beifahrerseite ausgestiegen. Er geht um das Fahrzeug herum, bleibt zwischen den Scheinwerfern stehen.«

»Gut«, sagte Rene. »Das macht er, damit wir erkennen, wer er ist.«

»Das ist Indy!« rief Gale aus. »Zuerst habe ich ihn in diesen

... noblen Klamotten nicht erkannt. Er sieht aus wie einer dieser Typen, die sich auf Rennbahnen rumtreiben.«

»Macht nichts. Ist er immer noch allein?« fragte Tarkiz nach. Er sprach mit schwerem Akzent.

Gale hörte das metallische Klicken einer Automatikpistole, die geladen wurde. Ohne nach hinten zu schauen, wußte sie, daß sich Tarkiz auf alle Eventualitäten einstellte. Erst dann fiel ihr auf, daß Cromwell keinen Muckser von sich gegeben hatte. Wie konnte ein so mächtiger Mann nur so leise sein? Sie drehte sich um und ließ den Blick durch den Raum schweifen. Er war verschwunden.

Als sie wieder aus dem Fenster spähte, hatten sich ihre Augen an die Dunkelheit gewöhnt. Sie sah einen großen, unbeweglichen Schatten links von dem Wagen hinter einem Baumstamm. Natürlich wußte sie, *wem* dieser Schatten, dieses Thompson-Maschinengewehr gehörte. Ihr war klar, daß Cromwell jeden, der aus dem Wagen stieg und auf Indy zuging, auf der Stelle und ohne mit der Wimper zu zucken töten würde. Willard hatte Munition geladen, mit der man selbst einen gepanzerten Wagen in Einzelteile zerlegen konnte. Aber es bestand keine Notwendigkeit, die Waffe einzusetzen. Indy winkte der Gestalt hinter dem Steuer zum Abschied zu, trat beiseite, damit der Wagen im Hof wenden und wieder in die Richtung fahren konnte, aus der er gekommen war.

»Gut gemacht, Willard. Ich weiß Ihr Bemühen zu schätzen«, rief Indy in die Dunkelheit.

Cromwell trat hinter dem Baumstamm hervor. »Verraten Sie mir mal, woher Sie wußten, wo ich war und vor allem, daß *ich* es bin«, erwiderte Cromwell gutgelaunt.

»War nicht schwer«, gab Indy zu. Zusammen gingen sie zum Bauernhaus hinüber. »Ich habe mich in Sie hineinversetzt und sagte mir dann, nun, wenn ich der gute, alte Willard wäre und mich zu Tode langweilen würde, den ganzen Tag lang lauwarmen Whisky trinken und am Ende der Welt warten müßte, und dann käme Indy, der vielleicht in Schwierigkeiten steckt, dann würde ich ...«

»Das reicht!« Willard mußte lachen. Selbst noch im Haus konnte Gale das Klicken hören, als Willard seine Waffe sicherte.

Als sie sich im Haus zusammengesetzt hatten, beschwichtigte Indy seine Mannschaft, die Fragen über Fragen stellte, mit erhobener Hand. »Zuerst sollten wir essen«, schlug er vor. »Hinterher haben wir noch genug Zeit für eine Art Tafelrunde, und dann wäre es sinnvoll, uns aufs Ohr zu legen. Morgen nacht werden wir dazu keine Zeit finden, da sind wir beschäftigt, und ich möchte, daß bei Sonnenaufgang alles soweit vorbereitet ist.«

»Bevor wir mit dem Essen beginnen, wäre es mir recht, wenn die Hunde postiert würden.«

Das Abendessen, aus Steaks und Hamburgern bestehend, die im offenen Kamin gegrillt wurden, war fast fertig zubereitet. Während des gemeinsamen Kochens unterhielten sich die einzelnen Mitglieder miteinander, genau wie Indy gehofft hatte, und auf einmal pflegten seine Leute einen freundlichen Umgang. Ihn freute zu sehen, daß Gale Parker sich nicht unwohl fühlte, obwohl sie die einzige Frau in dieser Runde war. Indy lächelte. Nur er wußte, was für ein Gegner sie in einem Kampf war, wie gut sie mit einer ganzen Reihe von Waffen umgehen konnte.

Aber genauso informativ war es für ihn, wie die Männer auf diesen feurigen Rotschopf in ihrer Mitte reagierten. Nur sehr selten war es bis jetzt vorgekommen, daß er so eng mit einer Truppe zusammenarbeitete, die aus echten und überaus gefährlichen Profis bestand. Bis jetzt hatte keiner der Männer sich so verhalten, daß Indy auch nur ein Hauch von Befremden über die junge Frau aufgefallen wäre. Entweder akzeptierten sie seine Gründe, Gale Parker zum Mitmachen zu überreden, oder sie warteten darauf, sie in Aktion zu sehen, um sich dann selbst ein Bild von ihr zu machen.

Und es gab noch eine dritte Möglichkeit, die ihnen bestimmt im Kopf herumging: Vielleicht hatte Indy ein persönliches Interesse an Gale Parker. Das stimmte in gewisser Hinsicht auch. Gale war mit Abstand eine der außergewöhnlichsten Frauen, denen er je begegnet war, aber er war weit davon entfernt, sie sich als Frau oder Geliebte vorstellen zu können. Im Augenblick nahm ihn dieser Auftrag gefangen, der seine Neugier von Tag zu Tag mehr schürte und darüber hinaus seine volle Aufmerksamkeit verlangte. Außerdem hatte er immer noch damit zu kämpfen, den Schmerz zu überwinden, der aus Deidres Tod resultierte. Hin und wieder träumte er schlecht, sah Deidre bei diesem Absturz im Amazonas sterben ...

Er zwang sich, an die Gegenwart zu denken. An die Hunde. Vier von diesen Geschöpfen hatten sie mit auf den Bauernhof gebracht. Mastiffs, große, muskulöse Tiere, die für den Angriff abgerichtet worden waren. Aber man hatte sie von frühester Jugend an auch unabdingbaren Gehorsam gelehrt. »Sollen sie jetzt gefüttert werden?« erkundigte sich Tarkiz.

Indy schüttelte den Kopf. »Nein. Wir werden sie mit Seilen an Holzpfosten festbinden. Der größte soll neben dem Flugzeug Wache schieben. Die drei anderen werden in einem großen Kreis um das Haus postiert. Und wir lassen sie hungrig ihre Arbeit verrichten. Wenn wir sie jetzt füttern, legen sie sich nur zum Schlafen. Geben Sie ihnen Wasser, das reicht. Ach, Tarkiz, ich begleite Sie. Willard, Sie kommen auch mit. Rene, Sie und Gale können sich ja weiter um das Abendessen kümmern.«

Alle nickten. Das war einer der Vorteile, wenn man mit einem großartigen Team zusammenarbeitete. Niemand beschwerte sich über die ihm zugeteilten Aufgaben, egal, wie wichtig oder unwichtig sie waren. Sie brachten die Tiere zu den Stellen, die sie ausgewählt hatten, und kehrten dann ins Haus zurück, wo das Essen schon auf sie wartete.

Hinterher verbrannten sie die Holzteller und -gabeln im Kaminfeuer. Die Messer entsorgten sie nicht, die hatte jeder selbst mitgebracht.

»Wir hauen morgen abend um Punkt zehn Uhr ab. Dann haben wir noch genug Zeit, um mit dieser Hollywood-Farbe unser Firmenlogo zu überpinseln und eine falsche Nummer aufzumalen. Um ehrlich zu sein, je länger ich darüber nachdenke, desto mehr komme ich zu der Überzeugung, daß wir das Greatest Wing Emblem gegen eins vom Department of Public Works austauschen sollten. Falls wir jemandem auffallen, liest er das Logo und würdigt das Flugzeug keines Blickes mehr.«

Indy wandte sich an Willard Cromwell. »Will, Sie werden uns auf diesem Trip fliegen. Gale, Sie werden sich zu ihm nach vorn setzen, ihm navigieren helfen. Über die in den Helmen eingebauten Mikrofone können wir miteinander sprechen. Rene, ich brauche Sie, Sie müssen mit mir an den Karten arbeiten. Tarkiz, Sie kümmern sich um alles andere. Hat jeder seine Aufgaben verstanden?«

Seine Leute nickten.

»Und nachdem wir verschwunden sind«, fragte Rene und zeigte mit einer ausladenden Handbewegung auf die Farm, »was passiert hiermit? Von Anfang an haben Sie, mein Freund, immer wieder betont, daß wir nichts zurücklassen, wo auch immer wir sein mögen, damit es keine Möglichkeit gibt, hinter unsere Identität zu kommen.«

»Richtig«, stimmte Indy zu.

»Würde es Ihnen etwas ausmachen, uns ins Bild zu setzen?« fragte der Franzose.

»Die Hunde füttern wir, bevor wir gehen. Eine Stunde nach unserem Abzug werden sie abgeholt, das wurde arrangiert. Wer immer sie abholt, kommt hierher, verfrachtet die Hunde in Käfige, lädt sie auf den Laster und verschwindet. Das ist alles.«

»Der Mann kommt nicht ins Haus?« fragte Cromwell mit schläfriger Stimme nach.

»Falls er weiß, was gut für ihn ist, nicht. Er wird nicht herumschnüffeln. Rein und raus. Und niemand weiß, daß wir hier gewesen sind.«

»Wie wollen Sie unser Flugzeug verstecken?« wandte Rene ein. »Sie sind kein Zauberer.«

Die anderen lachten. Aber Indy wollte nicht, daß ungeklärte Fragen im Raum schwebten. »Irgendwie doch«, sagte er zu Foulois. »Sie haben recht, Franzose. *Verstecken* können wir es nicht. Es gibt nichts, wo man eine so große Maschine verstecken kann. Und schon gar nicht so ein dreimotoriges Ungetüm. Aber was man nicht verstecken kann, kann man vielleicht unsichtbar machen. Ich habe ja schon erwähnt, daß wir das Ding anpinseln. Und heute nacht wird genau so ein Flugzeug ganz in der Nähe vorbeifliegen. Morgen, bei Tageslicht, wird eine Maschine des Department of Public Works in dieser Gegend herumfliegen. Kontrolliert die Highways, sucht nach Überschwemmungen. Das wird auch noch während der nächsten Tage der Fall sein.«

Tarkiz Belem hatte die ganze Zeit über geschwiegen. »Wozu das alles, Indiana Jones?« Sein Tonfall verriet, daß er sich wegen des Planes, der zu nichts zu führen schien, Sorgen machte.

»Wir werden einen Zug ausrauben«, sagte Indy und grinste, weil er wußte, wie die anderen reagieren würden.

»Einen Zug ausrauben!« staunte Gale Parker.

»So ist es.«

Voller Skepsis beäugte Tarkiz Indy. »Ich weiß, daß Sie viele

Dinge tun, aber einen Zug ausrauben ...« Er schüttelte den Kopf.

»Nun, wie ich sehe, habe ich Ihre Neugier geweckt«, verkündete Indy fröhlich.

»Für jemand, der von Beruf Archäologe ist«, mischte sich Foulois mit einem Hauch Häme ein, »haben Sie mannigfaltige Interessen. Sie scheinen in eine neue *Persönlichkeit* zu schlüpfen. Was kommt danach, Indy? Werden Sie eine Postkutsche überfallen?« Er nahm die Hände in die Höhe und bewegte sie so, als hielte er zwei antiquierte Pistolen in Händen. »Bang! Bang!« rief er. »Die furchtlosen internationalen Weinhändler schießen sich durch eine Horde Rotschöpfe ...«

»Rothäute«, korrigierte Indy ihn.

»Natürlich. Wir schießen uns den Weg frei und überfallen die Postkutsche. Indy, da hätten wir auch gleich in England bleiben und Banditen im Wald von Sherwood werden können!«

Für jemanden, der eine ganz besondere Rolle bei diesem Unternehmen spielt, dachte Indy, reagierte Foulois klug. Er äußerte Zweifel, die auch die anderen hegen mußten.

Auf dem Wohnzimmertisch breitete er eine Landkarte aus, bevor er die anderen heranwinkte.

»Morgen abend, », begann er und legte den Finger auf eine eingekreiste Stelle auf der Karte, »werden wir an dieser Stelle zuschlagen. Wir gehen einmal davon aus, daß alles, was für unsere Mission wichtig ist, erledigt wurde. Genau eine Stunde, bevor wir über den Zug fliegen, werden wir hier abhauen. Dadurch haben wir genug Zeit, um etwaige Probleme mit der Mechanik, dem Wetter, wie auch immer, zu beheben. Wir müssen rechtzeitig ankommen. Das ist das wichtigste. Das Timing, meine ich. Es gibt einen Zeitplan, an den wir uns halten *müssen*.«

Gale konnte nicht mehr an sich halten. »Indy, wollen Sie

uns weismachen, daß wir den Zug *vom Flugzeug aus* überfallen werden?«

Er blickte zu ihr auf, gab aber nicht zu erkennen, was er dachte. »Ja, so ist es.«

Ziemlich durcheinander lehnte sie sich zurück und wartete darauf, daß Indy sein Vorhaben in allen Einzelheiten darlegte.

»Darf ich eine Frage stellen, bevor wir fortfahren?« meldete sich Cromwell zu Wort. Indy nickte. »Mir geht es um eine Nebensächlichkeit, zumindest sieht es auf den ersten Blick so aus. Aber ich kenne mich noch nicht in Ihrem wilden und großen Amerika aus, Indy. Was passiert, mit was für Konsequenzen müssen wir rechnen, falls die Behörden hinter unsere Identität kommen?«

»Oh, ich beabsichtige, entlarvt zu werden«, plauderte Indy, vordergründig unschuldig, aus. »Natürlich soll nicht jeder persönlich, unter seinem Namen, entlarvt werden, sondern wir zusammen als Gruppe mit einem fingierten Namen. Es würde keinen Sinn machen, die Mühe auf uns zu nehmen und den Zug auszurauben, und hinterher weiß niemand, daß wir es gewesen sind.«

Cromwell blickte zu Foulois hinüber. »Sie haben recht, Frenchy. Jetzt glaube ich auch, daß er ein wenig verrückt ist.«

5

»Sehr verehrte Damen und Herren! Ich möchte Sie um Ihre werte Aufmerksamkeit bitten!« Dr. Filipo Castilano, promovierter Berater von zahlreichen Museen auf der ganzen Welt, allseits respektierter Ankäufer von Antiquitäten und Direktor des Office of Research and Confirmation for Antiquitiy Investments Ltd., einer privaten Firma, die Antiquitäten schätzte und auf ihre

Echtheit überprüfte, läutete mit einer hübschen Kristallglasglocke und bat die Anwesenden um Gehör. Im archäologischen Vortragssaal der University of London hatte sich eine lärmende Horde Zeitungsjournalisten, Radioreporter und Auslandskorrespondenten aus allen Erdteilen eingefunden. Castilano wartete geduldig, bis sich die Gäste beruhigt und gesetzt hatten. In der Zwischenzeit gab er seinen Angestellten ein Zeichen, die Fenster zu öffnen, damit der Zigarettenrauch abziehen konnte. Offenbar war man als Journalist keine *Lira* wert, wenn man nicht an einer dicken, übelriechenden Zigarre nuckelte. Castilano, der großen Wert auf tadellose Kleidung legte, trug heute eine gestreifte Hose mit Kummerbund, eine Weste und ein Sakko aus italienischer Seide. Mit zusammengekniffenen Augen wedelte er den Rauch vor seiner Nase weg. Dann tupfte er seine Oberlippe mit einem Seidentaschentuch ab, woraufhin die anwesenden Pressevertreter sich im Flüsterton darauf einigten, daß er um die Taille etwas an Gewicht zugelegt hatte. Für diesen Empfang hatte Castilano seine Oberbekleidung mit Bedacht ausgewählt. In erster Linie lag ihm daran, ganz und gar *un*bedrohlich zu wirken.

Insgeheim fragte er sich, wie viele dieser stumpfsinnigen Nachrichtenclowns eine Ahnung davon hatten, daß er eines der geheimen Mitglieder des Board of Governors am American Museum of Natural History in New York war. Und daß er mit der gleichen Diskretion seine Rolle als Berater des Vatikans ausübte, wo ihm eine ganze Flucht von Büroräumen zur Verfügung stand, die so ausgestattet waren, daß er mit der ganzen Welt kommunizieren konnte. Vom Vatikan wurde er mit einer fast frivolen Summe für seine Tätigkeit entlohnt. Für die Kirche spürte er historische Schätze auf, die ihrer Meinung nach in ihren Besitz gehörten und auf gar keinen Fall in die Hände einfacher Bauern oder grobschlächtiger Tölpel gelangen durften.

Seit vielen Jahren gehörte Castilano, der in der Öffentlichkeit den feinsinnigen Dandy spielte, den Geheimen Sechshundert des Vatikans an, einer Gruppe von Persönlichkeiten, deren Namen nie auf Papier festgehalten, über die nie Akten angelegt wurden und die geschworen hatten, der Mutterkirche bis zum eigenen Ableben zu dienen. Lange bevor er auf persönliche Empfehlung des Papstes in diese Gemeinschaft aufgenommen wurde, war Filipo Castilano einer der fähigsten Mitarbeiter des italienischen Geheimdienstes gewesen. Mit der Welt der Spione und der Planung und Leitung von Geheimoperationen und Attentaten vertraut, stellte ihn die Manipulation der Medien und damit ihrer Leser, Zuschauer und Zuhörer nicht gerade vor unlösbare Probleme.

Sein größter persönlicher Sieg war die Zusammenarbeit mit Thomas Treadwell vom militärischem Abschirmdienst in Großbritannien. Diese Verbindung wurde ebenfalls geheimgehalten, genau wie seine Zugehörigkeit zu den Sechshundert des Vatikans. So merkwürdig seine Kooperation mit dem Engländer auf den ersten Blick auch wirken mochte, in den Augen der britischen Regierung machte sie durchaus Sinn, und auch der Vatikan ließ keine Einwände verlauten, ganz im Gegenteil, die Kirche betrachtete diese Allianz als eine Versicherung, eine Art Bollwerk gegen das allgegenwärtig Böse, das überall lauerte. Daß die Briten ein eher politisches Anliegen verfolgten, fiel nicht ins Gewicht. Beide Parteien waren vorrangig an Zusammenarbeit interessiert. Und Castilano, dem aufgrund seiner polierten, stutzerhaften Erscheinung niemand eine Tätigkeit als Undercover-Agent unterstellte, ergötzte sich an seinem Talent, die versammelte Zuhörerschaft zu manipulieren.

Als sich das Gemurmel endlich gelegt hatte, begann er mit der Nachrichtenkonferenz, die darauf abzielte, seine Gäste zu überraschen, zu schockieren und in Erregung zu versetzen.

Wenn er ihre Neugier geweckt hatte, konnte er sichergehen, daß die ganze Welt davon erfuhr, ganz seinem Plan entsprechend.

»Im Irak wurde ein unglaublicher Schatz geborgen«, verkündete er. »Nach den Informationen meiner Regierung hat niemand mit solch einem Fund gerechnet. Die Londoner Universität und das ägyptische Nationalmuseum sind einer Meinung. Wie Sie alle wissen dürften, nimmt der Irak durch seine geographische Lage eine besondere Stellung ein. Im Augenblick möchte ich nicht auf die Einzelheiten eingehen. Ihnen wird ein detaillierter Bericht der Gruppe ausgehändigt, die die Untersuchungen leitet und sich aus Wissenschaftlern von vier verschiedenen Ländern zusammensetzt, die an der Entdeckung beteiligt waren. Es erübrigt sich wohl zu erwähnen, daß die Fundstelle in der Nähe von Habbaniyah liegt, am Ufer des Flusses Euphrat und somit im Epizentrum des Landes. Der Fund, ich möchte es nochmals betonen, war ein absoluter Glücksfall. Langanhaltender Regen schwemmte das Erdreich eines kleinen Hügels ins Tal hinunter. Erst dann entdeckten die ansässigen Bauern eine massive Steinstruktur.

Man wird Ihnen außerdem Fotografien der Goldstatuen zur Verfügung stellen, die tief in den Verliesen entdeckt wurden. Diese Verliese fungierten nicht als Gräber, sondern als Geheimkammern für die Herrscher jener Zeit. Aber was diesen Fund wirklich bedeutsam macht, ist der Umstand, daß die einzelnen Stücke in die Zeit des ottomanischen Imperiums fallen und in diese Gegend gebracht und dort versteckt wurden, bis die damaligen Herrscher es für richtig und sinnvoll hielten, sie wieder in ihren Besitz zurückzuführen. Während der Kriege, die hinterher das Land verwüsteten, sind die Aufzeichnungen verlorengegangen.«

Unten im Zuhörerraum meldeten sich aufgeregte Stimmen, aber Castilano blieb ganz gelassen und wartete, bis sich wieder

Ruhe einstellte. »Alles zu seiner Zeit. Ich möchte mich kurz fassen. Die Statuen wurden anscheinend von Künstlern verschiedener Kulturen angefertigt. Ich bitte Sie, im Gedächtnis zu behalten, daß in diesem Landstrich die Wiege der modernen Zivilisation steht. Dort wurden die ersten technologischen Errungenschaften gemacht, dort wurden Berichte angefertigt, die uns über die vergangenen Jahrhunderte Auskunft geben, dort gab es die ersten schriftlichen Eintragungen, unter anderem in der Keilschrift.

Und genau das, was ich gerade erwähnt habe, hat bei uns allen so große Aufregung hervorgerufen. Offenbar befindet sich wenigstens eine kleine Pyramide mit Keilschriftgravuren zwischen den Statuen, aber das muß erst noch von offizieller Seite bestätigt werden. In Ihren Pressemappen werden Sie deshalb nichts darüber finden.

In Zusammenarbeit und mit Zustimmung aller involvierten Regierungen und Wissenschaftler befindet sich der Fund nun auf dem Weg in die Vereinigten Staaten ...«

Wieder redeten die geladenen Journalisten durcheinander, wieder mußte Castilano sich in Geduld üben, auch wenn sie diesmal nicht so strapaziert wurde. »In die Vereinigten Staaten«, fuhr Castilano fort, »und, um genau zu sein, auf dem Weg in die Archäologische Fakultät der Universität von Chicago. Für jene, die mit der geographischen Lage der amerikanischen Bundesstaaten nicht vertraut sind, Chicago liegt in Illinois, am Ufer eines sehr großen Sees. Falls Sie sich genauer informieren möchten, bitte ich Sie, einen Blick auf eine Landkarte zu werfen.«

Kaum hielt er inne, bombardierten ihn die Schreiberlinge mit Fragen. Diese Leute kannten sich in Archäologie überhaupt nicht aus. Und genau wegen dieser *Wissenslücke* hatte man sie herbeizitiert. Man hoffte, daß sie eine Menge unsinniger Fragen stellten, und *vor allem* absolut wirre Berichte schrieben. *Genau so soll es sein,* dachte Castilano. Dabei achtete er darauf, daß seine Antworten kurz und knapp ausfielen. Und wenn er diese dumpfbackige Horde erst mal dort hatte, wo er sie wollte, würde er die Leitung der Pressekonferenz an den wundervoll barschen Dr. William Pencroft abgeben.

»Wo befindet sich der Fund in diesem Augenblick?« rief ein deutscher Journalist.

»Auf dem Weg in die Vereinigten Staaten«, antwortete Castilano.

»Wie wird er transportiert?« fragte ein anderer nach. Bevor er antworten konnte, stellte man ihm schon die nächste Frage. »Wie lautet der Name des Schiffes, das diesen Fund transportiert?«

Perfekt!

»Der gesamte Fund ist an Bord eines amerikanischen Hochseefrachters, der *U.S.S. Boston.* Das Schiff wird von vier Zerstörern begleitet.«

»Warum, um Gottes willen, hat man ein Kriegsschiff genommen?« wollte jemand erfahren.

»Um sicherzugehen, daß dieser Fund nicht das gleiche Schicksal erleidet wie die Artefakte aus dieser Goldmine in Südafrika.« Castilano machte eine Pause, damit die Information einsickerte. Auch diese Geschichte mußte für die Journalisten von Interesse sein. Bis jetzt hatte es nur unbestätigte Gerüchte über den Zugraub gegeben.

»Was? Artefakte? Aus Südafrika? Welcher Art, könnten Sie uns das bitte sagen?«

»Ich bin mir nicht sicher. Wie Sie tappe ich im dunkeln. Mir ist jedoch zu Ohren gekommen, daß ein Artefakt mit Keilschriftgravuren, das sich unter der südafrikanischen Ladung befand, abhanden gekommen ist.«

»Doktor Castilano, was für eine Sprache ist diese Keilschrift?«

Auf diese Frage hatte er sehnsüchtig gewartet. »Die Keilschrift ist keine eigene Sprache, auch wenn das viele Menschen glauben«, gab Castilano zur Antwort. »Betrachten Sie sie als eine Art Alphabet. Die Zeichen, aus denen dieses Alphabet besteht, sind wie in Ton oder Metall gemeißelte Zeichen geformt. Aber ich möchte noch hinzufügen, daß die Keilschrift als Grundlage aller großen antiken Sprachen gewertet wird, wie z. B. die der Sumerer, Babylonier, Assyrer und Perser. Ich habe aber auch gehört, daß die Zeichen fälschlicherweise als Keilschrift angesehen wurden und daß wir es mit einem Alphabet zu tun haben, das wesentlich älter sein dürfte, als uns heute bekannt ist.«

Ja, nun war die Katze aus dem Sack.

»Wo ist dieser amerikanische Frachter nun?«

»Das weiß ich nicht.«

»Können Sie uns sagen, welchen Hafen er ansteuert?«

»Das kann ich nicht, weil ich es nicht weiß.«

»Wann wird der Schatz in Chicago eintreffen?«

Am liebsten hätte er gesagt, *Wenn er da ist, du Idiot,* aber er biß sich auf die Zunge, lächelte und gab eine ausweichende Antwort, die ihm den Abgang erleichterte. »Ich werde sehen, ob ich das für Sie herausfinden kann«, sagte er. »In der Zwischenzeit wird sich dieser Gentleman Ihrer Fragen annehmen«, verkündete er und zeigte auf William Pencroft, der im Rollstuhl auf die Bühne geschoben wurde.

Genau um neun Uhr am darauffolgenden Abend setzte sich ein Zug mit acht Kisten wertvoller Artefakte, darunter eine Pyramide mit sieben Zentimeter Seitenlänge und zehn Zentimeter hoch, in Bewegung und rollte vom Abstellgleis, wo er tagsüber schwer bewacht worden war. Gemächlich fuhr er auf die Hauptbahnschiene, die östlich von Waterloo lag. Schon nach wenigen Kilometern legte er an Geschwindigkeit zu, raste lärmend in Richtung Dubuque, um dort den Mississippi zu überqueren. Am Ostufer des Flusses schwenkte die Bahnlinie nach Südosten ab. Von da aus ging es bis nach Savanna und dann nach Millegdeville.

Das Städtchen Polo lag gleich hinter der beeindruckenden Ansiedlung an der Bahnlinie. Zwischen den beiden Zugstrecken verlief ein kleines Flüßchen, das durch ein hübsches Tal in den Bergen plätscherte.

»Das X kennzeichnet die betreffende Stelle«, sagte Jack Shannon zu seinen Männern. Mit dem Finger fuhr er über die Landkarte. »Genau hier. Nun, wir werden das alles ganz nach Plan durchziehen, dann klappt die Sache hundertprozentig. Wenn der Zug anhält, werden Morgan, Cappy und Max mit mir zum dritten Waggon laufen. Und achtet darauf, daß ihr alles mitnehmt, ja?«

»Ja, Jack, geht in Ordnung«, lautete die Antwort.

Sie fuhren den Tankwagen auf die Bahnschienen und richteten die Scheinwerfer auf das kirschrote Schild, auf dem VORSICHT – BENZINTANK prangte. Dann schürten sie unter dem Tank ein Feuer. Natürlich konnte niemand wissen, ob nicht vielleicht nur Wasser darin war. Wenn der Zugführer die riesige Bombe sah, die auf den Gleisen wartete, würde er bestimmt mit voller Wucht auf die Bremse treten. Und in diesem Augenblick wollten sie zuschlagen. Jack würde sich an Indys Instruktionen halten, die schriftlich auf Papier festgehalten waren.

»Er kommt!« rief der Späher. Ein Stück weiter die Schienen hinunter sahen sie den Scheinwerfer der Lokomotive hin- und herschwanken, als der Zug in die Kurve fuhr, hinter der das Tal lag. Der brennende Tanklastwagen und die vielen eingeschalteten Scheinwerfer sorgten dann für die richtige Reaktion des Lokführers.

Alles lief reibungslos. Die Lokomotive donnerte durch die Hügel, legte sich behäbig in die Kurve. Der Lokführer blickte nach vorn, sah das auf den Gleisen reflektierende Licht. Eine

Minute später bemerkte er das Feuers unter dem Tanker und das Warnschild. Instinktiv zog er an der Schnur, tutete laut und legte die Bremsen an. Die Zuggäste in den hinteren Abteilen rutschten von den Sitzen und fielen auf den Boden.

Shannons Jungs machten sich einen alten Trick zunutze. Im ersten Waggon flogen die Türen auf. Die bewaffneten Wachposten blieben wie angewurzelt stehen, konnten nicht reagieren, denn einer ihrer Männer wurde mit einem Revolver bedroht und jemand legte ihm von hinten den Arm auf die Kehle. Ein zweiter richtete seine Thompson auf die Wachposten. Dieser Vorgang wiederholte sich bei allen anderen Waggons. Wenn Shannons Männern ein Satz über die Lippen kam, dann in schwerem Gangsterjargon.

»Eine falsche Bewegung, und wir blasen ihm den Kopf weg. Wollt ihr sehen, wie sein Gehirn in alle vier Ecken spritzt? Werft eure Waffen weg! Dorthin, wo wir sie sehen können. Bewegt euch jetzt zum Ende des Wagens und steigt dann aus, habt ihr verstanden? Wenn ihr draußen seid, solltet ihr immer daran denken, daß wir mit einer Thompson und ein paar anderen Waffen auf euch zielen. Wenn keiner von euch Dummheiten macht, wird auch niemandem ein Haar gekrümmt. Wenn ihr ausgestiegen seid, setzt ihr euch in Bewegung. Ein Stück weiter vorn seht ihr eine Straße. Haltet auf sie zu und zwar so, als säße euch der Teufel im Nacken. *Bewegung!*«

In der Zwischenzeit versuchte der Wachposten wutschnaubend, sich zur Wehr zu setzen, und lieferte eine perfekte Show für die Fahrgäste, die natürlich nicht wissen konnten, daß dieser »Gefangene«, der mit Waffen in Schach gehalten wurde, einer von Shannons Männern war. Weder in den nächsten beiden Wagen noch in dem dritten Waggon, in dem die wertvollen Artefakte hinter mit Eisenstäben gesicherten Türen aufbewahrt wurden, stießen die Räuber auf Gegenwehr. Wie gesagt, alles lief wie am Schnürchen.

Shannon begriff nicht, wieso die Türen gesichert wurden, aber niemand an die Fenster gedacht hatte. Ein Schuß aus der Thompson »öffnete« die Fenster auf einen Schlag. Tränengasgranaten folgten, weißlicher, übelriechender Nebel machte sich breit. Die hustenden Fahrgäste rissen die Türen auf, sprangen vom Zug hinunter und rannten davon, so schnell sie konnten.

Shannon und seine Leute kletterten in den Transportwaggon. Keine Menschenseele mehr da. Ohne große Mühe identifizierten sie die Kisten mit den Artefakten. Shannon suchte nach einer Pyramide mit Gravuren auf der Seite. Ausgerechnet diese Kiste war weder eisenverstärkt, noch verfügte sie über schwere Schließen. Er drehte sich zu seinen Männern um und zeigte auf die anderen Kisten. »Diese Dinger hier müssen rausgeschafft werden, also, macht euch an die Arbeit!« Er warf einen Blick nach draußen. »Und löscht das verdammte Feuer unter dem Lastwagen! Max, du bleibst bei mir.«

Sie öffneten die markierte Kiste. Goldstatuen funkelten im Lichtschein der Deckenlampen. Vorsichtig hob Shannon die Statue eines ihm unbekannten Gottes aus der Antike heraus. »Max, reich mir die Tasche. Und schieb ein paar von den Kisten weg, damit wir an diese Luke in der Decke rankommen.«

»Woher wußtest du ...«

»Jetzt mach schon!«

Shannon zog den Reißverschluß der Tasche auf. Sie hatten sich hervorragend auf diesen Überfall vorbereitet und einen festen Lederkoffer besorgt, der durch eine Leine mit einem Ballon verbunden war, der noch nicht aufgeblasen war. Er zog den kleinen Beutel heraus, den Indy ihm in Chicago gegeben hatte, und verstaute die Pyramide und eine Goldstatue in der größeren Tasche.

»Max, hilf mir hoch«, wies er den anderen Mann an. Sie kletterten auf die Kisten, schoben die Lukentür zurück und stiegen auf das Waggondach. Shannon warf einen Blick auf die

Uhr. Sie hielten den Zeitplan auf die Sekunde ein. In der Zwischenzeit war das Feuer unter dem Laster gelöscht. In der Ferne sah er die fliehenden Wachposten.

Shannon setzte sich aufs Dach und blickte sich suchend um, bis er einen der Sicherheitsringe entdeckte, die für die im Notfall postierten Wachen angebracht worden waren. An diesem Ring befestigte er einen Karabinerhaken, an dem der luftleere Ballon hing. »Halte das hier fest, Max. Was auch immer geschehen mag, laß nicht los.«

Die flachen Taschen, die Seile und der schwere Lederkoffer waren auf dem Zugdach verteilt. Shannon machte sich an einer unter Druck stehenden Gasflasche zu schaffen, die er mitgebracht hatte, drehte den kleinen Einfüllstutzen in den Ballon und schraubte das Verschlußrad auf. Zischend floß das Gas von der Flasche in den Ballon. Das einströmende Helium ließ den Ballon aufsteigen, aber Max hielt ihn fest.

»Okay, Max, jetzt laß ihn ganz langsam los, verstanden?«

Max nickte grunzend und nahm eine Hand weg. Der Heliumballon, der jetzt bis zum Rand aufgefüllt war, stieg gute zehn Meter auf. An der Sicherungsleine waren dünne Kabel angebracht, die mit einer auf dem Zugdach liegenden Batterie verbunden waren und zwei am Ballon fixierte Lämpchen mit Energie versorgten. So klein die Birnen auch waren, ihr Licht war in der Dunkelheit gut zu erkennen.

Shannon blickte nach Westen. Er hatte keine Zeit zu verlieren. Jeden Moment mußte die Sonne aufgehen, der Horizont glühte schon in einem satten Orangeton. Plötzlich rollte Donner von den Hügeln ins Tal hinunter. Gleichzeitig hörte er ein jammerndes, von immer wieder aussetzenden Pfeiftönen begleitetes Heulen.

»Flach hinlegen!« rief Shannon Max zu. »Wirf dich auf das Dach!«

Die beiden Männer gingen in Deckung. Ein Licht näherte

sich ihnen ungeheuer schnell, das Getöse schwoll ohrenbetäubend laut an.

Willard Cromwell schnallte seinen Sicherheitsgurt ein bißchen enger, bis er wirklich bequem auf dem linken Sitz im Cockpit der dreimotorigen Ford saß. Rechts von ihm fuhr Gale Parker mit dem Finger über eine Landkarte, auf der der Streckenverlauf der Eisenbahnlinie eingezeichnet war. Als sie gut sichtbare Erkennungszeichen überflogen, informierte sie Cromwell.

»Das da ist Millegdeville. Hier schert der Schienenstrang leicht nach Norden aus«, kämpfte sie gegen die Lautstärke der drei Pratt&Whitney Motoren an.

Cromwell legte die Hand ans rechte Ohr. »Sie brauchen nicht so zu brüllen«, erinnerte er sie. »Unterhalten Sie sich lieber über die Bordsprechanlage mit mir. Dann können wir Sie alle gut hören. Und vergessen Sie nicht, daß die hinten auch mitkriegen, was Sie zu sagen haben.«

Sie nickte kurz. »In Ordnung. Nur noch ein paar Meilen. Sehen Sie die Stelle, wo die Schienen diese weite Kurve in Richtung Tal beschreiben?«

»Ja, habe ich«, antwortete er knapp. Jetzt war er in seinem Metier, hier fühlte er sich heimisch. Er mußte die gleiche Treffsicherheit und Akkuratesse an den Tag legen wie bei einem Angriffsflug im Krieg. Vorsichtig zog er am linken Ruder, ging in leichte Schräglage und blieb direkt über den Schienen. »Ich brauche jetzt die Suchscheinwerfer«, wandte er sich an Gale. »Die Stadt haben wir überflogen, und meiner Meinung nach liegt nur noch freies Land vor uns.«

Hinten in der Kabine meldete sich Indy. »Können Sie schon den Zug sehen?«

»Dürfte jeden Augenblick in Sicht kommen, und – ja, da ist er! Ich kann die roten Rückleuchten erkennen, und dort unten stehen auch ein paar Fahrzeuge mit eingeschalteten Scheinwerfern.«

»Lassen Sie es mich wissen, wenn Sie zwei kleine Lämpchen über dem Zug sehen«, rief Indy über die Bordsprechanlage. Er lag auf dem Kabinenboden, neben ihm klaffte eine Lukenöffnung, durch die der Wind heulte. Tarkiz Belem hatte sich zwischen zwei Sitze gequetscht und hielt mit aller Kraft Indys Knöchel fest. Indy konnte durch den Spalt nur ein paar hundert Meter weit sehen.

»Jetzt kann ich die beiden Lämpchen auf dem Zug erkennen!« rief Gale. »Allem Anschein nach bewegen sie sich nicht.«

Indy und Foulois überprüften das an Kabeln aufgehängte Greifersystem, das unter dem Flugzeugbauch hin- und herschwankte. Dieses Gerät war seit Jahren bei Postflugzeugen im Einsatz. Mit ihm konnte man zwischen zwei Pfosten hängende Postsäcke aufgreifen. Dazu mußte das Flugzeug ziemlich weit hinuntergehen und mit dem Haken den Postsack abhängen, bevor er mit einem elektrischen Motor in das Flugzeug hochgezogen wurde.

»Geschwindigkeit liegt bei fünfundneunzig, Indy«, meldete Cromwell. »Und wir sind etwa fünfzig Fuß über dem Erdboden.«

»Flughöhe halten ... okay, ich kann jetzt den Zug sehen, ich sehe sogar die Tasche. Alle bereithalten! Geben Sie Ihr Bestes, Will ...«

Die Ford-Maschine donnerte durch die Dämmerung. Mit ihrem kraftvollen Scheinwerfer glich sie einem durch die Nacht hetzenden Zyklopen. Mit ausgefahrenem Fahrwerk sauste das Flugzeug über den Zug. Cromwell gelang es, die Maschine vollkommen ruhig zu halten, als sie über die letzten Waggons hinwegpreschten. Er spürte den leichten Ruck, als der Haken sich um die Leine des Heliumballons legte.

Mit maschinenähnlicher Präzision hatten sie dieses Unternehmen geplant. In dem Augenblick, in dem Indy »Ich hab ihn!« durch das Mikro rief, zog Cromwell das Flugzeug ganz behutsam hoch und visierte eine Fluggeschwindigkeit von siebzig Meilen an. Hinten in der Kabine hielt Tarkiz Indy fest, während Foulois an einer Kurbel drehte und ihre Beute hochzog.

»Ist gut. Halt, ja, jetzt!« rief Indy. Er streckte die rechte Hand aus. Foulois reichte ihm seine Webley. Den Revolver in beiden Händen haltend, zielte er genau und gab einen Schuß auf den Heliumballon ab, der sofort nach Eindringen der Kugel an Fülle verlor. Kurz darauf hatten sie ihre Beute an Bord manövriert. Sie schlossen die Bodenluke und sicherten sie. Foulois gab über das Mikro Cromwell Bescheid. »Legen Sie an Höhe zu. Halten Sie sich genau an den Flugplan.«

Gale hielt eine Tabelle mit gedruckten Anweisungen und Daten hoch. »Achttausend Fuß«, las sie von der Checkliste ab. »Alle Landelampen ausschalten.«

»Sehr gut«, erwiderte Cromwell guter Dinge und lächelte. »War doch eine Kleinigkeit, oder?«

»Sie *sind* gut«, rückte Gale voller Bewunderung mit der Sprache heraus. Und sie hatte recht. Cromwell hatte diese Sache durchgezogen, als hätte er das schon hundertmal gemacht.

Foulois und Belem beobachteten, wie Indy den Lederkoffer öffnete, eine goldene Statue herausholte und sie Tarkiz reichte. Beim Anblick des Goldes funkelten die Augen des dunkelhäutigen Mannes. Indy mußte lachen. »Das ist nicht das, wofür Sie es halten«, sagte er zu Tarkiz.

Die dunklen Augen verengten sich zu schmalen Schlitzen. »Was soll das heißen, Indy?«

»Versuchen Sie, es mit einem Messer durchzuschneiden. Ist nur Goldauflage. Unter der Auflage verbirgt sich Blei.«

Tarkiz wirkte ziemlich verwirrt. Aus seinem Stiefel zog er ein langes Messer und kratzte damit über die Legierung, unter der ein graues Metall sichtbar wurde.

»Warum, zur Hölle, haben wir dann all die Mühe auf uns genommen?« rief er erzürnt.

»Weil wir hinter dieser Pyramide her waren, über die jedermann spricht«, erklärte Indy.

»Und, haben wir sie?« wollte Foulois erfahren.

»Sie ist im Beutel«, antwortete Indy.

»Aber ... woher wußten Sie das?« Beide sahen zu, wie Indy einen kleinen Lederbeutel aus dem Koffer zog. Er öffnete den Beutel und hielt die Pyramide mit den Keilschriftgravuren hoch, damit sie sich mit eigenen Augen überzeugen konnten.

»Aber ... woher wußten Sie, daß sie in diesem kleinen Beutel liegt?« fragte Belem. Mittlerweile begriff er immer weniger, was hier vorging.

Indy setzte sich, lehnte sich zurück und streckte die Beine von sich. »Ganz einfach«, sagte er mit einem Anflug von Nonchalance »Ich wußte, wo sie ist, weil ich derjenige war, der sie dort hineingelegt hat.«

Er warf die Pyramide Foulois zu, der sie aufgeregt auffing. Die Tatsache, daß er den im Augenblick auf der Welt am meisten begehrten Gegenstand halten durfte, ließ ihn fast schwindelig werden. »Sie werden sie behalten und auf sie aufpassen«, wies Indy ihn an. Dann legte er den Sicherheitsgurt an und zog den Hutrand tief in die Stirn.

»Ich werde ein bißchen dösen. Wecken Sie mich auf, wenn wir landen.«

»Mon dieu«, stöhnte Foulois auf und warf Belem einen Blick zu. »Langsam verstärkt sich bei mir der Eindruck, daß unser Indiana Jones tatsächlich verrückt ist.«

Finsteren Blickes beäugte Tarkiz Belem die wertlose Statue. »Entweder er ist verrückt«, sagte er, »oder *wir* sind es.«

6

»Wright Tower, hier spricht die Crazy Angels, auf achttausend, zwei null Meilen, im Landeanflug. Over.«

Gale Parker und Tarkiz Belem warfen sich gegenseitig irritierte Blicke zu. Sie hatten keine Ahnung, was *Crazy Angels* bedeutete. Vorn im Cockpit saßen Cromwell und Foulois. Im Augenblick steuerte der Franzose das Flugzeug, während Cromwell über Funk mit dem Kontrollturm kommunizierte.

»Das paßt ausgezeichnet«, sagte Belem zu Gale Parker. »Diese ganze Sache war doch verrückt, oder etwa nicht? Von Anfang an. Crazy Angels ist meiner Meinung nach unsere Identifikation für Funksprüche.«

Gale nickte. »Klingt vernünftig. Ich verstehe allerdings nicht, warum wir auf einem Armeeflughafen landen.«

»Könnte wetten, daß, sobald Indy aufwacht, er mit etwas noch Verrückterem aufwarten wird, mit etwas, das bisher noch nicht dagewesen ist, Kleines.«

Hinter ihren Sitzen schob Indy langsam den Rand seines altgedienten Hutes hoch. Diese Kopfbedeckung war Indys Markenzeichen, schützte ihn bei Wind und Wetter, vor sengender Sonne und Schneegestöber. Mit müden Augen blickte er um sich.

»Wir landen auf dem Wright Flughafen«, richtete er sich an Tarkiz und Gale, »der Magie wegen.«

»Magie?« wiederholten die beiden staunend.

»Uh-huh.« Indy streckte sich und gähnte laut. »Wir müssen, ähm, vom Erdboden verschwinden.«

»Auf dem militärischen Flughafen verstehen sie sich bestimmt auf Zauberkunststückchen.« Gales Kommentar triefte vor Sarkasmus.

»Kommt in etwa hin.« Er sprang auf und klopfte Tarkiz auf

die breite, muskulöse Schulter. »Warten Sie einfach ab, mein Freund. Die Türen werden gleich aufgehen, und dann werden Sie klarsehen.«

Indy begab sich ins Cockpit und stellte sich hinter die beiden Piloten. Er blickte durch die steil abfallende Windschutzscheibe, sah die unter ihnen vorbeiziehenden Lichter einer Kleinstadt. Hohe Lampen säumten einen dunklen Autobahnabschnitt. Indy konnte nun sogar die roten Rücklichter der Autos erkennen.

»Hat sich jemand vom Kontrollturm des Wright Flughafens gemeldet?« fragte er Cromwell.

»Sie haben nur erwähnt, daß sie sich bereit halten, um die Landeinstruktionen durchzugeben. Sie – einen Augenblick. Ja, jetzt melden sie sich«, erwiderte Cromwell. »Hier, Indy.« Er reichte Indy den Kopfhörer.

»Crazy Angels, Crazy Angels, hier spricht Wright Tower. Wir bestätigen Ihre Landeerlaubnis. Beginnen Sie jetzt mit dem Landeanflug. Keine anderen Maschinen im Anflug. Landebahn eins sechs null. Bitte, wiederholen Sie. Wright Tower, over.«

Cromwell wiederholte ihre Anweisungen und fügte hinzu: »Wir melden uns, sobald wir die Rollbahn im Blickfeld haben. Over.«

»In Ordnung, Crazy Angels. Ein Wagen steht für Sie zur Einweisung bereit. Bis auf weiteres ist die Kommunikation unterbrochen, aber wir werden diese Frequenz freihalten, falls Sie uns brauchen. Wright Tower over and out.«

»Hurra.« Cromwell schaltete aus und wandte sich an Indy. »Haben Sie alles mitgekriegt?«

»Ja, sehr gut«, bestätigte Indy. »Wie lange dauert es noch bis zur Landung?«

»Zwölf, vierzehn Minuten.«

»Na gut. Vergessen Sie nicht, Ihre persönlichen Habseligkeiten mitzunehmen. Daran werde ich auch die anderen erinnern.«

Weniger als zehn Minuten später kam der sich drehende Lichtstrahl in Sicht. Foulois hatte die Höhe gleichmäßig gedrosselt, und als die Begrenzungsscheinwerfer der Landebahn in Sicht kamen, brachte er die Ford-Maschine auf den richtigen Kurs für einen geraden Anflug und die Landung.

»Ich kann jetzt die Rollbahn sehen«, sagte Cromwell.

»Roger«, erwiderte Rene, dann, »ich hab sie.«

Cromwell schaute sich um. »Keine anderen Flugzeuge in Sicht.«

»Klingeln Sie«, wies Foulois ihn an. Cromwell drückte auf einen Knopf. Mit dem Klingeln forderten sie ihre Passagiere auf, sich anzuschnallen. Foulois brachte die Maschine langsam herunter. In der ruhigen, kühlen Nachtluft schien die Ford eher zu schweben als zu fliegen. Die Räder wurden ausgefahren und setzten leise quietschend auf dem Asphalt auf. Er ließ die Maschine ausrollen und folgte dem Wagen mit dem Leuchtpfeil auf der Ladefläche. Sie glitten an Hangars und Reparaturgaragen vorbei. Hinter den niedrigen Gebäuden standen zahlreiche Flugzeuge aller Art: Kampfflugzeuge, Transportmaschinen, Bomber, Übungsmaschinen und ein paar Personenflugzeuge. Der Wagen vor ihnen blieb stehen, ein Mann stieg aus und gab der Ford ein Zeichen, die Motoren abzustellen.

Kurz darauf verstummte das Motorengeräusch. Nur noch das Knistern des erhitzten Metalls, über das die kühle Nachtluft strich, war zu hören. Ein kleiner blauer Bus kam aus einer Flugzeughalle gefahren und blieb neben der Ford stehen. Ein Offizier wartete, bis Indy und seine Leute auf das Rollfeld stiegen. Einen Moment lang betrachtete er sie schweigend, dann erkannte er Indy.

Er kam auf ihn zu und salutierte. »Professor Jones, schön,

Sie wiederzusehen.« Sie reichten sich die Hände. »Mit Ihrer Erlaubnis werden sich meine Männer um Ihre Ausrüstung und Ihr Gepäck kümmern.«

Indy nickte zustimmend und wandte sich an Tarkiz. »Begleiten Sie sie. Sie wissen, was wir brauchen.« Belem salutierte spaßeshalber, kletterte wieder ins Flugzeug und lud mit den Männern ihre Ausrüstung und Habseligkeiten in den Bus.

Indy machte sich daran, seine Leute mit Henshaw bekannt zu machen. »Wie lauten Ihre Befehle in bezug auf das Flugzeug?« fragte er den Colonel.

Ein kurzes Lächeln streifte Henshaws Lippen. »Es soll unsichtbar gemacht werden.«

Eine Grimasse schneidend, drehte sich Tarkiz Gale Parker zu. »Da haben wir es! Wie ich schon sagte, er ist verrückt, und dieser Colonel auch, wenn Sie meine Meinung hören möchten! Sie wollen unser Flugzeug unsichtbar machen. *Poff*! Wir werden wie der Himmel sein, nicht mal die Vögel werden uns sehen können.«

Indy, der Tarkiz' Worte vernahm, nickte. »Für eine gewisse Zeit, mein Freund, wenigstens für eine gewisse Zeit.«

Cromwell trat zum Colonel. »Falls es Sie nicht stört, wäre mir sehr daran gelegen, bei unserem Flugzeug zu bleiben und mich um das Auftanken oder eventuelle Reparaturen zu kümmern.«

Henshaw studierte den englischen Piloten eindringlich. »Cromwell, stimmt das? Glauben Sie, daß wir uns nicht richtig um Ihre Maschine kümmern werden?« In seinen Worten schwang Sarkasmus mit.

Ohne mit der Wimper zu zucken oder auch nur einen Zentimeter zurückzuweichen, wartete er seelenruhig ab, während Cromwell sich ganz dicht vor ihm aufbaute. »Um ganz offen zu sein, Colonel, da liegen Sie gar nicht falsch. *Wir* fliegen diese Maschine. Falls Ihre Leute Mist bauen und wir das erst in einer Höhe von zehntausend Fuß oder so bemerken, werden wir für Ihre Fehler bezahlen, das dürfte Ihnen doch wohl klar sein. Und das paßt mir überhaupt nicht in den Kram.« Dann wandte sich Cromwell an Indy. »Ich *bestehe* darauf, daß entweder ich oder Foulois, also einer von uns bei der Maschine ist, falls etwas gemacht werden muß.«

Indy blickte zu Henshaw hinüber. »Diese Männer kennen jede Schraube, jedes Rädchen, Colonel.«

»Ich habe nichts dagegen einzuwenden, Sir«, erwiderte Henshaw und richtete dann seinen Blick auf Cromwell. »Ich wünschte nur, Ihre Einstellung wäre auch bei meinen Männern zu finden. Ich gebe Ihnen mein Wort, Mr. ...«

»Brigadier, falls es Ihnen nichts ausmacht«, entgegnete Cromwell eisig.

»Selbstverständlich nicht, Sir.« Mit einer Handbewegung forderte er Indys Leute auf, in den Bus zu steigen. »Bitte, falls es Ihnen nichts ausmacht.«

Im Bus trat Tarkiz an Indy heran. »Es ist vielleicht nicht besonders wichtig, Indiana, aber mein Magen fängt an zu knurren. Ich muß bald etwas essen, sonst verhungere ich.«

»Mit Ihren Schwimmringen, Tarkiz«, scherzte Foulois, »können Sie bestimmt eine Zeitlang ohne Essen auskommen, gerade so, wie es die Kamele machen, die in ihren Höckern Wasser speichern.«

»Dünne Menschen geben immer dummes Geschwätz von sich«, gab Tarkiz scharfzüngig heraus. »Aber ich möchte mich nicht unterhalten, sondern *essen.* Noch ein kaltes Frankfurter Würstchen und ...«

»Wir haben schon für Verpflegung gesorgt, Sir. Gedulden Sie sich noch ein paar Minuten«, beschwichtigte ihn ein Soldat.

Der Bus zuckelte quer über das weitläufige Kasernengelände und hielt vor einer hohen Barrikade aus Betonpfosten und Stacheldraht an. Auf den zahlreichen Schildern stand ZUTRITT

NUR FÜR PERSONEN MIT GENEHMIGUNG und SPERRGEBIET als Warnung. Wachposten öffneten die Zufahrtsschranke und salutierten, als sie Henshaw erkannten. Vor ihnen lag wieder einer dieser großen Hangars. Armeeposten schoben die schweren Schiebetüren auf, damit der Bus hineinfahren konnte, und schlossen sie gleich wieder. In diesem Augenblick gingen die Lampen an.

Mit unverhohlener Neugier blickten sich Indy und seine Leute um. In diesem Gebäude schien eine Art Dorf untergebracht zu sein: Da gab es kleine Häuschen, Bürogebäude aus Stein, ja, selbst eine Rasenfläche mit Bäumen. »Hier werden Sie die nächsten paar Tage Ihre Zelte aufschlagen«, weihte Indy seine Gruppe ein. »Colonel, ich werde Ihre Männer begleiten und mich darum kümmern, daß alles an seinen Platz kommt.«

Freundschaftlich klopfte er Tarkiz auf die Schulter. »Sie und die anderen werden sich an den Sergeant halten. Er bringt Sie zum Speisesaal. Dort wird man sich um Ihre Bedürfnisse kümmern. Sie kriegen alles, wonach Ihnen der Sinn steht.«

»Ein Speisesaal, *hier*?«

»Ich glaubte, Sie seien am verhungern?«

»Da haben Sie ganz recht. Mein Magen knurrt unerträglich laut.« Tarkiz packte den Sergeant am Oberarm. »Haben Sie Vorfahren? Ja, sehr gut. Dann geben Sie mir mal ordentlich zu essen, sonst sehen Sie Ihre Vorfahren eher wieder, als Ihnen recht ist.«

Nach dem Abendessen verspürte Indy nicht die geringste Lust, alle Fragen zu beantworten, und so lenkte er die Unterhaltung auf die Ereignisse des Abends. Die anderen waren darüber zwar unglücklich, respektierten aber sein Schweigen. Ihnen standen komfortable Betten zur Verfügung, jeder bekam ein eigenes Zimmer zugewiesen, das mit Büchern, Radiogeräten und Telefon ausgestattet war. Wollte man nach draußen telefonieren, gingen die Anrufe über eine Vermittlung, die mit Sicherheitsbeamten des Militärs besetzt war.

Aus Erfahrung wußte Gale Parker, daß Indys Reserviertheit nur ein Zeichen dafür war, daß er auf Informationen von draußen wartete oder auf das Eintreffen von Schlüsselpersonen, die manchmal überraschenderweise in seine Unternehmungen involviert waren. Und von Tag zu Tag lernte Gale diesen besonderen Mann besser kennen. Seine Methoden und seine Vorgehensweise überraschten sie immer noch, aber die Konsequenz, mit der er die sorgfältig ausgeheckten Pläne in die Tat umsetzte, beeindruckte sie nachhaltig. Mehr und mehr fühlte sie sich von ihm angezogen, und auf einmal bemerkte sie, durchaus irritiert, daß sie sehr weiblich und emotional auf einen Mann reagierte, der auf der einen Seite durchaus maskulin wirkte, sie aber andererseits mit Respekt behandelte, so wie sie es seiner Meinung nach als Frau und als Gleichgesinnte erwarten durfte.

Daß das andere Geschlecht eine derartige Anziehungskraft auf sie ausübte, war ihr bisher verborgen geblieben. So war es nicht verwunderlich, daß die aufkeimenden Gefühle sie durcheinanderbrachten und ihr sogar etwas Angst machten, was nicht heißen sollte, daß ihre Reaktion auf einem Mangel an Erfahrungen beruhte.

Nach außen hin hatte es den Anschein, als habe Indy eine gespaltene Persönlichkeit, ein Umstand, der sich in seinem Verhalten ihr gegenüber sehr wohl bemerkbar machte und sie gleichzeitig erstaunte und erfreute. Gale wußte, daß sie so stur wie eine Bergziege sein konnte, aber Indy hütete sich, diese Charaktereigenschaft durch sein Verhalten ans Tageslicht zu fördern.

Selbstverständlich hätte sie es genossen, wenn er ihr mehr Aufmerksamkeit schenkte, aber sie konnte nichts an der Tatsache ändern, daß ihn immer noch der Geist seiner verstorbenen Frau verfolgte. Wiederholt hatte sie versucht, ihn über Deidre auszufragen – wie sie gewesen war, was sie beide zur Heirat veranlaßt hatte, wie es gewesen war, zusammen auf Ausgrabungen zu gehen und gemeinsam Abenteuer zu erleben.

Plötzlich fiel es ihr wie Schuppen von den Augen: Sie war eifersüchtig auf eine Frau, die seit vielen Jahren tot war! Daß sie den Wunsch verspürte, mit ihm eine Beziehung einzugehen, ihm näher zu sein, konnte sie nicht länger leugnen. *Ganz und gar unmöglich,* dachte sie und seufzte laut, *inmitten dieser Gruppe professioneller Killer.*

Reiß dich zusammen, meine Liebe, ermahnte sie sich. Es ging nicht anders. Sie *mußte* ihre Gefühle im Zaum halten. Und dann, allein und in Gedanken versunken, lächelte sie, denn sie wußte, daß sie nichts unversucht lassen würde, die zwischen ihnen bestehende Kluft zu überwinden. Es dürstete sie danach, daß Indy nicht nur den Partner, der ihn bei diesem seltsamen Auftrag unterstützte, sondern auch die Frau in ihr sah.

Aber welche Gefühle mag er wohl mir gegenüber hegen ... ?

Frustriert und innerlich zerrissen schlug sie mit der Faust aufs Kissen ein. Verliebte sie sich in Indy? Konnte das wirklich geschehen? War sie tatsächlich bereit, im Notfall ihre ausgeprägte Freiheitsliebe, ihre Ungebundenheit aufzugeben? *Ich brauche keinen Mann!* rief sie stumm und bäumte sich gegen ihre Gefühle auf.

Da meldete sich eine andere Stimme, leise, mit einem Lächeln zu Wort. *Du bist eine Lügnerin, Gale Parker.*

Allein in ihrem Zimmer vergrub sie das Gesicht im weichen Kissen. *Oh, halt die Klappe, Gale Parker.*

Nach der dritten Tasse Kaffee drückte Cromwell seine Morgenzigarette aus. »Wirklich hervorragendes Frühstück«, seufzte er zufrieden. Tarkiz nickte und gab einen ohrenbetäubenden Rülpser von sich. Belems schlechte Tischmanieren geflissentlich ignorierend, tupfte Foulois vorsichtig die Lippen mit der Serviette ab. Indy grinste, Gale verzog keine Miene.

»Ich würde gern unser Flugzeug sehen«, bat Cromwell überraschend Colonel Henshaw, der mit ihnen zusammen gefrühstückt hatte.

Bevor Henshaw eine Antwort geben konnte, beugte sich Tarkiz vor und winkte ab. »Nein, nein, das dürfen Sie nicht«, wandte er sich an Cromwell.

Henshaw blickte überrascht in die Runde. Cromwell antwortete seiner Natur entsprechend.

»Und warum, zum Teufel noch mal, darf ich das nicht?« donnerte er.

»Ah, die Engländer haben so ein schlechtes Gedächtnis!« entgegnete Tarkiz laut. Er strahlte bis über beide Ohren, blickte von einem zum anderen, als wolle er sichergehen, daß ihm alle ihre volle Aufmerksamkeit schenkten. »Haben Sie schon vergessen, was unser guter Colonel«, er zeigte auf Henshaw, »uns gestern abend gesagt hat? Er hat Befehle! Und diese Befehle lauten, unser Flugzeug *unsichtbar* zu machen.«

Tarkiz' Gesicht leuchtete, seine Augen funkelten vor Aufregung. »Und nicht mal die Engländer sind in der Lage, Flugzeuge *unsichtbar* zu machen.«

Indys Meinung nach gab sich Tarkiz eine Spur zu überschwenglich. Die Konfrontation lag in der Luft. Er wußte ganz genau, daß Tarkiz es nicht ausstehen konnte, wenn er nicht über alles genaustens Bescheid wußte, und die Bemerkung vom vergangenen Abend mußte ihm schwer unter die Haut gegangen sein. »Jetzt ist aber gut«, riet Indy Tarkiz ruhig.

Der große Kurde stierte ihn mißmutig an. »Indy! Mein Freund, Sie haben mich verletzt. Ich möchte sehr gern unser unsichtbares Flugzeug sehen. Der gute Colonel kann offenbar zaubern.« Er wandte sich an Henshaw. »Erzählen Sie, Colonel.

Fliegt unser unsichtbares Flugzeug noch? Auch wenn wir es nicht sehen können?«

Falls er darauf vertraut hatte, daß sein Sarkasmus etwas bewirkte, hatte er sich gründlich geirrt. Indy machte sich an der Kaffeekanne zu schaffen, um nicht in Lachen auszubrechen. Völlig unbewegt blickte Henshaw Tarkiz in die Augen.

»Mr. Belem, die Antwort lautet ja. Ihr Flugzeug ist unsichtbar, und es fliegt, und dabei ist es nicht von Belang, ob *Sie* es sehen können.«

»Wie wunderbar«, mischte sich Rene Foulois in die Unterhaltung ein. »Ein unsichtbares Flugzeug habe ich noch nie geflogen. Ich freue mich schon auf diese einzigartige Erfahrung.«

Gale Parker musterte kritisch die Männer, mit denen sie am Tisch saß. »Hat noch jemand außer mir den Eindruck, daß hier eine Menge großkotziges Getue an den Tag gelegt wird?«

Auf einmal richteten sich alle Blicke auf sie. *»Miss* Parker«, vermeldete Cromwell so zivilisiert wie nur möglich, »entweder Sie beantworten Ihre Frage selbst, oder ich schlage vor, daß wir unser unsichtbares Flugzeug anschauen gehen.«

»Er begreift es immer noch nicht«, riß Tarkiz das Gespräch wieder an sich. Insgeheim genoß er die Zwistigkeiten, die er gesät hatte. »Ich möchte das Beispiel des britischen Löwen anführen. Alle Briten sind stolz darauf, wie er einen Großteil der Welt regiert, aber bis jetzt hat noch niemand das zerlumpte Biest zu Gesicht bekommen.«

»Nun mal los«, warf Indy ein, bevor die Diskussion erneut begann. »Colonel, zeigen Sie uns das Wunder.«

Auf dem Weg zum im Hangar abgestellten Bus legte sich der Unmut der Gruppe. An der Tür blieb Henshaw stehen und händigte jedem Gruppenmitglied einen versiegelten Ausweis zum Anstecken aus. »Wenn Sie sich auf diesem Stützpunkt frei bewegen möchten, brauchen Sie diesen Ausweis. Ich bitte Sie, ihn nicht wieder zu entfernen.«

Sorgsam studierte Foulois seinen Ausweis. »Colonel, Sie faszinieren mich. Hier sind mein Name, meine Größe, mein Gewicht verzeichnet, es gibt ein Foto von mir *und* den Daumenabdruck meiner rechten Hand.« Er blickte zum Colonel auf. »Ich habe mich weder fotografieren lassen, noch hat jemand meinen Daumenabdruck genommen, also, wie ist es Ihnen gelungen ...«

»Standardprozedur, Sir. Uns ist es genehmer, unsere Gäste nicht zu behelligen. Wir haben viele Fotos, ganze Filme von Ihnen gemacht. Und was immer Sie angerührt haben – ein Glas, eine Tasse, persönliche Gegenstände – nun, darauf haben Sie Abdrücke hinterlassen. Und wir haben sie von dort abgenommen. Standardprozedur, Mr. Foulois. Könnten wir jetzt bitte einsteigen?«

Etwa dreißig Meter vor dem riesigen Hangar, in dem ihr Flugzeug die Nacht über gestanden hatte, kam der Bus zum stehen. Kaum ausgestiegen, setzte sich die Gruppe in Bewegung, was dem Colonel gar nicht recht war. »Würden Sie mich einen Moment entschuldigen? Bitte warten Sie hier, bis die Türen geöffnet werden.«

Damit drehte er sich um und gab der Mannschaft in der Flugzeughalle ein Handzeichen. Das laute Summen eines Elektromotors setzte ein, und die großen Schiebetüren rollten soweit auf, bis Indy und seine Truppe bis in die hinterste Ecke schauen konnten.

Mit Ausnahme von Indy, der schon seit gestern abend wußte, was mit dem Flugzeug geschehen würde, starrten die anderen mit aufgerissenen Augen ins Innere. Auf einmal brach Gale Parker in Gelächter aus. »Mein Gott, er hat es geschafft!« rief sie aus und klatschte in die Hände.

»Aber ... aber ... welche ist unsere Maschine?« rief Cromwell aus, die Augen zu schmalen Schlitzen verengt.

Es war nicht zu übersehen, wie sehr Henshaw den Augenblick genoß. »Sagen Sie es mir, Col–, Entschuldigung, Brigadier. Zeigen Sie mir doch *Ihr* Flugzeug.«

Sechs dreimotorige Ford Flugzeuge warteten im Hangar. Jede Maschine hatte aufgemalte Ziffern und Armee-Markierungen. Nur die Seriennummern unterschieden sich, ansonsten glich ein Flugzeug dem anderen bis ins Detail. Ihnen war es nicht möglich, das Flugzeug, in dem sie vergangenen Abend gelandet waren, zu identifizieren.

Tarkiz klopfte Henshaw anerkennend auf die Schulter. »Colonel, ich zücke meinen Hut vor Ihnen«, sagte er mit einem Seitenblick auf Cromwell und Foulois. »Er hat es geschafft. Wir können das Flugzeug zwar sehen, aber wir wissen nicht, welches es ist. Sagenhaft!«

»Die Nachricht, daß gestern abend dieser Zug überfallen wurde«, weihte Henshaw die Gruppe ein, »steht in jeder Zeitung und wird von jeder Radiostation im Land gesendet. Alle sind mehr als verblüfft und fragen sich natürlich, wer den Raub ausgeführt hat. Daß niemand ums Leben kam oder verletzt wurde, heizt die Spekulationen nur noch weiter an. Die entwendeten Goldstatuen und eine kleine, antike Pyramide sind überall in den Schlagzeilen. Es gibt Berichte, in denen ein großes Flugzeug erwähnt wird. Eine Mannschaft des Public Works Department wurde gestern nacht festgenommen und stundenlang verhört, aber heute morgen wieder auf freien Fuß gesetzt. Anscheinend war ihr Flugzeug kaputt und konnte nicht eingesetzt werden. Und«, sagte er süffisant lächelnd, »deshalb erschien es uns ziemlich unpassend, eine Maschine mit einem Public=Works-Logo auf diesem Stützpunkt zu haben. Jeder, der hierher kommt – und wir rechnen mit Fragen und ein paar Besuchern aus der Medienbranche –, ist willkommen und darf genau hier stehen, wo Sie nun stehen, und sich umschauen, so lange es ihm gefällt.«

Henshaw drehte sich um und zeigte nach Westen. »Um ehrlich zu sein, im Augenblick befindet sich gerade eine Ford der U.S.Marines auf dem Landeanflug. Heute nachmittag wird eine Ford der Navy hier eintreffen, um ein paar Tests durchzuführen. *Ihr* Flugzeug hat, soweit es die Welt betrifft, nie existiert.«

Nachdem er geendet hatte, marschierten sie zusammen in den Hangar. »Colonel«, warf Cromwell ein, »was ist mit meiner Bitte, was die Wartung anbelangt? Haben ...«

»Niemand hat Hand an Ihr Flugzeug gelegt, einmal abgesehen von dem neuen Anstrich«, erwähnte Henshaw, der augenscheinlich mit dieser Frage gerechnet hatte. »Wenn Sie bereit sind, die Maschine zu warten und die Ausrüstungsumwandlung vorzunehmen, die Professor Jones im Sinn hat, werden Sie, oder wer auch immer damit beauftragt ist, Armeeoveralls erhalten und einen dementsprechenden Ausweis, und dann können Sie zwischen den anderen Mechanikern und Technikern, die hier arbeiten, untertauchen.«

Erst als Cromwell und Foulois mit den Händen über die Flugzeugrümpfe streichen durften, meinten sie, ihre dreimotorige Ford mit der Bauchluke zu erkennen. Aber das half ihnen auch nicht richtig weiter, weil drei andere Flugzeuge genau gleich ausgestattet waren.

»Hervorragend«, sagte Gale Parker und nahm damit den anderen das Wort aus dem Munde.

Gale Parker und Indy saßen in dem für ihre Gruppe reservierten Speisesaal, einer Art Offiziersmesse mit Sonderausstattung. Cromwell, Foulois und Belem arbeiteten mit Unterstützung einer Gruppe Armeetechniker am Umbau ihres Flugzeuges. Dieser Umbau erforderte ein paar Tage harte Arbeit. Währenddessen wollte sich Indy um seine Aufgabe, die Installation eines Kommunikationssystems zwischen seinem Team und dem Hauptquartier, kümmern.

Gale spielte mit ihrem Kaffeebecher herum. »Macht es Ihnen etwas aus, wenn ich ein paar Fragen stelle?«

Wie alle anderen trugen auch Indy und Gale Arbeitsanzüge. In diesen formlosen, fast sackartigen Kleidungsstücken liefen sie nicht Gefahr, gleich als Außenseiter oder Besucher erkannt zu werden.

»Nur zu«, lautete seine Antwort. »Die anderen werden gleich zu uns stoßen. Beim Austausch der Motoren werden sie nicht gebraucht.«

»Sie tauschen die Motoren aus?« fragte sie überrascht. »Meiner Ansicht nach waren die doch in Ordnung.«

»Da haben Sie recht. Aber die vor uns liegenden Aufgaben und der Ort, den wir anfliegen, machen einen Austausch erforderlich. Unser Flugzeug ist mit Pratt&Whitney Motoren ausgerüstet, also mit ungefähr dreizehnhundert Pferdestärken. Die Armee kann uns mit Triebwerken versorgen, von denen die Außenwelt noch nichts weiß. Pratt&Whitney haben uns ein paar modifizierte Wasp-Motoren zur Verfügung gestellt. Jetzt geht es darum, die Pferdestärken in Schubkraft umzuwandeln. Dadurch werden wir zwar nicht schneller, was – um ehrlich zu sein – auch nicht nötig ist, aber wir können fast in doppelter Höhe fliegen, was mit der Ford nicht möglich wäre. Und wir werden besonders große Tanks einbauen, dann können wir fünfzehnhundert Meilen fliegen, bevor wir erneut auftanken müssen. Außerdem brauchen wir zusätzliche Pferdestärken, um überhaupt abheben zu können mit unserer Ladung.«

Indys Ausführung hatte Gale fürs erste mundtot gemacht. Er trank seinen Kaffee. »Also, alles in allem, werden wir nach dem Umbau in der Lage sein, auf sehr kleinen Flugplätzen zu starten und zu landen. Oh ja, und wir verwenden auch Ballonreifen, die für unebenes Gelände tauglich sind.«

»Indy, Sie erstaunen mich! Ich wußte gar nicht, daß Sie Pilot sind!«

Er rollte die Zigarre zwischen seinen Fingern auf und ab. »Das bin ich nicht. Ich hatte immer den Wunsch, fliegen zu können, aber wann immer ich Unterricht nehmen wollte, hatte ich entweder zuviel an der Uni zu tun, oder ich mußte auf einen Berg kraxeln oder eine Reise in den Busch oder die Wüste machen.«

»Ich weiß«, unterbrach sie ihn.

»Nun, die Gelegenheit ergab sich einfach nie.« Wehmütig stierte er auf die Tischplatte. »Eines Tages werde ich es vielleicht lernen. Ja, das sollte ich wirklich.«

»Wie kommt es dann, daß Sie so viel über Flugzeuge wissen? Ich meine, alles, was Sie gerade eben gesagt haben ...«

Er lächelte sie an. »Nur weil man nicht fliegen kann, heißt das noch längst nicht, daß man auch nicht zuhören kann. Ich habe viele, viele Stunden in Gesellschaft von Ingenieuren und Piloten verbracht. Diese Männer verstehen es tatsächlich, so eine schwerfällige Dame wie diese Ford in eine leichtfüßige Ballettänzerin zu verwandeln. Natürlich können sie noch viel mehr, aber das sollen Ihnen lieber die anderen erzählen.«

Draußen vor dem Hangar fuhr ein Fahrzeug vor. Mit ölverschmierten Overalls kamen Cromwell, Foulois und Belem in den Speisesaal. »Die brauchen uns fürs erste nicht mehr«, erläuterte Cromwell. »Sie wechseln jetzt die Reifen und machen sich dann an die Motoren und Propeller. Das sind die größten, die mir je unter die Augen gekommen sind. So wie diese Triebwerke die Luft ansaugen, können wir damit problemlos auf den Mount Everest fliegen. Wenn die erst mal angeschaltet sind, glaubt man, mit Tornados zu fliegen.«

Müde ließ er sich auf den Stuhl fallen. »Der Frenchy und ich haben uns noch über ein paar Änderungen am Bremssystem unterhalten. Würde prima zu den neuen Reifen passen. Sie wissen, wie die Bremsen funktionieren, oder?«

Indy nickte. »Das ist dieser große Knüppel schräg rechts vom Pilotensitz.«

Foulois' Miene verdüsterte sich. »Die Ford ist ein wunderbares Flugzeug, aber dieses Bremssystem stammt noch aus dem Mittelalter. Auf dem Boden zu manövrieren ist nahezu unmöglich. Und da uns all diese kompetenten Menschen zur Verfügung stehen und wir hier das passende Werkzeug haben, würde ich die Hydraulik gern dahingehend verändern, daß es Fußpedalbremsen vor den Sitzen der Piloten gibt. Das Ganze dürfte nur ein paar Tage länger dauern, fällt also kaum ins Gewicht.«

Indy blickte zu Cromwell hinüber. »Es schmerzt mich zwar sehr, wenn ein Franzose zu klug ist, aber wo er recht hat, hat er recht. Ist eine hervorragende Idee, Indy«, gab er offen zu.

»In Ordnung. Machen Sie, was Sie für richtig halten.« Indy blickte unvermittelt auf. Colonel Henshaw und ein anderer Mann standen hinter ihnen.

Henshaw stellte den Unbekannten vor. »First Sergeant David Korwalski. Er ist Leiter der Wartungssektion und der Mann, der sich in unserer Experimentengruppe am besten mit Modifizierungen auskennt.«

»Dann schicken Sie ihn ja nicht wieder weg«, bat Cromwell. »Dieser Mann kann mit seinen Händen zaubern, was der alles mit Flugzeugen anstellt, da kommt man aus dem Staunen nicht mehr raus.«

»Diesmal hat der britische Gentleman recht«, sagte Foulois und zwinkerte Indy zu.

»Falls Sie einen Moment Zeit haben, Professor Jones«, mischte sich Henshaw in die Unterhaltung ein, »würden wir mit Ihnen gern über die Umbauten sprechen, die Sie und Ihre Leute anvisieren. Damit vermeiden wir unnötige Zeitverschwendung, und meine Crews könnten rund um die Uhr arbeiten, in Schichten zu je zwölf Stunden.«

»Colonel, das ist mir natürlich sehr recht, aber ich möchte Ihre Hilfe und Unterstützung nicht überstrapazieren.«

»Kein Problem, Sir, die Männer haben sich freiwillig für diese Arbeit zur Verfügung gestellt.«

Indy nickte Cromwell und Foulois zu. »Sie haben die Liste?«

Cromwell zog einen Stapel gefalteter Papiere aus seiner linken Beintasche. »Da ist sie.« Er breitete die einzelnen Blätter auf dem Tisch aus. Tarkiz zwängte sich zwischen die beiden Männer. »Ich hoffe, es stört Sie nicht, Indy, aber hier kann ich viel lernen.«

»Sie gehören zu uns, Belem, was sollte ich dagegen einzuwenden haben?«

»Gut! Auch mir sind ein paar Ideen eingefallen. Aber ich werde warten, bis diese beiden Männer fertig sind.«

»Will, dann lassen Sie uns mal anfangen. Colonel, warum setzen Sie und Mr. Korwalski sich nicht zu uns an den Tisch?«

Die nächsten zwei Stunden wurde eifrig geplant und hin und wieder heftig argumentiert, weil die beiden Piloten sich nicht immer einig waren, was ihre Ideen anbetraf. Im Grundsatz waren sie sich allerdings darüber einig, daß das Flugzeug nach den Veränderungen zu weit höheren Leistungen in der Lage sein dürfte, als die Ford Werke sich jemals hätten träumen lassen.

»Will, mal abgesehen von Ihrer Bemerkung, hinterher auf den Mount Everest fliegen zu können, es ist allgemein bekannt, daß achtzehntausend Fuß die absolute Obergrenze sind«, wandte Indy ein.

»Das stimmt so, Indy. Man geht eigentlich von siebzehntausend maximal aus«, sagte Foulois.

»Und wo liegt der Unterschied?« wunderte sich Gale.

»Wenn das Flugzeug immer noch hundert Fuß pro Minute steigt«, erklärte Rene, »nennt man das Maximalhöhe.« Er zeigte auf die Motorzeichnungen. »Mit diesen Kompressoren und neuen Propellern wird diese Maschine auf dreißigtausend oder noch höher steigen können. Genau werden wir das erst wissen, wenn wir das erste Mal fliegen.«

»Und wir werden erfrieren«, meinte Indy. »Colonel Henshaw, falls mich meine Erinnerung nicht trügt, gab es eine Reihe von Testflügen, in denen sehr große Höhen erreicht wurden. Dürfte nur ein paar Jahre zurückliegen. Ich glaube, der Ausgangspunkt war der McCook-Stützpunkt. Wurden damals nicht sogar vierzigtausend erreicht?«

»Damals war Lieutenant John McReady der Pilot, Sir. Und die Flüge liegen wirklich etwas zurück. Um genau zu sein, die Tests fanden im September 1921 statt. Dieser bestimmte Flug war ziemlich hart. Seine Ausrüstung war eher eine Art Experiment, darum hatte er sehr unter der Kälte zu leiden.«

»*Wie* kalt ist es damals gewesen?« fragte Gale.

»Ungefähr sechzig unter Null. Fahrenheit. Dann platzte das Thermometer«, antwortete Korwalski.

»Prima«, murmelte Gale.

»Wir richten Ihr Flugzeug schon für diese Höhe ein, außerdem können wir noch den Wärmeausstoß der Motoren erhöhen, und in Ihrer Maschine wird ein direkter Wärmefluß installiert, der im Cockpit und in der Kabine zu spüren sein wird.«

Henshaw reagierte überrascht. »Wollen Sie *tatsächlich* so hoch hinaus?«

Indy spielte mit einem Bleistift. »Ich hoffe nicht, daß das notwendig sein wird. Aber ich möchte, daß wir die Option haben. Nur für den Fall.«

»Falls Sie so hoch aufsteigen«, merkte Henshaw kritisch an, »werden Sie ziemlich allein sein.«

Sie sprachen die anderen Punkte auf der Liste durch. Alle verfügbaren Motor- und Flugmeßinstrumente wurden durchdiskutiert. Sie zogen sogar die neusten gyroskopischen Geräte, die die Navigation erleichterten, und den künstlichen Horizont in Betracht. Das erhöhte die Flugsicherheit und ermöglichte eine exaktere Flugrichtungsbestimmung, falls sie mit schlechten Wetterverhältnissen, wie Sturm oder dichten Wolken, zu kämpfen hatten. Das Militär hatte ein neues Gerät erfunden, einen ADF, Air Detection Finder, mit dem man die Nachrichten von Radio- und Wetterstationen im Umkreis von mehreren Hunderten von Meilen empfangen konnte. Außerdem wurden Erste-Hilfe-Kästen, Feuerlöscher, Wassertanks und andereres Zubehör in die Ford eingebaut. Sie installierten Fallschirmhalter, die sowohl vom Cockpit als auch von der Kabine aus bedient werden konnten.

Cromwell, der schon alle Orte der Welt angeflogen hatte, bestand auf einem altmodischen Kompaß, der auch dann noch funktionierte, wenn die elektrischen Systeme schon ausgefallen waren. »Nur so hat dieser Lindbergh diesen grauenvollen Flug überstanden«, führte er an. Lindberghs Atlantiküberquerung, die inzwischen drei Jahre zurücklag, hatte großes Aufsehen erregt.

»Ich möchte nur eines anmerken«, sagte Colonel Henshaw, als die Liste abgehakt war. »In dieser Maschine können Sie überall auf der Welt überleben.«

»Fast überall«, korrigierte Indy ihn zur Überraschung der anderen. »In der Kabine gibt es dreizehn Sitze, davon sollen neun entfernt werden. Statt dessen werden ein paar Klappbetten an den Innenwänden des Flugzeugrumpfes angebracht. Die sind leichter als die Sitze, und wir haben mehr Platz in der Kabine. So können wir einen kleinen Benzingenerator und andere Gerätschaften unterbringen.«

Zusammen mit Cromwell und Foulois überflog Korwalski die Liste. »Ich denke, das wäre es dann«, sagte er und nickte Henshaw zu, der sich so schnell wie möglich wieder an der Ford nützlich machen wollte.

»Noch eine letzte Sache«, sagte Indy und hielt damit die beiden Männer zurück. Ungeduldig beobachteten sie, wie er die Zeichnungen mit den Veränderungen an den Flugzeugtragflächen ausbreitete. »Hier sind die Gepäckstauräume. Direkt zwischen den zweiten und dritten Verstrebungspaaren auf beiden Kabinenseiten. Wir beabsichtigen ja nicht, Passagiere und Gepäck zu transportieren, und diese herunterklappbaren Luken können pro Seite mindestens vierhundert Pfund fassen.« Er blickte zu Cromwell und Foulois hinüber. »Soweit alles klar?« Die beiden Männer nickten.

»Das ist Platzverschwendung, und ich brauche diesen Platz anderweitig.«

Cromwell und Foulois tauschten Blicke aus. »Denken Sie, was ich denke«, sagte Cromwell zu dem Franzosen.

»Ich beginne zu verstehen«, antwortete Foulois.

»Aber *ich* nicht.« Tarkiz Belem funkelte sie wütend an.

»Er beabsichtigt, auf beiden Seiten Maschinenkanonen zu installieren!« platzte Cromwell mit der Sprache heraus.

»Maschinenkanonen?« wiederholte Gale Parker ungläubig.

»Stimmt das?« wollte Tarkiz von Indy wissen.

»Eines an jeder Tragfläche«, bestätigte Indy. »Und eine Vorrichtung im hinteren Bereich der Kabine, die höhenverstellbar ist.«

»Sergeant? Halten Sie es für möglich, an jeder dieser Stellen eine 50-mm-Kanone anzubringen?« fragte Indy Korwalski.

Der Sergeant überlegte kurz. »Das kann ich machen, Sir. Aber für ratsam halte ich es nicht.«

»Warum nicht?«

»Nun, es geht nicht nur um das Gewicht, Sir, sondern es hat auch Einfluß auf das Vibrationsabsorbierungssystem, das dafür sorgt, daß die Tragflächen nicht zu stark belastet werden. Wenn man an diesen Stellen schweres Gewicht plaziert und dann die Kanonen zum Einsatz bringt, schwächt man die Tragflächenkonstruktion, daran gibt es nichts zu rütteln.

Könnte beträchtlichen Schaden anrichten. Und das zusätzliche Gewicht spielt selbstverständlich auch eine Rolle. Falls ich mit meiner Annahme nicht falsch liege, Sir, werden Sie irgendwohin fliegen, wo diese Munition ganz schönen Schaden anrichten kann.«

»Ich vermute, Sie haben einen Alternativvorschlag auf Lager?«

»Ja, Sir, das habe ich.«

»Und wie lautet der?«

Korwalski wandte sich an Henshaw. »Sir, dazu brauche ich Ihre Erlaubnis. Bezüglich der neuen Waffengattung, Sir. Ihre Existenz unterliegt immer noch der höchsten Geheimhaltungsstufe.«

Leicht beunruhigt kaute Henshaw auf seiner Oberlippe. Die Entscheidung fiel ihm nicht leicht. Schließlich nickte er bedächtig. »Das Kriegsministerium steht hinter diesen Leuten, Sergeant. Ich erteile Ihnen die Erlaubnis.«

»Danke, Sir.« Korwalski richtete sich wieder an Indiana Jones. »Wir haben eine neue Waffe entwickelt. Kaliber dreißig. Spuckt die Munition blitzschnell aus und ist besser als alles, was bis jetzt in Flugzeugen eingesetzt wurde. Verfügt ungefähr über die dreifache Reichweite. Ist sehr leicht gebaut, kann die unterschiedlichste Munition fassen. Ursprünglich wurde es entwickelt, um Stahlpanzerungen durchdringen zu können. Diese Waffe kann sogar mit Sprengstoffmunition geladen werden. Wird für Sie alle Probleme lösen.« Er richtete sich auf und stellte sich gerade wie ein Besenstiel neben seinen Vorgesetzten. »Sir.«

Auf diesem Feld kannte sich Indy nicht besonders gut aus. Aber seiner Mannschaft gehörten drei Männer an, darunter zwei Piloten, die Experten waren, was Maschinenkanonen anbelangte.

»Meine Herren?«

»Wie ist der Munitionsausstoß?« fragte Tarkiz Korwalski. »Können Sie mir diese Frage beantworten?«

»Vierzehnhundert Schuß pro Minute.«

Tarkiz strahlte wie ein kleiner Junge.

»Nehmen Sie es«, riet er Indy. »Klingt zu schön, um wahr zu sein.«

»Will?«

»Ich wünschte, ich hätte vor Jahren schon so eine Waffe gehabt«, lautete Cromwells Antwort.

»Rene?«

»Mit dieser Art von Waffe«, sagte der Franzose, die Ruhe in Person, »hätte ich zwei-, dreimal so viele Deutsche abschießen können.«

Indy blickte zu Gale hinüber. »Und was meinen Sie?«

»Was geht mich das an?« gab sie zurück. »Ich kann nur mit Pfeil und Bogen umgehen, wissen Sie nicht mehr? Gerade mal noch mit einer Armbrust. Die Profis sagen, es sei gut. Daher habe ich keine Einwände.«

Indy lachte, faltete die Karten, Pläne und Listen zusammen. »Meine Herren, das wäre es dann. Colonel Henshaw, je eher die Maschine fertig ist, desto besser.«

»Ja, Sir. Wie ich gerade sagte, meine Männer werden doppelte Schichten fahren und rund um die Uhr arbeiten.«

Zögernd meldete sich Sergeant Korwalski nochmals zu Wort. Die Frage, die ihm im Kopf herumging, war zu wichtig, um nicht gestellt zu werden. »Sir, vielleicht wage ich mich zu weit hervor, aber dürfte ich Sie etwas fragen?«

»Bitte, nur zu, Sergeant.«

»Alles, was Sie an diesem Flugzeug umgebaut haben möchten, ich meine, wir bauen die Ford ja quasi zu einer Art Bomber um.«

»Sie können es ihm ruhig sagen«, erlaubte Henshaw. »Das hier nennt sich das XB-906 Projekt.«

»Aber das ist weit vorgegriffen«, fuhr Korwalski fort. »Sir, werden wir wieder einen Krieg führen?«

Wie dichter Nebel breitete sich Schweigen im Zimmer aus. Langsam erhob sich Indy und wandte sich Korwalski zu. Diesmal lächelte er nicht fröhlich.

»Unglücklicherweise«, sagte er bedächtig, »muß ich Ihre Frage mit einem Ja beantworten.«

7

»Ziehen Sie sich um.«

»Wie bitte?«

»Ich bitte Sie, sich umzuziehen«, sagte Indy zu Gale Parker. »Es wäre besser, wenn Sie sich für etwas anderes entschieden.«

Mit einem prüfenden Blick betrachtete sich Gale im Spiegel. »Wieso, stimmt mit meinen Kleidern was nicht?«

»Die sind genau richtig, wenn wir jagen oder bergsteigen gehen«, antwortete Indy. Ihm fiel es schwer, nicht zu lachen. »Aber für ein Abendessen sind sie deplaziert.«

»Indy, wir befinden uns in einem Hangar auf einem Armeestützpunkt, wo ...« Sie neigte den Kopf seitlich und musterte ihn kritisch.

»Ich hatte mal einen Hund, der das immer gemacht hat«, scherzte er. »War ein ziemlich hübscher Hund.«

»Sie vergleichen mich mit einem *Hund*?« rief sie empört. In der Aufregung färbten sich ihre Wangen rot.

»Also, es war eine Hündin, und sie zog sich auch nicht zum Abendessen um. Aber ich meinte die Art, wie Sie Ihren Kopf neigen, so leicht zur Seite. Gerade so, als hörten Sie ganz aufmerksam zu.«

»Indiana Jones, Sie haben Ihren Verstand verloren«, merkte sie scharfzüngig an. »Ich werde mich bestimmt *nicht* umziehen, nur um mit dieser Bande in diesem Hangar ...«

»Wer sagte etwas davon, daß wir mit den anderen essen werden?«

»Sie sagten ...« Kopfschüttelnd hielt sie inne. Sie wußte nicht, was er nun schon wieder ausgeheckt hatte. Sein Pokergesicht verriet nicht, was er im Schilde führte. »Sie sagten *Abendessen*«, führte sie ihren Satz zu Ende. »Indy, soll das hier eine Art *Verabredung* werden?«

»So könnte man es auch nennen. Auf der anderen Seite ist es auch ein Befehl. Aber, ja«, gab er zu, »es *handelt* sich um eine Verabredung. Nicht hier in diesem Hangar, nicht mit unseren Leuten. Nur Sie und ich. In der Stadt. Ich meine, in Dayton. Dort soll es ein großartiges italienisches Restaurant geben. Ich habe für uns einen Tisch reservieren lassen. In zehn Minuten müssen wir los, und daher wäre ich Ihnen sehr verbunden, wenn Sie mit Ihren Wortspielchen nicht noch weiter kostbare Zeit verschwenden.«

Sie wollte etwas erwidern, stand aber nur sprachlos und mit offenem Mund da.

»Ach ja, noch etwas.« Er griff in die Innentasche seiner Lederjacke und zog eine Automatik, Kaliber .25, heraus. Sie steckte in einem Holster aus weichem Leder, an dem ein kurzer Gurt baumelte. »Wählen Sie ein Kleid. Legen Sie die hier dicht über dem Knie an. Ich nehme mal an, Sie wissen damit umzugehen, falls es die Situation erfordert.«

Sie hatte sich rasch von ihrer Verwunderung erholt. »Werden wir beim Abendessen jemanden töten? Vielleicht gleich nach der Lasagne?«

»Das ist eine hervorragende Idee. Ich werde es dem Besitzer des Del Vecchio sagen. Aber wir werden zu spät kommen, wenn Sie jetzt nicht endlich aufhören, Fragen zu stellen,

Lady.« Er marschierte in Richtung Tür und warf einen Blick nach hinten. »Zehn Minuten.« Und dann war er verschwunden.

Gute dreißig Sekunden lang starrte sie auf die Tür. Im Augenblick wußte sie nicht, was sie denken sollte. Indy … wollte sie zum Abendessen ausführen? In ein schickes Restaurant? Sie wühlte ihren Kleiderschrank durch. *Ich werde ihn umbringen. Das hier ist eine* Expedition, *ein Auftrag und kein gesellschaftlicher Empfang* … Ohne groß nachzudenken, wählte sie einen weiten, ausgestellten Rock. Nicht gerade ein Abendkleid, schoß es ihr durch den Kopf. Aber mit einer Seidenbluse und einem Schal und … *Keine hochhackigen Schuhe. Nein, ich werde die Wildlederstiefel tragen. Die sehen auch ganz gut aus* … Sie hatte sich gerade umgezogen und versuchte nun verzweifelt, etwas mit ihren Haaren anzustellen, als Indy schon anklopfte.

Bis jetzt hatte sie ihn immer nur in dieser alten, abgetragenen Lederjacke und den verknitterten Hosen gesehen. Doch dann erkannte sie das Wildlederjackett, das er schon auf der Reise nach Chicago getragen hatte. Heute trug er frisch gebügelte, braune Hosen dazu. Und ein *Bolo Tie.War ja klar, daß er den Klapperschlangenkopf gut findet,* schäumte sie innerlich.

Er inspizierte sie von Kopf bis Fuß. »Sie, Miss Parker, sind wirklich eine ansprechende Dame.«

»Ansprechend?«

»Das war als Kompliment gemeint.«

»Sie bedienen sich neuerdings einer eigenartigen Ausdrucksweise, Indy.«

»Na schön«, sagte er gutmütig. »Sie sehen toll aus. Wie Dynamit, um ehrlich zu sein. Lassen Sie uns gehen.« Kaum gesagt, machte er auf dem Absatz kehrt, hetzte zur Tür und den Korridor hinunter, so daß sie gezwungen war, ihm hinterherzulaufen. Draußen vor dem Hangar wartete ein schwarzer Packard auf sie. Er hielt ihr die Wagentür auf. Langsam hielt sie es wirklich für möglich, daß ihm eine Sicherung durchgebrannt war. Schließlich waren sie Partner und damit einander ebenbürtig. Und es *gefiel* ihr sehr, wie eine gleichberechtigte Person behandelt zu werden. Daß er ihr gegenüber auf einmal den höflichen Kavalier spielte, nur um mit ihr auszugehen, kam ihr komisch vor.

Bis sie in die Straße nach Dayton einbogen, wechselten sie kein Wort.

»Indy?«

»Hm?«

»Worum geht es hier?«

»Um gutes Essen, erstklassigen Wein, um eine schöne Frau. Was kann ein Mann mehr verlangen?«

»Und sonst steckt nichts dahinter?«

»Wie bitte? Jetzt haben Sie mich aber gekränkt.«

»Ist das aus dem Stegreif, oder haben Sie vorhin ein wenig geübt?«

»Würden Sie sich bitte beruhigen?«

»Ich werde mir Mühe geben.«

»Gutes Mädchen.«

Sie neigte den Kopf. »Guter Hund. Das bin ich.«

Er brach in schallendes Gelächter aus, und sie mußte einfach mitlachen.

»Indy, das Abendessen war *fabelhaft*«, sagte Gale und meinte es auch so. So ein Menü hatte sie bis jetzt noch nie gegessen. Gedämpfte Muscheln in einer Weinsoße, Cäsar-Salat, frisch gebackene Brötchen, frischen Hummer aus Maine und dazu einen Weißwein, von dem sie noch nie etwas gehört hatte, der aber problemlos mit jedem englischen oder französischen Wein mithalten konnte. »So gut habe ich noch nie gegessen, ich bin überwältigt.«

»Nachtisch?«

Sie schüttelte den Kopf. »Da muß ich passen. Aber ich nehme gern noch einen Cappuccino.«

Er lehnte sich zurück und rief ihren Kellner herbei. »Einen Cappuccino für die Dame, und ich werde einen Cognac nehmen.«

Keine Minute später kehrte der Kellner mit leerem Tablett an den Tisch zurück. »Dr. Jones, der Manager möchte Sie und Ihre Begleitung auf einen Drink in sein Büro einladen.«

Indy hob eine Augenbraue. »Ah, Sie meinen Dominic Carboni.«

»Ja, Sir.«

»Wir nehmen die Einladung sehr gern an. Holen Sie uns bitte in zehn Minuten hier ab.«

Der Kellner strahlte. »Gern, Sir«, sagte er, bevor er verschwand.

Gale legte die Stirn in Falten und beugte sich vor. »Woher wußte er, wer Sie sind?« Bevor er ihr eine Antwort geben konnte, fuhr sie fort. »Natürlich, Sie haben ja den Tisch bestellt.«

Er nickte zustimmend, doch ihre Verwirrung legte sich deswegen noch längst nicht. »Aber warum, ich meine, weshalb sollte der Manager, dieser ...«

»Carboni.«

»Warum sucht er unsere Gesellschaft? Warum lädt er uns in sein Büro ein? Und woher weiß er, wer Sie sind? Ich spreche jetzt nicht von Ihrem Namen, Indy, sondern ...«

»Ich möchte das schnell aufklären, falls es Ihnen nichts ausmacht, Gale. Er weiß, wer wir sind, weil heute etwas über uns in der Zeitung gestanden hat.«

»In der Zeitung gestanden hat?«

»Hier drinnen gibt es ein merkwürdiges Echo.«

»Daran kann ich auch nichts ändern. Ich verstehe nun mal nicht, was hier vorgeht.«

»Ein Zeitungsartikel wurde plaziert. Professor Jones und Doktor Parker besuchen einen Wright Brothers Workshop. Recherchieren die Anfänge der Fliegerei. Erinnern Sie sich, das erste Flugzeug, das die Gebrüder Wright bauten, ging nach England. Sie waren sehr unzufrieden mit dem Verhalten der amerikanischen Regierung, und das war ihr Denkzettel. Und aus diesem Grund«, er faltete bedächtig seine Serviette zusammen, »sind wir hierhergekommen. Uns interessiert, welchen Einfluß die Gebrüder Wright auf die Anfänge des britischen Flugzeugbaus hatten und ob und inwiefern sie unser Design beeinflußt haben.«

»Aber das ist doch kein Geheimnis?«

»Nein, aber genau das richtige für eine Zeitungsente.«

»Und dieser Carboni hat etwas mit Flugzeugen zu tun?«

»Ich glaube nicht, daß er je eins betreten hat.«

»Indy, Sie halten mich zum Narren.«

»Nicht wirklich. Nein, mir ging es darum, daß gewisse Leute erfahren, daß ich heute abend in Dayton sein werde. Und da ich hier eine Tischbestellung gemacht habe, konnten sie es ohne großen Aufwand herausfinden.«

»Aber *warum*?«

»Nun, ich hielt es für die beste Möglichkeit, mich finden zu lassen.«

»Sie *wollten* gefunden werden?«

»Ja, jetzt begreifen Sie endlich.«

»Aber Sie haben mir immer noch nicht den Grund genannt.«

»Diese Leute sind hinter etwas her.«

»Dabei handelt es sich zufälligerweise nicht um eine kleine Pyramide, oder doch?«

»Brillanter Schluß, Miss Parker.«

»Aber ...«

»Bitte, geben Sie jetzt Ruhe, Gale. Hier kommt unser Führer.« Der Kellner half Gale beim Aufstehen, und sie und Indy folgten ihm durch einen Vorhang, hinter dem ein langer Flur lag. Am Ende des Flurs war eine schwere Holztür zu erkennen, die Indy kritisch beäugte. Er hörte ganz genau hin, als der Kellner anklopfte, und schloß aus dem satten Ton, daß die Tür metallverstärkt sein mußte. Als er sah, welcher Kraftaufwand nötig war, um sie zu öffnen, sah er sich in seiner Meinung bestätigt.

Kugelsichere Tür.

Dominic Carboni erhob sich von einer bequemen Ledercouch, um sie zu begrüßen. Auf dem Marmortisch standen schon ihre Drinks bereit. Gale blickte sich in dem Zimmer um. »Sie haben einen ausgewählten Geschmack«, sagte sie zu ihrem Gastgeber.

»Vielen Dank. Hier drinnen finden Sie nur das Feinste, was diese Welt zu bieten hat. Wenn es um Qualität geht, ist mir kein Preis zu hoch. Hübsch, nicht wahr?«

Ein Gauner in einem Marmorschloß, kam ihr in den Sinn. *Ich möchte wissen, hinter was dieser Mann her ist. Er ist nur der Bote, hinter ihm steckt jemand, der wirklich Macht hat.*

Sie unterhielten sich über alles mögliche und nippten an ihren Drinks. »Sind Sie zum ersten Mal in Dayton, Miss Parker? Wie gefällt Ihnen unser Städtchen?«

»Um ehrlich zu sein, ich habe mich dort noch gar nicht richtig umgeschaut«, parierte sie und hielt sich bewußt an die Geschichte, die Indy an die Zeitungen weitergegeben hatte. »Die längste Zeit habe ich damit zugebracht, die Werkstatt der Wrights zu besichtigen, ihren Windkanal zu studieren, ihre Notizen durchzugehen. Wirklich eine äußerst faszinierende Aufgabe.«

»Aha. Ich kann mir denken, daß das interessant ist«, erwiderte Carboni. »Falls man das mag, meine ich. Ich hingegen ziehe die Nachtclubs vor. Habe noch nie ein Flugzeug gesehen, das so gut aussieht wie eine großgewachsene Frau.« Er bildete sich viel auf seine geistreichen Bemerkungen ein, das spürte man.

Gale entging nicht, daß Indy sein Verhalten verändert hatte. Allein an der Art und Weise, wie er saß, konnte sie diesen Unterschied festmachen. Sie war lange genug Jägerin gewesen, um zu spüren, wenn jemand vollkommen entspannt oder angespannt war. Indy stellte sein Cognacglas auf den Marmortisch und setzte sich anders hin.

»Carboni, jetzt rücken Sie mal mit der Sprache heraus.«

In diesem Augenblick schien Carboni seinen Kokon abzustreifen und eine ganz andere Persönlichkeit anzunehmen. Der teure Anzug und die auserlesenen Möbel konnten nicht mehr über die niedere Lebensform hinwegtäuschen, mit der sie es zu tun hatten.

»Ich wußte nicht, daß Sie es eilig haben, Jones.« *Aha, jetzt geht es los,* fiel Gale auf. *Nicht mehr Professor Jones oder Doktor, sondern nur noch kurz und knapp.*

»Mein Fahrer wartet am Hinterausgang auf uns«, erläuterte Indy. »Und er ist ein ungeduldiger Mann.«

Indy gelang es immer wieder, sie zu überraschen. *Welcher* Fahrer? Auf dem Weg ins Restaurant hatte Indy den Packard gefahren. Sie bemühte sich, sich nichts anmerken zu lassen, nur reglos zuzuhören. Und auch sie veränderte ihre Sitzposition, damit sie im Notfall schneller an die Waffe kam, die an ihrem Oberschenkel festgezurrt war. Irgendwie spürte sie, daß das höfliche Geplänkel vorbei war.

»Woher wissen Sie von dem Hinterausgang, Jones?« Carboni musterte Indy. »Sie sind doch noch nie hier gewesen.«

»Lassen Sie das«, herrschte Indy ihn an. »Sie sind nur der Handlanger von Mr. Big, wer immer das sein mag. Was ist für Sie drin?«

Carboni setzte ein Haifischgrinsen auf. »Sie sind ziemlich

gerissen, wissen Sie das, Jones? Ach ja, falls Sie den Hinterausgang nehmen, werden Sie auf ein paar von meinen Leuten stoßen, denen es wahrscheinlich nicht gefallen wird, wenn Sie ohne meine Erlaubnis verschwinden.«

»Was will Mr. Big?« drängte Indy den Gangster.

»Heh, woher wollen Sie wissen, daß ich *nicht* Mr. Big bin?« höhnte Carboni.

»Schauen Sie mal in den Spiegel«, schlug Indy vor. »Sie werden nur das Antlitz eines Botenjungen sehen.«

Carboni lief rot an. Seine Hände zitterten. Indy wußte, daß er in Gedanken damit spielte, eine Waffe zu ziehen. Auch ein Botenjunge kann gefährlich werden, vor allem wenn er ein großer Frosch in einem kleinen Teich ist.

Aber natürlich wagte Carboni es nicht, Indiana Jones ein paar Kugeln in den Leib zu jagen und aus ihm einen Schweizer Käse zu machen. Er wagte nicht, die Anweisungen seines Chefs zu durchkreuzen.

»Heh, das war doch nur ein Scherz, wissen Sie«, warf Carboni schnell ein. »Kein Grund, sich aufzuregen.«

»Als Diplomat würden Sie garantiert verhungern.«

»Ich verstehe nicht«, stammelte Carboni mit hochgezogenen Augenbrauen.

»Vergessen Sie es. Lassen Sie jetzt das dumme Getue, Carboni. Wie lautet die Botschaft, die Sie mir übermitteln sollen?«

Gale kam aus dem Staunen nicht heraus. Wie gelang es Indy nur, sich von einer Sekunde zur nächsten von einem gutmütigen Professor in jemanden zu verwandeln, der den Umgang mit billigen Gangstern gewohnt war?

Carboni zündete sich eine Zigarette an, folgte mit den Augen dem sich im Zimmer verteilenden Rauch, sammelte sich und rückte dann endlich mit der Sprache heraus.

»Eine Million, Professor.«

»Eine Million *was?*« wollte Indy wissen.

»Eine Million Dineros. Eine Million Greenbacks. Sie wissen schon, was ich meine. Eine – Million – Dollar«, betonte er.

»Das ist ja gut und schön«, erwiderte Indy. »Aber wofür? Bis Weihnachten ist noch lange hin.«

»Hören Sie, Professor, wir wissen nicht, wie und warum Sie neulich nacht den Zug überfallen haben. Wir wissen nur, daß ein paar große Tiere mit einem Flugzeug kamen und die kostbare Fracht abgeholt haben. Und die bestand nicht – wie uns die Zeitungen glauben machen wollten – aus diesem Schund, den man an jeder Ecke in Billigläden kaufen kann.«

Carboni atmtete tief durch. »Eine Million Dollar für diese Pyramide.«

»Was für eine Pyramide?«

»Sie halten sich wohl für einen harten Typen, nicht wahr? Wir wissen, daß Sie sie haben, Jones.«

»Und Sie möchten ein Tauschgeschäft mit mir eingehen. Ich gebe Ihnen die Pyramide, die sich angeblich in meinem Besitz befindet, und dafür entschädigen Sie mich mit einer Million Dollar.«

»In bar.

»Wann?«

»Je eher, desto besser, Professor. Um ehrlich zu sein, je früher, desto länger werden Sie am Leben bleiben.«

»Was, wenn ich Ihnen sage, daß ich sie nicht habe.«

»Dann würde ich Sie einen Lügner nennen.«

»Und dann lägen Sie sogar richtig«, erwiderte Indy lachend.

Carbonis Augen verengten sich zu schmalen Schlitzen. »Dann *haben* Sie sie also?« Sein Atem ging schwerer.

Sie kriegen die Pyramide, und dann verscharren sie mich und Gale in einem dunklen Loch, das war für Indy sonnenklar.

»Das Problem bei der Sache ist, daß die Pyramide unverkäuflich ist, Carboni. Egal, wieviel Geld im Spiel ist.«

»Ja, ist das so? Na, das werden wir noch sehen.« Carboni drückte auf einen Schalter auf dem Schreibtisch. Eine Seitentür ging auf, und zwei riesige, bewaffnete Schläger stürmten ins Büro. »Haltet ihn in Schach«, befahl Carboni. Die Waffen zielten auf Indy.

Mit regloser Miene studierte Indy seine Nägel und polierte sie an seiner Jacke. »Das ist so dumm«, merkte er an.

Carboni setzte sich unerwartet schnell in Bewegung, lief zu Gale hinüber, packte sie am Haar und riß ihren Kopf zurück. Der Lichtschein der Bürolampe spiegelte sich auf der Messerschneide, die er ihr an die Kehle hielt.

»Sie sagen mir, wo sie ist, Professor, oder diese junge Dame wird nicht mehr lange durch die Nase atmen können.«

Indy kratzte seinen Bauch. »Nur zu.«

Gale riß die Augen auf. Die Art und Weise, wie Carboni ihren Kopf festhielt, bereitete ihr Schmerzen. »Sie bluffen, Jones!« rief Carboni zornig. »Zuerst kriegt sie es ab, und dann sind Sie an der Reihe!«

»Das werden Sie nicht tun, und falls doch, muß ich Ihre drei Schläger fertigmachen, und da zwei dieser Typen mich mit der Waffe bedrohen, werde ich wahrscheinlich getötet ...«

»Das garantiere ich, Jones!«

»Und wenn ich tot bin, wird Ihr Mr. Big nie erfahren, wo die Pyramide versteckt ist, und das heißt dann, daß Sie und diese Vollidioten hier bald hübsche Zementschuhe tragen werden. Hören Sie auf, Carboni. Sie sind doch nur ein Windei.«

»Ich schwöre, ich werde Ihnen das Herz rausschneiden, Jones!«

Indy veränderte seine Sitzposition. Dann kratzte er sich wieder am Bauch und machte sich unbemerkt an der Gürtelschnalle zu schaffen. Eine Sekunde später sprang die Tür des Hinterausgangs auf und eine dunkle Gestalt kugelte zusammengerollt über den Boden. Ohne aufzustehen, feuerte Tarkiz

Belem einen tödlichen Kugelhagel aus der schallgedämpften Mauser, die zu einer Automatikwaffe umgearbeitet worden war. Die beiden Männer, die mit Waffen auf Indy zielten, wurden zurückgeschleudert und brachen blutüberströmt am Boden zusammen.

Das alles passierte so schnell, daß Carboni gar nicht schalten konnte. Plötzlich hörte er einen lauten Schlag. Indy hatte die um die Taille gewickelte Peitsche abgenommen und schlug damit Carboni das Messer aus der Hand, bevor er erneut ausholte und seinem Gegner das Handgelenk brach. Mit ausdrucksloser Miene krachte Carboni mit dem Kopf auf die Marmortischplatte.

Gale setzte sich aufrecht hin und tastete mit den Fingern über den roten Streifen, der ihren Hals verunstaltete. Sofort kam Indy zu ihr hinübergelaufen. »Die Haut ist nur ganz leicht aufgeschürft«, versuchte er sie zu beschwichtigen und reichte ihr ein Taschentuch. »Wird gut verheilen und keine Narbe hinterlassen, die Sie ein Lebenlang an diesen Vorfall denken läßt.«

»Indy, ich werde – *Sie haben mich buchstäblich ins offnene Messer laufen lassen.*«

»Das ist leider wahr«, gab er unumwunden zu.

Tarkiz schob ein neues Magazin in die Mauser. »Was machen wir mit dem hier?« fragte er und zeigte auf Carboni.

»Wagen Sie ja nicht, ihn anzurühren!« zischte Gale. Mit katzenhafter Geschmeidigkeit sprang sie blitzschnell auf. Dann packte sie den Gauner beim Haarschopf, holte ihre versteckte .25er hervor und schob ihm den kurzen, stupsigen Lauf so tief wie nur irgend möglich ins linke Nasenloch.

Verängstigt verdrehte er die Augen, ohne den Blick von der Waffe zu nehmen. Langsam spannte Gale den Hahn, so daß das Klicken deutlich zu hören war.

»Falls ich husten oder niesen muß, wird Ihr Hirn ein hübsches Muster auf die Decke malen«, führte sie ruhig aus. »Fällt Ihnen ein Grund ein, der mich davon abhalten könnte, Sie zu erledigen?«

Carboni murmelte etwas, brachte aber kein anständiges Wort heraus. »Genug jetzt, Gale«, forderte Indy seine Partnerin leise auf. »Vergiß nicht, er muß noch mal den Botenjungen spielen.«

Ein paar unendlich lange Sekunden verharrte sie auf der Stelle und schaute dann Carboni in die Augen. »Auf Wiedersehen«, flüsterte sie und drückte ab.

Carboni schrie vor Schreck auf. Darum war das metallische Klicken fast nicht zu hören. Gale trat einen Schritt beiseite und wischte den Lauf an Carbonis Jackett ab. »So ein Zufall«, sagte sie. Ein dünnes Lächeln umspielte ihre Lippen. »Anscheinend habe ich vergessen, die Waffe zu laden.«

Verächtlich blickte sie auf den bewußtlos am Boden liegenden Carboni hinunter. »Was hat er nur?« fragte sie.

Kurze Zeit später saßen sie im Packard, der von Tarkiz gesteuert wurde. »Wunderbar!« rief er begeistert. »Es tut ja so *gut*, nicht mehr untätig herumzusitzen.«

Gale wandte sich an Indy. »Sie haben diese Sache eingefädelt, nicht wahr?« Er nickte. »Aber woher wußte Tarkiz, wann er hereinkommen sollte? Und, das möchte ich auch erfahren, woher wußte er, *wie*?«

»Mein Gürtel. Hat neuerdings einen batteriebetriebenen Funksender. Und in Tarkiz' Ohr befindet sich ein winziger Empfänger. Ich drückte auf den Gürtel, er hörte das Klicken, ein Signal, das zuvor abgesprochen wurde, und da wußte er, daß der richtige Zeitpunkt gekommen war.«

Sie betrachtete ihn aufmerksam. »Indy?«

»Ja?«

»Sie haben uns heute abend zur Zielscheibe degradiert, nicht wahr?«

»Irgendwie mußte ich ja ihre Aufmerksamkeit erregen.«

»Aber … warum haben Sie mich nicht in Ihre Pläne eingeweiht?«

»Und wozu? Damit Sie sich *Sorgen* machen?«

Vorn am Steuer lachte Tarkiz schallend.

8

»So habe ich ihn bisher noch nie erlebt«, gestand Gale den anderen. Zu viert saßen sie an einem Ecktisch im Speisesaal der Flugzeughalle. Gegen sechs Uhr morgens, eine absolut unchristliche Zeit, verspürten weder Rene Foulois noch Gale den Wunsch, etwas zu sich zu nehmen, während Cromwell und Tarkiz Belem sich nicht davon abhalten ließen, ihre kräftigen, muskulösen Körper mit ausreichend Nahrung zu versorgen. Wann immer man ihnen etwas Schmackhaftes auf den Tisch stellte, konnten sie essen, die Uhrzeit scherte sie dabei wenig. Gleichzeitig spitzten sie aufmerksam die Ohren und lauschten den Kommentaren ihrer beiden Teamkollegen, die sich laut Gedanken über Indy machten, der sich in die gegenüberliegende Ecke des Saales zurückgezogen hatte.

»Er ißt nicht, ist Ihnen das aufgefallen?« fragte Cromwell und verschlang eine dicke Scheibe Schinken. »Trinkt nur literweise dieses schwarze Gebräu, das sie Kaffee nennen.«

»Vier Tassen, der arme Mann«, stimmte Foulois zu.

»Bestimmt ist er wegen irgend etwas kribbelig«, meinte Cromwell und widmete sich gleich wieder seinem Teller.

»Was ist kribbelig?« fragte Tarkiz.

»Nun, ich würde bestimmt nicht behaupten, daß Indiana Jones *nervös* ist«, merkte Gale kritisch an. »Er ist, ähm, beschäftigt. Ich könnte mir denken, daß etwas sehr Wichtiges ansteht.«

»Was soll denn dieses ganze Geschwätz?« knurrte Tarkiz mit vollem Mund.

»Sie sabbern, alter Kumpel«, bemerkte Cromwell.

»Ich weiß, daß ich wie ein Wildschwein esse, das gerade am Verhungern ist. Das halten mir meine Frauen andauernd unter die Nase«, verkündete Tarkiz grinsend und wandte sich dann an Gale. »Dann erzählen Sie mir, was Sie denken, Frau. Was bedeutet kribbelig, und weshalb glauben Sie, daß hier die vielbeschworene Ruhe vor dem Sturm herrscht?«

Seine Worte heiterten die anderen auf. »Kribbelig heißt so viel wie aufgeregt oder nervös«, antwortete Gale.

»Diese Bezeichnung paßt nicht auf Indy«, schnaubte Tarkiz erbost. »Ich bin vielen Männern gefolgt. Auf der ganzen weiten Welt, Frau. Er ist ein Mann, der seiner selbst sicher und sich seiner Handlungsweise bewußt ist. Entscheidungsfreudig, klug. Viele gute Eigenschaften. Aber nicht kribbelig.« Verärgert schüttelte Tarkiz den Kopf und spuckte dabei aus Versehen die anderen an. »Das ist *dumm.*«

»Da stimme ich Ihnen zu«, beschwichtigte Gale den Kurden.

»Um darauf zurückzukommen, daß etwas in der Luft liegt«, meldete sich Cromwell zu Wort, »das *sind* die ersten Anzeichen. Ich *wußte* schon vorher, daß es gestern abend Probleme geben würde.«

»Gestern abend gab es keine Probleme!« erwiderte Tarkiz aufgebracht und schlug so fest mit der Faust auf den Tisch, daß Geschirr und Besteck klapperten. »Sie verstehen nicht! Gestern abend ist *nichts* passiert, weil niemand darüber sprechen wird.« Er grinste höhnisch in Cromwells und Foulois' Richtung. »Sie glauben, daß jemand die Polizei gerufen hat? Das ist das *letzte*, was passieren wird.«

»Dann möchte ich gern erfahren, falls Sie mir meine Kühnheit nachsehen, was der Krawall von gestern abend sollte? Schließlich wissen wir nur, was Sie und Gale uns erzählt haben«, faßte Cromwell wie immer scharfzüngig zusammen.

Gale legte die Hand auf Tarkiz' Arm. Zuerst verspürte er den Impuls, seinen Arm wegzuziehen, überlegte dann aber kurz und hielt still. Die junge Frau blickte zu den beiden Männern hinüber, die sie und Tarkiz aufmerksam beobachteten. »Ich möchte, daß Indy Sie einweiht. Aber ich kann Ihnen so viel verraten: Alles, was er tut, ist bis ins kleinste Detail durchdacht und durchgeplant. Begreifen Sie denn immer noch *nicht*? Er spielt den Köder. Er hätte sich genausogut einen roten Pfeil auf die Stirn malen können ...«

Als sie sah, daß ein Mann in einem grauen Geschäftsanzug mit Melone und Aktentasche an Indy herantrat, brach sie plötzlich ab. Cromwell neigte sich zu Foulois hinüber. »Frenchy, ich vergesse nie ein Gesicht. Und ich meine, diesen Mann zu kennen.«

»Wer ist er?«

»Wie er heißt, weiß ich nicht. Aber er ist mir schon in Whitehall über den Weg gelaufen und ...« Cromwell schnippte mit den Fingern. »Und im Luftfahrtministerium. Bei Gott, falls mich meine Erinnerung nicht trügt, ist er ein großes Tier beim britischen Geheimdienst.«

Rene Foulois grinste genüßlich. »Verspricht ein aufregender Tag zu werden. Und hier kommt auch noch unser guter Colonel Henshaw.«

Der Armee-Offizier rückte einen Stuhl an ihren Tisch. »Ich störe hoffentlich nicht?«

Rene lächelte freundlich. »Nein, nein. Unser Freund Tarkiz wollte nur gerade über sein drittes Frühstück herfallen, das ist alles.«

»Nun, ich bin hier, um Ihnen zu sagen, daß wir heute um

zwölf Uhr mittags ein Sondertreffen einberufen werden. Ich nehme an, Sie wissen, daß Sie erwartet werden«, sagte Henshaw.

»Wo? Wo wird das Treffen stattfinden?« erkundigte sich Tarkiz. Offenbar sprach er gern mit vollem Mund.

»Falls Sie sich spätestens gegen halb zwölf hier einfinden, werde ich Sie abholen und dorthin begleiten. Ach ja, Professor Jones erwähnte, daß Sie fliegen dürfen, falls Sie möchten.«

Foulois blickte überrascht in die Runde. »Dann sind alle Arbeiten ausgeführt?«

Henshaw schüttelte den Kopf. »Noch nicht. Es wird noch ein paar Stunden dauern, weil wir auf bestimmte Teile warten. Aber falls Sie einen Testflug machen möchten, wird das unseren Ablauf keineswegs stören. Um ehrlich zu sein, es wäre uns sogar ganz recht. Auf diese Weise könnten Sie die neuen Motoren und Propeller kennenlernen.«

Cromwell und Foulois tauschten Blicke aus und nickten dann einvernehmlich. »Gale, möchten Sie uns begleiten?«

»Nächstes Mal. Ich muß noch ein paar Dinge erledigen. Colonel Henshaw, könnte ich bis zum Treffen Ihre Werkstatt nutzen?«

»Aber gern. Brauchen Sie etwas Besonderes?«

»Eine Schleifmaschine, Polierpaste, Werkzeug, um Metall umzuformen. Nur das Übliche.«

»Kein Problem.«

»Danke. Tarkiz, ich würde vorschlagen, daß Sie mit den beiden Piloten mitfliegen. Nach dem Vorfall von gestern abend wäre es mir lieber, wenn Sie *ihnen* Rückendeckung gäben.«

»Sicher, das werde ich machen. Ich bin ein guter Babysitter, nicht wahr?«

Sie tätschelte seine Hand. »Der Beste, Tarkiz. Der Beste. Colonel, ich würde mich gern gleich an die Arbeit machen.«

»Dann lassen Sie uns aufbrechen, Miss Parker. Ich werde Sie

höchstpersönlich in die Werkstatt bringen und dafür sorgen, daß Sie die Unterstützung erfahren, die Ihnen zusteht.«

Das wird hilfreich sein, sagte sie sich. *Denn nach dem, was sich gestern abend zugetragen hat, würde es mich sehr beruhigen, ein paar Asse im Ärmel zu haben.*

Punkt halb zwölf sammelte Henshaw Indys Leute auf. Ihnen blieb noch Zeit, in aller Eile eine Tasse Kaffee zu trinken und ein belegtes Brot zu essen, doch dann drängte sie der Colonel, der die Uhrzeiger nicht aus den Augen ließ, in einen der vielen auf dem Rollfeld geparkten Busse zu steigen. Der Bus war zur Hälfte mit Soldaten in Arbeitsanzügen besetzt, so daß Gale, Tarkiz, Cromwell und Foulois nicht auffielen. Keinem von ihnen entging, daß die Soldaten .45er Colt Automatik Waffen trugen. Niemand sprach zu ihnen, und so verharrten sie in ihrem Schweigen.

Mit wachsender Neugier registrierten sie, daß der Bus durch ein bewachtes Tor auf einen mit Schildern versehenen Geländeabschnitt fuhr. GEFAHR! TREIBSTOFFLAGER – BRENNBARE STOFFE! ZUTRITT VERBOTEN! Unerwünschte Gäste wurden mit allen Mitteln ferngehalten.

Schließlich konnte Gale ihre Fragen nicht mehr zurückhalten. »Colonel Henshaw, dieses Treibstofflager ... mit Tausenden von Gallonen Kerosin, warum kommen wir ausgerechnet hierher?«

»Das werden Sie in einer Minute erfahren, Miss.« Mehr verriet er nicht. Tarkiz, Willard und Rene zuckten nur mit den Achseln, als sie sie fragend anblickte. Dann fuhren sie in einen großen Hangar, von denen es hier viele gab. Militärpolizisten mit Schnellfeuergewehren und Wachhunden patroullierten vor dem Hangartor.

Sie stiegen aus dem Bus und folgten Henshaw zum bewachten Tor. Zwei Soldaten kontrollierten seinen Ausweis, dann die der vier Personen in seiner Begleitung und telefonierten, um ihre Namen und Ausweise nochmals zu überprüfen. Schließlich schob einer der Männer eine schwere Eisentür zurück. »Sie können passieren, Sir.«

Zuerst traten sie in eine Art Warteraum aus grauem Beton, der von mehreren Glühlampen ausgeleuchtet wurde. Hinter ihnen wurde die Tür geschlossen. Auf ein Summen hin glitt links von ihnen eine Wand auf. Mit einer Handbewegung bedeutete Henshaw, ihm zu folgen. »Hier entlang, bitte.« Sie marschierten eine Rampe hinunter in ein anderes Geschoß und bogen um ein paar Korridorecken. Wieder passierten sie eine Sicherheitskontrolle, bevor sie durch eine zweite Stahltür treten durften, über der eine Lampe brannte. Dahinter öffnete sich ein Raum von ungekanntem Ausmaß. »Das hier ist wie im Krieg«, meinte Cromwell. »In solchen Dingern bin ich früher schon gewesen, aber der Schuppen hier ist wirklich riesig.«

»Ich beginne jetzt mit den Erläuterungen«, sagte Henshaw, als sie zusammen mit ihm eine gelbe Linie auf dem Boden überschritten. »Bei diesem Treffen handelt es sich um eine Zusammenkunft der CFA ...«

»CFA?« unterbrach Cromwell ihn.

»Entschuldigen Sie. Ich vergaß, daß wir eine ausgeprägte Leidenschaft entwickelt haben, Kürzel zu verwenden. CFA steht für Committee For Action.«

Sie gelangten zum letzten Kontrollpunkt. Wieder öffneten ihnen Wachen eine Stahltür. »Jetzt hört mal, meine Freunde«, sagte Cromwell leise. »Nur einmal in meinem Leben hatte ich Zugang zu etwas, das *Inneres Heiligtum* genannt wird. Das ist das Herzstück einer größeren Anlage, die vom Kriegsministerium für geheime Planungen genutzt wird. Und genau darin befinden wir uns im Moment. Was auch immer geschehen mag, ist von *großer* Bedeutung, oder – besser gesagt – *sehr* geheim, aber soviel kann ich Ihnen verraten: Wir stecken auf jeden Fall bis zum Hals in der Scheiße.«

»Sie bedienen sich einer so gewählten Ausdrucksweise«, kommentierte Gale und schnitt eine Grimasse.

»Und trotzdem hat er recht mit dem, was er sagt«, mischte sich Foulois ein. Man merkte ihm an, daß er sich in dieser Umgebung heimisch fühlte und sich gleichzeitig wachsam gab. Es hatte fast den Anschein, daß diese beiden alten Kriegsveteranen Schwierigkeiten *riechen* konnten. Das gleiche Gefühl kannte Gale aus ihrer Zeit in den Wäldern und Bergen. Da Cromwell und Foulois angespannt wirkten, mahnte sie sich stumm, ganz Auge und Ohr zu sein, damit ihr nichts entging. Tarkiz warf sie einen Blick von der Seite zu. Er hatte die Schultern hochgezogen und bewegte sich mit einer katzenhaften Geschmeidigkeit. Vielleicht witterte er Gefahr.

»Hier entlang.« Henshaws Stimme riß sie aus ihren Gedanken. »Nehmen Sie an diesem Tisch zur Linken Platz, gleich hinter Professor Jones.«

Seit ihrem Eintreten beobachtete Indy seine Leute und studierte sie beim Näherkommen genau. Er nickte ihnen kaum wahrnehmbar zu und blickte Gale in die Augen. Seine Miene verriet nichts, aber sie meinte, eine Botschaft aus seinem Blick herauslesen zu können. *Und diese Kleidung! Er trägt seine ›Arbeitskleidung‹. Diese Lederjacke und diesen alten, vergammelten Hut. Die Peitsche hängt an seiner Gürtelschlaufe. Und gütiger Gott, warum läßt er jeden wissen, daß er seine Webley dabei hat?*

Verwundert setzte sie sich auf einen Stuhl und blickte zu dem Tisch hinüber, den sich Indy mit einem Dutzend ihr unbekannter Männer teilte. *Keine Frauen, stellte Gale fest. Hier geht es ums Geschäft. Ihre Mienen verraten Verwirrung, Wut oder … Ich weiß nicht. Aber wenigstens weiß ich jetzt, warum er – ganz bewußt – diese Kleidungsstücke gewählt hat. Er möchte sich von den anderen abgrenzen. Alle anderen tragen Anzüge, die ihren diplomatischen oder politischen Positionen entsprechen. Gestärkte Hemden, einengende Krawatten und Anzüge, die hundert oder mehr Dollar gekostet haben. Alle, mit Ausnahme von Indy. Sehr kluger Schachzug von seiner Seite. Ohne ein Wort zu verlieren, hat er ihnen klargemacht, daß er und sie in verschiedenen Welten existieren, leben und arbeiten.*

Sie spürte, wie Tarkiz sie am Ellbogen antippte, und beugte sich zu ihm hinüber. »Frau«, flüsterte er ihr ins Ohr, »machen Sie sich auf eine, wie heißt es noch, Rakete gefaßt.«

»Feuerwerk«, verbesserte sie ihn.

»Ja, ja. Inzwischen kenne ich unseren Indy ganz gut. Gleich wird er jedem hier erzählen, wie sagt man, ihm aus dem Weg zu gehen. Ihn in Ruhe zu lassen und ihn nicht weiter zu behelligen. Er wird ihnen sagen ...«

»Ich verstehe, worauf Sie hinauswollen«, unterbrach sie ihn. »Sie haben recht. Lassen Sie uns später darüber reden. Sieht ganz so aus, als seien die Spieler bereit.«

»Okay. Nur noch eins. Ist wichtig.« Sie nickte ihm auffordernd zu. »Sehen Sie den Mann mit den Gläsern? Blaue Krawatte, grünes Hemd? Sieht wie ein dummer Bauer aus? Ist großes Tier. Sehr klug, sehr gefährlich. Chef von der Sicherheitspolizei in Rumänien.«

Gale las die kleinen Platzkarten auf den Tischen, die jeden Mann auswiesen. Wieder hatte Tarkiz recht. Auf der Karte vor dem »dummen Bauern« stand PYTOR BUZAU, RUMÄNIEN. Sie versuchte, alle Namen zu lesen, wurde aber von Henshaw unterbrochen, der an ihr vorbeilief und vor ihr ein Blatt Papier auf den Tisch legte. Ohne stehenzubleiben, flüsterte er: »Lesen Sie das schnell, legen Sie es dann auf Ihren Schoß, und lassen Sie es *verschwinden.*« Sie nickte und fragte sich gleichzeitig, warum sich Henshaw wie in einem Spionageroman verhielt. Was sollte das? Jeder der Anwesenden kannte die anderen, und falls ihnen jemand unbekannt war, mußten sie nur die Namensschildchen lesen! Na, vielleicht war es das. Sie würde sich darüber später Gedanken machen, jetzt mußte sie erst mal die Liste überfliegen.

Wer und was sich hinter dem Namen Buzau versteckte, wußte sie – dank Tarkiz – schon. Und Cromwell hatte ein ihr bekanntes Gesicht erwähnt und behauptet, daß dieser Mann für den britischen Geheimdienst arbeitete. Nun konnte sie dem Gesicht auch den entsprechenden Namen zuordnen: Thomas Treadwell. Mit Verwunderung las sie, daß Filipo Castilano aufgeführt war. Diesen Herrn kannte sie nicht nur vom Sehen, sondern sie hatte sich mehrmals mit ihm an der University of London über antike Artefakte unterhalten und war ihm ein- oder zweimal in Oxford begegnet. Außerdem war ihr zu Ohren gekommen, daß er über enge Kontakte zum Vatikan vefügte. Wie *interessant* ... Was hatte die italienische Regierung veranlaßt, sich auf diesem merkwürdigen Treffen von der Kirche vertreten zu lassen?

Sie las weiter. Erik Svenson aus Schweden. Sam Chen aus China. *Sam?* Bestimmt ist er in den Vereinigten Staaten oder England zur Schule gegangen und hat sich damals einen Namen zugelegt, den jedermann ohne Schwierigkeiten aussprechen konnte. Außerdem machte ihn dieser Vorname zu einer Art Kosmopoliten und damit *akzeptabler* in so einer Runde. Das konnte man von der königlich anmutenden Gestalt Yoshiro Matsudas nicht behaupten. Kerzengerade und reglos saß der Japaner auf seinem Stuhl.

Jacques Nungesser aus Frankreich, ach ja, er war der Cousin von einem der besten Piloten aus dem Weltkrieg. Gale wollte später Rene über ihn ausfragen. George Sabbath aus den Vereinigten Staaten? Indy war doch anwesend, und er war ebenfalls Amerikaner. Sie wischte ihre Fragen beiseite.

Wladimir Mikoyan aus Rußland, Antonio Morillo aus Venezuela, Tandi Raigarh aus Indien, Rashid Quahirah aus Ägypten.

Und ganz unten auf der Liste stand Professor Henry Jones … und daneben ein Firmenname. Global TransAir.

Die Anwesenden verschwendeten keine Zeit. Eine Klingel ertönte, das Gemurmel legte sich auf der Stelle. Treadwell beugte sich vor, überflog die vor ihm liegenden Unterlagen und begann mit seiner Einführung.

»Meine Herren, Sie alle haben sich hier eingefunden, weil man Ihnen die Entscheidung darüber, was das Beste für Ihre Regierung und Ihr Land ist, anvertraut hat. Sie sollen dafür sorgen, daß das, was als die bisher größte Bedrohung des Weltfriedens gewertet wird, eine Bedrohung von einem uns bislang unbekannten Ausmaß, die ganze Welt umspannend, identifiziert wird. Vor diesem Treffen hat man Sie mit entsprechenden Informationen versorgt, und wir haben uns alle hier eingefunden, um darüber zu beraten, mit was für einem Gegner wir es zu tun haben. Auf diese Frage gibt es bis jetzt noch keine Antwort. Trotzdem sind wir uns der ständig wachsenden Macht und Gefahr bewußt. Bevor wir uns mit der wichtigsten Frage auseinandersetzen, nämlich, was wir gegen eine Maschinerie unternehmen sollen und können, die nach unserem Wissen und unserer technischen Entwicklung eigentlich gar nicht existieren kann, möchte ich Ihnen für Ihre Unterstützung und Bereitschaft zur Zusammenarbeit danken. Die anstehende Operation muß ja nicht nur von allen beteiligten Parteien zu gleichen Teilen finanziert werden, sondern erfordert auch eine Kooperation, die …«

Filipo Castilano erhob sich von seinem Sitzplatz. Von seinem weltmännischen, eleganten Auftreten war nichts mehr zu spüren. »*Mister* Treadwell, *bitte,* vergeuden Sie unsere Zeit nicht mit Dingen, die wir schon wissen. Im Namen aller Anwesenden bedanke ich mich für die Auszeichnung, daß wir alle wunderbare Menschen sind, aber ich wäre Ihnen sehr verbunden, wenn Sie endlich aufs Wesentliche zu sprechen kämen.«

Treadwell ließ sich durch Castilanos Einwand nicht aus der Ruhe bringen. »Ich danke Ihnen für Ihre Anmerkung, Signore. Ihr Angebot, die Höflichkeiten ad acta zu legen, nehme ich dankend an.«

»Gott sei Dank«, murmelte jemand aus der Gruppe.

»Nun gut.« Treadwell legte die Rolle des aalglatten Diplomaten ab. Als habe jemand Licht ins Dunkel gebracht, war nun der knallharte Profi zu erkennen. Die vor ihm liegenden Papiere schob er beiseite.

»Eine industrielle Organisation, die sowohl über politische als auch finanzielle Mittel verfügt, hat offenbar beschlossen, daß der zwölf Jahre zurückliegende Weltkrieg nur ein Vorspiel für das war, was nun auf uns zukommt. Allem Anschein nach ist diese Organisation der Meinung, daß es nur eine Möglichkeit gibt, einen weiteren globalen Konflikt zu verhindern, und zwar indem alle Machtbereiche industrieller, finanzieller, gewerblicher und militärischer Natur – in den Händen einer einzelnen Gruppe gebündelt werden. Diese Gruppe ist so mächtig, daß keine Nation und kein Nationenbund dem Druck oder dem Angriff dieser Organisation standhalten kann.«

»Ihre Rede klingt fast so, als sei sie wörtlich, wie ich anmerken möchte«, unterbrach ihn der Japaner Matsuda, »von den Vorschlägen des Völkerbunds abgeschrieben worden, der, wie ich hinzufügen möchte, an einen Tiger ohne Zähne erinnert. Sehr hübsch anzusehen, aber ohne Biß.«

»Da haben Sie nicht unrecht«, parierte Treadwell, »aber man darf nicht vergessen, daß der Völkerbund nicht *massenhaft* Menschen tötet, keine Frachtschiffe und Flugzeuge zerstört und – in meinen Augen ein wichtiger Punkt – nicht mit dem Einsatz von Gewalt versucht, sein Ziel zu erreichen.«

Matsuda verbeugte sich knapp und akzeptierte damit Treadwells Einwand. Der Engländer konnte fortfahren. »Diese Gruppe, der es bis heute gelungen ist, die Identität ihrer Mitglieder geheimzuhalten, glaubt an das, was sie tut. Das macht sie in doppelter Hinsicht gefährlich. Sie sind Eiferer, die einer neuen Spielart des Fanatismus anhängen.

Ich möchte ganz offen und direkt sein. Viele von uns, vielleicht sogar alle, wissen um die neue, in Deutschland aufkeimende Macht. In diesem Land wird der Militarismus wiedergeboren, und eine Weile lang hielten wir es für möglich, daß die Deutschen hinter den Angriffen in Südafrika und im chinesischen Meer stehen. Aber das ist nicht der Fall. Selbst die besten Ingenieure Deutschlands sind machtlos angesichts dieser Organisation, die ihren zerstörerischen und – leider Gottes – erfolgreichen Weg geht.

Inzwischen kennen wir die Namen, unter denen sie operieren.«

Diese Ankündigung veranlaßte die Anwesenden, lautstark durcheinanderzureden. Treadwell wartete, bis sich seine Zuhörer beruhigt hatten. Gale beobachtete Indy, der gespannt Treadwells Ausführungen folgte. Erst jetzt fiel ihr der Gurt auf, den er sich um den Hals gelegt hatte. Natürlich! All die Sachen, die er trug … sie waren nur dazu da, die Leica, die er sich umgehängt hatte, und deren Objektiv, das knapp über der Tischkante ausgerichtet war, zu verbergen. In diesem Augenblick veränderte Indy seine Sitzposition und griff mit der rechten Hand in die weite Jackentasche. *Aha, das ist es also!* Wann immer er eine Person direkt anblickte, mußte er nur auf den Fernauslöser in seiner Tasche drücken und konnte so unbemerkt Fotos von den Anwesenden schießen, ohne auch nur ein einziges Mal die Kamera direkt zu berühren. Damit das metallische Klicken der Kamera nicht zu hören war, wartete er ab, bis etwas Lärm entstand.

Treadwell fuhr fort. »Diese Organisation ist sehr selbstsicher, und ich möchte Sie darauf aufmerksam machen, daß wir der Meinung sind, daß der Name, auf den wir gestoßen sind, absichtlich gewählt wurde, um uns wissen zu lassen, daß sie mächtiger als wir alle zusammen sind. Der Name unserer Gegner lautet Enterprise Ventures International, Limited.« Er hielt beide Hände hoch. »Ich weiß, *ich weiß!* Die Abkürzung lautet EVIL. Offenbar liegt ihnen daran, uns auf die Folter zu spannen und mit ihren gefährlichen Operationen in Schach zu halten. EVIL besitzt Büros in mehreren Ländern. Man wird Ihnen Adressen und Telefonnummern aushändigen, so daß jeder von uns, oder wir zusammen als geschlossene Gruppe, Kontakt mit ihnen aufnehmen und ihrem Druck nachgeben können.«

»Niemals!« rief Buzau.

»Hoffentlich haben Sie recht«, erwiderte Treadwell ruhig, wodurch er sich einen finsteren Blick seitens des Rumänen zuzog, was den Briten aber nicht aus der Fassung brachte. »Ich sagte, ich werde direkt zum Kernpunkt kommen, und das tue ich somit. Die Vereinigten Staaten sind von uns als eine Art Führernation ausgewählt worden, die zu unseren Gunsten tätig wird. Außerdem haben wir alle übereingestimmt, niemals preiszugeben, wer in Wirklichkeit unser Programm leitet, obwohl wir eingewilligt haben, dieser Person oder Gruppe jedwede Unterstützung zuteil werden zu lassen. Wir hoffen, daß die amerikanische Gruppe, die uns aus Sicherheitsgründen nicht bekannt sein wird ...«

Wladimir Mikoyan sprang auf. »Mein Freund, aus Ihrem Mund klingt das gerade so, als ob man *uns* nicht trauen könne.«

»Eine gute Frage, die Sie da aufwerfen, Wladimir. Sagen Sie

mir, vertrauen *Sie* absolut jedem hier, ohne Vorbehalt, ohne den geringsten Zweifel? Vertrauen Sie darauf, daß *jeder hier* mit all seinen Regierungskontakten, *nicht* weitergeben wird, was ich gerade umrissen habe?«

»Nun, es besteht immer die Möglichkeit, daß ...«

»Das genügt, Wladimir. Damit haben Sie meine Frage ausreichend beantwortet«, entgegnete Treadwell mit eisiger Stimme.

Bedächtig nahm Mikoyan Platz. Man merkte ihm an, daß er diese schroffe Behandlung nicht auf die leichte Schulter nahm.

»Ich habe gesagt, was ich zu sagen hatte«, schloß Treadwell. »Jetzt wird Colonel Harry Henshaw von der amerikanischen Armee fortfahren. Um Sie über seinen Rang zu informieren: Er ist Leiter des Kommunikationszentrums dieses Stützpunktes. Oder sollte ich sagen, er hat die Befehlsgewalt über die Organisation? Die Identität der einzelnen Gruppenmitglieder, die EVIL aufspüren sollen, kennt er nicht. Er ist nur mit der Leitung betraut. Berichte aus allen Erdteilen treffen an dieser Stelle ein. Colonel Henshaw, wenn ich Sie nun bitten dürfte?«

Angespannt und konzentriert lauschte Gale Parker Henshaws Ausführungen. Er berichtete von übermächtigen Angriffen auf Schiffe, auf Flugzeuge und auf sorgfältig ausgesuchte Ziele wie Banken, Galerien und Safes in Privathaushalten.

Und Züge, dachte Gale und lächelte.

Alle paar Minuten warf sie einen Blick zu Indy hinüber. An Henshaws Ausführungen schien er nicht besonders interessiert zu sein. Ob er die anderen in die Irre führen wollte oder tatsächlich nicht zuhörte, konnte sie im Augenblick nicht sagen, aber sie schwor sich, ihn später zu fragen.

»Ein sehr gutes Beispiel für das, womit wir es zu tun haben, dürfte die militärische Macht unserer Gegner sein, die sie bei dem Vorfall um die *Empress Kali* demonstriert haben«, begann Henshaw und hielt erst einmal inne, damit die Anwesenden die Information verdauen konnten.

»Falls Ihnen etwas über diesen Vorfall zu Ohren gekommen ist, möchte ich Ihnen sagen, daß es wahrscheinlich nicht der Wahrheit entspricht, sondern auf vagen Vermutungen basiert. Die *Kali* war kein gewöhnliches Frachtschiff, wenn sie auf den ersten Blick auch so ausgesehen haben mag. Ihre Ladung widerspricht dieser These. Die *Kali* verließ Nacala in Mosambik mit einer Ladung Holz. Diese Fracht sollte in einem südfranzösischen Hafen gelöscht und auf dem Landweg in die Schweiz weitertransportiert werden. Das Schiff war so gebaut, daß es nicht sinken konnte. Und es war *bewaffnet.*«

Seine Zuhörer hoben die Augenbrauen. »Zwei schwere Geschütze auf Deck, längsschiffs, und eine ganze Reihe Maschinenkanonen.«

Zum ersten Mal meldete Indy sich zu Wort. Aber er hob nicht einfach die Hand, um um Gehör zu bitten, sondern klopfte mit den Knöcheln auf die Tischplatte. Alle Köpfe drehten sich in seine Richtung. Indy ließ Henshaw nicht aus den Augen.

»Warum?«

Seine Stimme ging den anderen durch Mark und Bein. Gerade weil die anderen so beredt waren, wirkte dieses eine Wort wie ein Peitschenschlag.

Gale blickte zu Henshaw hinüber. Auch er achtete darauf, daß das, was er zu sagen hatte, die größtmögliche Wirkung erzielte. »Offenbar war die Ladung sehr viel wert, und da die Medienwelt ausführlich über die Schiffe berichtet hatte, die zuvor angegriffen worden waren …«

Wieder hatte Indy etwas einzuwerfen. »Falls die Fracht dieses Waffenarsenal rechtfertigte, muß sie von besonders großem Wert gewesen sein. Und das heißt, daß kein *Holz* verschifft wurde.« Die anderen lächelten und nickten einvernehmlich. »Darum möchte ich noch ein paar Fragen anschließen, Colonel. Was für eine Fracht befand sich auf dem Schiff? Und wer hat das Schiff angegriffen? Sie würden uns nicht über das bemitleidenswerte Schicksal der *Empress Kali* informieren, wenn sich nicht eine Katastrophe ereignet hätte.«

»Da haben Sie vollkommen recht, Sir«, lautete die Antwort. »Jedoch, alles, was ich über die anscheinend nicht identifizierte und äußerst wertvolle Ladung weiß, ist, daß es sich nicht um Holz handelte. Mehr haben wir bis jetzt nicht in Erfahrung bringen können. Der Wert, dessen sind wir uns ganz sicher, betrug mehrere hundert Millionen Dollar. Die Fracht war bei einer schweizerischen Gesellschaft versichert, die allen Berichten nach von Lloyds of London gedeckt wurde. Aber niemand ist bereit, der Öffentlichkeit bekannt zu geben, um was es sich bei der Fracht handelte.

Um gleich auf den für uns viel wichtigeren Punkt zu kommen, nämlich *wer* oder *was* die *Kali* angegriffen und zerstört hat: Unsere Informationen stammen von drei Überlebenden. Von zwei Männern aus Mosambik, der dritte ist Portugiese. Wir kennen seine Schilderung, weil ein portugiesischer Zerstörer als Rettungsschiff fungiert hat.« Henshaw machte eine Pause, ordnete seine Notizen und sprach dann langsam weiter.

»Ich bin mir nicht sicher, ob diese ehrenwerte Versammlung der Schilderung der Ereignisse, die der Überlebende gemacht hat, Glauben schenken wird.«

»Wir nehmen Ihre Besorgnis zur Kenntnis«, warf Tandi Raigarh ein, »aber ich schlage vor, Sie lassen die Entschuldigungen und geben uns endlich detaillierte Informationen. Dann können wir entscheiden, was wir glauben und was nicht.«

Langsam begriff Gale, welches Spielchen Henshaw mit den Anwesenden trieb. Anstatt den Versuch zu unternehmen, dieser Gruppe die verschiedensten Meldungen und Berichte vorzulegen, war es ihm mit Hilfe von Indys Fragen gelungen, sie buchstäblich dahin zu bringen, die Information zu fordern. Er atmete tief durch und fuhr dann fort.

»Unserem Bericht zufolge tauchte ein unbekanntes Flugobjekt über der *Kali* auf«, sagte er und trug damit nur noch zur Konfusion seiner Zuhörer bei.

»Was meinen Sie mit unbekannt?« fragte der Vertreter Ägyptens. Rashid Quahirah schien wenig Geduld für langatmige Geschichten zu haben. Wieder griff Henshaw auf sein bewährtes Muster zurück.

»Die Flugmaschine über der *Kali* war wie eine große Sichel geformt und erinnerte eher an eine Klinge als an einen Bumerang. Sie glitzerte in der Sonne, was auf stark reflektierendes Material schließen läßt. Triebwerke und Propeller waren nicht vorhanden, aber das Ding stieß ein Geräusch aus, das einen an das Geschrei einer Horde Teufel denken ließ. Ihre Geschwindigkeit soll enorm, ihr Lärm unerträglich und zugleich ziemlich erschreckend gewesen sein.«

»Wie schnell ist enorm, könnten Sie das näher ausführen?« fragte der Chinese Sam Chen.

»Gemäß den Ausführungen des Überlebenden um ein vielfaches schneller als alles, was ihm jemals unter die Augen gekommen ist.« Erik Svenson aus Schweden hüstelte amüsiert. »Und was machte diese sensationelle Maschine?« fragte er höhnisch grinsend nach.

»Jetzt wird die Geschichte wirklich seltsam. Sie nahm Funkkontakt mit der *Kali* auf. Meldete sich fließend in der mosambikanischen Landessprache. Einer der Überlebenden befand sich gerade im Funkraum und hörte alles. Der Befehl lautete, beizudrehen und die Ladung aus dem Safe zu nehmen und an Deck zu bringen. Sollte es Widerstand geben, würde das Schiff zerstört.«

Trotz des aufkeimenden Gemurmels fuhr Henshaw fort. »Irgendwie schien dieses Flugobjekt in der Lage zu sein, die Drohung auszuführen. Und es konnte Vorgänge auf dem Schiff beeinflussen. Die Geschütze und die Maschinenkanonen eröffneten das Feuer auf das unbekannte Flugobjekt, das unglaublich schnell aufstieg, auf die andere Seite des Schiffes flog und – als die Schützen ihre Waffen auf die andere Seite ausrichteten – näherte sich eine *zweite* Sichel und feuerte Raketen auf die *Kali* ab.«

»Raketen?« wiederholte jemand.

»Raketen«, betonte Henshaw. »Als die Raketen einschlugen und explodierten, strömte ein gräßliches Gas aus, an dem die Mannschaft zu ersticken drohte. Die Männer auf Deck brachen zusammen. Manche starben innerhalb weniger Sekunden oder Minuten.«

Antonio Morillo schlug mit der Faust auf den Tisch. »Das ist doch lächerlich!«

»Möchten Sie, daß ich fortfahre?« fragte Henshaw, ohne die Miene zu verziehen.

»Ruhe! Lassen Sie den Mann weitersprechen!« rief Treadwell.

»Eines dieser Flugobjekte feuerte fünf Raketen auf die Ruder und legte damit den Steuerungsmechanismus lahm. Dann verlangsamte eine Sichel ihre Fluggeschwindigkeit und schwebte über dem Vordeck. Ein Landesteg wurde heruntergelassen, und Gestalten in silbernen Anzügen und kugelförmigen Helmen stiegen auf das Schiff hinab. Sie marschierten schnurstracks in die Kabine des Kapitäns. Dann war eine Explosion zu hören – der Safe wurde allem Anschein nach aufgesprengt und ausgeräumt. Was den Inhalt betrifft, gibt es alle möglichen Geschichten, angefangen von einem Totenschädel aus Kristall bis hin zu einer Pyramide mit fremdartig anmutenden Gravuren. Aber das ist alles nur Spekulation ...«

»Spekulation«, wiederholte George Sabbath aufgebracht

und erhob sich. Die anderen richteten ihre Blicke auf den Amerikaner, der sie zornig anfunkelte. »Das alles ist doch Unsinn.«

»Vielleicht ja«, gab Henshaw ungerührt zu. »Ich werde nicht den Versuch unternehmen, Ihnen zu schildern, was sich dann ereignete. Ich nehme an, daß auch noch ein Unterseeboot in den Überfall verwickelt gewesen ist, aber hören Sie und machen Sie sich selbst ein Bild. Zwei Torpedos schlugen in die *Kali* ein, nachdem diese Männer in Silberanzügen – oder was immer sie gewesen sein mögen – wieder in ihr sichelförmiges Flugobjekt zurückgekehrt waren, das die ganze Zeit über dem Schiff geschwebt hatte. Die Luke wurde geschlossen, der Halbmond stieg schnell auf, beschleunigte. Und das Schiff wurde von den beiden Torpedos in Stücke gerissen. Die drei Überlebenden klammerten sich an Holzbalken fest, die zur Ladung gehörten, und wurden am nächsten Tag aus dem Wasser gefischt.«

Der rumänische Delegierte, Pytor Buzau, hob die Hand. »Es fällt mir leichter, an die alten Vampirgeschichten meiner Heimat zu glauben als an das, was ich hier aufgetischt bekomme.«

»Ich schlage vor«, entgegnete Henshaw leicht verärgert, »daß Sie sich mit Ihren Einwänden an die Regierung von Mosambik wenden, die ein Schiff, dessen Fracht und achtundfünfzig Männer verloren hat.«

Thomas Treadwell erhob sich und wartete, bis sich die Zuhörer wieder gefangen hatten. »Ich möchte mich kurz fassen. Eines unserer Flugzeuge, eine sechsmotorige Maschine, ging direkt vor unserer Haustüre verloren. Mehrere hundert Menschen haben diesen Vorfall, der sich in der Nähe von Dover ereignete, beobachtet. Haben Sie verstanden? *Mehrere hundert Zeugen.* Über dem nach Frankreich fliegenden Flugzeug sahen die Zeugen eine eigenartige Maschine, die einem

Torpedo glich. Sie flog unverhältnismäßig hoch und schnell, funkelte in der Sonne und machte einen Lärm wie überdimensionierte Schweißbrenner. Und diese Zeugen sahen auch, wie drei halbmondförmige Maschinen sich von dem größeren Flugobjekt entfernten, das ihrer Meinung nach wenigstens fünfhundert Meter lang war. Dann fiel eine vierte Maschine aus dem Bauch des Mutterschiffes. Den Berichten nach glich es einer riesigen, abgeflachten Kuppel, aber der Rumpf verjüngte sich zu den Rändern hin. Diese Maschine flog parallel zum Flugzeug und pumpte Munition in die Kabine. Das Flugzeug wurde so schwer beschädigt, daß es den Piloten nur mit viel Geschick gelang, eine Bruchlandung am Strand durchzuführen. Und wieder, genau wie bei der *Empress Kali*, schwebte eine Sichel über dem Wrack. Silberne Gestalten entstiegen dem Flugobjekt und setzten ein tödliches Gas frei, wodurch alle Personen an Bord des Flugzeuges getötet wurden. Dann gingen sie in das Wrack und kehrten mit einem versiegelten Aktenkoffer zurück. Ansonsten entwendeten sie nichts. Sie kehrten in ihr teuflisches Flugzeug zurück, flogen blitzschnell davon und wurden anscheinend kurze Zeit später wieder vom Mutterschiff aufgenommen.«

Etwas mitgenommen schloß er: »Wie ich schon sagte, es gibt mehrere hundert Zeugen.«

Jaques Nungesser aus Frankreich stellte sich zu Treadwell. »Ich bestätige alles, was Sie gerade erfahren haben.«

»Was befand sich in diesem Aktenkoffer?« wollte Yoshiro Matsuda wissen.

»Pläne für ein neues gemeinsames Verteidigungsprogramm, eine Kooperation zwischen Frankreich und England, mit einem detaillierten Bericht über die Waffenproduktionskapazität der beiden Länder. *Und*«, ließ Treadwell verlauten, »Berichte des britischen Geheimdienstes über die militärische Schlagkraft aller europäischen Nationen.«

Beide Männer nahmen Platz. Die Zuhörer redeten wild durcheinander, und plötzlich hatte man den Eindruck, daß jeder den anderen zu übertönen versuchte.

9

»Indy, Sie können nicht noch mehr Gewicht in diese Maschine laden!« Indys Gelassenheit brachte den guten Cromwell auf die Palme. »Das ist mein Ernst, Indy. Wir haben das zulässige Bruttogewicht schon längst überschritten ...«

Indy winkte ab. »Um mich einer Ihrer Redewendungen zu bedienen: So ein Quatsch!« Gale mußte über seine Bemerkung lachen, was Indy nicht entging. Er verbeugte sich kurz in ihre Richtung und dankte ihr damit für ihre Reaktion. »Ich mag ja kein Pilot sein, aber mit Mathematik kenne ich mich aus«, führte er seinen Streit mit Cromwell fort. »*Ihre* Zahlen beziehen sich auf ein Frachtflugzeug mit exakt festgelegten Beschränkungen, richtig? Und diese Zahlen gelten für Motoren ohne Zusätze und ohne abgeflachte Propellerblätter, *richtig?*«

»Nun, ja, aber ...«

»Kommen Sie mir nicht mit ihren Einwänden, mein Freund. Ich habe die Ladekapazität verändern lassen, habe den Schwerpunkt verrücken lassen, kurzum, ich habe mich um alles gekümmert.«

»Um alles gekümmert, sagt er«, beklagte sich Cromwell bei Foulois und warf Indy einen skeptischen Blick zu. »Ich dachte, Sie hätten gesagt, Sie seien kein Pilot.«

»Bin ich auch nicht. *Noch* nicht. Aber Zahlen sind Zahlen, Will. Wir verfügen über die entsprechende Motorleistung und können getrost noch zwei- oder dreitausend Pfund Gewicht zuladen.«

»Und die Maschine wird schwerfällig wie eine alte Matrone sein!« rief Cromwell.

»Papperlapapp.«

»*Was?* Sie klingen wie ein unwissender Student.«

»Sie beide, machen Sie sich für den Flug bereit«, befahl Indy. »Wir werden auf diesem Abschnitt landen, auf dem Unbefugte keinen Zutritt haben. Ich möchte die neuen, zusätzlich angebrachten Installationen testen, die diese Maschine bekommen hat.«

Tarkiz trat näher. Seine Miene verriet ihnen, daß er ganz aufgeregt war. »Wir werden die Waffen ausprobieren?«

»Ja, das werden wir«, sagte Indy. »Und alles andere. Und ich möchte diese Tankhalterungen an den Tragflächen überprüfen. Wir könnten doch draußen statt der Tanks auch Bomben anbringen, oder nicht?«

»Bomben?« stöhnte Cromwell, schüttelte den Kopf und gab sich geschlagen. »Ja, ja, das *könnten* wir.«

»Haben Sie nicht so etwas in der Art mit diesen Dingern angestellt, die Sie im Krieg geflogen haben?« hakte Indy nach.

»Das war etwas anderes«, schimpfte Cromwell.

»Und warum?«

»Weil das ein verdammter Krieg war, darum. Da ging man eben ein gewisses Risiko ein!«

»Und was glauben Sie, was für eine Aufgabe vor uns liegt?« fragte Indy ihn ruhig. »Ein gemütliches Kaffeekränzchen? Wir werden alles brauchen, was wir an Bord dieser Maschine laden können. Und, das hätte ich beinah vergessen, wir gehen auch Risiken ein. Ich möchte, daß Sie mir und Gale zeigen, wie man dieses Flugzeug fliegt. Es wird Zeiten geben, wo wir Sie und Rene ablösen müssen, weil der Flug zu lange dauert. Dann müssen wir in der Lage sein, den Kurs zu halten. Dürfte nicht schwierig sein, uns das beizubringen.«

»Eine Kleinigkeit, nicht wahr?« lautete Cromwells sarkastischer Kommentar.

»Das ist die richtige Einstellung. Dann lassen Sie uns den Rest einladen und starten. Henshaw hat dafür gesorgt, daß der Schießübungsplatz uns ganz allein zur Verfügung steht.«

Sie kletterten ins Flugzeug, das jetzt neu angestrichen war und eine andere Seriennummer aufwies. Die Armeesterne und alten Ziffernfolgen waren verschwunden. Blaue und rote Streifen zierten den Rumpf. Dazwischen leuchtete in großen Lettern GLOBAL TRANSAIR auf. »Nur damit Sie es wissen, wir tun so, als handle es sich um einen Probeflug für neue Flugstrecken.«

»Wie viele Flugzeuge stehen uns zur Verfügung?« fragte Foulois lachend.

»Eins«, antwortete Indy. »Na, dann mal los. Ich werde mich hinter Sie beide stellen und zusehen. Vielleicht kann ich dann schon etwas dazulernen und verstehen, wie man dieses Ding bedient.«

»Sie wollen die Fliegerei von Grund auf erlernen, nicht wahr?«

»Stimmt«, gab Indy zu.

»Gut.« Foulois grinste zufrieden. »Dann laufen Sie erst mal um das Flugzeug herum und machen eine Bodeninspektion. Sie suchen nach gerissenen oder ausgeleierten Nieten, nach irgendeiner Veränderung, was den Metallrumpf betrifft – kommen Sie, Indy, Sie werden uns begleiten, während wir die Kontrolliste abhaken. Und Sie kontrollieren den Tank, denn man kann den Tankanzeigen nicht trauen. Der Ölanzeige auch nicht.« Und dann gingen sie los. Sie überprüften das linke Triebwerk, die Klemmen, die Räder und Reifen, kontrollierten, ob es ein Leck in der hydraulischen Anlage gab. »Werfen Sie einen Blick auf die Propellerblätter. Gibt es Dellen oder Risse? Ach ja, und sehen Sie sich die Propellerfixierungen genau an. Außerdem müssen die externen Kontrollkabel überprüft werden. Sind sie in Ordnung, oder hängen sie durch? Kontrollieren Sie die Ölkühlung, da darf nichts dran sein. Und hier drüben in den Tanks darf kein Kondenswasser sein.«

Als sie fertig waren, kam Tarkiz mit einem großen Feuerlöscher aus der Kabine. »Neben jedem der Triebwerke gibt es so ein Ding. Beim Start brauchen wir sie«, führte Cromwell aus. »Wir werden zwar nicht immer Zeit haben, alles zu machen, wie es im Buch steht, aber wann immer es möglich ist, halten wir uns daran. Falls ein Feuer ausbricht, kann es sofort gelöscht werden. Nun gut, jetzt gehen wir hinein. Warten Sie. Mit diesen Bremsklötzen an den Rädern kommen wir nirgendwohin. Schaffen Sie sie beiseite. *Und kommen Sie ja nicht an die Propellerblätter* heran! Wenn die sich erst mal in Bewegung setzen, können Sie leicht einen Arm oder den Kopf verlieren.«

»Ja, Sir«, murmelte Indy.

Sie begaben sich an Bord. Indy hörte, wie Foulois die Punkte auf der Checkliste verlas. Vor dem Start wurden die Instrumente und der Höhenmesser auf die Erhebung der Rollbahn eingestellt. Dann nickten sich die beiden Piloten zu. Die Bremsen wurden gelöst, die Kontrollen freigegeben.

»Indy, gehen Sie nach hinten und überprüfen Sie die Türsicherungen«, wies Foulois ihn an.

»Tarkiz hat die Tür geschlossen. Ich hörte...«

»Sie möchten doch diese Maschine nicht nur fliegen, mein Freund.« Foulois lächelte nett. »Sie möchten diese Maschine *bedienen*. Überprüfen Sie die Tür.«

Indy verschwand, kehrte eine Minute später zurück und nickte mit dem Kopf. »Erledigt.«

»Während wir draußen den Kontrollgang machten, haben Sie da einen Blick auf die Sicherheitsschlösser der Stauraumfächer unter den Tragflächen geworfen?«

»Nein, ich habe nicht ...«

»Das wußte ich. Ich habe mich darum gekümmert«, merkte Foulois an und warf ihm spaßeshalber einen zurechtweisenden Blick zu. »Sie werden sich an die Vorgaben halten und alles auswendig lernen. Jetzt werden wir losfahren. Ich bediene die Funkgeräte, Will«, informierte er Cromwell und sprach dann wieder mit Indy. »Sehen Sie, daß er beim Hinausfahren das Ruderjoch voll zurücknimmt? Das hält das Heck unten, so können wir am Boden besser manövrieren. Und beim Rausfahren behalten wir die Anzeigen und vor allem den Temperaturanzeiger im Auge.«

Vor dem eigentlichen Rollfeld blieben sie stehen. Wieder wurde eine Checkliste durchgegangen, wieder wurden Fragen und Antworten durch das Flugzeug gerufen. Dann wurden die Motoren voll aufgedreht, bis die Ford zitterte und vibrierte.

Cromwell und Foulois wandten sich an Indy. »Erinnern Sie sich noch an alles?«

»Hm? Oh ja, sicher!« antwortete Indy eifrig.

»Es gibt ein wunderbares amerikanisches Sprichwort, mein Freund.« Cromwell brach in schallendes Gelächter aus. »Sie fliegen zu lassen hieße, die Katze im Sack zu kaufen. Aber Sie werden es schon noch lernen. Jetzt werden wir mal eine der vielen Regeln brechen. Eigentlich müßten Sie sich setzen und anschnallen, aber da ich ja ein hervorragender Pilot bin«, er grinste bis über beide Ohren, »geben wir Ihnen die Erlaubnis, sich hinter uns zu stellen. Halten Sie sich an den Rückenlehnen fest und *berühren Sie nichts, das sich bewegt.* Verstanden?«

»Verstanden!«

»Sie haben Starterlaubnis. Freie Bahn«, sagte Foulois zu Cromwell. Der Brite schaltete alle Triebwerke ein, legte in regelmäßigen Abständen kurz die Bremsen an und richtete die Flugzeugspitze auf die Mittellinie des Rollfeldes. Dann schob er alle Schalter hoch, nahm die Drosseln zurück, legte die Hand an den Gashebel und nickte Foulois zu. »Bereit?«

»Bereit«, erwiderte der Franzose.

Ohne die Bremsen zu lösen, schob Cromwell die Gashebel ganz hoch, bis die Propeller kreischten. Er warf einen kurzen Blick auf die Meßanzeigen, nickte und löste die Bremsen. Die Ford raste heulend über das Rollfeld. Jetzt konnte Indy die volle Länge des Rollfeldes sehen. Cromwell richtete das rechte Ruder aus, damit die Ford geradeaus rollte und langsam an Geschwindigkeit gewinnen konnte. Nach weniger als hundertfünfzig Metern verloren die Räder Bodenkontakt, und das Flugzeug hob ab. Indy schaute aus dem Fenster und wartete darauf aufzusteigen.

Was nicht der Fall war. Mit heulenden Triebwerken und Propellern sauste die Ford mit geringem Abstand über den Asphalt. Cromwells Augen verrieten Indy, daß die beiden Piloten ihn zum Narren halten wollten. Natürlich wußten sie nicht, daß er schon das Handbuch dieses Flugzeuges gelesen hatte. Auch vollgeladen konnte diese Maschine weit mehr als achtzig Meilen in der Stunde zurücklegen. Inzwischen stand die Nadel auf der Geschwindigkeitsanzeige auf 100 und bewegte sich zitternd weiter, als das Ende der Rollbahn in Sicht kam.

»Jetzt geht es rauf!« sang Cromwell und riß das Joch zurück. Obwohl er nicht daran gezweifelt hatte, überraschte ihn doch, wie mühelos die Maschine in den Himmel aufstieg und ein paar Minuten später in Horizontallage ging. Dann lachten die drei Männer im Cockpit und grölten vor Freude. Hinten in der Kabine saßen eine vergnügte Gale und Tarkiz, der ganz grün im Gesicht war und seinen Bauch hielt.

Ich werde schon noch lernen, dieses *Flugzeug zu fliegen,* schwor sich Indy.

Doch ihr enger Zeitplan ließ ihm keine Gelegenheit, seinen Gedanken nachzuhängen.

Nachdem sie sich über dem für sie reservierten Gebiet befanden, begab sich Tarkiz zu einem kreisrunden Behälter an der hinteren Kabinenwand. Er schob die Lukentür auf, fixierte sie und drehte dann an einem schweren Hebel, mit dem das Maschinenkanonengestell samt der Waffe ausgerichtet wurde. Flach am Flugzeugrumpf lehnte eine gewölbte Panzerglasscheibe, die Tarkiz vor die Öffnung schob und mit Metallklammern fixierte. Sie war als Schutzschild gegen den heftigen Wind gedacht. Dann entsicherte er die Maschinenkanone, lud sie mit zweihundert Schuß Munition und brüllte wie von Sinnen: »Gebt mir etwas, das ich abschießen kann! Dann kommt mein Magen gleich wieder in Ordnung!« Gale lief nach hinten, zupfte an seinem Ärmel und reichte ihm eine Kopfbedeckung aus Leder mit integrierten Empfängern und Mikrofon.

»Immer mit der Ruhe, genießen Sie die Aussicht, alter Kumpel«, riet ihm Cromwell über die Sprechanlage. »Sie werden schon noch Gelegenheit bekommen, Ihr neues Spielzeug auszuprobieren.«

»Dann machen Sie mal voran«, knurrte Tarkiz.

Foulois zeigte auf ihr Ziel, eine Fläche von mehreren Tausend Ar, auf die ein riesiger Kreis gemalt worden war, der eine Gebäudegruppe umschloß.

»Das ist unser Ziel«, verkündete Indy. »Jetzt können wir sehen, was wir draufhaben.«

Ohne zu zögern, setzte Cromwell zu einer Schlaufe an.

Indy wurde gegen die Cockpitwand geschleudert. Der Pilot nahm das Ruderjoch zurück, scherte nach links aus und riß an den Gashebeln. Ohne die Instrumente aus den Augen zu lassen, riß er das dreimotorige Flugzeug nach oben und hielt dann auf die Erde zu. Sie flogen jetzt mit einer Geschwindigkeit von 150 Meilen pro Stunde. Die Erde kam in einem erschreckend steilen Winkel auf sie zugerast. Fast sah es so aus, als habe

Cromwell den Verstand verloren. Wie ein Wahnsinniger stürzte er mit der Maschine nach unten. In diesem Moment fiel Indys Blick auf eine vertikale Linie auf der Windschutzscheibe, mit Fadenkreuzen in regelmäßigen Abständen.

»Verflucht noch mal, Will«, rief Foulois, »wie ist die akzeptable Höchstgeschwindigkeit, mit der dieses Ding geflogen werden soll?«

Höchstgeschwindigkeit, Höchstgeschwindigkeit, rätselte Indy. *Wie war noch gleich die Geschwindigkeit, die auf keinen Fall überschritten werden darf? Ich glaube, sie lag bei einhundertvierzig. Aber meiner Meinung nach haben wir einhundertsechzig schon überschritten und ...«*

»Weiß ich nicht, und interessiert mich auch nicht die Bohne!« rief Cromwell dem Franzosen zu. »Dieses Ding kann man nicht kaputtkriegen, und das wissen Sie auch. Jetzt halten Sie endlich den Mund und kümmern Sie sich um Ihre Systeme. Waffen geladen?«

»Geladen!«

»Tankabwurfvorrichtungen bereit?«

»Bereit!«

»Was, in Gottes Namen, haben Sie vor?« rief Indy entgeistert. »Wollen Sie unsere Tanks abwerfen?«

Cromwell warf kurz einen Blick über seine Schulter. »Hurra!« rief er aus und wirkte plötzlich ganz und gar nicht mehr wie ein britischer Kriegsveteran. Er zog die Ford leicht hoch, regulierte das Querruder, richtete sich nach den Sichtmarkierungen aus und drückte dann auf einen Knopf in seinem Joch. Das Flugzeug wurde durchgeschüttelt, als die beiden Maschinenkanonen losfeuerten. Unter ihnen am Boden spritzten Dreck und Erde hoch. Bretter zersplitterten und brachen entzwei, während Cromwell ohne Unterlaß auf die Gebäude feuerte. Ziemlich dicht über dem Boden riß er die Ford hoch und setzte mit hoher Geschwindigkeit zu einer Drehung an.

»Tarkiz! Jetzt sind Sie an der Reihe. Nehmen Sie das Gebäude in der Mitte ins Visier!«

Trotz des Fluglärms konnten sie die Maschinenkanonensalven hören, die aus der Kabine abgegeben wurden. Der Luftzug trieb ihnen säuerlichen Schießpulvergeruch in die Nasen. Unter das Pandämonium aus kreischenden Winden, heulenden Triebwerken und knatternden Kanonensalven mischte sich ein neuer, ihnen unbekannter und sehr beunruhigender Ton. »Was geht da hinten vor?« rief Cromwell Gale zu.

Sie konnte kaum sprechen, hustete und keuchte schwer, schien keine Luft zu bekommen. Taumelnd eilte Indy nach hinten. Der unruhige Flug erschwerte das Gehen in der Maschine. Gale packte ihn am Arm und flüsterte ihm etwas ins Ohr. »Da steht unser Held! Tarkiz! Er muß sich übergeben.«

Sie lachte lauthals. Und dann wurde sie auf einmal von ihren Gefühlen überwältigt, legte die Arme um Indys Taille und drückte ihn fest an sich. Eine Sekunde lang schauten sie sich tief in die Augen. Das Durcheinander um sie herum war vergessen, sie hätten auch allein auf einer Bergspitze stehen können. Ohne nachzudenken, legte Gale ihre Hand auf Indys Hinterkopf und küßte ihn.

Ihre Reaktion verblüffte ihn. Mit großen Augen hielt er sie fest. »Das hier ist *wunderbar«*, rief sie. »Lassen Sie uns nach vorn gehen und sehen, wie sich Tarkiz gemacht hat.«

Händchenhaltend drängten sie sich ins Cockpit. Foulois deutete auf das Gebäude im Zentrum des Kreises. »Unser Kurde ist ein prima Schütze«, ließ Foulois gelassen verlau ten. Man hätte den Eindruck haben können, er säße auf ei ner Landhausveranda und tränke seinen Sonntagnachmittagstee. »Nicht zu glauben, er ist wirklich ein erstklassiger Schütze.«

»Rene, ich möchte die Tanks über den Gebäuden abwerfen«, kündigte Cromwell an, der rechts von dem Franzosen saß.

»Sobald ich mich dieser Aufgabe widme, müssen Sie die Instrumente übernehmen. Ich bringe die Maschine hoch, in einem weiten Bogen, und dann wollen wir mal sehen, ob wir mit diesen Raketen eine Menge Schaden anrichten können.«

»Ja, mein Freund, schlagen wir zu«, erwiderte Foulois. »Nur zu.«

Mit reduzierter Geschwindigkeit kehrte die Ford um. Jetzt kam es vor allem darauf an, genau Kurs zu halten. Cromwell hielt die dreimotorige Ford ganz gerade in der Luft. Foulois legte die Hand auf den Hebel. Eine einzige Bewegung, und die Tanks, die eigentlich Bomben waren, lösten sich vom Flugzeugrumpf. »Auf die Plätze!« rief Cromwell und begann zu zählen. »Drei! Zwei! Eins! Und los!«

Mit einem Ruck, der im Flugzeug zu spüren war, lösten sich die massiven Sprungfedern und gaben die Tanks frei. Cromwell zog die Ford hoch und legte sie in die Kurve, damit sie sehen konnten, wie die beiden Tanks in die Häuser krachten. Nach der Explosion stieg weißer Rauch auf.

»Bingo!« rief Indy und gratulierte seinen Mitstreitern.

»Das hätten wir geschafft«, sagte Cromwell zu Foulois, ließ das Steuer los und klatschte in die Hände. Unbemerkt übernahm Foulois das Flugzeug. Langsam drosselte er die Geschwindigkeit und die Flughöhe. »Ich gehe auf eins-dreißig«, informierte er Cromwell. »Geben Sie an.«

»Eins-vierzig ... eins-fünfunddreißig ... eins-dreißig.« Ganz sanft und behutsam, als streichle er eine Frau, legte er die Hände auf die Hebel, fixierte sie und sorgte damit dafür, daß sich die Geschwindigkeit auf 130 einpendelte.

»Bestätigung: Raketenschleusen offen.« Cromwell überprüfte die Tragflächen, die Schutzpaneele waren zurückgefahren.

»Luken offen, elektrische Zündvorrichtungen bereit.«

»Sehr gut. Vielen Dank.«

Indy legte seine Lippen an Gales Ohr. »Würde mich nicht wundern, wenn in seinen Adern Eiswasser flösse.«

Gale war viel zu aufgeregt, um sich unterhalten zu können. Sie klebte an Indys Arm, machte große Augen und genoß den Augenblick.

»Gleich ist es soweit, und ... feuern«, sagte Foulois, die Gelassenheit in Person, und drückte auf einen Knopf. Zwei Raketen mit Flammen- und Rauchschweifen wurden über den Gebäuden abgeschossen. Feuerzungen stiegen auf, bevor sich die Benzinschwaden entzündeten. Ein riesiger Feuerball wirbelte auf, dem die Ford problemlos auswich.

Inzwischen hatte Foulois die Fluggeschwindigkeit wieder erhöht und steuerte nach rechts und wieder nach links, nachdem sie in Sicherheit waren.

»Sie kriegen den Job!« verkündete Indy begeistert und klopfte ihm auf die Schulter. Die Gebäude waren dem Erdboden gleichgemacht und brannten lichterloh. Alle zur Verfügung stehenden Waffengattungen waren ausprobiert worden. »Das war's«, fügte Indy hinzu.

Foulois ging auf viertausend Fuß und schaltete den Autopiloten ein. Hinten in der Kabine nahm Tarkiz die Maschinenkanone von der Stützvorrichtung und schloß die Luke, wodurch es im Flugzeug gleich wesentlich leiser war. Cromwell erhob sich von seinem Sitzplatz. »Wer ist als erster dran?« fragte er Gale und Indy.

»Die Dame hat den Vorrang«, sagte Indy. »Ich werde ihr zuschauen und es dann selbst probieren.«

Gale setzte sich auf Cromwells Platz, legte den Sicherheitsgurt an und strich mit den Fingerspitzen über das Ruderjoch. »Nun, ich möchte, daß Sie den momentanen Kurs beibehalten«, befahl Rene. »Folgen Sie der Straße, die unter uns liegt. Suchen Sie sich einen Punkt am Horizont und halten Sie direkt darauf zu. Wenn Sie die Instrumente bedienen, dann tun

Sie das ganz vorsichtig. Und machen Sie sich keine Sorgen. Ich bin ja bei Ihnen. Wird schon schiefgehen.«

Gale kam kein Wort über die Lippen. Foulois hob beide Hände hoch und gab damit das Signal. »Jetzt liegt alles bei Ihnen«, sagte er zu Gale.

Sie alle erwarteten, daß das Flugzeug wackelte, zitterte, in irgendeine Richtung ausscherte. *Was nicht passierte.* Ziemlich überrascht bemerkte Indy, daß die Ford ruhig weiterflog, ganz so, als rolle sie auf Schienen. Cromwell und Foulois tauschten Blicke aus. »Na, wer hätte das gedacht«, rief Cromwell. »Sie *kann* fliegen.«

Indy beugte sich vor und schaute Gale über die Schulter. Voller Respekt betrachtete er die junge Frau mit den roten Haaren, die von der durch das geöffnete Seitenfenster einströmenden Luft zerzaust wurden.

Schließlich tippte er ihr auf die Schulter. »Sie können ja *tatsächlich* fliegen«, sagte er, nach außen hin ziemlich gelassen. »Gütiger Gott, warum haben Sie mir das nicht gesagt?«

Sie warf Indy einen Blick zu. Ihre Augen leuchteten vor Aufregung. Sie freute sich, daß ihr die Überraschung gelungen war. »Keiner hat mich je gefragt«, lautete ihre Antwort.

Cromwell drängte sich an Indy vorbei, damit er sich mit Gale unterhalten konnte. »Miss Parker, Sie sind in diesem Metier offensichtlich kein Neuling.«

»Vielen Dank«, erwiderte sie bescheiden, was die drei Männer noch mehr verblüffte.

»Wann?« bellte Cromwell. »Ich meine, wann haben Sie das Fliegen gelernt?«

»Als ich zwölf war, habe ich den Sommer über bei meinen Cousins in Deutschland verbracht. Die waren völlig vernarrt ins Segelfliegen. Der Funke sprang auf mich über. Ungefähr drei Monate lang saß ich jeden Tag in einem Segelflugzeug.«

»Ganz allein?« fragte Foulois.

»Erst ab der zweiten Woche«, antwortete sie, ohne die Miene zu verziehen.

»Und dann?« wollte Cromwell wissen.

»In Schottland. Wieder ein Segelflugzeug, dann ein altes Lehrflugzeug. Meine Mutter hatte damals Geld, und so konnte ich dort oben auf die Fliegerschule gehen.«

»Ich nehme an, Sie haben auch Motorflugzeuge allein geflogen?« schloß Cromwell aus ihren Erzählungen.

»Ja.«

»Würden Sie jetzt endlich mal mit der Sprache rausrücken, Miss Parker? Ist ganz schön mühsam, etwas von Ihnen zu erfahren«, herrschte Cromwell die Pilotin an. »Haben Sie einen Flugschein?«

Sie drehte sich um und schenkte den verblüfften Männern ein geheimnisvolles Lächeln. »Für eine einmotorige Maschine, für mehrmotorige Maschinen, für kommerzielle Flüge.«

»Ich soll in der Hölle schmoren«, flüsterte Cromwell ehrfürchtig.

»Indy, möchten Sie es jetzt mal probieren?« fragte sie den fassungslosen Mann hinter ihr.

»Damit sollten wir besser bis morgen warten«, mischte sich Foulois ein. »Unser Stützpunkt kommt in Sicht. Jetzt bleibt uns nicht mehr genug Zeit für eine Unterrichtsstunde. Gut, Gale, ab hier übernehme ich.«

Die linke Hand auf dem Ruderjoch haltend, zog sie die Drosseln zurück und begann mit dem Landeanflug. »Warum möchten Sie übernehmen?« fragte sie.

»Na, das ist doch offensichtlich, ich meine, ähm ...«, stammelte der ansonsten so redegewandte Franzose.

»Warum übernehmen Sie nicht das Funkgerät?« flötete die junge Frau.

Indy kam aus dem Staunen einfach nicht mehr hinaus. »Aber sicher doch, Rene, Sie übernehmen das Funkgerät«, befahl er unwirsch. Er konnte es nicht fassen. Gleich beim ersten Mal würde Gale dieses Flugzeug landen!

Die Landung ging perfekt über die Bühne. Gale rollte von der Start- und Landebahn auf die Asphaltstraße, die zum Hangar führte. »Würde es Ihnen etwas ausmachen, ab jetzt zu übernehmen?« bat Gale Foulois und erhob sich von ihrem Sitz.

»Oh? Ja, selbstverständlich mache ich das. Danke«, plapperte er und kam sich wie ein Idiot vor.

Sie drängte sich an Indy vorbei und streifte im Vorbeigehen mit ihren Lippen flüchtig seinen Mund. »Entschuldigen Sie mich, Indy. Ich muß mein Haar in Ordnung bringen.«

10

Indy stand vor Cromwells Zimmertür. Er hob die Faust, zögerte kurz und klopfte laut auf das Holz. »Gütiger Gott! Greifen die Hunnen an?« war eine schlaftrunkene Stimme aus dem Raum zu vernehmen. Im nächsten Augenblick krachte es. Bestimmt war der Brite aus dem Bett geklettert und über seine Stiefel gestolpert. Als Indy die Tür öffnete und Cromwell mit dem Gesicht nach unten am Boden liegen sah, streckte er die Hand aus und half dem schwergewichtigen Mann auf die Beine.

»Wissen Sie, wieviel Uhr es ist, Will? Erinnern Sie sich noch, was wir gleich heute morgen erledigen sollten? Haben Sie dafür gesorgt, daß das Flugzeug bereitsteht?« bombardierte Indy den verdutzten und müden Engländer, der immer noch Mühe hatte, aus den Augen zu sehen, mit seinen Fragen.

»Nein, wie spät ist es?« murmelte er.

»Es ist schon fünf Uhr dreißig, Mann!«

»Halb sechs? Was haben Sie um diese unchristliche Zeit in meinem Zimmer zu suchen?«

»Sie wollten mir heute morgen das Fliegen beibringen, Sie Siebenschläfer. Wachen Sie endlich auf!«

»Das versuche ich ja, das versuche ich ja. Vielleicht ist das alles nur ein böser Traum! Verschwinden Sie, Indy!«

Indy packte sein Gegenüber an den Schultern und schüttelte den Mann kräftig durch. »Zehn Minuten, *Brigadier.* Sie sehen ziemlich mitgenommen aus, mein Lieber.«

Danach stapfte Indy in den Speisesaal, schenkte sich eine Tasse heißen Kaffee ein und ließ sich mit müden Gliedern auf einen Stuhl fallen.

Foulois studierte ihn kritisch. »Sie haben ganz rote Augen, was haben Sie getrieben?«

Indy nahm einen Schluck Kaffee und grunzte: »Habe die längste Zeit gelesen.«

»Sind wohl ganz heiß drauf, endlich ans Ruder zu kommen, hm?«

»Und, stört Sie das?« gab Indy unwirsch zurück.

»Wie kommen Sie darauf? Ich bewundere Ihren Eifer. Wo steckt Colonel Blimp?«

Da kam Cromwell gerade in das Kasino geschlurft, baute sich vor der Kaffeemaschine auf und schleppte sich dann an den Tisch. Seufzend setzte er sich zu seinen Kameraden. »Ich habe es mit Ihrem hieb- und stichfesten Aufwachsystem versucht, das anscheinend immer funktionieren soll. *Professor* Jones.«

»Na, mich interessiert, was man da machen muß«, warf Foulois ein.

Cromwell blickte zu dem Franzosen hinüber. »*Er*«, begann er und zeigte auf Indy, »behauptet, die beste Möglichkeit, wach zu werden, sei, sich splitternackt über eine Toilettenschüssel zu beugen und eine Kanne heißen Kaffee über den

Kopf zu gießen. Hab's versucht. Und mir den Skalp verbrüht. Die Brusthaare versengt. Aber mir ist kein einziger Tropfen auf die Füße gepladdert. Das Problem dabei ist folgendes: Obwohl man tierische Schmerzen erleidet, wird man leider nicht wach. Die ganze Prozedur führt nur dazu, daß ich wie ein Wahnsinniger unter die Dusche gesprungen bin.«

Indy nickte Foulois zu. »Sehen Sie? Es funktioniert.« Dann, an Cromwell gerichtet: »Trinken Sie Ihren Kaffee. Essen Sie etwas, falls Sie was runterbringen. Und dann können wir endlich *fliegen*.«

»Ach, Sie werden enttäuscht sein«, behauptete Foulois und zuckte mit den Achseln. »Heute nicht, *mon ami*. Haben Sie mal einen Blick nach draußen geworfen?«

Indy stürmte durch den Hangar und blieb vor einem Fenster stehen. Aber schon vorher wußte er, was los war. Draußen goß es in Strömen, es blitzte und donnerte. Der Wettergott bescherte ihnen einen monsunartigen Regenguß.

Lauten Schrittes kehrte er ins Kasino zurück. »Na gut«, sagte er zu Cromwell, »dann widmen wir uns eben der Bodenschulung.«

»Nicht mit mir, Freundchen«, wehrte Cromwell ab. »Ich habe ein paar Dinge an unserem Metallvogel zu erledigen, die nicht aufgeschoben werden können. Aber *zuerst* werde ich noch ein paar Stündchen schlafen. Und dann installiere ich all die Dinge, die *nicht* auf unserer Liste gestanden haben, wenn's recht ist.«

»Wie zum Beispiel was?« erkundigte sich Indy.

»Fallschirme«, sagte Cromwell.

»Schwimmwesten«, fügte Foulois hinzu.

»Lebensmittelrationen«, sagte Cromwell. »Wie auch immer, wir werden uns schon darum kümmern. Ich bin sicher, daß Miss Parker, unser Fliegeras, Ihnen gern die wichtigsten Punkte der Aeronautik beibringt.«

Colonel Henshaw setzte sich zu ihnen und wärmte die Hände an der warmen Kaffeetasse. »Na, heute keine Hausaufgaben zu erledigen, Indy?«

»Hausaufgaben! Sie setzen den Flugunterricht mit Hausaufgaben gleich?«

»Jedes Vögelchen wird irgendwann mal aus dem Nest gestoßen, Professor«, tat Cromwell grinsend kund.

»Das haben wir alle mal durchgemacht, Indy«, beschwichtigte Henshaw den aufgebrachten Professor. »Bei mir war es jedenfalls so.«

Finsteren Blickes schaute Indy in die Runde. »Kann eigentlich *jedermann* außer mir hier fliegen?«

Tarkiz, der an einem anderen Tisch saß und zu schlafen schien, hob den Kopf. »Indy, mein guter Freund! Sie und ich, wir sind die einzigen Menschen in diesem Raum, die bei Verstand sind. Wir überlassen das Fliegen den Vögeln und den Verrückten. Ist doch vernünftig, nicht wahr? Hätte Allah gewollt, daß wir fliegen können, hätte er uns Flügel gegeben.«

Mit neuerwachtem Respekt wandte sich Foulois an den Kurden. »Und ich dachte die ganze Zeit, der Mann aus den Bergen sei ein humorloser Tropf.«

Indy winkte ab. »Harry, was gibt es?«

»Eine kodierte Nachricht.« Die Neuigkeit ließ alle Anwesenden verstummen. Eine verschlüsselte Botschaft und die Tatsache, daß Henshaw sich so unerwartet zu ihnen gesellt hatte, konnten nur bedeuten, daß sich etwas Wichtiges ereignet hatte.

»Man setzt uns über ein bisher noch nicht weiter spezifiertes Ereignis in Kenntnis«, fuhr Henshaw fort. »Wie es scheint, hat es etwas mit einer Reise zu tun. Bis jetzt sollen wir nur informiert werden. Ich meine, *Sie*.«

»Und?«

»Wir sind noch dabei, die Nachricht zu entschlüsseln. Trinken Sie Ihren Kaffee aus. Wir haben ungefähr noch zwanzig Minuten.«

»Woher stammt die Nachricht, Harry?«

»Zuerst brauche ich Ihr Kodewort.«

Alle Augen richteten sich auf Henshaw, der sich Indy zuwandte. »Das sollte nicht unhöflich gemeint sein«, fügte Henshaw gleich hinzu. »Schließlich haben Sie diese Regel aufgestellt.«

Indy grinste. »Sehr gut, Harry.« Er hatte mit Treadwell eine Abmachung getroffen, die besagte, daß er ein Kodewort auf ein Blatt Papier schreiben und es dem Armeeoffizier geben sollte. Henshaw las *Lone Ranger.* »Danke.«

Zwanzig Minuten später hatten sie sich im Dechiffrierraum eingefunden. Ein Sergeant händigte Henshaw die Nachricht aus. Der Colonel las den Namen und reichte sie an Indy weiter.

MUSS SIE PERSÖNLICH UND SO SCHNELL WIE MÖGLICH SEHEN. TREFFEN UNAUSWEICHLICH UND VON HÖCHSTER DRINGLICHKEIT. HABEN EIN ANGEBOT VOM PANARABISCHEN INSTITUT FÜR ARCHÄOLOGIE IN JORDANIEN ERHALTEN, DAS UNS EIN EXTREM SELTENES ARTEFAKT VERKAUFEN MÖCHTE. LAUT BESCHREIBUNG HANDELT ES SICH UM EINE PYRAMIDE AUS METALL, UNBEKANNTEN URSPRUNGS, MIT BISHER NICHT ÜBERSETZTEN KEILSCHRIFT-GRAVUREN. SEITENLÄNGE KNAPP ACHT AUF ACHT ZENTIMETER. MAN ERWARTET IHRE EXPERTISE. UM WEITERE SCHRITTE ZU PLANEN, IST IHRE ANWESENHEIT VONNÖTEN. INFORMIERE ASAP ÜBER REISEPLÄNE. ST.JOSEPH.

Indy gab Henshaw das Blatt Papier zurück. Der Colonel überflog die Nachricht und blickte irritert auf. »St. Joseph?«

»Ja, St. Joseph von Copertino. Ein Mönch, der schweben konnte. Das ist Castilanos Kode.«

»Er gehört zu *uns*?« Henshaw machte große Augen.

»Aber sicher. Harry, die wollen sich *jetzt* mit mir treffen. Ich möchte, daß Gale mich begleitet, ein zweites Paar Augen und Ohren können nie schaden. Und Tarkiz soll uns Rückendeckung geben. Wie lange dauert es in der Ford bis nach New York? Scheint mir die schnellste Möglichkeit zu sein.«

»Ist nicht drin, Indy. Selbst die Vögel sind zu Fuß unterwegs. Diese Wetterfront, und es ist eine ziemlich schlimme, bewegt sich nicht von der Stelle. Ich kann Ihnen zwei Abteile im Silver Streak Special reservieren lassen. Das ist der schnellste Zug im ganzen Land. Er fährt heute nachmittag ab, dann wären Sie morgen früh in New York. Ich kann Sie natürlich auch anders dorthin bringen lassen. In einer Stunde werde ich Ihnen Bescheid geben.«

»Danke, tun Sie das.«

»Sie«, preßte Indy zwischen den Zähnen hervor, »werden bei *mir* schlafen.«

»Darf ich das als Einladung verstehen?« scherzte Gale.

»Sie wissen schon, was ich meine«, erwiderte er barsch. »Ich möchte nicht, daß Sie *allein* schlafen.«

»Das dachte ich mir schon. Aber Sie verhalten sich wie ein Steinzeitmensch, falls es Sie interessiert.«

»Jetzt lassen Sie das. Ich bitte Sie ja nicht darum, mit mir zu schlafen!«

Gale studierte ihre Nägel. »Fast wäre es Ihnen gelungen, mich zu täuschen.«

»Mich auch«, warf Tarkiz ein. »Klang mir ganz nach einer Einladung zum ...«

»Halten Sie den Mund«, entgegnete Indy und bohrte Tarkiz den Finger in den Solar Plexus, bevor er sich wieder an Gale wandte. »Sie werden nicht allein in einem Zugabteil schlafen. Betrachten Sie das als einen Befehl, wenn Ihnen das lieber ist. Wir werden eine Telefonverbindung nach nebenan zu Abteil E haben, wo Tarkiz schlafen wird. Auf diese Weise können wir immer in Verbindung treten. Habe ich mich jetzt *endlich* deutlich genug ausgedrückt?«

»Sie enttäuschen mich, Professor«, neckte Gale ihn, »aber, ja, ich verstehe, worauf Sie hinauswollen.«

»Wir werden uns im Gang aufhalten, während Sie sich bettfein machen«, sagte Indy. »Wenn Sie dann fertig sind, öffnen Sie die Tür. Und falls Sie länger als fünf Minuten brauchen, werden wir die Tür aufbrechen.«

Auf einen Schlag war ihre Fröhlichkeit wie verflogen. Mit ernster Miene schaute sie ihm in die Augen. »Sie machen sich tatsächlich Sorgen«, sagte sie mit belegter Stimme.

Inzwischen hatte sie gelernt, in seinem Gesicht wie in einem offenen Buch zu lesen. Da waren die leicht gehobenen Augenbrauen, die Angespanntheit, die sich in der Mundpartie widerspiegelte.

Hier geht es um mehr als den berühmten sechsten Sinn ... Mein Gott, er weiß, daß wir verwundbar sind. Er rechnet mit etwas Schlimmem in dieser Nacht.

»In Ordnung«, erwiderte sie ruhig. »Ich werde tun, was Sie sagen. Außerdem, es ist nicht notwendig, daß ich allein im Abteil bin.« Sie suchte nach einer einfachen Lösung. »Ich werde in meinen Kleidern schlafen.«

Ihr Angebot schien Indy eine schwere Last von den Schultern zu nehmen. Er wirkte erleichtert. »Gut. Tarkiz, sind Sie soweit?«

Der Kurde nickte, wartete, bis Indy und Gale die Tür hinter sich geschlossen und verriegelt hatten, und vertauschte dann die Namensschildchen an den Türen. In seinem Abteil überprüfte er die telefonische Verbindung und band von innen eine Schnur an seiner Türklinke fest, an deren anderem Ende ein kleines Glöckchen befestigt war. Der Glockenton war ziemlich leise, aber für jemanden, der sein ganzes Leben zum Läuten solcher Glocken gebetet hatte, war er ein perfektes Alarmsignal. Falls sich jemand an seiner Tür zu schaffen machte, würde er es sofort bemerken.

Er lächelte zufrieden.

Kurz nach drei Uhr morgens – der Zug fuhr mit gleichbleibender Geschwindigkeit durch die stürmische Nacht – vernahm Tarkiz das Läuten des Glöckchens. Er baute sich hinter der Tür auf, die einen Augenblick später leise aufging. Trotz der Dunkelheit erkannte er zwei Gestalten, die hinter sich die Tür schlossen. Da warf der Kurde ein mit Fischhaken bestücktes Netz über die beiden Männer, die vor Schmerz und Verwunderung aufschrien. Mit aller Gewalt riß er an der Leine, so daß sich die Haken tief ins Fleisch seiner Gegner bohrten. Danach schlug er mit einem dicken Metallkabel wiederholt auf sie ein und schob das Zugfenster herunter.

Die Männer fluchten laut und versuchten, sich aus dem Netz zu befreien. In diesem Augenblick klopfte es an der Abteiltür. »Ich komme gleich«, rief Tarkiz.

Einer der beiden Männer jagte ihm ein Messer ins Bein. Der Stich ließ ihn zusammenzucken, aber er hatte keine Zeit, den Schmerz zu spüren. Einer seiner Gegner befreite sich aus dem Netz und hatte vor, den Kurden wieder mit dem Messer anzugreifen. Leider hatte er sich gründlich verrechnet. Wie von Sinnen schlug Tarkiz mit dem Metallkabel auf das Handgelenk seines Gegenübers. Das Messer blieb in der Wand stecken.

Mit der Webley in der Hand trat Indy die Tür auf und sah gerade noch, wie Tarkiz seinen Gegner aus dem Fenster des durch die Nacht rollenden Zuges schmiß. Der zweite Mann hatte inzwischen einen Krummdolch aus der Scheide gezogen.

Mit der Webley hämmerte Indy auf den Unterarm des Angreifers ein. Man konnte hören, wie der Knochen brach. Der Mann schrie auf. Tarkiz wirbelte herum und packte den Kerl am Kragen. Doch sein verletztes Bein versagte ihm just in diesem Moment den Dienst, und der Kurde brach auf dem Boden zusammen. Indy kam näher, packte den verletzten Angreifer am Haarschopf und am Gürtel und warf ihn auch aus dem Fenster.

Gale drängte sich an Indy vorbei und schaltete die Beleuchtung ein. Ihr Blick fiel gleich auf Tarkiz' blutendes Bein. »Zerreißen Sie die Laken, ich brauche Verbandsmaterial«, wies sie Indy an und half Tarkiz in seine Schlafkoje. »Ihr Whisky. Schnell«, ordnete sie an.

»Whisky? Ich habe keinen ...«

»Halten Sie den Mund und geben Sie mir den Flachmann«, befahl sie.

Wortlos reichte er ihr die kleine Flasche, die in seiner Jackentasche steckte. Gale stellte den Flachmann auf die Kante des Etagenbettes, hielt ein Handtuch unter den Wasserhahn und wischte das Blut ab. Währenddessen hatte Indy schon eine Schnur um Tarkiz' Bein gebunden, um die Blutzirkulation zu unterbrechen. Gale schraubte die Flasche auf, sterilisierte die Wunde mit Alkohol und legte dann eine provisorische Bandage an.

»Nur eine Frau kommt auf die Idee, guten Whisky zu vergeuden«, beschwerte sich Tarkiz, aber sein Blick verriet Dankbarkeit.

»Dann haben Sie also die Namensschildchen ausgewechselt?«

»Ja, hat doch funktioniert, oder?«

»Haben Sie eine Ahnung, wer diese Männer waren?«

»Dunkle Haut. Einer trug einen Turban. Ich glaube, daß es Profi-Killer gewesen sind. Irgend jemand kann Sie auf den Tod nicht ausstehen, Indy.«

»Ja. Anscheinend habe ich den Popularitätswettbewerb verloren. Übrigens, das mit dem Netz und den Fischhaken ist eine gute Idee gewesen.«

Trotz der Schmerzen leuchtete Tarkiz' Gesicht auf. »Alter römischer Trick. *Sehr* alt. Ist auch bei der Mafia überaus beliebt.«

»Bei mir auch«, fügte Gale hinzu.

»Tja, Ihr Türschloß ist hinüber«, konstatierte Indy. »Wäre besser, wenn Sie den Rest der Nacht bei uns verbringen.«

»Ist nicht nötig. Ich werde mich hier auf das obere Etagenbett setzen, von da aus habe ich einen guten Überblick.« Er griff nach hinten und zog eine .32er Automatik aus einem Halfter, das Indy und Gale bis dahin nicht aufgefallen war. »Ach ja, Gale ist eine gute Frau. Sie hat nicht den *ganzen* Whisky aufgebraucht. Manchmal ziehe ich es vor, allein zu trinken. Gute Nacht.«

»Gale, nehmen Sie die obere Koje.«

Sie kletterte hoch und setzte sich im Schneidersitz auf die Matratze. »Woher wußten diese Leute, wo wir waren, welches unser Abteil war. Woher wußten sie überhaupt, daß wir in diesem Zug waren?«

Er lächelte sie an. »Anscheinend haben Sie bisher noch nicht gewußt, daß es eine undichte Stelle gibt.«

»*Jetzt* weiß ich es«, erwiderte sie aufgebracht. »Haben Sie eine Vermutung, um wen es sich handelt?«

»Eine vage«, sagte er. »Aber ich bin mir noch nicht ganz sicher.«

»Aber, warum in Gottes Namen, sind sie darauf aus, *Sie* zu töten?«

»*Uns*«, verbesserte er sie.

Gale lief ein kalter Schauer den Rücken hinunter.

»Sie hätten uns beide umbringen müssen«, fuhr er fort, während er seine Webley putzte. »Schließlich sind wir ein Team. Wenn sie Sie nicht auch getötet hätten, hätten Sie sie möglicherweise identifizieren können. Darum stehen Sie auch auf der Abschußliste.«

»Aber Sie haben mir immer noch keinen Grund genannt, *warum* man Sie – uns aus dem Weg schaffen möchte.«

»Wegen morgen.«

»Da muß morgen ja etwas Wichtiges passieren.«

Er nickte.

»Indy, Sie können nicht mit einer Waffe im Gürtel durch New York spazieren.«

»Das weiß ich«, gab er zu und verstaute die Waffe in seinem Unterarmholster. Ganz unvermittelt schlug er mit der Faust gegen die Wand. »Manchmal benehme ich mich wie ein Vollidiot. Da trage ich diesen Fotoapparat tagaus, tagein mit mir herum, Film drin und alles, und ich bin nicht mal auf die Idee gekommen, die Kamera in Tarkiz' Abteil einzusetzen. Ich meine, ich hätte ein paar Fotos von diesen Typen machen sollen, die es auf uns abgesehen hatten.«

»*Darüber* machen Sie sich jetzt Sorgen? Daß Sie *keine* Fotos gemacht haben? Sie regen sich auf, weil Sie Ihre Kamera *nicht* benutzt haben?«

»Schließlich sind Kameras dazu da!«

Sie seufzte. »Gute Nacht, Indy.« Er hörte nur noch ein leise gemurmeltes »Gütiger Gott«.

Genau während des Berufsverkehrs fuhren sie in die Pennsylvania Station ein. Gewöhnlich mochte Indy dieses morgendliche Getümmel und Gedränge auf den Bahnsteigen nicht, aber heute freute er sich darüber, weil er, Gale und Tarkiz in der Menschenmenge untertauchen konnten. Tarkiz lief ein paar

Meter hinter ihnen. Trotz des verletzten, geschwollenen Beins gelang es ihm, mit ihnen Schritt zu halten. Sie wählten den Nordausgang, vor dem die Taxis warteten. Indy blickte sich suchend um. Auf der anderen Straßenseite stand ein gelbes Taxi mit der Nummer 294. Er nickte Tarkiz zu. »Das da ist unser Fahrzeug.«

»Aber das Freizeichen ist nicht eingeschaltet«, fiel Gale auf.

»Natürlich nicht, der Mann wartet auf uns«, erwiderte Indy frohgemut. Der Taxifahrer beugte sich nach hinten und öffnete ihnen die Tür. Nachdem sie eingestiegen waren, musterten sie den Mann auf dem Fahrersitz. Er war groß und schwarz, trug einen dichten Bart und eine Sonnenbrille, die seine Augen verdeckte. Er sprach mit britischem Akzent. »Willkommen in New York«, begrüßte er sie und lachte herzlich.

Gale lehnte sich zu Indy hinüber und buchstabierte stumm *Jamaica*. Mit einem Kopfnicken gab er ihr zu verstehen, daß sie richtiglag.

Der Mann auf dem Fahrersitz verstellte den Rückspiegel. »Sie haben richtig geraten, Miss. Ich komme aus Jamaica.« Als sie ihm einen verdutzten Blick zuwarf, mußte er laut lachen. »Nein, Miss Parker, ich kann keine Gedanken lesen. Dafür aber Lippen.«

»Und Sie kennen meinen Namen«, sagte Gale, nun ganz die Vorsicht in Person.

»Aber klar doch!« kam die Antwort. »Ich kenne Ihren und den von Professor Jones, und dieser häßliche Kerl hat den seltsamen Namen Tarkiz Belem. Häßlich und ein seltsamer Name, das ist eine Kombination! Seine Mutter hat ihn offensichtlich nicht besonders gemocht.«

Tarkiz schoß zornige Blicke nach vorn, sagte aber nichts, weil Indy ihm bedeutete, sich ruhig zu verhalten. Wer immer dieser Mann sein mochte, er war ziemlich vorwitzig und selbstsicher. »Sie wurden uns zweifellos von einem Mann aus

Copertino geschickt«, riet Indy und bezog sich dabei auf die verschlüsselte Nachricht, die Henshaw ihm übermittelt hatte.

Ihr schwarzer Fahrer bleckte die Zähne und grinste breit. »Saint Joseph hat mir aufgetragen, mich um Ihr Wohlergehen zu kümmern und für alles zu sorgen, wonach Ihnen der Sinn steht. Mein Name ist Jocko Kilarney. Solange Sie in New York sind, übernehme ich die Rolle Ihres Freundes, Ihres Fahrers, und ich spiele Ihren Beschützer.«

Gleich von Anfang an hatte Indy das Gefühl, daß dieser Mann genau der Richtige für diesen Job war. Er war groß und kräftig. Unter seinem Hemd zeichnete sich das Spiel seiner Muskeln ab. Indy hätte zehn zu eins gewettet, daß er die Unterwelt dieser großen Stadt wie seine Westentasche kannte.

»Ach ja, Professor, Ihr Mann, dieser schwere, häßliche Kerl, ist sehr gut«, ließ Jocko verlauten. »Heute morgen wurden zwei Leichen neben den Gleisen gefunden, auf der Strecke, die Sie genommen haben. Niemand weiß, wer das war, sie hatten keine Ausweise bei sich. Die Polizei wird die Leichen einfach in Potter's Field abliefern.«

»Was ist das?« fragte Gale.

»Der Friedhof für all die Namenlosen, die niemand will«, klärte Indy die junge Frau auf. Dann wandte er sich an den Fahrer. »Gibt es irgendwelche Verbindungen?«

»Niemand weiß irgend etwas, und Sie brauchen auch nicht davon auszugehen, daß jemand Ansprüche auf die beiden Toten erhebt.« Er drehte sich um und schaute Indy und Tarkiz an. »Das war erstklassige Arbeit. Für Effizienz habe ich sehr viel übrig. Ein Netz mit Fischhaken. Sehr originell.«

Dann schaltete er den Motor an und legte den ersten Gang ein.

Indy spürte Tarkiz' Hand. Das Zeichen dafür, daß der Kurde

sich nicht mehr zurückhalten konnte. Indy willigte in die stumme Bitte ein. Sein Partner hatte Kilarneys Beleidigungen noch nicht verwunden, und Indy entschied, ihm freie Bahn zu gewähren.

»Heh, Sie, Jocko!« rief Tarkiz.

»Was kann ich für Sie tun, Sie Ziegenhirte?«

»Jetzt mach aber mal halblang, du irischer Neger, dann lebst du länger.«

»Höre ich etwa das Schlagen der Kriegstrommeln, Lama-Mann?«

»Gleich hörst du gar nichts mehr. Jetzt paß mal auf. Da vorn bei dir liegt eine Giftschlange. Irgendwie ist diese kleine Schlange in meine Reisetasche gekommen. Bei mir daheim nennen wir diese Schlange Zwei Schritte. Netter Name, hm?« Tarkiz grinste den Schwarzen an. »Die Schlange beißt einen Mann, er macht einen Schritt und fühlt sich beschissen. Dann macht er den zweiten Schritt und fällt tot um. Ein Gegengift gibt es nicht. Wenn du jetzt nicht sofort aussteigst, wird die Schlange dich beißen, und dann schicken wir dich in einer Kiste nach Hause.«

Jocko blickte sich nervös um und riß plötzlich die Augen weit auf. Eine gelb-orange Schlange schlängelte auf seinen Fuß zu. In Windeseile stieß er die Tür auf, sprang aus dem Taxi und blieb ein paar Meter weiter stehen. »Sie sind wahnsinnig, Mann!« rief er entsetzt.

Indy und Gale beugten sich vor. Sie wußten nicht, ob sie auch aussteigen sollten. »Großer Gott, da ist wirklich eine Schlange!« sagte Gale mit belegter Stimme. Starr vor Angst sah sie zu, wie Tarkiz sich nach vorn beugte und die Schlange packte. Dann legte er das Tier vorsichtig um seinen Hals und ließ sie in seine Tasche kriechen. Gale stieß einen Schrei aus und klammerte sich an Indy fest.

»Raus, sofort raus!« rief sie.

»Das ist sein Haustierchen«, erklärte Indy. »Das kann ich nicht machen.«

»SCHAFFEN SIE ES RAUS!« Gale verbarg ihr Gesicht in seiner Halsbeuge.

Zur Beruhigung klopfte Indy ihr sanft auf die Schulter. »Kein Grund zur Panik, Gale. Wenn die Schlange erst mal in seiner Tasche ist, ist sie harmlos.« Indy blickte zu Tarkiz hinüber, der ihm zuzwinkerte.

Diese Geste sprach Bände. Die Schlange war nichts anderes als ein Stück perfekt geschnitztes Holz oder ein mechanisch zu bewegender Metallkörper, der mit Schlangenhaut überzogen war und zur Abschreckung gemein aussehende Zähne hatte. Aber aus eigener Erfahrung kannte Indy Schlangen und hatte sich mit ihnen beschäftigt, obwohl er diese Tiergattung nicht sonderlich mochte. Die Art und Weise, wie sich das Tier bewegte, hatte ihn stutzig gemacht, und Tarkiz' Zwinkern bestätigte nun seinen Verdacht.

Jocko, vor Angst erstarrt, kehrte zum Taxi zurück und drohte Tarkiz mit dem Finger. »Ich und du, Ziegenhirte, wir haben noch was zu klären.«

»Ich mache mir keine Sorgen wegen eines Mannes, der sich angesichts eines Wurms wie ein kleines Mädchen beträgt«, frotzelte der Kurde.

Indy beugte sich vor und klopfte Jocko kameradschaftlich auf die Schulter. »Bringen Sie uns bitte zum Museum, meine irische Muse, und zwar ohne Umwege und ohne unnötige Stopps, verstanden?«

Jocko drehte den Kopf, zeigte mit dem Finger auf Indy und tat so, als hielte er eine Waffe in der Hand. »Hab verstanden, Boß.«

11

Das American Museum of Natural History, dessen Eingang auf der Central Park West, Ecke 79. Straße lag, nahm mehrere Straßenblocks ein. So beeindruckend die Museen gewesen sein mochten, die Indy und Gale bislang besucht hatten, dieses ausladende Bauwerk setzte ganz neue Maßstäbe, was die Dimension und die Exponate anbelangte. Hier gab es Hunderte von Ausstellungsräumen, riesige Hallen mit zehn Meter hohen Decken, in denen zahlreiche Gewächse aus aller Welt blühten, und lebensechte Nachbauten von Tieren, wie beispielsweise die monströse Gestalt eines Blauwals. In einem dieser Räume zu stehen und hochzublicken zur größten Kreatur, die auf dieser Welt existierte und die von vielen anderen Tiergattungen eingerahmt wurde, war ein durch und durch überwältigender Anblick. In diesem Museum wurden buchstäblich fast alle Lebensformen ausgestellt.

In Begleitung von Indy und Tarkiz spazierte Gale die langen Korridore hinunter. Sie durchstreiften einen Museumsabschnitt, der zu den Büroräumen führte, die in den unter dem Erdgeschoß liegenden Ebenen untergebracht waren. Gale glaubte, ihren Augen nicht trauen zu können. »Das ist unfaßbar«, flüsterte sie ehrfürchtig angesichts der beispiellosen Exponate. »Allein in der ägyptischen Abteilung könnte ich einen Monat verweilen, ohne mich eine Sekunde zu langweilen.«

»Sie haben ein weltweites Austauschprogramm ins Leben gerufen«, verriet Indy. »Sie tauschen Exponate mit fast jedem Museum auf dieser Erde. Dabei ist es natürlich sehr hilfreich, daß das Museum, beziehungsweise die Stiftung, von sehr wohlhabenden Persönlichkeiten finanziell unterstützt wird. In diesem Land mag es vieles geben, das noch verbessert werden kann, aber das hier«, merkte er begeistert an und breitete überschwenglich die Arme aus, »nun, das hier ist eine der deutlichsten Manifestationen für all jene, die die Welt zu verstehen suchen.«

Jocko Kilarney, der voranging, drehte sich zu Indy um. »Professor, besser hätte man es nicht ausdrücken können. Irre ich mich, oder haben Sie im Auftrag der Stiftung grundlegende Recherchen betrieben?«

»Wieso beschleicht mich das Gefühl, daß Sie über jeden Schritt, den ich im Auftrag der Stiftung unternommen habe, informiert sind?« erwiderte Indy trocken.

Jocko zuckte mit den Achseln. »Das war als Kompliment gemeint, Sir, ehrlich.«

»Sie sind ein Mann mit vielen Gesichtern, Jocko«, verkündete Gale.

Der Schwarze grinste und verbeugte sich. »Wir werden den Fahrstuhl am Ende des Flurs nehmen«, schlug er vor.

Auf der Fahrstuhltür prangte ein leuchtendrotes Schild mit der Warnung: NUR FÜR FRACHT. KEIN PERSONENAUFZUG.

»Anscheinend laufen wir heute ausnahmsweise unter der Bezeichnung Fracht«, scherzte Indy.

»Betrachten Sie sich als wertvolles Gut«, witzelte Jocko. Sie stiegen ein und fuhren ins dritte Untergeschoß. Ein leicht abfallender Korridor führte in einen überraschend großen, schwach ausgeleuchteten Bereich. Wieder blickte Gale sich höchst verwundert und neugierig um.

Plötzlich standen sie inmitten eines Waldes, wie er normalerweise in der nördlichen Hemisphäre zu finden war, mit hohen Bäumen, Felsen, kurzen Abhängen und einer versteckten, von Gebüschen umstandenden Quelle. Nur das Plätschern des Wassers war zu vernehmen. Gale blieb wie angewurzelt stehen, als sich plötzlich die Zweige der Bäume bewegten und sich ein riesiger Braunbär vor ihr aufbäumte und laut brüllte.

Aus einem Beschützerinstinkt heraus sprang Tarkiz vor die junge Frau und stellte sich damit zwischen sie und den Bären. Ehe sie sich versah, hielt er seine Waffe in Händen, die sich angesichts des riesigen Tieres winzig ausnahm. Da preschte ein zweiter Braunbär auf allen vieren aus dem Gebüsch und richtete sich ebenfalls auf. Das war ein Alaskabär, das größte Tier dieser Gattung.

»Nehmen Sie die Waffe runter«, wies Indy Tarkiz an.

»Aber ...«

»Er ist ausgestopft«, sagte Indy.

»Aber es ist ein verdammt großer Bär!« rief Tarkiz.

»Ja, aber dieser Bär und all die anderen«, mischte sich Jocko ein, »sind tot.«

»Tote Bären laufen nicht frei herum und brüllen«, erwiderte Tarkiz störrisch.

»Sie werden mechanisch betrieben«, sagte Indy zu Tarkiz und drückte seine Hand mitsamt der Waffe nach unten. »Sieht ganz danach aus, daß hier unten lebensecht wirkende Szenen zusammengebastelt werden – Duplikate der wirklichen Welt –, bevor man dann nach oben in die Ausstellungsräume kommt.«

»Wollen Sie damit sagen«, fragte Tarkiz staunend, »daß das hier große Spielzeuge sind?«

»Aber klar doch«, sagte Jocko. »Diese Dinger hier sind strombetrieben.« Er lachte. »Wie diese elektrischen Klaviere.«

In der letzten Stunde hatte Indy sich ziemlich wortkarg gegeben. Steife Versammlungen und geheimnisvolle Treffen, wie das bevorstehende, konnte er nicht leiden, weil er sich dann immer etwas unfrei und eingeschränkt fühlte. Am besten war es, wenn er die ganze Angelegenheit so schnell wie möglich hinter sich brachte. »Jocko, lassen Sie uns weitergehen.«

»Ja, Sir.« Wieder marschierten sie einen Flur hinunter und

traten dann durch eine Flügeltür, wo man sie schon erwartete. Filipo Castilano erhob sich von seinem Sitzplatz, um sie zu begrüßen. Gale entging nicht, daß Indy diesen Mann anscheinend gut kannte. Interessiert blickte sie sich im Versammlungsraum um. Yoshiro Matsuda kannte sie von dem Treffen in Ohio. Rashid Quahirah wiederum war ein alter Bekannter, den sie vor vielen Jahren in Ägypten kennengelernt hatte. Als sie sich wieder zu Indy umdrehte, beobachtete er gerade eine gutaussehende Frau am Ende des Tisches. Auch heute machte er mit der Leica, die an seinem Hals hing, Fotos von den Anwesenden. Er trat ein Stück zur Seite, damit Gale an ihm vorbeitreten konnte, und nutzte die Gelegenheit, um seine Kamera im passenden Lederetui zu verstauen.

Diese fremde, gutaussehende Frau erregte seine Neugier. Castilano beeilte sich, sie Indy vorzustellen. »Es ist mir ein Vergnügen, Sie mit Madame Marcia Mason bekannt zu machen.«

»Ist mir ein Vergnügen, Madame«, murmelte Indy höflich. Die Dame nickte stumm und musterte ihn aufmerksam. Sie hatte eine starke Ausstrahlung. Indy meinte fast, ihre Macht, ihre Stärke spüren zu können. Den Namen, unter dem sie ihm vorgestellt worden war, hielt er für falsch.

Aufmerksam studierte er ihr ernstes, aber unglaublich anziehendes Gesicht, das von dunklen Haaren eingerahmt wurde. Sowohl ihre Kleider als auch ihr Benehmen zeugten von Eleganz, und sie trat mit einer Selbstsicherheit auf, die sie schon als Kind erlernt haben mußte.

Intelligent, hart und daran gewöhnt, Befehle zu erteilen. Laut Castilano stammte sie aus Dänemark, was Indys Einschätzung nach ebenfalls eine Lüge war. *Ich würde auf Rumänien oder Rußland tippen,* schoß es Indy durch den Kopf.

Daß jemand in diesem geschlossenen Zirkel eine falsche

Identität hat, paßt einfach nicht. Diese Frau werde ich nicht aus den Augen lassen.

Indy nahm Platz, Gale und Tarkiz schoben ihre Stühle hinter seinen. Castilano eröffnete das Treffen. »Ich hoffe, es stört Sie nicht, wenn ich gleich auf den Punkt komme?« Ein zustimmendes Murmeln war die Antwort. Castilano warf Indy einen Blick zu.

»Wir wissen von gestern nacht«, sagte Castilano.

Neuigkeiten machen schnell die Runde, dachte Indy, aber seine Miene verriet nicht, was in ihm vorging. Schon im Zug hatte er beschlossen, sich ganz nonchalant und gelassen zu geben. Er zuckte mit den Achseln. »Das war nicht das erste Mal«, antwortete er knapp.

Ah, da klingeln aber die Glöckchen. Marcia Mason beugte sich vor und lenkte mit dieser unscheinbaren Bewegung die Aufmerksamkeit der anderen auf sich. »Vielleicht können Sie uns erklären, warum Ihnen derlei Dinge zustoßen, Professor Jones. Ich, um ehrlich zu sein, kann das nicht nachvollziehen.«

»Ich bin ein Dorn im Fleische jener, die wir aufzuspüren und zu identifizieren suchen, Miss Mason. Anscheinend gehen unsere Gegenspieler davon aus, daß sie ihre Spielchen ungehindert weitertreiben können, wenn ich erst mal aus dem Weg geräumt bin.«

»Wieso sind gerade Sie für diese Leute so wichtig?« entgegnete die Frau aalglatt und setzte ihn mit dieser Frage herab.

Filipo Castilano warf Merlyn Franck, dem Finanzier des Museums, einen Blick zu und sprach dann schnell weiter, um eine Diskussion zwischen Indy und dieser Frau zu verhindern.

»Mr. Franck, was halten Sie von diesen Vorfällen? Gibt es neue Informationen, mit wem wir es zu tun haben?«

Mit regloser Miene, die Indy verriet, daß der Mann wenigstens teilweise Marcia Masons Standpunkt für berechtigt hielt, sagte Merlyn Franck: »Ich muß gestehen, daß einige Personen finden, daß Professor Jones sich in den Vordergrund gespielt hat, um, sagen wir mal, Carte Blanche zu erhalten, was seine Untersuchungen anbelangt.«

»Dr. Franck, es besteht keine Notwendigkeit, sich so vorsichtig auszudrücken. Falls es Kritik an dem gibt, was ich tue oder wie ich es tue, dann sollten Sie diese Kritik ganz offen formulieren.«

Franck nickte bedauernd. Seine langjährige Zusammenarbeit mit Indy hatte sich auf mehrere Projekte erstreckt, und ihm lag viel daran, diese gute Arbeitsbeziehung nicht aufs Spiel zu setzen. Dennoch blieb ihm keine andere Wahl, als mit der Sprache rauszurücken. »Uns wurde zugetragen, Professor Jones, daß die persönlichen Angriffe, denen Sie ausgesetzt waren, niemals stattgefunden haben. Und daß Sie sich diese Geschichten nur ausgedacht haben, aus Gründen, die mir, wie ich einräumen möchte, nicht einleuchten.«

Indy mußte sich ziemlich zusammenreißen, um nicht in aller Schärfe zu antworten. Franck meinte es gut, nur das zählte. Aber er befand sich dennoch in einer unangenehmen Situation.

»Sir, für das, was Ihnen die Leute zutragen, kann man mich nicht zur Verantwortung ziehen. Mich interessiert nicht mal, wer hinter diesem Gerede steckt, aber ich möchte Ihnen versichern, daß das Geschwätz auf keinen Fall von den Männern im Zug stammen kann. Das alte Sprichwort gilt noch immer: ›Tote reden nicht.‹«

Wieder seufzte Franck. »Professor Jones, in unserer Gruppe gibt es einige, die Schwierigkeiten mit diesem ›Bösem Imperium‹ haben, von dem uns berichtet wurde. Das Konsortium, das, ähm, Ihre Aktivitäten unterstützt, hegt mittlerweile starke Zweifel an der Existenz solch einer Organisation.«

»Damit habe ich keine Probleme«, gab Indy zu. »Aber was glauben diese Leute dann?«

»Daß dieses Imperium nur eine Fassade ist und daß keiner von uns die echten Fakten über die wahren Vorgänge kennt.«

»Echte Fakten?« Indys Gutmütigkeit wurde heute auf eine schwere Probe gestellt. »Das, was sich in Südafrika abgespielt hat, die zerstörten Züge, die hingemetzelten Menschen ... das *sind* Fakten. Die eigenartigen Flugobjekte, *die Empress Kali*, das sind auch Fakten.«

Castilano bat um Gehör. »Und es gibt noch mehr, Dr. Franck. Wir sind immer noch damit beschäftigt, die Einzelheiten zusammenzutragen, aber zwei weitere Schiffe sind überfallen und versenkt worden. Außerdem gab es in Zentral-Rußland einen Raub, bei dem eine Sammlung extrem wertvoller Kronjuwelen entwendet wurde. Und jemand ist an ein Mitglied unserer Gruppe herangetreten, wer das ist, können wir noch nicht sagen. Jedenfalls möchten sie *uns* dieses geheimnisvolle Artefakt verkaufen, das bei dem Überfall auf die *Kali* abhanden gekommen ist.«

»Eine Frage sei mir bitte erlaubt«, bat Indy.

»Natürlich.«

»Woher *wußte* dieser Jemand, daß wir eine Gruppe sind?« Indy lächelte süffisant. »Bevor Sie antworten, möchte ich noch die Vermutung äußern, daß sie einen sehr hohen Preis für dieses Artefakt gefordert haben. Damit wir hier glauben, daß die Pyramide nicht von dieser Welt ist?«

»Indy, falls die Beschreibungen dieses Artefakts stimmen, ist tatsächlich *kein* Preis zu hoch«, sagte Franck. Offenbar hielt er es für richtig, nun einen etwas weniger formellen Ton anzuschlagen und ließ Indys Titel weg.

»Kennt irgend jemand hier die Höhe des geforderten Preises?« wollte Indy wissen.

»Eine Milliarde Dollar«, antwortete Franck heiser.

»Wären Sie bereit, diese Summe zu zahlen?« hakte Indy nach.

Franck zögerte keine Sekunde. »Keine Frage. Ja.«

Gale Parker begriff immer weniger, was eigentlich vorging. Sie wußte, daß Indy das gefälschte Artefakt im Zugraub bei Millegdeville an sich genommen hatte, und nun tat er auch noch so, als hielte er es für *echt! Mach mal halblang und hör einfach zu,* wies sie sich stumm zurecht. *Indy wird schon wissen, was er tut.*

»Mit all dem Geld, das diese Gruppe hier zusammenträgt«, sagte Indy, »was will die andere Seite damit wohl anfangen?«

Matsuda gab ein Zeichen, daß er die Frage zu beantworten wünschte. »Waffen kaufen. Panzer, Bomben, Unterseeboote und so weiter. Aber Waffen dürften nicht genügen. Mit einer entsprechenden Menge Geld kann man auch Loyalität kaufen. Man kann die Presse kontrollieren, einen großen Propagandafeldzug starten und sich daranmachen, die Industrie zu kontrollieren. Wenn man die Nahrungsmittelvorräte eines Landes kontrolliert, hat man das ganze Land in der Hand. Ich bin der Meinung, daß die andere Seite nach der Kontrolle über den internationalen Handel und über das Militär strebt.«

»Die gute, alte Methode, um ein Imperium zu gründen«, gab Indy zu bedenken.

»Vielleicht ist das nicht gerade die richtige Bezeichnung dafür«, gab Matsuda zu bedenken.

»Gehe ich recht in der Annahme, daß sich die Mitglieder des Konsortiums, das hinter uns steht, nicht einig sind?« fragte Indy unschuldig.

»Davon kann man ausgehen«, antwortete Castilano steif. »Wir kämpfen gegen eine große Macht *und* gegen einen Schatten.«

»Und Sie ziehen ernsthaft in Erwägung, eine Milliarde

Dollar für ein sogenanntes außerirdisches Artefakt zu bezahlen?«

»Ja, das tue ich«, gab Franck zu.

Indy lächelte siegessicher. »Ich kann dafür sorgen, daß Sie diesen Preis nicht bezahlen müssen.« Er griff in seine Jackentasche. »Legen Sie doch zwei Milliarden auf den Tisch«, spottete er, warf die berüchtigte Pyramide auf den Tisch und zog ein zweites Exemplar heraus.

Die Anwesenden machten große Augen, schoben die beiden Artefakte zwischen sich hin und her und berührten sie mit spitzen Fingern. »Wie ... wie sind Sie denn nur an diese Gegenstände gekommen?« sagte Franck nach einigen Minuten des Schweigens. »Und, verzeihen Sie, diese Gegenstände, für die viele ihr Leben gegeben haben, scheinen keinen besonderen Eindruck auf Sie zu machen.«

»Weil sie nicht von Außerirdischen angefertigt wurden«, entgegnete Indy ruhig. »Diese hier jedenfalls nicht.«

»Könnten sie nicht von einer vergangenen Kultur aus unserer Welt stammen?« wollte Castilano erfahren.

»Nie und nimmer.«

»Aber ... woher haben Sie sie?« platzte Marcia Mason heraus.

Indy musterte sie eingehend, genau wie alle anderen im Raum. In dieser Gruppe versteckte sich ein Verräter. Davor hatte Treadwell ihn von Anfang an gewarnt, aber bis zu dieser Minute war es nicht möglich gewesen, mit dem Finger auf jemanden zu zeigen. Vielleicht war die Überraschtheit, die diese Frau an den Tag legte, echt, aber nur, wenn sie der Gruppe treu war. *Oder sie war die Verräterin und war überrascht, daß er an diese Gegenstände gekommen war.* Indy wußte noch keine Antwort. *So schnell läßt sich das Problem nicht lösen ...*

Castilano machte kein Hehl aus seiner Verwunderung.

»Indy, geben Sie uns Auskunft. Woher haben Sie diese Pyramiden?«

»Ich werde Ihnen nichts erzählen, was unsere Opponenten nicht schon wissen«, merkte Indy schnell an. »Behalten Sie das bitte in Erinnerung. Zuerst habe ich mit der De Beers Diamantmine Kontakt aufgenommen. Sie haben es sich zur Angewohnheit gemacht, ihre Diamantfracht mit einem Gegenstand zu bestücken, der leichter aufzuspüren ist als die Diamanten als solche, die ja in jede Form und Größe umgeschliffen werden können. In diesem Fall wählten wir eine Pyramide aus. Die Keilschriftgravuren verliehen ihr nur mehr Authentizität. Wir wollten, daß ihre Echtheit nicht in Zweifel gezogen wird. Aber diese Pyramide wurde in England angefertigt. Ich weiß nicht, welcher Aufwand nötig gewesen ist, das fällt auch nicht in meinen Aufgabenbereich. Aber sie ist hier auf dieser Erde hergestellt worden. Die Gravuren sind mein Beitrag gewesen. Jemand, dem dieser Gegenstand in die Hände fällt und der an dessen Wert und Außergewöhnlichkeit glaubt, wird zwangsläufig versuchen, ihn zu veräußern. Die Pyramide fungiert also als eine Art Köder.«

»Sie wollen uns weismachen, daß diese ominöse Gruppe versucht, uns eine Fälschung anzudrehen, die Sie selbst mitentworfen haben?« Bewußt sprach Marcia Mason jedes einzelne Wort ganz deutlich aus.

»Ja, Madame.«

»Aber wie konnten Sie … Ich meine, warum möchten Sie uns glauben machen, daß dieser Gegenstand von außerordentlichem Wert ist?«

»*Ich* habe nie etwas darüber verlauten lassen, daß die Pyramide von historischem oder finanziellem Wert sei«, sagte Indy, ohne den Blick von Mason abzuwenden. »Das haben die anderen getan. Eingeschlossen der Personen, die die Verbrechen verübt haben, die wir zu lösen versuchen. Die Geschichten über diese Pyramiden waren so eindrucksvoll, daß die Leute, die de Beers ausgeraubt haben, und auch alle anderen davon ausgingen, daß diese Artefakte wertvoller als die Diamanten seien.«

»Aber warum versuchen sie dann, Sie zu töten?« meldete sich Franck zu Wort.

Castilano lachte. »Professor Jones ist als Lehrer besser denn als Geheimagent. Er hätte beinah seinen eigenen Tod initiiert. Nachdem die Organisation, mit der wir es zu tun haben, wußte, was es mit diesen Artefakten auf sich hatte, *mußte* sie Jones loswerden, auch seine Mitarbeiter, und zwar *bevor* der Rest der Welt erfährt, daß diese Dinger nichts wert sind.«

»Und das wäre ihnen ja auch fast gelungen«, sagte Gale, die bisher beharrlich geschwiegen hatte.

»Aber es gibt auch noch einen anderen Grund«, weihte Indy die Anwesenden ein, die allesamt zu ihm hinüberschauten. »Die andere Seite hat einen ihrer Leute in unsere Mitte geschleust.«

»Was?«

»Ja, unter uns befindet sich ein Verräter«, verkündete Indy. »Ob er es des Geldes wegen oder aus Idealismus macht, weiß ich nicht. Aber ich weiß, daß in dieser Gruppe, zu der auch noch Personen gehören, die momentan nicht anwesend sind, einer ist, der für die Gegenseite arbeitet.«

»Das ist eine schwere Anschuldigung«, gab Franck zu bedenken. Man sah ihm an, wie bestürzt er war.

»Ja, Sir«, stimmte Indy zu. »Aber trotzdem ist es so.«

Für einige Minuten wurde im Konferenzraum lautstark und heftig diskutiert. Ärger und Verwirrung brachen sich Bahn.

Genau auf diese Reaktion hatte Indy spekuliert. Nun hoffte er, daß Treadwells Berechnungen stimmten und daß er mit dem, was er als nächstes sagen mußte, den Gegenspieler in ihrer Mitte weiter in die Enge treiben konnte. Geduldig wartete er, bis wieder Ruhe einkehrte. Anscheinend spürten die Anwesenden, daß er ihnen noch mehr zu sagen hatte. Was auch der Fall war. Nun lag es an ihm, ihren »Gegnern« eine Nachricht zu übermitteln.

»Da ist noch etwas, das der Klärung bedarf«, begann er. Alle Köpfe drehten sich in seine Richtung, seine Zuhörer waren gespannt.

»Diese Flugobjekte«, fuhr Indy, nach außen hin irritiert wirkend, fort. »Wir haben noch kein Wort über diese Dinger verloren, für deren Existenz nicht einmal die besten Luftfahrtingenieure Erklärungen finden. Scheiben oder Untertassen, oder wie immer man sie nennen möchte, bewegen sich allem Anschein nach mit unglaublicher Geschwindigkeit durch die Luft. Das Mutterschiff, falls man das größere Flugobjekt so nennen darf, ist uns besser verständlich. Wahrscheinlich handelt es sich um eine Art Riesenzeppelin ...«

»Aber wir wissen nicht, womit es angetrieben wird, oder?« unterbrach Dr. Franck ihn.

»Nein, Sir, das wissen wir in der Tat nicht«, gab Indy ohne Umschweife zu. »Oder, ich möchte diese Aussage korrigieren, *ich* weiß es nicht. Ich bin weder Ingenieur noch Pilot, aber ich habe es mir zur Angewohnheit werden lassen, Menschen aus diesen Berufsgruppen gut zuzuhören. Und sie haben mir versichert, daß die Geschichten über diese Scheiben oder Halbmonde aus dem Weltraum kompletter Unsinn sind.«

»Nach all dem, was wir gehört haben«, sagte Castilano, »glauben diese Experten trotzdem, daß diese Flugmaschinen von der Erde, von hier stammen?«

»Ja, das tun sie«, antwortete Indy.

»Ich muß bitten zu differenzieren«, sagte Matsuda. »Ich behaupte ja nicht, daß sie aus einer anderen Welt kommen, Professor Jones, aber auf diesem Planeten ist uns nichts bekannt, das ohne Tragflächen fliegt, und schon gar nicht mit einer Geschwindigkeit von fünfhundert Meilen pro Stunde. Sie schweben, sie steigen in Windeseile auf, alles Eigenschaften, die unserer Einschätzung nach nicht möglich sind.«

»Ich möchte Ihnen nicht widersprechen, Sir«, sagte Indy. »Das könnte ich auch gar nicht. Ich gebe Ihnen nur weiter, was die Fachleute denken.«

»Dann scheinen Ihre Experten, Indy«, schloß sich Castilano Matsudas Meinung an, »mehr Informationen zu benötigen. Unsere Flugzeuge sind im Vergleich mit diesen Flugobjekten hilflos. Dafür müßte es doch eine Erklärung geben. Daß sie von hier stammen, scheint mir etwas dürftig zu sein.«

»Dem stimme ich voll und ganz zu. Aber ich habe nur gesagt, daß die Experten davon überzeugt sind, daß wir es mit terrestrischen Maschinen zu tun haben, deren Bauart wir noch nicht kennen, deren Antriebswerke uns unbekannt sind. Ach, was soll das? Über die technischen Aspekte weiß ich nicht Bescheid. Die Experten vertrauen jedenfalls darauf, daß sie Antworten finden werden.«

Das dürfte reichen, dachte Indy. *Wer immer auf der Seite der Opposition kämpft, wird sich an seine Kameraden wenden und Ihnen erzählen, daß der großartige Plan inzwischen ein paar Lücken aufweist. Ich hoffe nur, daß Treadwell und Henshaw wissen, was sie tun. Ich weiß es jedenfalls nicht so genau.*

Indy erhob sich. »Ich habe noch eine Menge zu tun, vieles zu lernen, und die Zeit arbeitet gegen mich. Andererseits stehen mir inzwischen Mitarbeiter zur Verfügung, die von großer Hilfe sind. Vielleicht sind wir schon näher an den Antworten, als wir im Augenblick zu hoffen wagen.«

Gale und Tarkiz waren ebenfalls aufgestanden. Sie sagten kein Wort, aber ihre Mienen und ihre Haltung verrieten ganz deutlich, daß sie mit Indy einer Meinung waren. Die Runde schwieg betreten. Einer nach dem anderen erhob sich.

Da bemerkte Indy plötzlich einen dunkelhäutigen Arbeiter mit Turban, der schnell durch eine Tür und somit aus seinem Blickfeld verschwand. Eigentlich mußte das nichts bedeuten, aber es wunderte ihn, daß jemand dieser *wichtigen* Zusammenkunft den Rücken kehrte. Dieser Mann mußte überprüft worden sein, sonst hätte man ihn gar nicht eingelassen.

»Das, was Sie uns gerade geschildert haben, klingt sehr beunruhigend«, brach Franck das Eis.

»Ich möchte Ihnen unsere volle Unterstützung zusichern«, sagte Matsuda.

»Und auf uns können Sie natürlich auch zählen«, meldete sich Castilano zu Wort.

»Ich muß noch – wie ich eingestehen muß – Rücksprache halten«, sagte Quahirah lächelnd, »aber ich bin optimistisch.«

Nur Marcia Mason kam kein Wort über die Lippen. Ihr Schweigen ignorierte Indy. Er hätte darauf wetten können, daß sie in seinem Leben bald eine wichtige Rolle spielte. Ohne etwas zu sagen, verließ er, von Jocko, Gale und Tarkiz gefolgt, den Raum.

Als sie auf den Fahrstuhl warteten, wandte sich Gale an Jocko. »Könnten wir den gleichen Weg zurück nehmen? Ich möchte noch einen Blick auf die Bären und die Bäume werfen. Da erhalte ich sicher weitere Anregungen für meine Ausstellungskonzeptionen.«

In Gedanken war Indy immer noch bei dem Mann, der so plötzlich den Konferenzraum verlassen hatte.

Sie kehrten in die riesige Halle mit dem Wald der nördlichen Hemisphäre zurück. Indy war tief beeindruckt.

Hier *roch* es sogar nach Wald. Sein Blick schweifte zu den Baumwipfeln hoch. Das hier waren *echte* Bäume mit Wurzeln in riesigen Tontöpfen.

Doch der Anblick war wiederum nicht so aufregend, um seine Ungeduld mindern zu können. Indy wandte sich an Gale. »Genug gesehen?«

»Ja.« Ihre Augen funkelten begeistert und verloren dann ihren Glanz. *»Indy!«* rief sie entsetzt. *»Der Bär* – PASSEN SIE AUF!«

Hinter seinem Rücken brüllte das große Tier. Für einen Sekundenbruchteil spürte er echte Angst, obwohl er wußte, wo sie waren und was es mit diesen Tieren auf sich hatte.

Und dann traf ihn ein gewaltiger Schlag. Er hatte das Gefühl, von einem Nashorn umgerannt zu werden, und taumelte zu Boden. Noch im Fallen gelang es ihm, einen Blick in Tarkiz' Richtung zu werfen. Nicht der Bär, sondern sein Mitarbeiter war herbeigesprungen und hatte ihn umgestoßen. Indy begriff nicht, was hier vorging.

Und dann sah er den großen Alaskabär mit erhobenen Tatzen und gespreizten Krallen näher kommen. Das Tier, knapp zwei Meter groß und viele hundert Pfund schwer, stürzte sich auf Tarkiz und riß ihm das Gesicht auf, bis das Weiß des Schädelknochens durchschimmerte. Gurgelnd und stöhnend brach der Kurde unter dem Bären zusammen und starb.

Inzwischen hatte Indy sich weggerollt. Da! Ein weißer Farbtupfer ... der weiße Arbeitsmantel des Mannes, der sich aus dem Konferenzraum geschlichen hatte. Bestimmt war er es gewesen, der die Mechanik des Alaskabären manipuliert hatte. Und nun war er wieder im Begriff, sich davonzuschleichen.

Doch Jocko behielt einen kühlen Kopf und sprintete dem Mann mit dem Turban und dem weißen Kittel hinterher, um ihm den Weg abzuschneiden, bevor er sich in dem Kellerlabyrinth des Museums verstecken konnte. Indy zog seine Webley. Nicht Jocko und auch nicht ihm gelang es, den Mann aufzuhalten, sondern Gale. Mit steif abgewinkeltem Arm stellte sie sich ihm in den Weg. Ein metallener Laut war zu hören, ein Zischen. Und dann wurde etwas Weißes in Richtung Decke geschleudert.

Einen Augenblick später hörten sie einen gedämpften Schrei und den Aufprall des herunterfallenden Körpers. Indy blickte zu Gale hinüber. Ein seltsames Lächeln umspielte ihre Lippen. Die Freude über den unerwarteten Triumph spiegelte sich in ihrem Gesicht wider.

»Ich habe ihn«, flüsterte sie.

»Wie haben Sie das nur gemacht?« fragte Indy.

Sie schob ihren Jackenärmel zurück. An ihrem Unterarm war eine Metallröhre fixiert. »Wissen Sie noch, daß ich auf dem Stützpunkt darum gebeten habe, die Werkstatt benutzen zu dürfen?«

Er nickte. »Habe ein bißchen improvisiert. Mit diesem Ding kann man Bolzen abschießen. Ist fast so effektiv wie eine Armbrust«, erklärte sie und lächelte grimmig. »Dabei ist die Größe ganz unwichtig. Die Spitze habe ich in Curarine getaucht. Ist ungefähr sechsmal tödlicher als Curare. Im Moment ist er noch paralysiert, aber er wird nicht mehr lange leben.«

Indy stand auf und lief zu dem Mann, der ein Stück weiter hinten sterbend am Boden lag. Jocko beugte sich über ihn.

»Töten Sie ihn nicht!« rief Indy. »Ich brauche ein paar Antworten von ihm.«

»Zu spät, Boß. Ich weiß nicht, was ihn getroffen hat, aber seine Lungen und seine Stimmbänder sind lahmgelegt. Er wird es nicht mehr lange ...«

Es machte keinen Sinn weiterzusprechen. Der Mann am Boden zuckte heftig. Seine Augen traten aus den Höhlen, die Zunge fiel aus dem Mund. Seine Absätze zitterten rhythmisch. Sein Kopf wurde zurückgerissen, sie hörten, wie sein Genick brach.

»Wir müssen von hier verschwinden, *sofort!*« befahl Indy.

»Sie lassen zwei tote Männer zurück«, sagte Jocko. Seine Bemerkung war überflüssig.

»Darum wird Castilano sich kümmern. Er ist ein alter Profi, was die Beseitigung von Leichen angeht.« Inzwischen war Gale zu ihnen gestoßen. Indy nahm sie an der Hand und zerrte sie die Treppe hoch.

»Gehen Sie voran, Jocko. Führen Sie uns auf direktem Weg zum Taxi«, ordnete Indy an. »Und achten Sie darauf, daß wir nicht verfolgt werden. Wir müssen so schnell wie möglich nach Long Island.«

Keuchend rannten sie die Stufen hoch. Jocko näherte sich als erster dem Parkplatz, riß die Motorhaube auf und schaute nach, ob jemand einen Sprengstoffsatz angebracht hatte. Erst dann gab er Gale und Indy ein Zeichen, ihm zu folgen.

Wenige Minuten später fuhren sie durch den Central Park. »Ich werde die Brücke an der 59. Straße nehmen«, verkündete Jocko. »Ich kenne alle Seitenstraßen, da kann sich niemand an uns ranhängen, ohne aufzufallen. In Long Island, wo wollen Sie da hin?«

»Roosevelt Airfield. Unser Flugzeug wartet dort«, sagte Indy.

»Haben Sie noch mehr *Überraschungen* auf Lager?« fragte Gale und musterte ihn kritisch.

Er nickte. »Sie werden sehen.«

12

Indy saß auf dem rechten Sitz im Cockpit. Links von ihm bediente Cromwell die Instrumente, während Foulois dicht hinter ihnen zwischen den beiden Sitzen stand. Wenn die Umstände es erlaubten – und nicht beide Piloten im Cockpit gebraucht wurden –, wollte Indy soviel Zeit wie möglich hier vorn verbringen und das Fliegen erlernen. Was ihm hier beigebracht wurde, machte ihn vielleicht nicht zu einem erstklassigen Piloten, aber es war schon ein großer Schritt in die richtige Richtung. Außerdem lenkte es ihn vom Tod seines Freundes Tarkiz ab, ein Ereignis in seinem Leben, das er nie vergessen würde.

Er lernte, das dreimotorige Flugzeug einzuschätzen. Den Klang der Triebwerke, das unruhige Gepolter, wenn die Maschine über unebenes Terrain rollte, die Auswirkung der Luftströmung und besonders der Seitenwinde, die ein Flugzeug vom Kurs abbringen oder seine Landung erschweren konnten. Im Cockpit gab es zahlreiche Druckmeßgeräte, die vor allem beim Start und bei der Landung im Auge behalten werden mußten. Inzwischen wußte er, daß gut fliegen mehr war, als nur an ein paar Hebeln zu ziehen. Vieles hatte er auswendig gelernt, aber ihm fehlte noch das richtige Fingerspitzengefühl. Was bei Cromwell, Foulois und Gale so leicht aussah, war eine vollendete Meisterleistung der Piloten. »Sie werden schon noch lernen«, verdeutlichte Cromwell ihm, »daß ein wirklich guter Flug in Wirklichkeit nichts anderes als ein permanentes Korrigieren von Fehlern ist, die Sie als Pilot nicht nur kennen, sondern auch einschätzen und vorausberechnen können. Jeder Trottel kann eine Maschine fliegen, aber in meinen Augen ist das nichts Besonderes. Um wirklich fliegen zu können, muß man mit einer Behutsamkeit vorgehen, wie wenn man eine hübsche Dame …«

»Lassen Sie uns beim *Flugzeug* bleiben«, knurrte Indy.

»Ach, sind wir etwas gereizt?« fragte Cromwell und grinste bis über beide Ohren. »Na gut, mein Freund, ich möchte nur noch eines hinzufügen. Versuchen Sie niemals, *niemals*, diese Maschine zum Narren zu halten. Das ist mein Ernst, Indy. Was Sie auf dem Boden machen, ist eine andere Sache. Dort können Sie Ihren Freunden großspurige Geschichten auftischen. Aber wenn Sie Ihre Maschine anlügen, werden Sie draufgehen. Blitzschnell, ehe Sie wissen, wie Ihnen geschieht. Lernen Sie, Ihr Flugzeug zu lieben, so wie Sie eine Partnerin, eine Frau lieben. Von dieser Maschine hängt Ihr Überleben ab, ihr sind Sie so nah, wie sonst nur einem Menschen, und Ihr Leben liegt in ihrer Hand.«

Er wandte sich an Foulois. »Frenchy, sind die beiden hinten angeschnallt?«

Foulois warf einen Blick in die Kabine, wo Gale und Jocko, ihr neues Mitglied, saßen. »Ich glaube nicht, daß unser dunkelhäutiger Freund viel vom Fliegen hält«, merkte er an.

»Er wird sich bestimmt noch daran gewöhnen. Na gut, Indy, ich werde jetzt starten und Ihnen dabei jeden einzelnen Handgriff erklären, damit Sie wissen, was passiert, und Sie sich auf das, was passieren könnte, einstellen können. Machen Sie mir alles nach. *Und immer ganz sachte.* Und falls Sie mich oder unseren Franzosen, sollte er auf meinem Platz sitzen: ›Ich bin dran‹, sagen hören, dann lassen Sie *sofort* alles los, kapiert?«

»Halten Sie den Mund und fliegen Sie«, schimpfte Indy.

»Ach, welch einen Enthusiasmus unser Lehrling an den Tag legt«, scherzte Cromwell. »Nun denn, es geht los. Ruderjoch ganz zurück, ja, so ist es gut. Bremspedale runterdrücken, damit wir uns nicht von der Stelle bewegen. Kontrollieren Sie die Meßgeräte. *Alle.* Jetzt alle Hebel hochziehen, während Sie die Temperatur- und Druckmeßgeräte überprüfen. Noch mal kontrollieren, wie es draußen mit dem Wind steht, der kann sich in Windeseile ändern. Spüren Sie, wie die Maschine vibriert, sie will hoch. Jetzt geben Sie die Öltemperatur an, die Zylinderkopftemperatur, den Öldruck, den Treibstoffdruck. Sie lesen die Benzinuhr, überprüfen die Drehzahlmesser und vergleichen die Daten, dann werfen Sie einen Blick nach draußen, und zwar schnell, wie sieht es auf dem Rollfeld aus? In Ordnung, blicken Sie auf das Instrumentenbrett; sind auf einmal vielleicht Menschen oder Tiere auf der Rollbahn, die unseren Start behindern könnten? Alles In Ordnung? Schnallen Sie sich an, lassen Sie langsam die Bremsen los, beschleunigen, langsam loslassen, ja, so ist es gut, gleichbleibenden Druck auf das rechte Ruder. TRETEN SIE NICHT WIE EIN VOLLIDIOT DRAUF, SANFT, ABER RICHTIG! Spüren Sie, wie das Rumpfende hochgeht, wie die Vibration nachläßt? HALTEN SIE SIE GERADE, SIE TROTTEL! Gut. LASSEN SIE DIE HÄNDE AUF DEN RUDERN, SONST GEHEN SIE WIEDER ZURÜCK! Blicken Sie auf die Windverhältnisse, aufgepaßt, Sie treiben nach links ab. Indy, schauen Sie auf den Geschwindigkeitsmesser, warum FLIEGEN Sie nicht? Indy, haben Sie jemals mit dem Gedanken gespielt, sich Ihren Lebensunterhalt als Schuster zu verdienen?«

Indys Stirn und Oberlippe waren mit Millionen von kleinen Schweißperlen überzogen. Cromwell schimpfte unablässig während des Starts. Auf dreitausend Fuß gingen sie in den Horizontalflug, und endlich legten sich der Lärm und die Vibration. »Was waren Sie in Ihrem früheren Leben, Will? Vielleicht Sklaventreiber auf einer römischen Galeere?«

Cromwell ging nicht auf seine Bemerkung ein. »Wir sind vom Roosevelt Airfield gestartet, und wir werden auf diesem privaten Grasstreifen auf Block Island östlich von Montauk Point landen, richtig?«

Indy nickte.

»Na, das passiert aber nicht einfach so, Professor. Haben Sie die Temperatur, die Luftfeuchtigkeit, all diese Daten notiert? Wie sieht es mit dem Treibstoffverbrauch aus? Wie viele Gallonen verbrauchen wir pro Stunde, wenn wir Höhe und Geschwindigkeit beibehalten? Wann haben Sie zum letzten Mal einen Blick auf die Meßgeräte geworfen? Wenn man Ihnen nicht Ihren Namen auf die Stirn tätowiert hätte, würden Sie ihn auch noch vergessen! Möchten Sie George kennenlernen?«

»George?« Indy blickte sich fragend um. »Wer, zum Teufel, ist George?«

»George, mein Freund, ist das Wunderwerk der Technik. Kommt direkt aus dem Entwicklungslabor von Sperry Gyroscope. Das ist ein Gerät, das mit unserem Kurskreisel und unserem künstlichen Horizont verbunden ist. George ist unser automatischer Pilot; daß wir ihm einen Namen gegeben haben, zeigt nur, wie kindisch wir manchmal sein können. Wenn ich George anschalte, bezieht er seine Informationen vom Kurskreisel. Hier, aufgepaßt. Und nehmen Sie die Pfoten *weg.*«

Cromwell machte sich am Instrumentenpult zu schaffen und lehnte sich dann bequem zurück. Niemand berührte die Fußpedale oder Ruder. George übernahm das Steuer und flog die Maschine. In Indys Augen war das purer Zauber. *Diese Maschine flog sich allein.* Es war gerade so, als würden unsichtbare Hände und Füße das Flugzeug steuern, das leicht im Wind schwankte, aber mit unglaublicher Präzision den Kurs hielt.

»Wo sind wir, du Himmelsstürmer?« zog Cromwell Indy auf.

»Was? Oh, ich habe nur darauf geachtet, wie der Autopilot die Maschine fliegt. Ich meine ...«

»Sie wollen damit sagen, Sie haben nicht aufgepaßt, wohin wir fliegen, wo wir waren, wieviel Zeit seit dem Start vergangen ist, wie weit wir von Block Island entfernt sind, wann wir mit dem Landeanflug beginnen sollen, richtig? Mal von diesen kleinen Fehlern abgesehen«, höhnte Cromwell, »machen Sie Ihre Sache als Pilot hervorragend. Ich habe mich schon die ganze Zeit über gefragt, woran es liegt, daß eine junge Frau wie Gale so gut fliegen kann, während unser weltbekannter Entdecker und Abenteurer, der allseits bekannte Professor Indiana Jones, nicht mal weiß, wo genau wir über Long Island sind.«

»Vielleicht reiße ich Ihnen gleich den Kopf ab«, murrte Indy.

»Nur die Ruhe, mein Freund. Heute habe ich Ihnen erst mal eine Einführung gegeben. Kinderspiel. Ist selbst für einen Zehnjährigen keine große Sache. Sie werden höchstens zehn, zwanzig Jahre brauchen, bis Sie das begriffen haben.«

»Hören Sie nicht auf ihn, Indy«, beschwichtigte Foulois ihn. »Ist schon lange her, seit er die Gelegenheit hatte, seine Schüler anzuschreien. Wie man sieht, ist er nur dann in seinem Element.«

Indy drehte sich Cromwell zu, der ihn breit angrinste.

»In Ordnung, Kumpel, jetzt beginnen wir ganz vorsichtig mit dem Landeanflug. An die Kontrollen, sachte, machen Sie mir alles nach, hören Sie auf Ihr Gefühl. Sie brauchen sonst nichts zu tun, für eine Unterrichtsstunde haben Sie genug gelernt. Jetzt können Sie sich entspannen.«

Fünfzehn Minuten später brachte Cromwell das Flugzeug hinunter. Dabei achtete er auf den von vorn kommenden Wind, der nachließ. Die Ford neigte die Rumpfspitze nach unten, aber die Maschine befand sich in leichter Schräglage. Im letzten Augenblick veränderte Cromwell ihre Fluglage, und das Flugzeug setzte samtweich auf der Graslandebahn auf. »Dort drüben, zur Linken, befindet sich ein Schuppen«, berichtete Indy. »Fahren Sie langsam dort hinüber. Die Türen werden rechtzeitig aufgemacht, damit Sie ungehindert reinrollen können, ohne den ganzen Laden auseinanderzunehmen.«

»Wie breit?« wollte Cromwell wissen.

»Hundert Fuß«, antwortete Indy.

»Ist ein Kinderspiel, Kumpel.«

In dem »Schuppen«, der nur von außen wie ein Heuschober wirkte, schaltete er die Motoren aus. Mit großen Augen blickte Cromwell sich um. »Sehr hübsch, Indy. Dieses Ding ist so groß, daß wir mühelos untertauchen können.«

»Das, Sklaventreiber, war auch beabsichtigt.« Er verließ das Cockpit und trat in die Kabine.

»Wie ist es gelaufen?« erkundigte Gale sich.

»Mein Selbstbewußtsein ist ziemlich geschrumpft«, gab er offen zu. »Jocko, können Sie Gale mit unserer Ausrüstung zur Hand gehen? Wir werden heute abend in diesem Bauernhaus übernachten. Und in den nächsten Stunden müßte auch das Boot aus Connecticut mit der Ausrüstung eintreffen, die Sie bestellt haben.«

»Geht in Ordnung, Boß.«

»Warum nennen Sie mich andauernd Boß?«

»Klingt doch besser als weißer Mann, oder?«

Gale unterdrückte ein Lachen. »Mit euch beiden werde ich noch eine Menge zu lachen haben.«

»Wie auch immer«, sagte Indy. »Wir haben noch eine Menge Arbeit vor uns.«

»Hätten Sie die Freundlichkeit, uns zu sagen, was auf dem Plan steht, Boß?«

»Warum nicht? Wir werden diese Marsmännchen suchen, oder wer auch immer unsere Gegenspieler sein mögen. Oder, noch besser, wir werden uns von ihnen *finden* lassen.«

»Verspüren Sie Todessehnsucht, weißer Mann?«

»Sie wollten mich doch Boß nennen, wissen Sie noch?«

Drei Männer und eine Frau führten die Block Island »Farm«, einem hügeligen Geländeabschnitt auf der Insel unweit der Südspitze von Long Island. Keine dieser vier Personen war Farmer. Unter dem Stoff der lockersitzenden, weiten Overalls zeichneten sich die .44er Magnum Revolver, die sie in Schulterholstern trugen, nicht ab.

»Es braucht keine Intelligenzbestie«, sagte Gale zu ihren Leuten, »um zu sehen, daß das hier kein gemütlicher, kleiner Bauernhof ist.«

»Nein, das hier ist unter anderem eine Wetterstation«, sagte Indy und zeigte auf das Dach eines kleinen Gebäudes. »Deswegen diese kleinen Türmchen, Masten und Antennen dort drüben.«

»Nur ein ziemlich verrückter oder dummer Mensch würde versuchen, nachts mit dem Boot hier herüber zu fahren«, meinte Jocko, der lange Zeit auf das unruhige Gewässer zwischen Long Island und Block Island geschaut hatte. »Erst jetzt leuchtet mir ein, warum diese Wiese so eine gute Landebahn ist.«

Im »Bauernhaus« stellte einer der Männer die anderen Anwesenden vor. »Ich bin Richard. Das hier ist Mike, und der kleine gedrungene Kerl ist Ozzie. Die Lady heißt Katy. Bitte stellen Sie sich vor, nennen Sie aber nur die Vornamen. Mehr brauchen wir nicht zu wissen.« Dann halfen ihre Gastgeber ihnen, das Gepäck und die Ausrüstung in die ihnen zugewiesenen Zimmer auf der zweiten Etage zu tragen. »Indy, Sie sind in Zwei-Null-Eins, und Sie müssen sich mit jemandem das Zimmer teilen, nur damit Sie es wissen.«

»Mit wem?«

»Weiß ich nicht, wird sich noch erweisen. Will und Rene, Sie beide nehmen Zwei-Null-Zwei. Gale kriegt Zwei-Null-Drei, Sie schlafen allein. Jocko kommt in Zwei-Null-Vier. Die anderen Zimmer dürften ebenfalls belegt sein, wir erwarten weitere Gäste.«

»Wie kommen sie hierher?« fragte Indy.

Richard, falls das sein echter Name war, wies nach oben in den Himmel. Das sagte alles.

»Man hat uns gebeten, Ihnen ein frühes Abendessen zu servieren«, fuhr Richard fort. »Die anderen möchten gleich nach der Landung mit der Sitzung anfangen.«

»Großartig«, rief Cromwell. »Darf ich fragen, was es geben wird? Kalte Sandwiches, könnte ich mir denken. Was sonst an einem Ort wie diesem?«

»Es gibt gebratene Ente, kandierte Möhren, Wein nach Wahl, Bratkartoffeln, französisches Brot und Kaffee.«

»Ist das Ihr Ernst?« fragte Cromwell ungläubig.

»Sir, auf dieser Farm werden Enten gezüchtet. Ganz im Ernst. Wir haben hier sechstausend Tiere. Katy und Ozzie sind exzellente Köche, das ist ihr Beruf. Mike und ich haben die Aufgabe, diese stinkenden Viecher zu töten, eine Arbeit, die uns Spaß macht.«

Etwa zehn Minuten, nachdem der Tisch abgeräumt worden war, hörten sie das Motorengeräusch eines herannahenden Flugzeugs. Cromwell begab sich an die Eingangstür, riß sie weit auf und steckte den Kopf hinaus. »Radialmotor, nur einer, im Landeanflug, Ruderjoch zurückgefahren, fliegt ziemlich schnell«, mutmaßte er.

»Wie können Sie das sagen, wo Sie doch nur die Ohren aufsperren?« wollte Indy wissen.

»Ich erfahre alles, wenn ich genau hinhöre, nur den Namen des Piloten nicht«, erwiderte Cromwell selbstbewußt. »Um ehrlich zu sein, die sollten jetzt mal langsam die Bodenscheinwerfer einschalten, ähm, na sieh einer an, *jetzt.*« In diesem Moment, ganz so, als habe jemand auf das Stichwort gewartet, gingen die Lichterreihen links und rechts der Landebahn an. Ein einzelner Scheinwerfer strahlte auf den Windsack. Minuten später hielt ein zweisitziges Kampfflugzeug, das auf Cromwells Beschreibung paßte, auf die Landebahn zu. Sie hörten, wie der Motor dröhnte und gleich darauf die Leistung reduziert wurde. Dann setzte das Flugzeug auf. Sobald der Pilot gelandet war, gingen die Lichter aus. Das Kampfflugzeug wurde in den Hangar gezogen, und Stille legte sich über die Start- und Landebahn.

Colonel Harry Henshaw und Filipo Castilano kamen aus dem Hangar und begrüßten Indy und sein Team. Zusammen kehrten sie in das Bauernhaus zurück. »Kaffee«, sagte Henshaw zu Richard. Sein Verhalten verriet ihnen, für wen Richard und seine Kollegen arbeiteten. Kaffee und Gebäck wurden auf den Tisch gestellt.

»Na gut, dann wollen wir gleich zur Sache kommen«, sagte Indy. Das lange Warten hatte seine Geduld aufs äußerste strapaziert.

»Indy«, begann Henshaw, »ich habe mich, so ausführlich wie möglich, in jeden Fall vertieft, in dem von unerklärlichen Flugobjekten die Rede war. Mit unerklärlich meine ich, daß diese Vorfälle mit unserem jetzigen Wissensstand, was die Technologie und das Ingenieurwesen betrifft, nicht zu erklären sind. Ich habe alle Berichte gelesen, auch solche, die viele Jahre zurückliegen. Natürlich habe ich das nicht selbst gemacht. Wir haben uns an jedes College, an jede Universität gewandt, an jedes Regierungs-Forschungslabor, das uns bekannt ist. Wir haben Druck gemacht, und wenn ich Druck sage, dann meine ich es auch so. Wir haben die Schamanen der Navajos befragt, die Aufzeichnungen längst dahingeschiedener Priester studiert. Daß wir das überhaupt durften, haben wir Filipo hier zu verdanken. Wir haben hebräische, moslemische, sumerische, babylonische, chinesische, japanische Schriften gelesen. Auch die von christlichen Sekten und allen anderen, die es bis zum heutigen Tag gegeben hat. Was einem da unter die Augen kommt, ist unfaßbar.«

Auf diesem Gebiet war Indiana Jones zu Hause. Auf einmal fand er ganz unerwartet Gefallen an diesem Treffen. »Wie steht es mit Hexen?«

»Hexen auch.« Henshaw verstand nicht, warum Gale Parker auf einmal schmunzelte.

»Colonel, inwieweit haben Sie sich mit den Mayas, Azteken, Inkas und anderen südamerikanischen Kulturen befaßt?« hakte sie nach.

»Wir haben alles untersucht.«

»Und was für Schlußfolgerungen haben Sie gezogen?« fragte Indy.

»Ich bin zu dem Ergebnis gekommen – was meinen Freund aus dem Vatikan hier sehr belustigt hat –, daß ich mich in Geschichte überhaupt nicht auskenne.«

»Klingt vernünftig«, versuchte Indy Henshaw zu beruhigen. »Hören Sie, Harry, keiner kennt sich in Geschichte richtig gut aus. Niemand kennt mehr als einen kleinen Bruchteil dessen, was sich ereignet hat. Und wenn man anfängt, sich mit dieser Materie zu beschäftigen, findet man heraus, wie engstirnig man der Vergangenheit gegenüber gewesen ist. Aber dieses Feld ist einfach nicht zu bewältigen, es ist ein einziges riesiges Durcheinander aus Fakten und Sagen.«

»Was, verflucht noch mal, wollen Sie mir damit sagen?« fragte Henshaw.

»Ganz einfach: Ich habe erwartet, daß Sie auf zahlreiche Vorfälle stoßen, auf zuverlässiges Quellenmaterial, das von Maschinen berichtet, die genauso fliegen wie die Dinger, die wir nun suchen. Riesige zigarrenförmige Flugkörper. Glitzernde Scheiben aus Gold, Silber und Bronze. Mutterschiffe, die kleine Flugkörper ausspucken. Überdimensionale halbmondförmige Maschinen, die durch den Himmel sausen, die sich schnell bewegen, die zu Kunststücken fähig sind, die uns fremd sind. Alles sehr interessante und faszinierende Geschichten.«

»Indy, wollen Sie etwa behaupten, daß wir es nur mit einer Wiederholung zu tun haben, daß sich die Geschichte einfach wiederholen muß?« Henshaw gelang es nicht, seine Skepsis zu überspielen.

»Bis zu einem bestimmten Punkt, ja!«

»Aha! Ich habe es Ihnen ja *gesagt,* Harry.« Castilano strahlte zufrieden. »Die Geschichte der Kirche, die Geschichte, *bevor* es die Kirche gegeben hat. Es geht viel weiter zurück, in eine Zeit, wo es noch gar keine Tempel gab. All das ist da, ist *immer* dagewesen, und jetzt haben wir es wieder ...«

»Halt, Filipo!« rief Indy. »Sparen Sie sich Ihre Rede für Ostern auf. Mir wäre daran gelegen, bei den historischen *Fakten* zu bleiben. Und ich möchte vorschlagen, daß wir uns *nicht* zu subjektiven Schlußfolgerungen hinreißen lassen.«

»Jetzt hören Sie sich genau wie mein ehemaliger Geschichtslehrer an«, sagte Henshaw und lachte herzlich, wodurch sich die Spannung wieder legte.

»Das paßt doch«, sagte Gale zu Henshaw. »Erinnern Sie sich? Er nennt sich *Professor* Jones.«

Henshaw nickte. »Okay, wo fangen wir an?« Er blätterte einen dicken Stapel Aufzeichnungen durch. Castilano, der neben ihm saß, folgte seinem Beispiel. Mit einem Blick gab Gale Indy zu verstehen, daß er auch etwas auf den Tisch packen sollte, aber er holte nur einen Cognacschwenker hervor. »Machen Sie sich Notizen«, bat er sie. »Aber über das Morgen und nicht über das Gestern.«

Er ließ den Blick über seine aufmerksamen Zuhörer schweifen – Cromwell, Foulois, Kilarney. Nur das neue Teammitglied reagierte schnell und nickte ihm kaum wahrnehmbar zu. Dieser Jocko, fuhr es Indy durch den Kopf, verbirgt hinter seinem strahlenden Lächeln und diesem riesigen Körper einen schnellen, wachen Verstand.

Er mußte in Erfahrung bringen, welchen Background dieser Mann hatte.

Und da kam Indy eine Idee, die ihn veranlaßte, seine Pläne zu ändern. Anfänglich hatte er vorgehabt, den beiden Piloten und Jocko die Rolle der Außenseiter zu übertragen, die nur »zuhören« und nicht aktiv teilnehmen sollten. Erst jetzt fiel ihm auf, wie dumm das gewesen war. Cromwell und Foulois waren schließlich *Piloten*. Und zwar erstklassige. Sie konnten jede Maschine fliegen, und schließlich konnten die Informationen, die er jetzt weitergeben wollte, für sie von großer Bedeutung sein.

»Will? Frenchy? Rücken Sie doch näher. Und falls Sie etwas zu sagen haben, dann unterbrechen Sie mich einfach, ja?«

Dann wandte er sich an Henshaw und Castilano.

»Es gibt bestimmte Regeln, an die man sich halten sollte, wenn man aus dem verfügbaren Material Informationen filtern möchte. Zuerst müssen wir uns Zugang zu allen Berichten verschaffen, in denen von seltsamen Flugobjekten die Rede ist. Aber in vielen Fällen werden wir mit emotionsgeladenen oder religiös angehauchten Erfahrungen konfrontiert werden und natürlich mit Berichten, die nicht richtig abgefaßt sind. Also, all das, auf das wir stoßen werden, mag keine echte Grundlage haben, es könnte sich um Unsinn oder Halbwahrheiten handeln. Kurzum, ich möchte darauf hinaus, daß, wann immer wir auf derartige Schilderungen stoßen, wir sie sofort beiseite legen. Vergessen Sie das Gehörte oder Gelesene auf der Stelle wieder, und widmen Sie Ihre Aufmerksamkeit einem fundierteren Bericht.

Uns interessieren *alle* Quellen«, sagte Indy zu Henshaw, in der Hoffnung, daß sein Gegenüber die Aufforderung verstand. »*Bringen Sie alles auf den Tisch, das uns nützlich sein könnte.*« Schon eine ganze Weile lang ging Indy irgend etwas im Kopf herum, aber er konnte es immer noch nicht mit den Ereignissen, mit denen sie konfrontiert wurden, in Zusammenhang bringen. Während sie damit beschäftigt gewesen waren, die Ford umzurüsten, hatte Henshaw einen französischen Wissenschaftler namens Henri Coanda erwähnt, der während des Weltkrieges an der Entwicklung eines Raketenwerfers gearbeitet hatte. Eines seiner Experimente drehte sich um ein Gerät, das wie ein riesiger Flammenwerfer funktionierte. In Gedanken notierte sich Indy, Henshaw später darauf anzusprechen.

Aber jetzt drehte sich hier erst einmal alles um alte Geschichte. Er erwartete, daß Henshaw ihm bei seinem Vortrag behilflich war, und seine Hoffnung wurde bestätigt.

»Geben Sie uns ein Beispiel«, kam Henshaw direkt auf den Punkt.

»Die Höhlenmalereien und eingeritzten Bilder in der chinesischen Provinz Hunan«, begann Indy. »Die Künstler arbeiteten damals mit sehr scharfen Steinen oder Flinten und verwendeten Lehmfarben und Pigmente unbekannten Ursprungs. Dargestellt wurden zylindrische Flugkörper. Diese Malereien würde ich gern als Beleg anführen, aber mehr als diese kurze Beschreibung, die ich Ihnen gerade gegeben habe, steht uns nicht zur Verfügung. Wir sind nicht mal sicher, ob sie vom *Homo sapiens* oder sogar aus einer Zeit davor stammen. Kurzum, für unsere Fragen sind diese Malereien nicht von Bedeutung.«

»Dem stimme ich zu«, warf Castilano ein.

»Fahren Sie fort«, sagte Henshaw.

»Darf ich?« Sie alle blickten zu Gale hinüber. »Ich glaube, daß das auch für Zhi Jiang Zu You gilt.«

»Wer ist das?« fragte Henshaw.

»Wer *war* das, müßte es heißen«, betonte Gale. »Er war der Chefingenieur am chinesischen Hof unter Kaiser Yao. Ich würde ihm gern ein paar Fragen stellen, wenn das noch möglich wäre. Seine Berichte sind erstaunlich. Er schildert eine Begegnung mit einer außerirdischen Spezies, die auf die Welt gekommen ist, und behauptete, daß ihre Flugmaschinen am Himmel gefunkelt haben. Außerdem schrieb er über einen Flug zum Mond und wieder zurück, den er mit den Außerirdischen unternommen hat.«

»Wie lange liegt das zurück?« fragte Henshaw. Konsterniert bemerkte er, daß die, die sich in Geschichte besser auskannten, schmunzelten.

»Viertausenddreihundert Jahre«, antwortete Gale. »Ich erwähne diese Flugmaschine nur, weil Zu You auch leuchtende Luftsäulen beschrieben hat ...«

»Eine *Rakete*?« rief Henshaw fassungslos.

Gale zuckte mit den Schultern. »Wer weiß? Indy hat uns davor gewarnt, vorschnell Schlüsse zu ziehen. Darum beschränke ich mich auf die Wiederholung dessen, was in Zu Yous Bericht steht.«

»Hören Sie, wenn wir uns nur über derartige Berichte unterhalten wollten, könnten wir das getrost tun. Warum auch nicht?« sagte Indy geduldig. »Es gibt massenhaft Berichte über Besuche aus dem Weltall aus den verschiedensten Epochen, Kulturen, Zeitaltern. Ich könnte viel Wind um das *Surya Sutradhara* machen, einen alten indischen Text, in dem astronomische Ereignisse unglaublich akkurat beschrieben sind. Und diese Aufzeichnungen stammen nicht von verblendeten Sternenguckern, sondern von den *Siddas* und den *Vidyaharas* ...«

»Was zum Teufel ist das?« platzte Cromwell heraus.

»Nicht was, sondern wer«, erwiderte Indy. »Das waren indische Wissenschaftler. Auch sie schrieben über Flüge mit außerirdischen Flugmaschinen, und sie beschrieben ganz detailliert, wie diese Maschinen flogen, und jetzt zitiere ich wörtlich, ›unter dem Mond, aber über den Wolken‹.«

»Ich soll ... ich meine ... es fällt mir ziemlich schwer, das zu glauben!« stammelte Cromwell.

»Was Sie glauben, was ich oder sonst jemand glaubt«, sagte Indy, »ist nicht von Belang. Wie genau diese Berichte sind und ob sie möglicherweise etwas mit dem zu tun haben, was unsere Leute für Raumschiffe vom Mars halten, das ist von Bedeutung.«

»Dann können wir die Santander-Höhlen in Spanien nicht vernachlässigen, oder?« Alle Blicke richteten sich auf Henshaw, der abwehrend beide Hände in die Höhe streckte. »Tut mir leid, ich bin weder Historiker noch Archäologe. Aber als ich in Spanien war, kam ich zufälligerweise in diese Gegend. Als mir dann ein paar Geschichten zu Ohren kamen, fuhr ich dorthin. Ich glaubte, meinen Augen nicht trauen zu können. Wunderschöne Malereien und Zeichnungen in prähistorischen Höhlen. Bilder von *Scheiben, die durch die Luft fliegen.*«

»Solche Malereien gibt es in vielen Regionen Spaniens«, erwähnte Castilano. »Um ehrlich zu sein, Indy und ich sind uns auf dem Tassili Plateau über den Weg gelaufen. Das liegt in der Sahara. Und auch dort stößt man auf Zeichnungen von fliegenden Untertassen.«

»Nun gut, wir haben all diese Orte und Zeiten angeführt«, führte Indy das Gespräch weiter, »und wir können mit diesen Informationen nichts weiter anfangen. Wir können beschreiben, was zu sehen ist, aber wir können es nicht erklären, sondern nur jahrelang darüber debattieren. Das wäre reine Zeitverschwendung. Abschließend möchte ich sagen, daß 1500 vor Christus in Nordafrika alle möglichen Flugobjekte am Himmel gesehen wurden. Den Historikern zufolge flogen sie mit großer Präzision, was immer sie damals darunter verstanden haben.«

»Und 747 nach Christus schrieben die Chinesen über brennende Objekte, die durch die Luft flogen. Jetzt wird es langsam wärmer.«

»Was ist mit den Flugmaschinen, die 1561 in der Nähe von Nürnberg gesichtet wurden?« wollte Castilano wissen. »Tausende von Augenzeugen sahen Zylinder, Scheiben, Untertassen ...«

»Genau wie in Zacatecas im Jahre 1883«, warf Gale schnell ein.

»Liegt das in Mexiko?« fragte Jocko nach.

»Gebt dem Mann eine Zigarre«, rief Indy. »Sie haben ganz

recht, mein Freund. Nur ging es dort am Himmel hektischer zu als samstagabends auf dem Times Square. Die Leute dort sahen vierhundert Lufttorpedos und Scheiben. Aber wir müssen gar nicht so weit zurück. Es war um 1896 oder 1897, hier in den Vereinigten Staaten. In Kalifornien, Kansas, New Mexico, Texas und so weiter. Auf einmal erblickten Leute – zahllose klardenkende, zuverlässige Menschen – seltsam geformte Luftschiffe überall am Himmel. Ein paar dieser Luftschiffe landeten. Die Außerirdischen sprachen Englisch, Deutsch und ein paar fremd anmutende Sprachen, die niemand verstand. Dann hoben sie wieder ab und flogen blitzschnell davon.«

»Und tauchten wieder auf«, sagte Cromwell. »In England, ungefähr zwölf Jahre später. Sie schienen viel fortschrittlicher zu sein als jene, die Amerika besuchten, aber wieder handelte es sich um Raumschiffe.«

»Zweifellos Zeppeline«, merkte Henshaw an.

»Bestimmt nicht. Zu jener Zeit hatten die Deutschen gerade mal drei Zeppeline, die relativ schlecht entwickelt waren. Den britischen Journalisten zufolge tauchten massenhaft Flugobjekte am Himmel auf, an ganz verschiedenen Orten, alle in derselben Nacht. Und wenn man auch nicht weiß, was für Maschinen das waren, so verfügten sie doch über Motoren, Propeller *und* Tragflächen. So sehen Zeppeline nicht aus«, sagte Indy.

»Aber diese Untertassen wurden auch in jüngster Vergangenheit gesichtet«, behauptete Castilano.

»Aber sicher!« rief Foulois aufgeregt. »Damals, im Jahre 1880, von dem französischen Wissenschaftler Trecul, einem Mitglied der Französischen Akademie der Wissenschaften. *Er* war ein erstklassiger Beobachter, ein ernstzunehmender Mann mit scharfem Verstand, und er schwor, daß er eine goldene Flugmaschine gesehen habe und daß ein großes Mutterschiff ein kleines Flugobjekt ausgespuckt hat, das dann vorausflog. Indy, mein Freund, er verwendete das Wort ›Mutterschiff‹. Diese Bezeichnung paßt doch prima auf das, was Sie suchen!«

»Hat er es noch mal gesehen?«

»*Non*.«

Indy kratzte sich am Kopf. »Was haben wir sonst noch?«

»Im Jahre 1926 begleitete ich eine Expedition nach China«, begann Castilano mit gedämpfter Stimme. »Eigentlich hatte ich nicht vor, darüber je ein Wort zu verlieren ...«

»Jetzt mal raus mit der Sprache«, drängte Indy ihn.

»Nun, dieser Vorfall hat keinerlei Aufsehen erregt, weil er sich an einem sehr abgeschiedenen Ort zutrug. Das war in Nordchina, im Kukunor-Bezirk. Ganz in der Nähe des Humboldt Gebirges. Wenn ich mich richtig entsinne, geschah dieses Ereignis am 5. August, so gegen halb zehn Uhr morgens. Nicht nur ich, sondern auch alle anderen Expeditionsteilnehmer erblickten etwas Riesiges am Himmel. Ich werde versuchen, es Ihnen zu beschreiben.« Er schloß die Augen und kratzte abwesend an seinem Ellbogen. »Ah ja, es war ein sehr großes, ovales Objekt.«

»Farbe?«

»Gold. Altgold.«

»Hatte jemand ein Fernglas dabei?«

»Sicher. Wenigstens vier Männer. Sie konnten es ganz deutlich sehen.«

»Gab es einen Kondensstreifen?«

»Nicht, daß ich wüßte. Vielleicht ja, aber ...«

»Geräusche?«

»Nichts zu hören. Aber wir hatten starken Wind, Schneetreiben.«

Am liebsten hätte Indy mit der Faust auf den Tisch gehauen. Sie waren ganz dicht dran! Ganz dicht, und trotzdem ... Er studierte Castilanos Gesicht. »Filipo, mein Freund«, sagte er leise, »hat möglicherweise *jemand* aus Ihrer Gruppe ein *Foto* geschossen? Sie waren schließlich auf einer Expedition.«

Castilano schaute sich verzweifelt um, schüttelte bedächtig den Kopf. »Ich wünschte, einer von uns hätte genug Geistesgegenwart besessen ... Ich möchte Ihnen etwas sagen, Indy. Das Ding war unter aller Garantie oval, das schwöre ich. Daran gibt es nichts zu rütteln. Hätte ich ein Foto gemacht, wäre das die einzige Aufnahme, auf der ein außerirdisches Flugobjekt zu sehen ist.«

»Warum sind Sie so sicher, daß es außerirdisch war?« fragte Henshaw.

»Wir berechneten Geschwindigkeit und Entfernung. Das Ding bewegte sich mit zweitausend Meilen pro Stunde fort.«

»Also müssen wir uns wieder auf Erinnerungen verlassen«, warf Indy mißmutig ein, »und das hilft uns kaum weiter.«

»Warum sagen Sie so etwas?« protestierte Castilano. »Vierzehn Augenzeugen sind Ihrer Meinung nichts anderes als Erinnerungen?«

»Ja, so sieht es aus«, erwiderte Indy brüsk. »Was kann man damit anfangen? Etwas, das nicht zu identifizieren ist, wurde gesichtet. Hören Sie, wenn Will und Rene die Ford nehmen und wie wild über diese Insel und dann davonfliegen würden, und Sie hätten noch nie ein Flugzeug gesehen oder gehört, und Sie besäßen später kein Foto, was würden Sie dann denken? Ich weiß, *ich weiß*. Erfahrene und zuverlässige Beobachter sind immer vorhanden. Aber wenn alles vorbei ist, was haben Sie dann? Nur eine hübsche Geschichte. Wen interessiert es da, ob sie wahr ist?«

»Warten Sie mal«, rief Henshaw dazwischen. »Da ist noch etwas, über das bisher nicht gesprochen wurde. Der Überfall auf die *Empress Kali*. Und dieses abgeflachte Flugobjekt, das schwebte. Ich habe den Bericht eines Augenzeugen gelesen, und der Mann behauptete, daß die Ränder dieser Scheibe oder Untertasse nicht fest waren. Nein, so hat er es nicht ausgedrückt. Er sagte, die Ränder schienen sich zu bewegen, aufzulösen und wieder zusammenzusetzen.«

Jetzt konnte Indy fast nicht mehr an sich halten. *Das war genau das, wonach er die ganze Zeit gesucht hatte.* Und er entschied instinktiv, diese neue Information, die er aus Henshaws Beschreibung gezogen hatte, fürs erste für sich zu behalten.

»Taugt das etwas? Hilft uns das irgendwie weiter?« fragte Henshaw.

»Sicher«, antwortete Indy und gab sich indifferent. »Die Augen Ihres Zeugen haben offenbar getränt.« Damit stand er auf, warf Henshaw einen kurzen Blick zu und wandte sich dann an die Gruppe. »Das war's. Wir haben all die verschiedenen Berichte aus den unterschiedlichen Epochen durchgesprochen mit dem Ergebnis, daß es zahlreiche Berichte über unerklärliche Flugobjekte gibt. Wir haben nichts anderes gemacht, als nette Geschichtchen gehört, und wir haben uns an die goldene Regel gehalten – wir haben alles in Betracht gezogen. Mehr gibt es nicht zu sagen. Morgen früh werden wir abfliegen.«

»Um welche Uhrzeit, Indy?« wollte Cromwell wissen.

»Bei Morgengrauen.«

Cromwell stöhnte. »Sie gönnen mir meinen Schönheitsschlaf nicht«, beschwerte er sich.

Indy lachte. »Versuchen Sie es doch mal mit plastischer Chirurgie.« Dann trat er zu Henshaw.

»Lassen Sie uns noch mal die Ausrüstungsliste durchgehen, falls Sie Zeit haben?«

Henshaw wußte, was Indy vorhatte. Er wollte sich unter vier Augen mit ihm unterhalten. »Geht in Ordnung. Ich werde die Unterlagen holen und Sie dann in zehn Minuten treffen.«

»Haben Sie es auch sofort bemerkt?« fragte Henshaw Indy.

»Ich denke schon. Bin mir zwar noch nicht ganz sicher, aber als Sie anfingen, über diese verschwommenen Ränder zu sprechen, mußte ich zuerst an flirrende Hitze denken, an eine Art Fata Morgana, bei der man Dinge nicht mehr richtig einschätzen kann.«

»Sie sind schnell von Begriff«, lobte Henshaw ihn. »Und Sie haben ein Gespür für das, was wichtig ist. Flirrende Hitze. Warum sind wir nicht schon früher darauf gekommen, zwei und zwei zusammenzuzählen?«

»Harry, *Sie* haben das Stichwort fallenlassen«, wandte Indy schnell ein. »Sie erwähnten, daß dieser Coanda von einer Art Flammenwerfereffekt an den Triebwerken sprach, richtig?«

»Genau. Wir müssen uns mit Coanda persönlich unterhalten, Indy. Von Angesicht zu Angesicht. Da erfährt man mehr, als wenn man nur die Unterlagen durchgeht. Einer von uns muß nach Frankreich reisen. Oder wir beide zusammen, aber das darf keiner wissen. Sonst sorgen wir dafür, daß wir auf die Abschußliste kommen.«

Indy nickte. »Ist klar. Die Einzelheiten werden wir später besprechen. Sonst noch was?«

»Ja, diese Informationen habe ich erst heute morgen erhalten. Es gibt neue Unterlagen, die vielleicht einen Hinweis bergen.« Henshaw lächelte zufrieden. »Diese Berichte stammen aus alten Archiven in Frankreich. Ich habe ein Team dorthin geschickt, unter dem Vorwand, eine Reportage zu schreiben. Wissen Sie, auf was die dort gestoßen sind? In einem Patentamt in Paris gibt es einen Eintrag aus dem Jahre 1914. Damals wollte jemand seine Erfindung schützen lassen.« Henshaw machte eine Pause. »Es ging um ein *Düsentriebwerk.*«

Indy grinste. »Ich wette eins zu zehn, daß der Name dieses Mannes Coanda war.«

»Sie haben gewonnen«, sagte Henshaw.

13

Um Punkt fünf Uhr am nächsten Morgen traf sich die Gruppe vor der Ford und schob mit vereinten Kräften das Flugzeug auf das taubenetzte Grasrollfeld. Henshaw und Castilano waren dazugestoßen, um zum Abschied noch ein paar Worte zu wechseln. »Alles, was Sie für die Überquerung brauchen, wartet in Bangor auf Sie«, erwähnte Henshaw. »Und Sie haben Glück. Ich habe von der Wetterstation in Kanada und von den Navigationsschiffen auf dem Ozean die Wetterdaten erhalten. Im Augenblick gibt es ein kräftiges Hochdruckgebiet. Sie werden erstklassigen Rückenwind haben, der Himmel wird glasklar sein.«

»Großartig. Danke, Harry.« Sie schüttelten sich die Hände, während die anderen schon an Bord gingen.

Indy fragte sich, ob seine Idee nicht absurd war. Den Nordatlantik in einem Flugzeug zu überqueren, mit 115 Meilen pro Stunde, war vielleicht wirklich ziemlich riskant, vor allem, wenn man die Strecke bedachte, die sie zurücklegen mußten.

»Ist ein Spaziergang, wirklich«, hatte Cromwell ihm versichert. »Mit den zusätzlichen Tanks könnten wir sogar den vorderen Motor abschalten und mit zweien fliegen, um Treibstoff zu sparen. Der Flug ist problemlos zu machen. Die längste Strecke über Wasser ist etwa achthundertfünfzig Meilen lang. Nur eines begreife ich nicht, Indy.«

»Und was ist das?«

»Warum erfährt die Öffentlichkeit von unserem Flug? Nach dem, was ich über unsere Gegenspieler gelernt habe, würde ich es für sinnvoller halten, daß niemand weiß, was wir vorhaben.«

Indy klopfte Cromwell freundschaftlich auf die Schulter. »Wir werden sie ein bißchen an der Nase herumführen. Das ist das Beste. Kommt Ihnen die ganze Angelegenheit nicht auch komisch vor? Falls diese Leute tatsächlich die militärische Macht in Händen halten – was sie uns glauben machen möchten –, warum ist uns dann noch niemand auf den Fersen, wenn sie die Mittel dazu haben?«

»Ich muß gestehen, darüber habe ich noch nicht nachgedacht.«

»Geständnisse sind gut für das Seelenheil, Will. Sie und Rene werden die Maschine fliegen, während ich mich um den Spaß und die Unterhaltung kümmere.«

»Wie Sie meinen.«

Als die Sonne am Horizont aufstieg, starteten sie. Indy setzte den Kopfhörer auf, um Verbindung zum Cockpit zu haben. »Frenchy, bevor wir die Küste von Connecticut erreichen, drehen Sie in Richtung Osten bei, bis Sie Gegenteiliges von mir hören. Sie werden dann spüren, wie die obere Luke aufgeht. Wenn sie wieder zu ist, gebe ich Ihnen Bescheid.«

»Gut.«

Indy registrierte, daß die Maschine in leichte Schräglage ging. Direkt vor ihnen glühte der rote Feuerball am Horizont. Nach einem kurzen Blick aus dem Fenster ging er nach hinten, holte eine Mahagonikiste und stellte sich unter die obere Luke, durch die die Stützvorrichtung der Maschinenkanone geschoben werden konnte. Er öffnete die Luke, hob die Kiste auf, stellte sich auf die Stützvorrichtung und hielt den Kopf und die Schultern in den Luftstrom. Einen Augenblick lang hatte er mit der Mahagonikiste zu kämpfen.

Gale wollte aufstehen, um ihm behilflich zu sein, aber Jocko legte ihr die Hand auf den Arm und hielt sie zurück. »Dieser Augenblick gehört ganz allein ihm«, sagte er. Mehr noch als seine Worte verriet ihr seine Miene, daß es ihm ernst war.

Nun hob Indy vorsichtig den Deckel der Mahagonikiste und begann, Tarkiz Belems Asche über dem Meer vor Long Island zu verstreuen. Weil der Wind gedreht hatte, blies ihm die Asche zuerst ins Gesicht. Unten in der Kabine hörten Gale und Jocko, wie etwas über die Außenhülle des Rumpfes splitterte.

»Das sind die kleinen Knochenreste, die gegen das Rumpfende prallen«, klärte Jocko Gale auf. »Selbst wenn man verbrannt wird, bleibt etwas übrig.«

Gale lief ein kalter Schauer den Rücken hinunter, als sie an den schweren grobschlächtigen Mann dachte, der ihr zweimal das Leben gerettet hatte. Stumm beobachtete sie, wie Indy Tarkiz pietätvoll einen letzten Freundschaftsdienst erwies, zuerst die Asche verstreute und dann die Holzkiste fortwarf. Hinterher kletterte er in die Kabine zurück, schloß die Luke, trat ans Handwaschbecken und wischte mit einem feuchten Taschentuch sein Gesicht ab, bevor er sich neben Gale und Jocko auf einen Sitzplatz fallen ließ. »Sagen Sie Will, daß er auf Kurs gehen kann«, bat er Gale.

Eine Minute später hielt die Ford auf Bangor zu.

Über Neuengland hingen dicke Wolken am Himmel. Gale brachte belegte Brote und heißen Kaffee ins Cockpit vor. Als sie in die Kabine zurückkehrte, unterhielten sich Indy und Jocko lebhaft über ein Thema, das ihr schon seit Tagen auf der Seele lag.

»Jetzt packen Sie mal aus, Jocko«, sagte Indy gerade. »Ich muß alles über meine Leute wissen. Sonst laufe ich Gefahr, aus Unwissenheit falsch zu reagieren, falsche Entscheidungen zu treffen.«

»Wollen Sie damit andeuten, daß das hier kein Einstellungsgespräch ist?« scherzte Jocko.

»Ich dachte, Sie arbeiten für das Museum«, warf Gale mit vollem Mund ein.

»Tu ich auch. Aber ich bin hier in diesem Flugzeug, weil

man mir die Aufgabe übertragen hat, für alles zu sorgen, was der Professor brauchen könnte oder haben will«, berichtete Jocko.

»Woher kommen Sie? Was haben Sie früher gemacht?«

»Erzählen Sie mir, was Sie schon wissen, Boß. Dürfte einfacher sein, nur die Lücken zu füllen.«

»Mir ist natürlich aufgefallen, daß Sie wesentlich klüger sind, als Sie mit Ihrem Auftreten die Welt glauben machen möchten. Nach außen hin spielen Sie den naiven Inselbewohner.«

»Ist sehr freundlich von Ihnen, Boß«, parodierte Jocko sich selbst.

»Aber warum tun Sie das?« fragte Gale.

»Sie können verbergen, daß Sie eine Hexe sind, Miss Parker ...«

»Nennen Sie mich bitte Gale.«

»Danke. Wie ich schon sagte, Ihnen fällt es leicht, Ihre Hexennatur zu verbergen. Sie ändern einfach Ihren Namen. In Ihren Adern fließt arabisches Blut. Das kann ich an der Knochenstruktur Ihres Gesichtes erkennen, an der Schattierung Ihrer Haut, die auf den ersten Blick weiß wirkt.« Jocko grinste. Seine Zurückhaltung war die Erfahrung, die er im Lauf seines Lebens gesammelt hatte. »Aber wie lange kann man seinen Stammbaum verleugnen, wenn man – wie ich – schwarz ist?«

Gale warf dem Mann, der neben ihr saß, einen nachdenklichen Blick zu. Langsam verstand sie die Tiefe seines Charakters.

»Nicht sehr lange«, gab sie zu.

»Warum reden Sie nicht über Ihre Wurzeln?«

Gale zuckte mit den Schultern. »Die Menschen reagieren seltsam darauf, es beunruhigt sie. Manche kriegen es gar mit der Angst zu tun. Darum habe ich einen Namen gewählt, der die Menschen, die mir begegnen, nicht irritiert.«

»Aber es dürfte Ihnen leichter fallen, den Namen zu ändern als mir meine Hautfarbe«, spekulierte Jocko. »Wenn man schwarz *und* intelligent ist, wird man nur unter ganz bestimmten Umständen akzeptiert. Und nur von ganz bestimmten Menschen.«

»Hatten Sie viele Schwierigkeiten?« wollte Indy wissen.

»Wenn man schwarz und intelligent ist, kann man an manchen Orten nur mit einer kurzen Lebenserwartung rechnen. Ich *weiß*.« Er lehnte sich zurück und schenkte ihnen ein Lächeln, in dem kein Humor lag. »Lassen Sie es mich Ihnen erklären. Es liegt nicht an meiner schwarzen Hautfarbe. Es liegt daran, daß ich eine *andere* Hautfarbe habe. Selbst bei Schwarzen gibt es Unterschiede. Die Schwarzen, die aus Afrika oder von den Inseln kommen, und die Schwarzen, die ganz hellhäutig sind, sie alle hassen Leute wie mich. Weil ich mich ihrer Meinung nach von ihnen *unterscheide*. Das ist kompletter Unsinn. Das ist dumm. Aber so funktioniert die Welt nun mal.«

»Sie haben ein Geologiestudium an der Universität von Caracas absolviert«, merkte Indy an.

»Ja«, antwortete Jocko knapp.

»Und Sie haben Biologie an der Universität von Miami studiert.«

»Dort habe ich keinen Abschluß gemacht.«

»Wie viele Abschlüsse haben Sie?« fragte Indy.

»Sie fragen ganz schön viel, Professor«, sagte Jocko mit ernster Miene.

»Sie brauchen uns nichts zu erzählen, Jocko. Aber je mehr ich weiß, desto stärker werden wir als Gruppe sein.«

»Vier«, sagte Jocko.

»Vier weiße Männer«, antwortete Indy an seiner Stelle.

Jocko schüttelte den Kopf, aber man merkte ihm an, daß er froh war, daß das Thema angesprochen wurde. »Sie hatten eine Versammlung einberufen. Ich denke, es war der Klan. Haben sich vollaufen lassen. Meine Lehrerin, Victoria Green, war weiß. Sie wollte sich mit mir über Unterwasserstudien in der Karibik unterhalten ...«

»Er ist ein erstklassiger Tiefseetaucher«, sagte Indy zu Gale. »Sucht im Auftrag des Museums nach alten Schiffwracks. Da gibt es mehr als Gold und Silber zu entdecken. Alte Artefakte aus längst vergangenen Epochen.«

»Ja, genau darüber wollte diese Frau mit mir sprechen. Sie unterrichtete in einem Klassenzimmer, ich lebte in der Welt, von der sie träumte. An einer Strandbude in Miami aßen wir Hamburger. Dann kamen diese betrunkenen Weißen herein, sie waren zornig, voller Haß. Ohne ein Wort zu sagen, kamen sie mit ihren Messern und Schlagringen auf mich zu. Sie waren kein Problem für mich ...«

»Vier gegen einen, und das ist für Sie kein Problem?« staunte Gale.

Wieder antwortete Indy für ihn. »Er würde Ihnen das nie von sich aus sagen, aber Jocko ist ein Kampfsportas. Judo, Jiu-Jitsu, Karate. Haben Sie nicht auch ein Jahr bei den Gurkhas in Indien verbracht?«

Nun war Jocko doch überrascht. »*Woher* wissen Sie das nun wieder?«

Indy ging nicht auf seine Frage ein. »Erzählen Sie weiter, was in Miami geschah.«

Bedrückt schüttelte Jocko den Kopf. »Die Frau stellte sich vor mich, zum Schutz, in der Hoffnung, daß die anderen diese Barriere respektierten. Der erste Mann stieß ihr sein Messer in den Bauch. Ich – ich weiß bis heute nicht genau, was ich dann gemacht habe.«

»Er hat den Mann getötet«, sagte Indy. »Doch die anderen ließ er leben. Nachdem die Frau zusammenbrach, versuchten die anderen zu fliehen. Jocko brach ihnen die Beine und die

Arme, und falls ich richtig informiert bin, trugen die Männer Leberschäden davon und ...«

»Das reicht, Indy, das ist nicht wichtig.«

»Na gut.«

»Und was geschah dann?« fragte Gale neugierig.

»Ich tat das, was ein schwarzer Mann, der noch bei Verstand ist, in Miami macht. Ich verschwand so schnell wie möglich. Ich hatte ein hochseetüchtiges Boot und floh. Ich wußte, daß sie nach mir suchen würden, also ging ich ganz sicher. In jener Nacht strich ich das Boot schwarz an, änderte meinen Namen, versteckte mich in der Nähe einer kleinen Insel in den Keys und schipperte dann nach Jamaika. Dr. Franck hat später dann dafür gesorgt, daß die Wahrheit ans Licht kam.«

»Und hat Sie unserer illustren Gruppe zugeteilt«, merkte Indy an.

»Wohin Dr. Franck mich schickt, dorthin gehe ich. Dem Mann verdanke ich mein Leben«, flüsterte Jocko. »Ich möchte Ihnen eine Frage stellen, Boß.«

»Bitte.«

»*Wohin* fliegen wir?«

»Paris. Wenigstens ist das unser Ziel.«

»Quer über den Ozean. In *diesem* Ding?«

»Uh – huh.«

»Hätten wir nicht einen Ozeandampfer nehmen können?«

»Wäre schon gegangen, aber dann hätten wir keine Aufmerksamkeit auf uns gezogen. Und daran liegt mir sehr. Na ja, wir werden sehen. Jetzt können Sie sich noch ein wenig miteinander unterhalten. Später möchte ich Sie mit dieser Kamera vertraut machen. Aber zuerst haue ich mich noch ein bißchen aufs Ohr.«

Er lehnte sich behaglich zurück, verstellte den Sicherheitsgurt, zog seinen alten Hut tief in die Stirn und verschränkte die Arme über dem Bauch.

»Kann er einfach so ohne weiteres einschlafen?« fragte Jocko Gale.

»Jocko, er schläft *schon*. Ich gehe mal nach vorn und frage unsere Piloten, ob einer ein Päuschen machen möchte.« Jocko beäugte sie kritisch. »Fliegen Sie vorsichtig?«

»Ja, ungefähr so sicher wie Sie, wenn Sie am Steuer Ihres Taxis sitzen«, gab sie lächelnd zur Antwort.

»Möge uns der große Meister dort oben beschützen«, murmelte er.

Der Flug war ziemlich anstrengend: Er war zu lang, in der Maschine war es ohrenbetäubend laut, niemandem gelang es, eine bequeme Stellung zu finden. Jede Zwischenlandung wurde als Segen empfunden, weil sie für eine Zeitlang dem Lärm und den Vibrationen entfliehen konnten. »Als sie dieses Höllending ›Blechgans‹ tauften«, beklagte Foulois sich, »lagen sie ganz schön daneben. Die Bezeichnung ›Donnerndes Getöse‹ wäre passender gewesen.«

»Oder ›Brodelnder Heißluftkessel‹«, merkte Cromwell an. Sein Blick ruhte auf den Reparaturwerkstätten auf dem Bagnor Stützpunkt. »Tja, wenn wir dran gedacht hätten, Ohrenstöpsel mitzunehmen … aber nein, das mußten wir auch noch vergessen. Falls es helfen würde, würde ich mir sogar Granatäpfel in die Ohren stopfen.«

Aber das Schicksal meinte es gut mit ihnen; auf Bangor gab es Ohrenstöpsel aus Schaumstoff in Hülle und Fülle, die Indy und seine Leute dankbar annahmen. Sie füllten ihre großen Thermoskannen mit heißem Kaffee auf, luden frischen Proviant und warme Mahlzeiten in die doppelwandigen Metallbehälter und packten belegte Brote und noch ein paar andere Dinge ein, die ihnen fehlten. Dann vertraten sie sich die Beine, damit ihr Kreislauf wieder auf Touren kam.

Den nächsten Stopp legten sie in Moncton in New Brunswick, Kanada, ein. Hier wurden die Treibstofftanks frisch aufgefüllt, die Ölstände geprüft, und dann ging es weiter in Richtung Goose Bay, ein abgelegener Luftwaffenstützpunkt der Kanadier in Neufundland. Bei der nächtlichen Landung hatten Will und Rene mit starken Seitenwinden zu kämpfen, was für Aufregung sorgte. Indy und Gale schliefen fest, aber Jocko war nach vorn ins Cockpit gegangen und beobachtete staunend, mit welcher Routine die Piloten die Landung meisterten.

»Sieht fast so aus, als müßte man in einen Tunnel fliegen«, meinte er. »Wenn man mal von diesen kleinen Lämpchen absieht. Wie können Sie eigentlich erkennen, wohin Sie fliegen und wann es Zeit ist, mit dem Flugzeug runterzugehen?«

Cromwell wandte sich zu Jocko. »Das funktioniert so, Meister«, sagte er mit ernster Miene. »Ich stelle die Maschine auf Landeanflug ein, so wie das jetzt der Fall ist, dann geht alles wie von selbst. Und natürlich schließe ich die Augen ganz fest und ...«

»Sie machen die Landung mit *geschlossenen Augen?*«

»Aber klar doch.«

»Aber woher wissen Sie, wann es soweit ist?«

»Das ist die Aufgabe des Franzosen, wissen Sie. *Er* achtet darauf, wann die Landebahn in Sicht kommt. Kurz bevor wir auf dem Boden aufschlagen, hält er den Atem an – das klappt immer auf die Sekunde, darauf gebe ich Ihnen mein Wort – und schreit, als säße ihm der Teufel im Nacken. Wenn ich ihn schreien höre, Gott, dann gehe ich sozusagen vom Gas, reiße das Ruderjoch zurück, und wir landen ganz sanft.«

Ohne ein weiteres Wort zu verlieren, verließ Jocko das Cockpit.

Goose Bay lag am Rande zum großen Nirgendwo. Vor ihnen lag etwa eine Flugstrecke von achthundertunddreißig Meilen. Genau konnte das niemand sagen, weil die Karten nicht exakt genug ausgearbeitet waren. Mit vollen Tanks und bei guten

Windbedingungen bestand durchaus die Möglichkeit, sechzehnhundert Meilen zurückzulegen. Also ein Kinderspiel, wie Cromwell gern zu sagen pflegte.

Vorsorglich studierten die beiden Piloten ausgiebig die Wetterberichte von den Schiffen auf See und von den Wetterstationen in Grönland, berechneten die Außentemperatur und die Windrichtung, kontrollierten die Druckverhältnisse und richteten sich nach dem Rat der alten Hasen, die diese Strecke das ganze Jahr flogen.

»Besser als jetzt können die Bedingungen gar nicht sein«, verkündete Captain T.C.Hampton von der RCAF. »Ihr werdet bei Tageslicht in Narssarssuaq an der Südspitze Grönlands eintreffen. Dort nachts zu landen ist Selbstmord. Ich würde euch empfehlen, so gegen Mitternacht zu starten. Bei eurer Geschwindigkeit solltet ihr bei der Landung hervorragende Sichtverhältnisse haben.«

Sie machten sich Notizen. Hampton lehnte sich auf die Theke und blickte ihnen in die Augen. »Schwer zu glauben, daß Lindbergh diese Strecke erst vor drei Jahren zurückgelegt hat.«

»Gewiß«, sagte Foulois. Es fiel ihm nicht gerade leicht, ernst zu bleiben. »Aber Lindbergh war wahnsinnig, wissen Sie. Er hatte nur einen Motor zur Verfügung und legte die Strecke nonstop zurück. Unterwegs ist er sogar eingeschlafen und wäre deshalb fast in den Ozean gestürzt. Wie er auf die verrückte Idee gekommen ist, mit Tee besser wachbleiben zu können als mit Kaffee oder gutem französischem Whisky, ist mir bis heute ein Rätsel.«

»Außerdem«, fügte Cromwell leicht abfällig ein, »dürfen Sie nicht vergessen, daß er auf die leichte Art heimgekehrt ist. Hat sein Flugzeug in einer großen Kiste verstaut und fuhr mit dem Schiff nach Hause.«

»Ich wünsche Ihnen einen guten Flug. Passen Sie auf sich

auf«, sagte Hampton. Offenbar hatte er ihnen nicht zugehört. Sein Rat war im Prinzip für jeden Piloten nur Schall und Rauch. *Jeder,* der den Nordatlantik in einem Flugzeug überquerte, war verrückt.

Mit ausgestreckten Gliedmaßen suchte Jocko auf dem Kabinenboden nach einer bequemen Position. Seine Füße hatte er hinter die Metallstangen der Sitze geschoben und den Kopf und die Schulter steckte er durch die offene Luke. In Händen hielt er ein modernes Fernglas. Am liebsten hätte er seine Gefühle laut rausgeschrien, aber bei dem Motorenlärm und dem Wind, der durch die Öffnung rauschte, war das unmöglich.

Unten im Meer schwammen Wale. Das war ein unvergeßlicher Anblick. Er hatte noch nie so viele Wale gesehen. Selbst aus einer Höhe von dreitausend Fuß konnte er ganz genau erkennen, wie sie auftauchten, um einzuatmen. Das Flugzeug war nicht weit vom Nordpol entfernt. Eisberge trieben gemächlich im Wasser. Der Flug kam ihm wie ein Traum vor. Seine Ängste hatte er längst abgelegt. Daß Gale sich hier oben wie zu Hause fühlte, hatte viel dazu beigetragen, daß sich seine Einstellung zum Fliegen veränderte. Er spürte, daß jemand an seinem Hosenbein zupfte und zog den Kopf ein. Indy forderte Jocko auf, die Luke zu schließen und sich zu ihm und Gale zu setzen.

»Jetzt sehen Sie gerade wie ein Oberlehrer aus«, meinte Jocko gutgelaunt.

»Und Sie beide wie Schüler«, gab Indy zurück. »Aber Sie haben ganz recht, nun beginnt der Unterricht.« Indy nahm die Kamera ab, die um seinen Hals hing, öffnete ein Lederetui und holte eine zweite Leica heraus. »Ich möchte, daß Sie beide mit diesen Kameras ganz selbstverständlich umgehen können. Ich werde einen Fotoapparat behalten, und Sie beide teilen sich den zweiten, aber jeder von Ihnen *muß* in der Lage sein, die Kamera zu bedienen, wenn es nötig ist.«

Jocko betrachtete den Fotoapparat mit Interesse. »Ich habe schon viele Kameras gesehen. Die hier ist neu auf dem Markt, nicht wahr?«

»Ein Vorführmodell. Dr. Franck hat uns eine besorgt, die andere stammt von Dr. Pencroft in London. Beide Männer haben gute Kontakte zu Leica. Nun, ein paar Sachen werden völlig neu für Sie sein. Ging mir zuerst nicht anders, darum möchte ich Ihnen jetzt eine Einführung geben.«

Schritt um Schritt führte er ihnen die Benutzung der Kamera vor. »Dieses Modell gibt es noch nicht zu kaufen. Das hier ist eine Leica Eins mit der Fabriknummer Eins B. Beide Kameras sind aufeinander abgestimmt, brauchen die gleichen Filme, haben die gleichen Verschlußzeiten, sie sind also vollkommen identisch.«

Die Leica 1B war ein handgearbeitetes Modell, eine 35 Millimeter Kamera, in die ein 24er Film eingelegt werden konnte. »Sie legen den Film vorn ein. Normalerweise muß man den Film von Hand weitertransportieren, indem man hier oben an dem Knopf dreht. Aber bei diesem Gerät wurde ein automatisches Transportsystem eingebaut, das heißt, daß Sie ein Foto schießen und die Kamera automatisch weitertransportiert. Auf diese Weise können Sie Fotos sehr schnell hintereinander schießen. Sie brauchen nur auf den Auslöser zu drücken. Können Sie mir folgen? Gut. Nun, Sie brauchen auch nicht viel einzustellen. Natürlich muß man die Lichtverhältnisse berücksichtigen, aber eigentlich kann nichts schiefgehen.«

Er reichte ihnen die Filmrolle. »Das hier ist ein Plus X Film. Hat hundert *ASA* …«

»Was heißt das?« fragte Jocko.

»Das ist eine Empfindlichkeitsangabe. Achten Sie jetzt darauf, was ich mit der Kamera mache und wie ich sie einstelle.

Das ermöglicht Ihnen, sie sehr schnell zu verstellen, wenn man das Teleobjektiv einsetzt.«

»Teleobjektiv?« wiederholte Gale.

»Diese Dinge brauchen Sie sich nicht zu merken«, sagte Indy. »Außerdem können Sie später immer noch einen Blick in das Handbuch werfen. Mit einem Teleobjektiv kann man Dinge, die sehr weit entfernt sind, näher heranholen, wie mit einem Fernrohr. Etwas, das mit einer normalen Linse wie ein kleiner Punkt wirkt, kann hiermit fotografiert werden. Ich möchte Sie beide bitten, aus dem Flugzeug ein paar Fotos zu machen. Knipsen Sie die Eisberge und, wenn wir über Grönland kommen, Schiffe. Machen Sie sich Notizen. Und fotografieren Sie einfach drauflos, machen Sie sich keine Sorgen, einen Film zu verschwenden. Das ist egal, wichtig ist nur, daß Sie die Kamera bedienen können. Sobald es möglich ist, werden wir die Filme entwickeln lassen, dann können Sie die Bilder mit Ihren Notizen vergleichen. Und von da an erwarte ich, daß Sie sich wie Profis verhalten.«

»Ähm«, sagte Jocko.

»Sie haben aber großes Vertrauen in unsere Fähigkeiten«, merkte Gale etwas sarkastisch an.

»Ist das falsch?«

Jocko sagte: »Hoffen Sie darauf, daß wir von etwas Bestimmtem Fotos machen? Ich weiß immer gern im voraus, worum es geht.«

»Nicht schlecht. Ja, Sie haben recht. Ich bin hinter etwas ganz Bestimmtem her.«

»Und das wäre?« fragte Gale.

Indy lehnte sich zurück und hielt sich fest, weil das Flugzeug plötzlich in ein Luftloch fiel.

»Eine Scheibe. Ein Halbmond, oder was für eine Form diese Dinger haben mögen. Kurz gesagt, eine fliegende Untertasse. Nennen Sie es, wie es Ihnen beliebt, aber es wird auf jeden Fall fliegen und keinen Motor oder Triebwerke haben.« Am liebsten hätte er »die Sie sehen können« dazugefügt, behielt es dann aber doch lieber für sich, zumal Gale und Jocko fassungslos zu ihm hinüber schauten.

»Aber, Indy!« rief Gale aus. »Alles, was Sie bisher gesagt haben, wie Sie sich lustig gemacht haben ... all das hat mir gesagt, daß Sie nicht an die Existenz dieser Flugobjekte glauben!«

Er korrigierte sie. »Doch, ich glaube an ihre Existenz. Ich glaube allerdings nicht, daß sie von einem anderen Planeten kommen. Nein, meiner Meinung nach wurden diese Dinger hier auf der Erde produziert. Sie sind echt. Und, der Ehrlichkeit halber möchte ich sagen, daß ich damit rechne, daß sie hinter uns her sind.«

Aus dem Cockpit stieß Foulois mit einer Nachricht zu ihnen. »Ich glaube nicht, daß Sie das hier verpassen möchten. Wir haben einen herrlichen Ausblick auf Grönland. Einer nach dem anderen sollte mal kurz nach vorn gehen.«

Gale blickte aus dem Kabinenfenster. »Ich habe gar nicht mitbekommen, daß es Tag ist!«

»Dieser Kanadier hatte recht mit dem Wetter. Wir hatten prima Rückenwind, sechzig Meilen pro Stunde. Deshalb sind wir etwas zu früh dran. Und da die Sonne so tief über dem Horizont steht, nun ...« Er grinste. »Die Dame zuerst, Gale!«

Im Cockpit rutschte sie auf den rechten Sitz. »Nie und nimmer hätte ich erwartet, daß es ... so wunderschön ist!« machte sie ihrer Begeisterung Luft. Draußen auf dem Meer trieben strahlendweiße Eisberge von der Küste weg. Riesige Gletscher stürzten über das Ufer in die See hinab. Dort draußen erstreckte sich ein weißes Märchenland aus schneebestäubten Gipfeln, Abhängen und dicken Eisformationen. »Will, wie weit draußen auf dem Meer sind wir?«

»Was meinen Sie?«

»Zehn, fünfzehn Meilen, denke ich.«

»Tja, das hier dürfte wohl die klarste und reinste Luft sein, die es auf der Erde gibt. Das Ufer ist etwa siebzig Meilen entfernt.« Sie blieb noch einige Minuten sitzen, bevor sie in die Kabine zurückkehrte und Indy und Jocko den Ausblick genießen ließ.

Schließlich kam Foulois wieder ins Cockpit. »Tut mir leid, Indy. Ich muß mich wieder setzen, wir haben eine schwierige Landung vor uns. Der Flughafen besteht eigentlich nur aus einem einfachen Asphaltstreifen und liegt etwas tiefer im Hinterland.«

»Na, das ist ja nett ausgedrückt«, murrte Cromwell. »Der Flughafen ist die Hölle. Liegt in einem dieser Fjorde«, sagte er und zeigte nach vorn. »Ungefähr fünfzig Meilen im Landesinnern. Wir müssen uns zwischen fünftausend Fuß hohen Bergen durchfädeln, und wir dürfen nicht den geringsten Fehler machen, weil es kein Zurück gibt. Das heißt, wir *müssen* auf Anhieb den richtigen Fjord finden und zuvor durch ein Nadelöhr schlüpfen.« Er kicherte. »Das ist wirklich einfach. Es gibt nur einen Weg hinein, und wenn wir wieder weg wollen, müssen wir die gleiche Strecke zurückfliegen. Und wir *müssen* gleich von Anfang an auf den richtigen Kurs.«

»Was, wenn das nicht klappt?« erkundigte Indy sich.

»Na, dann krachen wir halt gegen den Berg am Ende der Rollbahn.«

»Kinderspiel, nicht wahr?« scherzte Indy.

»Sicher. Aber nur, wenn man es richtig macht.«

Der Landeanflug bestand aus einer Reihe aufregender und angsteinflößender Manöver. Auf dem Weg durch den Fjord mußte der Kurs der Maschine immer wieder reguliert werden. Nach ein paar Minuten, die allen endlos lang vorkamen, tauchte vor ihnen die Landebahn auf. Mit äußerster Behutsamkeit, als müsse er auf einer schräg abfallenden Glasplatte landen, brachte Cromwell die Maschine hinunter und steuerte dann auf ein schmales Werkstattgebäude zu, wo sie schon erwartet wurden. Ein kleiner Traktor mit einem Tankanhänger näherte sich dem Flugzeug. Beide Piloten arbeiteten mit den Mechanikern zusammen, um beim Auftanken Zeit zu sparen. Nachdem sie Öl nachgefüllt hatten, wanderten Foulois und Cromwell die Maschine ab, auf der Suche nach eventuellen Schäden. Erst am frühen Nachmittag waren sie fertig.

Cromwell ging zu Indy hinüber, um mit ihm zu sprechen. »Wir können hier übernachten und morgen vor der Dämmerung weiterfliegen. Oder wir können gleich starten, abwechselnd schlafen und Island noch heute nacht überfliegen. Falls der Wind so bleibt, haben wir genug Treibstoff, um Island, die Färoer Inseln und Schottland in einem Aufwasch hinter uns zu bringen. Und dann können wir landen, wo immer es Ihnen beliebt.«

»Sie sind der Pilot, Will. Was schlagen Sie vor?«

»Gleich weiterfliegen, Kamerad.«

»Dann machen wir das«, sagte Indy. Zwanzig Minuten später flogen sie durch den Fjord in Richtung offene See.

Zwei Stunden später packte Gale Indys Arm und zog wie verrückt an ihm. »Wachen Sie auf!« schrie sie ihm ins Ohr. Wenn er nicht gleich aufwachte, würde sie ihm, ohne zu zögern, ins Ohr beißen, um ihn wachzukriegen.

Langsam richtete Indy sich auf. »Was gibt es denn?« fragte er mit geschlossenen Augen. Als er sich umblickte, wirkte alles ganz normal, genau so, wie es sein sollte.

»Das Schiff!« rief Gale. »Sie müssen sich dieses Schiff ansehen!«

Ungeduldig zerrte sie ihn auf die andere Kabinenseite. Sie befanden sich in einer Höhe von viertausend Fuß. Unten lag eine Wolkendecke, die ihnen teilweise den Blick aufs Meer verwehrte. Doch dann tat sich eine Lücke auf. Gespannt drückte Indy die Nase ans Fenster. Wie immer reagierte er ziemlich geistesgegenwärtig. »Die Kamera! Schnappen Sie sich die Kamera!«

Sofort hielt er den eigenen Fotoapparat bereit.

Ungefähr eine Meile unter ihnen pflügte sich das größte Schiff durch die Meeresfluten, das er je gesehen hatte. Dieser Tanker übertraf alles, was die Schiffbauindustrie bis jetzt auf den Markt gebracht hatte. Das Schiff war etwa tausend bis zwölfhundert Fuß lang und hatte ein vollkommen leeres, flaches Deck, auf dem nichts, rein gar nichts zu sehen war. Auf beiden Seiten des Schiffes ragten lange, mit Kreuzstreben verstärkte Stangen hinaus. Dicke Rauchschwaden stiegen aus einem riesigen, gebogenen Schornstein auf, der seitlich über die Schiffsreling hinaushing. Die Nebelschwaden drifteten langsam über das offene Meer. Indy verschoß einen halben Film, schnappte sich seinen Kopfhörer mit Mikrofon und setzte ihn auf.

»Will, hier spricht Indy. Verstehen Sie mich?«

»Ja. Fahren Sie fort.«

»Sehen Sie das Schiff direkt unter uns?«

»Ja, schon eine Weile lang. Ist ja riesig. So was habe ich noch nie gesehen. Absolut einzigartig. Und dieses leere Deck. Darauf könnte man ja mit einem Flugzeug landen. Falls diese gerade, plane Fläche dafür gebaut wurde.«

»Das ist im Augenblick uninteressant. Aber Sie haben recht«, wandte Indy schnell ein. »Hören Sie, ich möchte, daß Sie ausscheren, durch diesen Rauchschleier fliegen, und dann nähern Sie sich dem Schiff von rechts ...«

»Steuerbord, ja.«

»Ja, halten Sie auf Steuerbord zu! Sie nähern sich also aus östlicher Richtung und halten auf Steuerbord zu, verstanden!

Und dabei geben Sie Vollgas, soviel, wie in der Maschine drin ist. Sobald Sie am Bug vorbei sind, drehen Sie ab, fliegen ein oder zwei Meilen weiter und ziehen die Maschine blitzschnell hoch.«

Will und Rene führten seine Anweisungen schon aus. Die Rumpfspitze der Ford zeigte nach unten. Indy spürte und hörte, wie die Motorenleistung erhöht wurde. Das Heulen des Windes wurde lauter, je schneller sie flogen. »Bringen Sie sie so schnell wie möglich runter, Will. *Und stellen Sie sich auf alles mögliche ein, kapiert?*«

»Was, zum Teufel noch mal, erwarten Sie denn dort unten?«

»Vielleicht kriegen wir Gesellschaft. Und wenn das der Fall sein sollte, werden wir dieses Ereignis mit den Kameras festhalten.«

»Sie rechnen mit ...« Will Cromwell sprach nicht weiter. Sie flogen gerade durch eine Turbulenz. Man hatte den Eindruck, die Maschine holpere über Eisenbahnschwellen. Und dann war schon wieder alles vorbei. »Sie rechnen mit einem Flugzeug, so weit draußen auf dem Ozean?«

»Nein.«

»Mit was dann, Mann?«

»Sie werden es wissen, wenn Sie es sehen. Ich halte die ganze Zeit über mit Ihnen Sprechkontakt.« Indy hielt sich an einer Sessellehne fest, als die Ford durchgeschüttelt wurde. »Geht es nicht etwas schneller?« rief er ungeduldig.

»Aber sicher. Nur kann ich dann für nichts mehr garantieren. Keine Angst, wir fliegen eh schon schneller, als der gute alte Mr. Ford es sich erträumt hat.«

Die dreimotorige Maschine beschrieb einen weiten Bogen nach unten, und als sie in die Horizontale zurückkehrten, beschleunigte Cromwell. Obwohl sie sehr schnell flogen, schienen sie im Vergleich zu dem riesigen Schiff zu kriechen. Indy und Gale fotografierten die ganze Zeit über. Dort unten auf

Deck waren Männer zu erkennen, winzig kleine Gestalten, die sich gegen das dunkle Deck abhoben. Auf einmal stelle sich Jocko neben Indy und kämpfte mit lauter Stimme gegen den Flugzeuglärm an.

»Wir haben Gesellschaft! Direkt hinter uns, auf der rechten Seite!«

»Und, was für Maschinen sind das?«

»Sie hatten recht, Boß. Das dort draußen sind verrückte Flugzeuge. Erinnern an flache Scheiben.«

»Gale! Sparen Sie Ihr Filmmaterial! Gehen Sie auf die andere Seite hinüber. Gleich wird etwas an uns vorbeisausen, und zwar ziemlich schnell. Gehen Sie, so gehen Sie doch!«

Dann sprach er durch das Mikrofon. »Sie dort vorn, haben Sie das mitbekommen?«

»Was tut sich bei euch hinten, Indy?«

»Jocko sprach von Scheiben. Müßten jeden Moment an uns vorbeizischen. Die werden uns überholen, darauf könnte ich wetten. Will, wenn sie vor uns kehrtmachen, dann steigen Sie auf. Holen Sie aus der Ford alles raus, was sie hergibt. *Wir müssen dann sofort in den Wolken verschwinden.*«

»So soll es sein, Professor.« Will flog mit Höchstgeschwindigkeit und dabei so sacht, daß man hinten in der Kabine nichts merkte ...

Indy kroch auf die andere Kabinenseite.

Da waren sie!

Zwei Scheiben!

Goldene Untertassen näherten sich ihnen mit verblüffender Geschwindigkeit und rauschten an der Ford vorbei, als hinge sie still in der Luft. Gale knipste ein Foto nach dem anderen. Dann löste Indy sie ab und schoß den Film leer. Leider hatte er keine Zeit, die Flugobjekte genauer zu betrachten. Dazu blieb ihm hinterher noch genug Zeit, wenn die Filme entwickelt waren.

Rechts von ihm rauschte etwas vorbei. Sonnenlicht reflektierte auf dem bronzefarbenen Metall. Die »Scheibe« glich eher einem Oval, in dessen Mitte ein Cockpit thronte, das die Form einer Halbkugel hatte, die seiner Meinung nach durchsichtig war. Trotz der enormen Geschwindigkeit, mit der die Objekte an ihnen vorbeirauschten, erkannte er, daß die Glaskuppel aus einzelnen Glasscheiben bestand, die an Metallstreben aufgehängt waren, für sein Empfinden eine fast archaisch anmutend Konstruktion.

Und dann waren die beiden Ovale verschwunden. Indy setzte den Kopfhörer ab und stürmte ins Cockpit. »Setzen Sie sich hinter diese Dinger!« rief er Cromwell zu.

»Halten Sie sich fest!« erwiderte der Pilot, legte Schalter um, betätigte die Ruderjoche und ging auf Kurs. Keine Minute später waren sie auf die Flugrichtung der beiden Scheiben gegangen. Indy grinste mißmutig. Genau mit so einem Zwischenfall hatte er gerechnet. Aber jetzt hatte er keine Zeit, darüber nachzudenken. Jetzt ging es nur darum, in dem Wolkenmeer unterzutauchen, aus dem Sichtfeld zu verschwinden.

»Will, ziehen Sie die Maschine hoch. Und zwar so schnell wie möglich, wir müssen in die Wolken. Halten Sie Kurs auf Schottland, aber bleiben Sie in den Wolken, das ist von größter Wichtigkeit.«

Noch während er sprach, erhöhte Will die Fluggeschwindigkeit. In leichter Schräglage stieg die Ford auf.

»Indy, so, wie sich diese Dinger durch die Luft bewegen, können die jede Sekunde umdrehen und uns ...«

»Nein, das werden sie nicht. Jedenfalls nicht in den nächsten paar Minuten, Rene, halten Sie nach diesen Scheiben Ausschau. Die müssen erst mal eine ganz schöne Strecke zurücklegen, bis sie kehrtmachen können. Und falls meine Berechnungen stimmen, sind wir dann schon nicht mehr zu sehen.«

Beide Piloten warfen ihm entgeisterte Blicke zu. »Woher wollen Sie *das* wissen?« fragte Foulois bedächtig. »So, wie diese Dinger fliegen ...«

»Das weiß ich, weil ich mit dieser Begegnung gerechnet habe.«

Als er das Cockpit verließ, blickten ihm die beiden Piloten kopfschüttelnd hinterher.

14

Bis auf den Tag genau vor zwei Jahren hatten ihn seine Familie, seine Freunde, sein Land und ein Großteil seiner Freunde aus der Welt der Politik, der Industrie und der Wirtschaft unter dem Namen *Konstantin LeBlanc Cordas* gekannt. Hinter jedem dieser Namen verbargen sich ein mächtiger Familienzweig und große Finanzholdings in Rußland, Frankreich und Spanien mit Büros und Zweigstellen in einem Dutzend weiterer, über die Erde verstreuter Länder.

Konstantin LeBlanc Cordas war mehrfacher Milliardär. Dabei zählten weniger die Unsummen an Geld, Wertpapieren oder deponierten Gold- und Silberbarren, die sich in seinem Besitz befanden, sondern alle anderen weltlichen Werte. Ihm gehörten Schiffslinien, Minen, Bahnstrecken und riesige Ländereien in drei Kontinenten. Seine engsten Freunde waren die Mächtigen dieser Länder: Besitzer von Stahl- und Eisenwerken und großen Munitionsfabriken. Diese Männer hielten die wahre Macht in Händen, weil sie die richtigen Chemikalien herstellten, weil sie Transportfirmen und Reedereien ihr eigen nennen konnten.

Cordas verfügte über einen wendigen Verstand, über Kühnheit und Raffgier, alles Eigenschaften, die nötig waren, um

Macht zu akkumulieren und zu halten. Ohne den leisesten Anflug von Gefühlen ging er an Probleme und Herausforderungen heran. Sein Gedächtnis war außerordentlich gut. Tag um Tag wendete er einen Teil der ihm zu Verfügung stehenden Zeit für das Lesen von Zeitungen und Berichten auf. Über globale Angelegenheiten war er immer bestens informiert. Darüber hinaus war er mit einem Fluch behaftet – er selbst nannte das Besessenheit –, der ihn nicht ruhen ließ. Er lebte mit dem Gefühl, nein, in der *absoluten* Sicherheit, daß er auserwählt worden war, der Welt in harten Zeiten Beistand zu gewähren, und hegte die Hoffnung, den nächsten großen, ultimativen Krieg zu verhindern, der, wie er und seine Freunde wußten, unausweichlich war. Das schien schon mehr als ironisch: Der Krieg, der alle Kriege beenden sollte und 1918 in einem blutigem Finale endete, hatte nur den Nährboden für größere und tödlichere Konflikte geschaffen.

Cordas und sein engster Kreis *wußten* von der Existenz schrecklicher Massenvernichtungswaffen, die von seelenlosen Wissenschaftlern entwickelt und von machthungrigen Männern in Auftrag gegeben worden waren, zu dem einen und einzigen Zweck: der Erringung von Macht. Der Weltkrieg mit seinem Unterseebooten, Bombern, Giftgasen, automatischen Waffen, mit seinen Panzern, die sich wie eiserne Dinosaurier über die Schlachtfelder wälzten, all das war nur ein Vorspiel für das gewesen, was sich auf der Erde zusammenbraute und zwangsläufig zum nächsten Krieg führen mußte.

Das muß verhindert werden, hatte Cordas dann vor zwei Jahren beschlossen. Und um diesen Krieg zu verhindern, gab es nur eine mögliche Alternative: Sowohl im militärischen als auch im politischen, wirtschaftlichen und industriellen Sektor mußte Macht aufgebaut und zusammengefaßt werden.

Des weiteren mußten Männer, die das Sagen hatten, kontrolliert werden, damit sie nicht eines Tages den Fanfaren der

Trompeten und den im Wind wehenden Bannern folgten, denen schon Millionen vor ihnen in Schmerz und Tod gefolgt waren. Dafür zu sorgen, daß sich dieser Schrecken nicht wiederholte, wurde Cordas' Berufung.

Fünf enge Freunde, fünf der reichsten und mächtigsten Menschen auf diesem Planeten, stimmten mit ihm in diesem Punkt überein. Sie beschlossen, ihre Familien zu opfern, ihre Freunde, ihre Ehefrauen, ja, sogar ihr Leben, um die Kontrolle zu erlangen und damit das Schicksal der Erde zu manipulieren.

Die Vorbereitungen wurden mit äußerster Sorgfalt angegangen. Sicherheit und Geheimhaltung wurden zum obersten Gebot dieser Gruppe. Sie kannten sich in allen wichtigen Feldern aus, wußten von den neuesten militärischen Errungenschaften, den letzten wissenschaftlichen Forschungsexperimenten, den jüngsten Erkentnissen, was das Ingenieurwesen und die Luftfahrt anbelangte. Kurzum, sie kannten den Stand der Dinge und der Zivilisation und hielten damit ein Wissen in Händen, das ihren Mitmenschen verborgen blieb.

Und als sie schließlich bereit waren, wußten sie, daß Rücksichtslosigkeit im Handeln der bestimmende Faktor war. Sechs Menschen erhielten große Summen, um die Identität von Cordas und seinen Freunden anzunehmen. Sie unterzogen sich plastischen Operationen, die ihr Gesicht veränderten.

Ihre Gebisse wurden denen der sechs Leute angepaßt, deren Doppelgänger sie werden sollten. Ihre Familien wurden in alle Herren Länder geschickt, wurden mit Häusern und finanzieller Sicherheit ausgestattet. Als das erledigt war, wurde für Konstantin LeBlanc Cordas und seine Freunde eine große Reise geplant.

Für ihre Doppelgänger. Ja, wirklich eine große Reise. Cordas Mountain Industries charterte ein riesiges viermotoriges Dornier Super Wal II Flugboot. Die zwei Kabinen beherbergten sechsundzwanzig Personen: die Industriellen, ein paar Familienangehörige und Freunde aus verschiedenen europäischen Ländern. Das Wasserflugzeug sollte von einem See in der Schweiz aus starten, zu einem Rundflug von den norwegischen Fjorden in Richtung Süden über das Mittelmeer bis nach Afrika, wo die Gruppe auf Safari zu gehen beabsichtigte.

Ein großes Bankett leitete die große Reise ein. Zusammen mit Familien und Freunden gingen die mächtigen Industriemagnaten an Bord der Super Wal. Hunderte von Journalisten waren geladen, um ausführlich über die Abschiedsparty zu berichten. Berühmte Männer und Frauen winkten lächelnd in die Fernsehkameras. Das Ablegen vom Dock wurde von einem Feuerwerk begleitet, und zwei Bands kämpften mit ihrer Musik eindrucksvoll gegen den Lärm der vier bayerischen Motoren an. Die Super Wal glitt zum Ende des Sees, um dort, unterstützt vom Rückenwind, zu starten.

Es herrschten die besten Bedingungen. Eine leichte Brise wehte über das Wasser, und der See eignete sich mit ungefähr sechs Kilometern Länge hervorragend für einen erstklassigen Start. Als das Wasserflugzeug kehrtmachte, verstummte die Musik. Die Menschen am Ufer hörten das Brummen der Motoren deutlich. Mit zunehmender Geschwindigkeit rauschte das Flugboot über den See, ein wahres Wunder mit riesigen Tragflächen, das jede Sekunde abheben mußte. Schneller, noch schneller, und dann ...

Eine Explosion, ein riesiger Feuerball stieg aus den Treibstofftanks in den Tragflächen auf. Das Wasserflugzeug zerbarst in zahllose Einzelteile, der ausströmende Treibstoff entzündete sich und verbrannte die menschliche Fracht bis zur Unkenntlichkeit. Die Nachrichtenkameras summten und zeichneten das Horroszenario auf, das Entsetzen und die Schreie der Zuschauer.

Später wurden ein paar Knochenstücke und Fleischfetzen, die auf dem See trieben, herausgefischt oder aus der Tiefe des

Wassers geborgen, eindeutige Beweise für den Tod von Konstantin LeBlanc Cordas und seinen ausgewählten Freunden. Auf den Beerdigungen wurden schluchzend lange, eindringliche Reden gehalten. Statuen wurden aufgestellt. Alles Gesten, um die Trauer um den erlittenen Verlust zu mindern.

Aber Cordas war zufrieden. Überaus zufrieden. Er und seine Elitetruppe waren »tot«. Sechs Tote, sechs Lebende, von deren Existenz die Welt nichts wußte, es sei denn, Cordas fällte irgendwann einmal die Entscheidung, hier und da Informationen durchsickern zu lassen. Fünf Männer und eine Frau.

Wilhelmina von Volkmanns Tod war ein ganz besonderer Verlust. Über Jahre hinweg hatte sie Musiker, Poeten, Wissenschaftler gefördert – junge Frauen und Männer aus allen Gesellschaftsschichten, die eine Möglichkeit suchten, ihre Kunst und Berufung zu leben. Und nun war diese große Förderin verschieden.

Natürlich wußte niemand, daß sie als Marcia Mason wiederauferstanden war.

Er starrte aus dem dicken Panzerglasfenster im Turm von Chateau de Blanchefort, nur ein paar Meilen von einem zweiten, schwerbewachten Gebäude entfernt, das innen ganz neu ausgestattet worden war. Inmitten dieser ehrwürdigen, alten Mauern standen die modernsten Kommunikationsmittel, die es auf der Welt gab. Chateau de Blanchfort hatte ein Duplikat – Rennes le Chateau.

Halvar Griffin hatte die Regel aufgestellt, daß die Gruppe der Sechs, seine Bezeichnung für sich und seine Freunde, sich niemals gleichzeitig an einem Ort befinden durfte. Schließlich gab es Telefone und Lautsprecher. Die Bewegungen und Gesten des Gesprächspartners zu sehen, hielt er für völlig überflüssig.

Halvar Griffin vermißte Frau und Kinder und fragte sich immer wieder, wie sie ohne Vater und Gatte, der früher einmal Konstantin LeBlanc Cordas geheißen hatte und bei einem Unfall ums Leben gekommen war, das Leben meisterten. Aber von Tag zu Tag erschienen ihm Madelon und seine Kinder unwirklicher, die Erinnerung an sie verblaßte. Sie gehörten in eine andere Zeit, zu einem anderen Leben.

Der Plan, den er und seine Freunde initiiert hatten, verlangte Opfer. Der Erfolg ihres Unternehmens zwang sie, einen qualvollen und steinigen Pfad zu gehen. In seinem früheren Leben hatte man Halvar Griffin als Finanzier und Industriellen abgestempelt. Tief im Herzen war er jedoch ein Mann gewesen, dessen Steckenpferd seit frühester Kindheit die Evolution war. Mit seiner außerordentlichen Begabung vertiefte er sich in Geschichte, Anthropologie, Psychologie und Soziologie, um hinter das Geheimnis der Menschheit zu kommen. Und er betrachtete nicht nur eine Rasse, sondern alle, obwohl er ansonsten nichts mit gestrengen Moralisten gemein hatte. Im Gegensatz zu ihnen kam er zu dem Ergebnis, daß nicht alle Menschen gleich waren, daß sie nicht die gleichen Gedanken, Wünsche und Hoffnungen hegten, nicht unter den gleichen Rahmenbedingungen, wie Wohlstand und Gesundheit, aufwuchsen.

Die Menschheit war in seinen Augen ein Sammelsurium aus starken und nicht zu kontrollierenden Gefühlen, eine große Herde, die ihr Fähnchen in den Wind hängte und sich treiben ließ, die von Raffgier, Eitelkeit, Selbstsucht und vor allem Machthunger beherrscht wurde. Ja, der Mensch verspürte das Verlangen, über andere zu herrschen, egal, wie viele Leben das kostete, wieviel Zerstörung das anrichtete. Und deshalb war er zutiefst davon überzeugt, daß das Überleben der Menschheit auf dem Spiel stand.

Griffin verstand, daß ihr Erfolg als Gruppe in hohem Maße davon abhing, die Erkenntnisse der Sozialwissenschaften in ihre Planung einzubeziehen. Wollten sie die Zukunft des Planeten sichern, mußten sie auf Psychologen und Soziologen hören. Ihm fiel auf, wie die Person Griffin mehr und mehr in den Vordergrund trat, wie sich selbst seine Art zu sprechen und zu denken änderte.

Griffin wußte, daß sie Möglichkeiten entwickeln mußten, mit denen sie die gesamte Menschheit von der Richtigkeit ihrer Einschätzung überzeugen konnten. Sprache, Lust, Angst, Belohnung und alle anderen Gefühlsregungen standen ihnen als Mittel zur Bewältigung dieser Aufgabe zur Verfügung.

Und daraus bestand ihr Ziel: Solange kein Mitglied der Gruppe der Sechs sich in der Öffentlichkeit als jemand zu erkennen gab, der Macht hatte, bestand durchaus die Möglichkeit, daß sie ihre Aufgabe, an der so viele vor ihnen gescheitert waren, erfüllten und Erfolg hatten. Und sie hatten wirklich gute Vorarbeit geleistet, sorgfältig geplant und ihr Vorhaben in die Tat umgesetzt. Ihnen war es gelungen, Aufmerksamkeit auf sich zu ziehen und die Welt in Angst und Schrecken zu versetzen. Ergebenheit und Gehorsam würden noch folgen.

Nach Griffins Kenntnisstand wurde an nichts so stark geglaubt wie an die absolute Macht. Die Menschen akzeptierten sie, fürchteten sie und ordneten sich ihr unter. Das hatte die Geschichte gezeigt. Absolute Macht war allerdings eine einzige große Lüge. Kalkulierte Desinformation konnte mächtige Armeen vernichten, einer Nation ihrer Energie berauben, Millionen von Menschen ohne großen Aufwand in willenlose Schafe verwandeln. Man mußte den Massen *nichts* von all dem beweisen, was man sie glauben machen wollte. Man mußte sie nur zum richtigen Glauben konditionieren.

Die Menschen glaubten an alles, was ihnen vorgesetzt wurde, an Zauberer und Hexen, an Götter und Göttinnen.

Und an eine andere Spezies, an Außerirdische, die auf die

Erde gekommen waren und die in wissenschaftlicher, technologischer und militärischer Hinsicht der menschlichen Spezies überlegen waren.

Zuerst erschien ihnen dieses Konzept lächerlich. Würden die Leute allen Ernstes glauben, daß es Außerirdische gab? Diese Vorstellung erheiterte Griffin, aber sein Gelächter, in das seine Freunde bald einstimmten, zeugte eher von Gewißheit als von Skepsis.

»Denken Sie an all das, woran Menschen glauben«, sagte er zu den anderen. »Da gibt es Geister zu Wasser, in der Luft, im Weizen, in Tempelanlagen, in Blitzen und Wolken. Es gibt mächtige, vollbusige Frauen, die ihre toten Helden auf geflügelten Pferden nach Walhalla bringen. Es gibt Götter, die aus dem Wasser steigen, Götter, die in den Wolken schweben, es gibt Baumgeister und Geister in Bärengestalt. Millionen räudiger kleiner Katzen sind die dämonischen Botschafter und Diener Satans. Männer verwandeln sich in Werwölfe. Vampire sind tagsüber Männer und nachts fliegende Monster mit langen Eckzähnen. Nur mit einem Holzpfahl oder einer Silberkugel kann man sie töten. Die Welt ist eine flache Scheibe, und wenn man über den Rand hinaustritt, fällt man hinunter. Millionen von Menschen hängen noch immer dieser Vorstellung an.

Ach ja, und dann gibt es noch die Außerirdischen. Ja, ja, aber sie werden nicht nur Phantasiewesen sein. Sie werden ganz real erscheinen – man kann sie sehen, hören.

Und sie sind tödlich. Mit Menschenleben spielen sie genau so unbefangen wie die geflügelten Monster aus dem Hades, aber sie werden mit der menschlichen Rasse in Verhandlungen treten. Schließlich werden sie nur unbequeme Regeln aufstellen. Wer sie bricht, nimmt das Risiko totaler Zerstörung auf sich. Was meiner Meinung nach nur fair ist! Falls die Erdenbewohner davon überzeugt werden können, daß diese Außerirdischen vom Himmel geschickt wurden, um zukünftige Massaker zu verhindern, dann werden sie unserer Idee folgen. Natürlich«, sagte Griffin und schnitt eine Grimasse, »werden sie genau das Gegenteil machen. Aber ich glaube, daß wir siegen werden, wenn wir sorgfältig planen und diese Pläne mit hundertprozentiger Präzision ausführen.«

Griffins Zuhörer, von denen sich drei mit ihm im Chateau aufhielten, während die beiden anderen seine Stimme nur durch die Lautsprecher hörten, lauschten andächtig seinem eindringlichen Vortrag.

John Scruggs – ein scheußlicher Name für einen gewieften Spanier, der weltweit den Opium- und Drogenmarkt kontrollierte – meldete sich mit Handzeichen. Griffin nickte. Scruggs verfügte über die Selbstsicherheit eines Unterweltbarons, der Macht und Einfluß von gewaltigem Ausmaß akkumuliert hatte. Sein Auftreten sorgte bisweilen für Unstimmigkeiten unter den Mitgliedern der Gruppe der Sechs.

»Ich hätte da ein paar Fragen, Griffin«, wandte er lächelnd ein. »Wie lange, mein Freund, werden die Regierungen, gegen die wir vorgehen, Ihrer Meinung nach die Scharade hinnehmen? Wie lange werden sie glauben, daß Außeriridische sich hier auf der guten, alten Erde tummeln?«

»Die Regierungen? Die Wissenschaftler, Ingenieure, Militärangehörigen und politischen Führer nicht sehr lange. Ein paar glauben schon jetzt nicht dran. Sie *wissen* allerdings nicht, womit sie es zu tun haben. Sie sind verwirrt, wütend, frustriert, aber sie sind schon zu oft mit diesen Problemen konfrontiert gewesen. In Kürze werden sie zu dem Ergebnis kommen, daß der Rest des Universums nicht bewohnt ist, auch nicht von fremden Wesen.« Er fixierte Scruggs. »Aber ich sage Ihnen, die Massen werden daran glauben. Sie glauben jetzt schon dran, und wir werden ihre Überzeugung noch verstärken.«

Scruggs schüttelte den Kopf. »Da strapazieren Sie die Wahrheit aber ein wenig. Sie bieten ein Märchen an und ...«

»Sie sollen in der Hölle schmoren«, schimpfte Griffin. »Haben Sie sich jemals Gedanken über das gemacht, woran die Menschen glauben? Sie köpfen Hühner, werfen Knochen in die Luft, um zu sehen, was die Zukunft bringt und wie sie sich verhalten sollen. Vertrauen Sie Ihr Schicksal den Tarotkarten an, John? Nein? Nun, wie steht es dann mit Kristallkugeln? Oder lauschen Sie dem Gemurmel einer Zigeunerin, die aus Teeblättern oder aus Ihren ungewaschenen Handflächen liest? Fragen Sie sich manchmal, welchen Einfluß der Stand der Sterne und Planeten auf Ihr Magengeschwür oder Ihr Liebesleben hat? Jeder, der an so etwas glaubt, an Glücksbringer, Zufall, Amulette und all diesen Unsinn, kann dazu gebracht werden, auch an Außerirdische zu glauben. Besonders an Außerirdische, die auf der Erde erscheinen. Ich möchte Sie nur daran erinnern, daß es an uns ist, diesen Menschen die Zukunft zu sichern, mit allen Mitteln, die dazu nötig sind.«

»Noch eine Frage, Meister Griffin.«

Griffin überhörte die Anspielung auf seine Rolle. »Schießen Sie los.«

»Dann erzählen Sie uns mal, warum es Ihnen nicht gelungen ist, diese Pestilenz, die unsere Pläne zu vereiteln droht, auszuschalten?«

»Ich nehme an, Sie sprechen von dem Amerikaner, diesem Jones.«

»Da liegen Sie richtig. Wie oft haben Sie bisher den Versuch unternommen, diesen Mann loszuwerden? Drei, vielleicht vier Mal? Und jedes Mal hat es *nicht* funktioniert.«

»Zweimal, aber ich habe mich jedesmal auf die Unterstützung Ihrer handverlesenen Leute verlassen«, erwiderte Griffin.

Scruggs grinste und verbeugte sich. Damit tat er kund, daß

er seinen Teil zum Scheitern beigetragen hatte. »Richtig. Aber was hält diesen Mann am Leben? Und *warum* ist es so wichtig, daß wir ihn töten?«

»Diese Frage möchte ich beantworten«, mischte sich Marcia Mason ein. Sie sprach von den Treffen, die sie und besagter Professor Jones besucht hatten. Dabei sparte sie die Diskussionen, die sie mit diesem unausstehlichen Mann geführt hatte, nicht aus. »Was mir Sorgen macht, ist der Umstand, daß es mir nicht gelungen ist, die Identität seiner Mitarbeiter in Erfahrung zu bringen. Man kann getrost davon ausgehen, daß dieses sabbernde, alte Fossil namens Pencroft, ein Professor der Londoner Universität, kaum derjenige sein dürfte, der die Untersuchung leitet. Also muß es andere geben. Ich bin der festen Überzeugung, daß Filipo Castilano früher oder später ausgeschaltet werden muß. Aber all die anderen«, sagte sie aufgebracht und ballte die Hände zu Fäusten, »kennen wir noch nicht. Das liegt unter anderem daran, daß ihre Kommunikation kodiert ist. Bis jetzt ist es uns leider nicht gelungen, den Kode zu knacken. Niemand weiß genau, wie die Liste aller Beteiligten aussieht, und wir kennen auch nicht die Leute, die das Unternehmen leiten.«

Als Griffin laut seufzte, blickten alle in seine Richtung. »Ich habe erst vor kurzem erfahren, daß Jones und seine Leute in einer Ford den Atlantik überqueren. Die dreimotorige Maschine wurde extra umgebaut und modifiziert.«

Scruggs verstand nicht, was er damit sagen wollte. »Und?«

»Jones und seine Leute sind auf hoher See unserem Schiff begegnet.«

»Dann haben sie es also gesehen?« hakte Scruggs nach und zuckte gleichgültig mit den Achseln.

»Das war leider nicht alles. Sie schossen aus den Wolken, flogen an unserem Schiff entlang, ganz tief, und nach dem, was die Mannschaft sagte, haben sie eine Menge Fotos gemacht.

Die, wie ich meine, ihnen helfen werden, den Sinn und Zweck unseres Schiffes zu entlarven.«

Inzwischen nahm Scruggs die ganze Angelegenheit nicht mehr so gleichgültig hin. »Das ist nicht gut. Unser Schiff könnte zum Ziel ihrer Operationen werden. Selbst wenn die Unterseeboote es schützen, ist es verwundbar. Das ist überhaupt nicht gut, Griffin.« Scruggs überlegte einen Moment lang. »Warum haben Sie nicht veranlaßt, daß die Untertassen sich um Jones und seine Leute kümmern? Sie erwähnten doch eine Ford? Die Untertassen machen gut hundert Meilen pro Stunde. Warum wurde ihr Flugzeug nicht zerstört? Sie sagten weiter, daß die Begegnung über dem Ozean stattfand. Welch günstige Gelegenheit! Sie wären abgestürzt und in der Weite des Meeres untergegangen.«

»Die Leute, die die Ford flogen, schienen im voraus zu wissen, wie die Untertassen reagieren, wie sie fliegen und vor allem wo ihre Grenzen liegen.«

»Aber, zum Teufel noch mal, woher wußten sie das?«

»Das weiß ich noch nicht. Aber entweder weiß Jones viel mehr, als wir annehmen, oder er hat die richtigen Schlüsse gezogen. Behalten Sie bitte in Erinnerung, daß er mit den besten Technikern aus zwei Ländern, England und Amerika, zusammenarbeitet. Dennoch halte ich das nicht für das wirkliche Problem. Sein Wissen, was die Geschichte anbelangt, und seine Fähigkeit, einzelne Fakten zu einem größeren Ganzen zu verarbeiten, das bereitet uns Schwierigkeiten.«

»Wie können wir herausfinden, was er weiß? Die Frau hat schon gesagt, daß ein Großteil ihrer Kommunikation kodiert abläuft.«

»Das ist ganz einfach. Wir werden ihn zu uns *hierher* einladen«, schlug Griffin vor. »Die Zeit der kleinen Spielchen ist vorbei. Wir haben unsere Position gefestigt, ganz nach Plan.

Jetzt ist es an der Zeit, Jones auszuschalten, die Gruppe, die hinter ihm steht, aufzuspalten.«

»Ich hatte verstanden, Sie wollten ihn hierher einladen«, warf Scruggs erzürnt ein.

»Ja, das war mein Vorschlag. Genau das werden wir tun.«

»Wenn Sie ihn hier töten, wäre das ein großer Fehler ...«

»Er wird nicht hier eintreffen«, antwortete Griffin. »Jones wird an die Universität von London kommen. Das wissen wir. Wir wissen auch, daß er vorhat, Paris zu besuchen.«

»Was nur bedeuten kann«, warnte Mason, »daß die andere Seite *zugelassen* hat, daß wir das wissen.«

»Vielleicht. Gut möglich. Er wird den Kanal auf einer Fähre überqueren. Ein paar seiner Leute werden ihn begleiten. Diese Fähre wird Frankreich nicht erreichen. Und Jones auch nicht.«

15

Die Passagierfähre *Barclay* glitt von der Anlegestelle in Portsmouth und fuhr längs der Nordküste der Isle of Wight, um von dort aus den Kanal in Richtung Le Havre zu überqueren. Auf der *Barclay* befanden sich zweihundertundneun Passagiere, achtunddreißig Besatzungsmitglieder, einige Fahrzeuge, Gepäck und Fracht. Die Fähre war solide gebaut und hatte die Strecke zwischen England und Frankreich schon viele Male zurückgelegt, weshalb man davon ausgehen durfte, daß die bevorstehende Überquerung an diesem Spätnachmittag ruhig und ohne Zwischenfälle vonstatten ging. Eine milde Brise strich über die ungewohnt ruhige Wasseroberfläche.

Auf der Passagierliste standen unter anderem die Namen von Professor Henry Jones von der University of London, von seiner Sekretärin Frances Smythe und von ihrem gemeinsamen Diener Jocko Kilarney, der Jones und die Frau keine Sekunde aus den Augen ließ. Jeder, dem das ungewöhnliche Trio begegnete, sah sofort, daß Jones ziemlich stark erkältet war. Auf Deck trug er einen dicken Mantel, einen Muff und einen dicken Filzhut, den er weit über die Ohren gezogen hatte. Laut schniefend und hustend hielt er sich ein Taschentuch vor den Mund. Das Atmen fiel ihm schwer. Aus Rücksicht auf die anderen Mitreisenden wichen Jones und seine Begleiter nicht von der Heckreling, vor der eine gekrümmte Wand als Windschutz aufgebaut war.

Die *Barclay* hatte den Kanal halb überquert, als aufgeregte Schreie und Rufe auf Deck ertönten. Passagiere strömten nach draußen und zeigten gen Himmel. In der Spätnachmittagssonne rauschte ein geheimnisvolles, golden glänzendes Flugzeug über die Fähre hinweg. Der Gigant am Himmel schien sich völlig lautlos zu bewegen. Dagegen wirkten alle anderen Geräusche, das Donnern der Fährschiffmotoren und das Wasser, das gegen den Rumpf schlug, unverhältnismäßig laut.

Frances Smythe blickte neugierig nach oben. »Ich wünschte nur, wir hätten Jagdbomber bestellt, die dieses Ding vom Himmel holen«, sagte sie zu ihren beiden männlichen Begleitern. »Dann wären wir es ein und für allemal los. Langsam fangen die Menschen an zu glauben, daß wir damit nicht fertig werden.«

Ein greller Lichtstrahl fiel vom goldenen Flugzeug, das hoch über ihnen schwebte, auf Deck. Gleichzeitig wurde ein zweites Licht eingeschaltet, eine Art Strahlenkegel, der direkt auf die *Barclay* fiel. Noch nie zuvor hatten die Passagiere ein so strahlendes Licht gesehen. Die gesamte Fähre leuchtete auf dem jetzt dunklen Wasser. Zum Schutz mußten die Menschen die Augen bedecken. Beunruhigt schrien alle durcheinander.

Der Lichtstrahl wurde von einem Dutzend anderer Schiffe gesichtet, die gerade auch auf dem Kanal unterwegs waren.

Noch viele Meilen entfernt reckten die Menschen die Hälse und beobachteten fassungslos, wie ein riesiger Feuerball über der *Barclay* aufstieg. In der Ferne war immer noch nichts zu hören.

Sekunden später zerriß eine ohrenbetäubende Explosion die Stille über dem Meer. Und dann platzten die Kessel der *Barclay.* Die Fähre wurde in zwei Teile gerissen, und die Menschen auf Deck, die die erste Explosion überlebt hatten, fanden auf See einen schnellen Tod.

Der Lichtstrahl vom Flugzeug verschwand so plötzlich, wie er aufgetaucht war. Die brennenden Wrackteile stürzten in die See. Zusammen mit mehr als zweihundert Frauen und Männern sanken die Überreste der *Barclay* langsam unter die Wasseroberfläche.

Pencrofts Sekretärin marschierte durch das Büro ihres Chefs und nahm nach dem dritten Klingeln den Telefonhörer ab. »Ja, bitte?«

Dann drehte sie sich um und nickte Thomas Treadwell zu. »Sir? Ihr Büro möchte Sie sprechen.«

Treadwell erhob sich und ging zum Telefon hinüber. Schweigend beobachteten Indy, Gale und Pencroft, wie Treadwell mehrere Minuten lang reglos zuhörte und nur ab und zu ein paar kurze Fragen stellte. Henshaw, der morgens an Bord eines Ozeandampfers in England eingetroffen war, spazierte nervös im Büro auf und ab. Unweit der Universität nahmen Foulois und Cromwell ein paar Verbesserungen an ihrem Flugzeug vor.

Schließlich sagte Treadwell: »Gut. Ich werde eine Weile unter dieser Nummer zu erreichen sein. Rufen Sie mich an, wenn sich etwas Neues ergibt.«

Langsam legte er den Hörer auf und seufzte schwer. »Jetzt reicht es«, sagte er mit vor Zorn gerötetem Gesicht. »Die *Bar-*

clay ist von einem Flugzeug versenkt worden. Zerbrach in zwei Teile. Wie von Geisterhand, was selbstverständlich ein Witz ist. Das Flugzeug schickte eine Art Lichtstrahl nach unten, laut den Berichten war er gleißend hell. Die meisten Menschen an Bord sind gestorben.«

Sir William Pencroft zitterte vor Müdigkeit und Aufregung. Sein Blick wanderte von Colonel Treadwell zu Harry Henshaw und dann zu Gale Parker, deren Miene nicht preisgab, was sie im Augenblick dachte. Ihre Augen glichen dunklen Murmeln. Reglos wie ein Stein saß sie auf ihrem Stuhl.

Treadwell wandte sich an Indy. »Sie sind tot, wissen Sie das?« sagte er.

Indy erwiderte zuerst nichts. Er wußte, wie gering die Chancen waren, daß Frances Smythe und Jocko Kilarney die schreckliche Explosion und den Untergang der *Barclay* überlebt hatten. Angesichts der vielen Opfer lief ihm ein kalter Schauer den Rücken hinunter.

»Haben Sie etwas gehört? Ich meine, von unseren Leuten?« erkundigte er sich schließlich.

»Ihr Doppelgänger wurde bestätigt«, sagte Treadwell. Selbst ihm fiel es nicht leicht, sich von dem persönlichen Verlust zu distanzieren. »Er war einer unserer besten Männer. Eines der Rettungsschiffe hat seinen Leichnam gefunden. Natürlich mit Ihrem Paß.«

»Frances?«

»Bis jetzt noch nichts. Tut mir leid, Indy. Sobald wir etwas erfahren ...«

Gale Parker legte das selbst auf erlegte Schweigen ab, das ihr geholfen hatte, ihre Gefühle unter Kontrolle zu bringen. »Jocko! Hat jemand etwas von Jocko gehört? Ihn kann man nicht so leicht übersehen ...«

»Miss Parker, wir haben jede verfügbare Person und ein paar Suchtrupps auf den Kanal hinausgeschickt«, sagte Treadwell vorsichtig. »Viele Personen auf der Fähre waren, nun, sie waren …«

»Ich bin durchaus an den Tod gewöhnt«, sagte Gale steif. »Sie versuchen, mir zu sagen, daß viele Pasagiere verbrannt und zerstückelt wurden, daß manche noch im Wrack sind, eingeschlossen, und daß andere auf dem Meeresboden liegen.«

»Ja«, antwortete Treadwell kurz. Es machte keinen Sinn, in die Details zu gehen.

»Eine stattliche Anzahl Menschen haben heute ihr Leben verloren, weil diese Gruppe Geisteskranker hinter *mir* her ist«, sagte Indy zu Treadwell. Er war sich des Verlustes schmerzlich bewußt. »Wenn sie nicht davon ausgegangen wären, daß ich auf der Fähre bin, hätten sie das Schiff niemals in die Luft gejagt.«

»Da irren Sie sich gewaltig, Professor«, meinte Treadwell.

»Ja? Warum?« wollte Indy wissen. »Wie Sie wissen, habe ich eine Einladung von ihnen erhalten. Ich sollte mich mit ihnen treffen. Aber das war nur eine Finte. Wir alle haben zugestimmt, so weiterzumachen. Warum, das weiß ich nicht.« Seine Stirn war in tiefe Falten gelegt. »Aber warum haben sie die Fähre zerstört? Sie hätten nicht all diese Leute umbringen müssen. Und immerhin wäre es auch möglich gewesen, daß ich den Anschlag überlebe.« Es drängte ihn nach plausiblen Antworten.

»Der Anschlag von heute hatte zweierlei Funktionen«, warf Treadwell ein. »Unserer Meinung nach konnte die Gruppe damit in aller Öffentlichkeit ihre Macht demonstrieren …«

Pencroft hüstelte, versuchte, etwas zu sagen, brachte aber nur ein kratziges Geräusch heraus. Sofort reichte ihm jemand ein Glas Wasser. Gale legte dem älteren Mann fürsorglich die Hand auf die Schulter. »Darf ich?« fragte sie leise. Pencroft nickte zustimmend.

»Die meiste Zeit habe ich mich aus Ihren Unterhaltungen

rausgehalten«, sagte sie tonlos. »Aber jetzt möchte ich eine Frage stellen. Ich habe gehört, wie Sie die Beweggründe diskutiert haben, die Mittel dieser Leute, die unsere Welt terrorisieren. Und Indy – Professor Jones – hat mehrmals sehr deutlich gemacht, daß sie einen grundlegenden Fehler machen: Bei ihren Operationen verwenden sie die Waffen, die auch uns zur Verfügung stehen. Das heißt, *bis jetzt* ist es so gewesen.«

Pencroft hatte seine Stimme wiedergefunden. »Worauf wollen Sie hinaus?«

»Heute haben sie auf eine Art Strahlung zurückgegriffen!« erwiderte Gale ungewohnt ärgerlich. »Ich habe mir Mr. Treadwells Berichte angehört. Dieses Flugzeug, falls man das Ding so bezeichnen kann, fliegt immer noch ohne Motor durch den Himmel. So sieht es wenigstens aus. Aber sie hielten eine Art Strahlenkegel auf die Fähre, einen Strahl gebündelte Energie, was weiß ich.« Ihre Stimme klang verzweifelt. »Und damit haben sie die *Barclay* in die Luft gejagt!« Flehenden Blickes wartete sie auf eine Antwort. Als niemand etwas sagte, fuhr sie fort. »Über so praktische Waffen verfügen wir leider nicht!«

»Ich weiß, was es war, Gale«, gab Henshaw zu und verblüffte damit seine Zuhörer. Henshaw wandte sich an Treadwell. »Das ist Ihr Metier, Tom. Bitte, fahren Sie fort.«

Treadwell nickte. »Die einzige Energie, die von diesem Strahl ausging, war Licht, auch wenn sich die Presse zu den absonderlichsten Mutmaßungen hinreißen läßt und von sogenannten Strahlenwaffen spricht. Natürlich war das Licht stark gebündelt, aber das war es dann auch schon. Unseren Widersachern ging es nur um den Effekt.«

Nun verstand Gale die Welt überhaupt nicht mehr.

Ratlos schaute sie zu Indy hinüber, der an Treadwells Lippen hing. »Wir konnten den heutigen Vorfall genaustens verfolgen«, fuhr der Engländer fort. »Die *Barclay* wurde von einer großen Menge Sprengstoff zerstört, die im Maschinenraum versteckt war. Die Explosion wurde durch einen kleinen Funksender ausgelöst. Allem Anschein nach haben unsere Gegner den heutigen Tag genutzt, um eine Vorstellung zu geben. Sie haben einen Zeitpunkt ausgesucht, wo blendende Sichtverhältnisse herrschten. Insofern war dafür gesorgt, daß so viele Menschen wie möglich das Spektakel sehen können. Dann warfen sie ihren Lichtstrahl auf das Schiff, denken Sie an eine riesige Taschenlampe. Vorauszusehen, daß dieser Lichtstrahl Aufsehen erregt, ist keine große Leistung. Und dann gaben sie über Funk ein Signal durch, das die Explosion auslöste.«

Er lehnte sich zurück. »Das war eine grauenvolle Vorstellung, wie ich einräumen möchte, aber mehr war es einfach nicht. Entschuldigen Sie, falls ich gefühllos erscheine. Das ist ganz und gar nicht der Fall. Meine Aufgabe besteht darin herauszufinden, was passiert ist. Und ich habe Ihnen gerade eben geschildert, was sich draußen auf dem Kanal zugetragen hat. Oh, wir werden dafür schon noch die Bestätigung kriegen. Wir haben umgehend ein Flugzeug losgeschickt, das schon bereitstand. Ich würde darauf wetten, daß wir, wenn alle Untersuchungen durchgeführt und die Ergebnisse ausgewertet worden sind, Spuren von ganz gewöhnlichem Sprengstoff nachweisen können. Nun«, sagte er und setzte sich aufrecht hin, »möchte ich fortfahren. Diese Scharade hat hervorragend funktioniert, Indy.«

»*Scharade*?« Gale konnte nicht anders, als sich voller Bitterkeit in die Unterhaltung einzumischen.

»Lassen Sie mich das erklären«, bat Indy Treadwell. »Ich möchte auf keinen Fall falsche Lorbeeren einheimsen.« Er wandte sich an Gale und Pencroft. »Wissen Sie, ein Großteil dessen, was hier vorgeht, hat mich eigentlich überfordert. Ich bin kein Pilot, aber das wissen Sie ja schon längst, Gale. Ich habe nur darauf spekuliert, die Gruppe, hinter der wir her sind, auf eine falsche Fährte zu führen. Und es ging mir auch darum, sie dazu zu bringen, sich ausschließlich auf uns zu konzentrieren, auf Sie, mich, Cromwell, Foulois und eine Zeitlang auf Tarkiz. Damit sie glaubten, daß ich hier das Sagen habe, ich in Wahrheit nur ihr Gegner bin. Diese Nummer mit den Außerirdischen, die in unbekannten Maschinen auf die Erde kommen, war so dumm ...«

»Das kann man wohl sagen«, murmelte Pencroft.

»Genau wie diese Artefakte und die Pyramide«, betonte Indy. »Um ehrlich zu sein, wir haben eine ganze Menge herstellen lassen, für den Fall, daß wir sie brauchen. Aber sie sind uns gleich von Anfang an ins Netz gegangen. Diese Pyramide, die zusammen mit den südafrikanischen Diamanten transportiert wurde, hatte ursprünglich nichts mit diesen Leuten zu tun, die Zeppeline fliegen und andere Mätzchen machen. Zu jener Zeit wußten wir noch nicht mal von ihrer Existenz. Aber Treadwell arbeitete auch mit De Beers zusammen, genau wie ich. So haben wir uns kennengelernt.«

Treadwell stimmte zu und fuhr dort fort, wo Indy aufgehört hatte. »Darüber hinaus haben wir dafür gesorgt, daß die Leute, hinter denen wir her sind, deren Identitäten wir allerdings noch nicht kennen, von der Existenz eines Professor Jones erfuhren, *und* daß er ein Spezialist ist, was die Entzifferung von Keilschriften anbelangt. Was dazu führte, daß sie in erster Linie hinter ihm her sind. Das Ziel dabei war, daß sie sich auf der Jagd nach Jones zu erkennen geben. Wir gingen davon aus, daß sie ihn zuerst lebendig fassen wollten, damit er mit ihnen zusammenarbeiten kann. Aber nachdem sie rausfanden, daß wir sie auf dic falsche Fährte gesetzt haben und ein paar fiese Tricks auf Lager hatten, änderten sie ihre Meinung, und nun trachten sie unserem gemeinsamen Freund hier nach dem Leben.«

»Na, es scheint Sie ja nicht gekümmert zu haben, was für Indy auf dem Spiel steht!« rief Gale empört dazwischen.

»Ich hatte schon die Wahl, Gale«, betonte Indy. »Niemand hat mich gezwungen, blind ins Verderben zu rennen. Außerdem habe ich ja Sie, um mich zu beschützen, richtig?«

»Im Grunde genommen geht es darum, Miss Parker«, fuhr Treadwell hastig fort, »daß Indys Kooperation uns eine schnelle Möglichkeit bot, dieser Gruppe etwas entgegenzusetzen und somit herauszufinden, wer die einzelnen Mitglieder sind.«

»Ah«, murmelte Pencroft zufrieden. Seine eigene Rolle in dieser Angelegenheit machte ihn von Minute zu Minute glücklicher. »Das ist auch einer der Gründe, warum wir die dreimotorige Ford bestellt haben. Nach außen hin sollte es so aussehen, als trügen die Universität und das Museum die Kosten für das Flugzeug. Wissen Sie, das war ebenfalls ein Köder. Die Existenz von so einem Riesending kann man schlecht verschweigen, gerade dann nicht, wenn darin ein Flug über den Nordatlantik gemacht wird. Eine Bande von Idioten, sage ich. Und aus meiner Meinung machte ich auch kein Hehl, als sie den Plan auf den Tisch packten.«

»Aber es *hat* funktioniert«, warf Treadwell ein.

»Und warum wissen wir dann noch immer nicht, was es mit diesen goldenen Untertassen auf sich hat?« entgegnete Gale.

»Oh, das wissen wir doch, Miss, das wissen wir doch«, versicherte Treadwell ihr. »Das haben wir zum großen Teil Colonel Henshaw zu verdanken. Er ist ein sehr guter und langjähriger Freund von mir. Und unserer Regierung, wie ich hinzufügen möchte. Wir arbeiten schon seit Jahren zusammen.«

»Wollen Sie damit sagen«, brachte Gale aufgeregt hervor, »*daß sie über diese fliegenden Scheiben Bescheid wissen!*«

Hilfesuchend blickte sie zu Indy hinüber, dessen verständnisvolles Lächeln sie vollends aufregte.

»Na, wir haben wenigstens ein paar Ideen. Und das schon gleich von Anfang an, möchte ich sagen«, fuhr Henshaw fort.

»Bei unseren Abwehrdiensten arbeiten ein paar überaus kluge Männer. Sie sind für Entwicklung und Erforschung zuständig. Habe während des Krieges auch dort gearbeitet. Zusammen mit einem Franzosen namens Coanda, ähm, Henri Coanda, der eine spezielle Waffe für Luftgefechte entwickelte. Ein paar Sachen, über die wir uns damals unterhalten haben, sind mir wieder in den Sinn gekommen, als es um diese ominösen Scheiben ging. Leider hat es länger als erwartet gedauert, bis ich zwei und zwei addierte. Nun, manchmal übersehen selbst Experten das Naheliegende. Und dann kamen die Mitglieder unseres Teams auf einmal gleichzeitig zum gleichen Schluß, gerade so, als hätte jeder von uns zum richtigen Zeitpunkt eine Erleuchtung.«

»Und, wie sah die aus?« drängte Gale. Henshaws ausschweifende Schilderung fiel ihr gewaltig auf die Nerven.

»Die Waffen, die diese Scheiben benutzten, waren nicht weiterentwickelt als die, die wir kennen. Sie werden überall eingesetzt, in den unterschiedlichsten Ländern. Also, wir nahmen Kontakt zu unserem Freund Treadwell auf und begannen, ausführlich in alten Akten zu stöbern, in Berichten über experimentelle Programme.«

»Und siehe da, sie fanden ein paar Antworten«, übernahm Indy die Ausführung. »Und genau da komme ich ins Spiel. Ich sollte ihnen über die Schulter schauen. Als sie ein paar solide Hinweise hatten, setzten sie mir die vor. Wahrscheinlich ist das der Grund, warum ich manchmal auf diesem Gebiet so beschlagen erscheine. Ihnen ging es nicht um meine Meinung, nein. Ich sollte auswendig lernen, was mir vorgesetzt wurde und dann an die Öffentlichkeit treten, Stellungnahmen über die Scheiben abgeben und – neben den unechten Artefakten – als Köder fungieren, damit unsere Gegner glauben, ich sei derjenige, der hinter ihnen her ist.«

»Wir haben ein paar hervorragende Aufnahmen gemacht«,

brachte Treadwell ein. »Die waren von großer Hilfe. Eine Weile lang sah die Situation ziemlich ausweglos aus, weil wir auf eine Gelegenheit warteten, die Scheiben zu filmen. Aber wir hatten Fotos, mit denen wir arbeiten konnten. Ist es zu fassen, daß von den sechzig Kameras, die im Einsatz waren, nur zwei richtig funktioniert haben?«

»Und ...«, drängte Gale.

»Hydrokarbone«, rief Treadwell triumphierend. »Das war die Lösung! Ich hatte das Gefühl, in Sherlock Holmes' Fußstapfen zu treten. Sie müssen wissen, daß diese Flugobjekte Kondensstreifen produzieren. Die Fotos, die Sie während der Atlantiküberquerung geschossen haben, beweisen das. Erinnern Sie sich noch an das große Schiff, über das Sie hinweggeflogen sind?«

»Wie sollte ich das vergessen?« murmelte Gale.

»Ihre Fotos bestätigten unsere Vermutungen. Dieses riesige fliegende Mutterschiff, das ungefähr fünfhundert Meter lang ist, kann in Europa nicht gut versteckt werden. Dagegen sprechen viele Fakten, zum Beispiel die Bevölkerungsdichte. Dieses Mutterschiff muß ja irgendwo aufgetankt und gewartet werden. Dazu war das Schiff auf dem Ozean da. Diese langen Arme zu beiden Seiten, wissen Sie noch? Na, an Ihrem Gesicht kann ich ablesen, daß Sie wissen, worauf ich hinauswill.«

»Warten Sie, *warten Sie*«, unterbrach Gale ihn. »Gut, Sie haben also nachgewiesen, daß Hydrokarbonate im Spiel sind, aber trotzdem weiß ich nicht, was Sie daraus *geschlossen* haben.«

»Ich habe doch diesen Franzosen erwähnt«, führte Henshaw aus. »Diesen Mann namens Coanda. Ich erinnerte mich, daß er von der Entwicklung eines Motors erzählte, der wie eine Art Flammenwerfer funktioniert – an einem Ende wird Luft angesaugt, die sich entzündet und dann in eine Art Kompressor gelangt und am anderen Ende rausgejagt wird –

gütiger Gott, mit diesem Verfahren kann man fast alles in Bewegung setzen. Ein Flugzeug oder dieses große Luftschiff. Und so ein Verfahren läßt sich auch in eine Scheibe integrieren.«

»Keine Propeller?« staunte Gale.

»Oh doch, es gibt eine *Art* Propeller, aber die befinden sich *im* Motor«, antwortete Henshaw. »Wir haben unsere Leute beauftragt, verschiedene Treibstoffarten zu testen, und unsere Chemikertruppe sagt, daß wir es mit Abgasen von extrem reinem Kerosin zu tun haben.«

»Und damit konnten wir die These von den gemeinen, häßlich grünen Kameraden vom Mars vergessen«, fügte Treadwell hinzu.

»All das sagt eine ganze Menge über unsere Gegner aus«, warf Indy ein.

»Ach ja, Jones, was denn?« fragte Pencroft spitz.

»Nun, Sir, erstens haben sich diese Artefakte genau auf die Weise bezahlt gemacht, wie ich gehofft hatte«, sagte Jones zu seinem älteren Freund. »Wer auch immer an der Spitze dieser Gruppe steht – es muß jemand von ganz oben sein –, ist dahintergekommen, daß die Pyramiden Fälschungen sind. Das herauszufinden war dieser Person allerdings nur dann möglich, falls sie mit den eingravierten Keilinschriften nicht weiterkam. Die ergaben natürlich keinen Sinn, aber ich habe schon dafür gesorgt, daß sie *echt* wirken. Sie müßten doch am besten wissen, wieviel Zeit man aufwenden muß, um unbekannte Keilinschriften zu entziffern. Und wer immer hinter das Geheimnis der Pyramiden kommen wollte, kam – für jemand, der sich nur mal so dafür interessiert – sehr schnell zu einem Ergebnis.«

»Was nur heißen kann«, platzte Gale dazwischen, »daß er archäologische Erfahrung hat! Ganz einfach!«

»Das«, sprach Indy weiter, »und daß das Metall, das Treadwell extra in einem geheimen metallurgischen Labor hat entwickeln lassen, von jedem einigermaßen ausgebildeten Metallarbeiter hergestellt werden konnte. Kurz gesagt, unsere Gegenspieler wußten in zu kurzer Zeit zuviel.«

»Und da kommt Filipo Castilano ins Spiel«, verkündete Treadwell. »Vielleicht entsinnen Sie sich an die Geschichten, die in allen Zeitungen über einen bestimmten Ort in Frankreich erschienen sind? Daß ein paar bibelfeste Historiker behaupten, daß dort Jesus Christus begraben sei?«

»Sie sprechen von der französischen Kleinstadt Arques?« wollte Pencroft wissen.

»Ja. Wir haben detaillierte Karten von dieser Gegend«, sagte Treadwell. »Von Jaques Nungesser. Jaques schickte auch ein paar Geheimdienstmänner in diese Gegend. Als Bauern oder Vertreter getarnt. Sie sollten die Augen offenhalten und über alles Bericht erstatten, was sich an zwei ausgewählten Orten tat. In Rennes le Chateau und im Chateau de Blanchefort.«

Pencroft hüstelte ablehnend. »Das ist alles Unsinn«, betonte er ausdrücklich. »Diese Geschichte macht schon seit Jahren die Runde. Und sie ist ungefähr genauso glaubwürdig wie all die Märchen über Christus, der ein paar Jahre in England gelebt und sich mit dem Geist von König Arthur, oder Arthur höchstpersönlich, und Merlin ein paar flotte Tage gemacht haben soll. All diese abstrusen Geschichten, gütiger Gott! Ungefähr so wahr wie die Geschichten, die sich um eine christusähnliche Gestalt ranken, die bei den Mayas und Azteken gelebt haben soll und dann urplötzlich in China aufgetaucht ist. Warum ist das für uns von Bedeutung?«

Treadwell blieb ruhig und reagierte verständnisvoll. »Weil es sowohl in Blanchefort als *auch* in Rennes gewaltige Umbaumaßnahmen gegeben hat. Von einem Ausmaß, das man nicht geheimhalten kann. Nungessers Leute haben von beiden Schlössern detaillierte Aufnahmen gemacht und dabei einen ungewöhnlichen Funkmasten entdeckt, der zwischen all den Türmchen und Zinnen *kaum* zu sehen ist. Nach der Entdeckung des Mastes fingen sie an, alle Funkfrequenzen zu überwachen, die für Langwelle geeignet sind. Nungesser ist wirklich ein überaus scharfsinniger Mann. Obwohl er schon kurze Zeit später auf wichtige Informationen gestoßen ist, war er klug genug, sich weder einzumischen noch nach außen dringen zu lassen, daß die beiden Schlösser unter Bewachung stehen. Die Beweise waren allerdings nicht stichhaltig genug, um die Vermutung anzustellen, daß dort die *Hauptquartiere* unserer Akteure untergebracht waren, aber man konnte getrost davon ausgehen, daß es sich zumindest um wichtige Stützpunkte unserer Gegenspieler handelte. Um die Wahrheit zu erfahren, mußten wir *rein.*«

»Und da kommt dann nun unser guter Castilano ins Spiel«, schloß Pencroft pfiffig.

»Ja, Sir«, bestätigte Treadwell. »Zuerst haben wir den ganzen Unsinn über Christus' Gebeine in einer Grabstätte der Presse erzählt. Daraufhin hat der Vatikan eine Untersuchung ins Leben gerufen, die dazu führte, daß Castilano – mit Zustimmung der französischen Regierung – sich auf den Weg machte und die beiden Schlösser und Arques besichtigte. Filipo mußte einfach hinein und sich mit so vielen Menschen wie möglich unterhalten. Nur so hatte er die Chance, ein Gesicht, eine Stimme, irgend etwas zu erkennen.«

»Klingt mir ganz danach, als hätten Sie das Lamm in die Löwengrube geschickt«, wandte Gale unverhohlen kritisch ein.

»Filipo Castilano ist seit Jahren Mitarbeiter des Geheimdienstes und außerdem als Spion tätig«, warf Treadwell ein. »Als Lamm würde ich ihn nicht gerade bezeichnen.«

»Und hat er gefunden, wonach er suchte?«

»Wir sind der Auffassung, daß er einen Durchbruch erzielt

hat. Offenbar erkannte er die Stimme eines Mannes. Seine Art, sich zu bewegen, kam ihm auch bekannt vor. Ihm gelang es, einem der Priester eine Nachricht mitzugeben, in der er seinen Verdacht äußerte. Der Priester reiste nach Rom ab, weil er erkrankt war.«

»Wer war das?« wollte Pencroft erfahren.

»Jetzt wird es alles etwas seltsam, wie ich zugeben muß, Sir«, erwiderte Treadwell. »Der Name, den wir erhielten, war Cordas. Konstantin LeBlanc Cordas. Ein Mann von großer Macht. Und, wie Professor Jones ganz richtig angemerkt hat, jemand, der sich mit Archäologie auskennt. Wir wußten, daß Cordas ein hingebungsvoller Anhänger der Evolution ist, ein Mann, der an die Kontrolle über die Massen glaubt, die seiner Einschätzung nach durch die praxisnahe Anwendung der Geisteswissenschaften zu erreichen ist. Darüber hinaus kennt er sich in der Metallurgie aus. Ihm gehören riesige Stahlwerke und stahlverarbeitende Betriebe. Und damit paßt er perfekt ins Schema.«

»Aber Cordas ... kam bei einem schrecklichen Unfall in der Schweiz ums Leben!« protestierte Pencroft.

»Wahrscheinlich nicht«, sagte Indy. »Und schon gar nicht, falls er damals so eine Sache wie *wir* mit der *Barclay* arrangiert hat. Bestimmt hat er einen Doppelgänger auf dieses Flugboot gehen lassen. Was ihn von uns unterscheidet, ist die Tatsache, daß er viele seiner eigenen Leute geopfert hat.«

»Charmanter Mann«, murmelte Pencroft. »Hat Filipo noch mehr in Erfahrung gebracht?«

Treadwells Gesicht verdüsterte sich. »Nein, Sir. Und ich erwarte auch nicht, daß von dort noch mehr kommt. Hätten sie nur den leisesten Verdacht gehegt, hätten sie ihn ausgeschaltet.« Treadwell trank einen Schluck Wasser. »Aber wir bekamen dennoch den Hinweis, den wir so dringend benötigten. Und den haben wir, so gut es ging, ausgewertet.«

»Mittlerweile«, meldete sich Indy ungeduldig und mit ungewohnter Vehemenz zu Wort, »gibt es ja noch dieses Mutterschiff und diese Scheiben. *Und* das große Schiff auf dem Atlantik.«

»Das Schiff ist verschwunden«, gab Henshaw bekannt.

»Verschwunden?« wiederholte Pencroft.

»Die amerikanische und die britische Regierung gehen davon aus, daß das Schiff bei schlechtem Wetter einen Eisberg gerammt hat und untergegangen ist«, sagte Henshaw, ohne die Miene zu verziehen.

Ein Lächeln machte sich auf dem Gesicht des alten Professors breit. »Wie wunderbar praktisch«, kicherte er. »Geschieht diesen Fieslingen ganz recht.«

»Ist doch etwa nicht einer dieser Eisberge gewesen, die Torpedos abfeuern, oder doch?« fragte Indy Henshaw.

»Schwer zu sagen. Anscheinend hat es in dieser Region Manöver gegeben. Multinavy, um genau zu sein. Die Amerikaner, Briten, Franzosen und ein oder zwei Unterseeboote von den Italienern haben teilgenommen. Also, ganz sicher ist sich natürlich niemand. Die Wetterbedingungen waren verheerend, auf See gab es einen Sturm, all das spielt gewiß eine Rolle.«

»Wissen Sie, Indy«, mischte sich Treadwell wieder in die Unterhaltung ein, »falls ich richtig informiert bin, gab es Berichte über eine schwere Explosion in diesem Gebiet. Wenn sich ein Eisberg in einen Maschinenraum schneidet und das kalte Meerwasser auf die erhitzten Boiler trifft, kommt das der Wirkung eines Sprengkopfes ziemlich nahe.«

»Im Durcheinander der Manöver kann man einfach nicht mit Sicherheit sagen, welches U-Boot sich gerade wo befindet«, merkte Henshaw an.

Indy schlug mit der Faust auf den Tisch. »Bei Gott, das ist *perfekt*!« rief er aus.

»Manchmal ist Ihr Verhalten sehr demonstrativ«, lobte Pencroft.

»Ich glaube, wir haben sie in die Enge getrieben.« Man merkte Indy an, wie spannend er das alles fand.

Gale unterdrückte ein Lachen. Allein schon der Gedanke, aus diesen Konferenzräumen verschwinden zu können, brachte Indys Blut in Wallung.

»Ich denke, ich weiß, worauf Sie anspielen«, sagte Treadwell zu Indy.

»Würde es Ihnen etwas ausmachen, *mich* auch in Kenntnis zu setzen?« bat Pencroft mit eisiger Stimme.

»Das alles funktioniert so, Sir: So wie es aussieht, gibt es nur ein einziges großes Flugzeug. Davon geht Colonel Henshaw mittlerweile aus. Nun, als wir die Existenz dieses riesigen – verzeihen Sie mir den Ausdruck – Luftschiffträgers bestätigen konnten, der offenbar mit einem sehr schnell dahintreibenden Eisberg kollidierte, sind wir auch hinter ihre Methoden gekommen. Ihnen konnte nicht gelingen, das Luftschiff zu verbergen, wenn es zum Auftanken landen mußte. Es ist einfach viel zu groß, man kann es gar nicht verstecken. Darum haben sie einen Tanker umgerüstet, oder ein anderes großes Schiff, wo das Flugzeug aufgetankt und mit allem anderen versorgt werden konnte.«

Fast hätte Indy wieder mit der Faust auf den Tisch gehauen. »Aber jetzt steht ihnen kein schwimmender Stützpunkt mehr zur Verfügung! Nun muß das Ding irgendwo landen, auf einem Stützpunkt zu Land. Und dort muß es einen Schuppen oder sonst etwas geben, von unermeßlichem Ausmaß, damit man das Flugzeug nicht sehen kann. Ergibt das in Ihren Augen einen Sinn, Dr. Pencroft?«

»Na ja, so ungefähr. Sie hatten ja schon immer eine umständliche Art, Dinge zu erklären. Natürlich begreife ich, daß diese Gangster nicht mehr viele Optionen zur Verfügung haben. Da haben Sie ganz recht, Jones. Jetzt müssen Sie nur noch einen magischen Zauberspruch ausgeben und dann bekanntgeben, *wohin* sie fliegen und *wo* sie landen«, scherzte der alte Mann und räusperte sich.

Gale streckte die Hand hoch und versuchte sich Gehör zu verschaffen. »Colonel Henshaw, oder Mr. Treadwell«, platzte es aus ihr heraus, »wir wissen, wo sich das Luftschiff während des Angriffs auf die *Barclay* befand. Und Sie – ich meine, sie – können so ein großes Ding nicht verstecken. Warum haben Sie ihnen keine Jagdflieger hinterhergeschickt, als sie die Möglichkeit dazu hatten?«

»Sehr guter Einwand«, murmelte Pencroft. »Und dann die Kerle in Flammen aufgehen lassen.« Er studierte Treadwells Gesicht. »Würde funktionieren, wissen Sie. Hydrogen brennt wie der Teufel. *Wusch!* Wie Würstchen an Schnüren.«

Indy blickte sich entgeistert um. *Würstchen?* Er hatte den Faden verloren. Henshaw sah, daß er nicht mehr durchblickte. »Wir sprechen von den Ballons über den Schützengräben, von denen aus die Artillerie beobachtet wird«, erklärte er. »Die werden am Boden festgezurrt und von schweren Geschützen gesichert. Aber wenn man Brandbomben einsetzt, gehen die sofort in Flammen auf.«

»Na, warum haben sie dann diese schreckliche Maschine nicht mit Brandbomben vollgestopft?« wollte Gale erfahren. »Dann wären sie erledigt gewesen!«

Treadwell reagierte erneut geduldig. Ihm leuchtete ein, warum sie ihnen unterstellte, eine gute Gelegenheit verpaßt zu haben, das Luftschiff zu zerstören. »Miss Parker, vielleicht hätte ich die Einzelheiten deutlicher herausstellen sollen. Sie haben recht. Wir hätten dem Zeppelin Jagdflugzeuge hinterherschicken müssen. Und um ehrlich zu sein, wir hatten auch vorsorglich Jagdflugzeuge auf unterschiedlichen Stützpunkten postiert. Sie waren also einsatzbereit. Und als die *Barclay* dann angegriffen wurde, starteten sie sofort. Aber es dauerte eine ganze Weile, um auf die Höhe des Zeppelins aufzusteigen.«

Gale lief rot an. »Das – das wußte ich nicht. Tut mir leid.«

»Kein Grund, sich zu entschuldigen, Miss Parker. Wir hätten uns besser vorbereiten müssen. Viel besser und wesentlich früher.«

»Und, was ist dann passiert?« drängte Pencroft.

»Zuerst, Sir, lief es gar nicht gut. Diese Maschine stieg auf eine Höhe von zweiundzwanzigtausend Fuß. Unsere Piloten sind zwar bis dort hoch gekommen, hatten aber Probleme, ihre Flugzeuge zu manövrieren. Außerdem war es bitterkalt. Eine unserer Maschinen war mit einem Funktelefon ausgestattet, deshalb konnten wir mit dem Piloten die ganze Zeit über Verbindung halten.«

»Und, haben sie das Ding gekriegt?« fragte Indy.

»Leider nur beinah.«

»Ich möchte wissen, ob sie Leuchtspurgeschosse auf den Zeppelin abgefeuert haben, oder nicht? Denn wenn sie das gemacht hätten, hätten sie möglicherweise auch die Gasbehälter treffen können.«

»Ja, das wäre möglich gewesen«, sagte Henshaw.

»Und nun?« drängte Indy weiter.

»In der Höhe konnten unsere Maschinen, wie schon gesagt, kaum manövrieren. Die Flugzeuge waren nicht mit Sauerstoffmasken ausgestattet. Unseres Wissens sind zwei unserer Männer ohnmächtig geworden. Die Waffen eines zweiten Piloten froren in der kalten Luft fest und konnten nicht bedient werden. Die anderen drei flogen weiter, stiegen über das Luftschiff auf, um von oben anzugreifen. Jeder der Piloten wußte, daß er nur eine Chance hatte. So eine Situation kenne ich selbst auch. Ist ziemlich knifflig, das kann ich Ihnen verraten. Nach dem, was uns über Funktelefon durchgegeben wurde, verschossen die drei Piloten ihre gesamte Munition, doch das Luftschiff flog einfach weiter, als würde es nur von Mücken umschwirrt. Laut der Aussage des Piloten beschleunigte es sogar.«

»In welche Richtung flog es?« fragte Indy.

»In östliche Richtung, meine ich.« Treadwell blickte zu Indy hinüber. »Worauf wollen Sie hinaus, Professor?«

»Ich bin mir nicht ganz sicher. Ich brauche noch mehr Fakten. Tom, gibt es etwas, irgend etwas, das wir übersehen haben könnten? Vielleicht in Castilanos Nachricht überlesen haben? Etwas in den Beschreibungen über die Schlösser, über Arques, über Frankreich im allgemeinen? Hat er etwas verlauten lassen, daß diese Leute möglicherweise noch *andere* Plätze nutzen?«

»Nein, eigentlich nicht.« Nachdenklich kratzte sich Treadwell am Kinn. »Natürlich stand dort noch mehr, aber das war ein ziemliches Durcheinander.«

Indy verdrehte die Augen. »Was für den einen wie ein Durcheinander aussieht, mag dem anderen etwas sagen. Das müßten Sie doch am ehesten …«

»Castilano spielte auf eine Stadt im Himmel an. Auf *etwas* Riesiges dort oben, aber es war kein Luftschiff …«

Auf einmal arbeitete Indys Verstand rasend schnell und setzte alle Informationsbruchstücke zusammen. Die einzelnen Puzzleteilchen paßten endlich und ergaben ein klares, deutliches Bild. Nach so langem Warten und zeitaufwendigem Nachdenken fand Indy die Lösung.

»*Bingo*!« rief er triumphierend.

16

»Das wird ein ziemlich unruhiger Flug werden, Indy.«

Harry Henshaw richtete sich nicht nur an Indiana Jones, sondern an alle, die in der dreimotorigen Ford Maschine mitfliegen sollten. Schweigend saßen Cromwell und Foulois in der Offiziersmesse eines britischen Militärstützpunktes an Englands Westküste. Aufmerksam lauschten sie den Ausführungen und nickten hin und wieder zustimmend. Henshaw lag mit seiner Einschätzung richtig.

»Warum?« fragte Indy. »Wir nehmen doch die selbe Route wie letztes Mal, nur daß wir diesmal in die umgekehrte Richtung fliegen.«

Henshaw drehte den Kopf in Indys und Gale Parkers Richtung, die gleich neben ihm saßen. »Sicher, was die Streckenlänge betrifft, ist es die selbe Route. Aber bei dieser Messung geht man von einer Strecke auf der Erdoberfläche aus. Beim Fliegen muß man auch die Winde einschätzen und miteinbeziehen. Und das heißt, daß wir diesmal länger und vor allem langsamer fliegen werden.«

Indy ließ Henshaw nicht aus den Augen. »Harry, möchten Sie dieses Luftschiff kriegen, oder nicht?«

»Was soll diese Frage?« fragte Henshaw augenscheinlich überrascht. »Natürlich wollen wir das, das wissen Sie genausogut ...«

Mit einer abrupten Handbewegung, die seine Ungeduld verriet, schnitt Indy ihm das Wort ab. »Dann sollten wir lieber aufhören, nach Problemen zu suchen. *Und es einfach machen*«, sagte er und blickte zu den beiden Piloten hinüber.

»Will, Rene ... können wir es schaffen? Ich meine, auf der gleichen Route zurückfliegen? Und werden wir mit den Winden zurechtkommen?«

Cromwell zuckte bloß mit den Achseln. »Dürfte nicht gerade ein Zuckerschlecken werden, also, kein Kinderspiel, aber wenn wir die zusätzlichen Tanks auffüllen ...«

»Ja oder nein, zum Teufel noch mal?«

»Ja«, schoß Cromwell zurück.

»Dann wollen wir uns fertig machen und sobald wie möglich starten.«

»Nur noch eins, Indy«, warf Rene Foulois ein. »Ich möchte dringend anraten, daß wir nur bei Tag landen. Wir haben nicht gerade prima Wetterbedingungen vor uns und ...«

»Machen Sie sich einfach fertig, und erzählen Sie mir alles weitere *hinterher*«, fertigte Indy den Piloten ab.

»Nachtstart«, sagte Cromwell gelassen. »So kommen wir in Island mit ausreichend Reserven an. Holen Sie die neuesten Wetterdaten ein, und dann geht es weiter nach Grönland. Wie Sie schon sagten, einfach in die andere Richtung.« Cromwell wandte sich nun an Foulois. »Das schaffe ich in sieben Stunden.«

Foulois nickte. »Dürfte hinkommen.«

»Das wär's dann«, sagte Indy. »Harry, Sie verfügen über die Kontakte. Würden Sie dafür sorgen, daß Proviant und alles andere für uns fertig gemacht wird?«

»Ja, aber ich möchte doch noch klarstellen, daß ich Sie für verrückt halte«, erwiderte Henshaw resignierend.

»Aber Sie begleiten uns trotzdem?« wollte Indy wissen.

»Natürlich. Ich habe nie behauptet, nicht von Sinnen zu sein.«

Der Flug in Richtung Westen, immer entgegen der vorherrschenden Windrichtung, war genauso, wie Henshaw ihn im voraus beschrieben hatte: äußerst unruhig und teilweise sogar gefährlich. Sie hatten mit den schlimmsten Wetterbedingungen zu kämpfen. Die Schlechtwetterfront kam aus der Arktis. Weil kalte Luftmassen auf feuchtwarme trafen, sackte die

Ford immer wieder in Luftlöcher ab, vibrierte heftig und war schwer auf Kurs zu halten.

Weil im ersten Streckenabschnitt das Wetter noch schlimmer als erwartet war, mußten Cromwell und Foulois an der Nordwestküste Schottlands landen. Schwerer Regen und Dunkelheit mußten ausgesessen werden. Die Rollbahn, auf der sie landeten, war wie ausgestorben.

Cromwell und Henshaw suchten die umstehenden Gebäude ab, um jemanden zu finden, der Dienst schob. »Keine Menschenseele zu finden«, murmelte Henshaw mit klappernden Zähnen.

»Scheiß-Mausoleum«, lautete Cromwells Bestätigung. »Keine Scheinwerfer, keine Leute, *nichts*.«

»Lassen Sie uns die Ford festbinden und in einem der Gebäude Unterschlupf suchen. Das Wetter ist ja grauenvoll«, sagte Indy.

Sie suchten dicke Seile aus den Werkzeugkisten, zurrten das Flugzeug am Boden fest und warfen eine gewachste Plane über das Cockpit. Die Schlafsäcke unter den Arm geklemmt, liefen sie durch die sturmgepeitschte Nacht und schlugen ihr Lager in einer der Werkstätten auf, die mit schweren Vorhängeschlössern gesichert waren. Ohne zu zögern, zog Indy seine Webley heraus und feuerte auf das Schloß.

»Sehen Sie«, schimpfte er mürrisch. »Ist das nicht wahrer Zauber? Man muß nur eine Menge Krach machen und schon öffnen sich Tür und Tor.«

»Na, Sie haben aber auch einen ganz besonderen Schlüssel«, wagte Henshaw einen Scherz. »Ich wußte gar nicht, daß Gangsterblut in Ihren Adern fließt, aber Ihr Stil gefällt mir.«

»Mir auch«, lobte Gale ihn bibbernd und rauschte an Indy vorbei ins Trockene. »Ich werde denen hier sogar ein neues Schloß bezahlen.«

Nach einer halben Stunde brannte ein behagliches Feuer in

einem großen Kanonenofen, und nicht viel später schliefen alle tief und fest.

Bei Morgengrauen regnete es immer noch. Bisher war noch niemand aufgetaucht, der Stützpunkt war immer noch verlassen. Henshaw lief zur Ford hinüber und schaltete einen Motor an, um das Funkgerät benutzen zu können. Kurz darauf sprach er mit einer nahe gelegenen Wetterstation. Als er die Informationen erhalten hatte, schaltete er den Motor aus und kehrte zu den anderen zurück.

»Draußen sieht es immer noch ziemlich schlimm aus, aber ich habe mit Scottsmoor gesprochen. Die haben heute morgen Kontakt zu den Inseln aufgenommen, die wir überfliegen werden. In der Nähe von Island sieht es etwas besser aus. Ich würde vorschlagen, wir machen uns so schnell wie möglich auf den Weg.«

Indy wartete darauf, was Cromwell meinte. Der Brite nickte zustimmend.

»Rene, würden Sie mir mit unseren Sachen behilflich sein? Indy, ich werde eine Nachricht und etwas Geld für das Schloß hinterlegen«, sagte Gale und blickte gen Himmel. »Dieses Wetter kenne ich. Da stoßen zwei Fronten aufeinander. Harry, mit wem Sie auch gesprochen haben, derjenige hat etwas vergessen. Entweder wir starten innerhalb der nächsten Stunde, oder wir werden ein paar Tage lang am Boden bleiben müssen.«

»Wieso sind Sie sich dessen so sicher?« erkundigte Henshaw sich. Sein Verhalten ihr gegenüber war ein bißchen *zu* tolerant.

»Weil ich in diesem Land fliegen gelernt habe«, gab Gale kratzbürstig zurück. »Tag und Nacht, fünf Monate lang. Ich weiß es eben, und Sie nicht, und deshalb schlage ich vor, daß Sie sich in Bewegung setzen, *Colonel.*«

Indy lachte. »Klingt meiner Meinung nach sehr vernünftig.«

Keine zwanzig Minuten später holperten sie über das grasbewachsene Rollfeld und schlugen dann einen nordwestlichen Kurs ein. Auf tausend Fuß hörte Indy Foulois' Stimme im Kopfhörer. »Werfen Sie mal einen Blick nach rechts«, bat der Pilot ihn. »Sieht so aus, als wisse unsere kleine Lady besser über das Wetter Bescheid als alle anderen.«

Nur ein paar Meilen weiter hing eine dicke Nebelwand am Himmel. Dicke Regentropfen prasselten auf den Stützpunkt, den sie gerade verlassen hatten. »Dauert nur ein paar Minuten«, fügte Foulois hinzu, »dann sind wir drüber, und da bleiben wir auch bis nach Island.«

»Netter Ausblick«, erwiderte Indy.

In einer Höhe von achttausend Fuß schien die Sonne strahlendhell. Gale packte die belegten Brote aus und brachte sie zusammen mit einer Thermoskanne Tee ins Cockpit.

Wie Indy und Henshaw trank sie auf einem Flug lieber Kaffee. Um dem Propellerlärm zu entfliehen, machten sie es sich im hinteren Kabinenabschnitt gemütlich, wo sie sich unterhalten konnten, ohne brüllen zu müssen.

»Harry«, sagte Indy mit vollem Mund, »ich möchte Ihnen ein paar Ideen vortragen.«

Henshaw wedelte mit seinem Sandwich. »Dann mal raus mit der Sprache.«

Indy warf Gale einen Blick von der Seite zu. »Wann immer Sie den Eindruck haben, daß ich was vergessen habe, melden Sie sich bitte zu Wort und unterbrechen mich, ja?«

Sie nickte. Wie immer würde sie warten und schweigen, bis sie etwas Wichtiges zu sagen oder zu fragen hatte. Ansonsten hörte sie zu und lernte. Sie wußte, *wie* man so ein großes Flugzeug wie die dreimotorige Ford flog. Aber sie wußte auch, wann sie den Mund halten mußte, wann sie sich auf unsicherem Terrain befand. Was immer Indy zu sagen haben mochte, war sicherlich gründlich durchdacht. Wenn es etwas zu entgegnen gab, konnte das Harry Henshaw übernehmen, denn er war nicht nur ein Geheimdienstprofi, sondern auch ein sehr erfahrener Pilot, der alles fliegen konnte, was Tragflächen hatte.

»Lassen Sie uns mit dem Zeppelin anfangen«, schlug Indy vor. »Harry, ich möchte, daß Sie jede meiner Thesen und Schlußfolgerungen hinterfragen. Sie lassen mich an Ihrem Wissen über Flugmaschinen teilhaben, und dann werde ich Sie irgendwann über Grabstätten und Pyramiden aufklären, in Ordnung?«

Henshaw lachte. »Wir sind im Geschäft.«

»Na gut, nun zum Zeppelin. Treadwell führte aus, daß wenigstens drei Jagdflugzeuge ihre Munition verschossen haben, um das Luftschiff aufzuhalten.«

»Stimmt«, sagte der Colonel.

»Und sie haben auch Leuchtspurgeschosse abgefeuert«, fuhr Indy fort. »Erstens heißt das, daß sie die Gasbehälter nicht getroffen haben.«

»Stimmt ebenfalls.«

»Nun, wenn das Luftschiff mit Hilfe von Hydrogen aufsteigt, dann haben unsere Gegner die Gasbehälter entweder mit schweren Metallplatten geschützt und die Leuchtspurgeschosse konnten deshalb nichts ausrichten ...«

»Das können Sie getrost vergessen«, sagte Henshaw und winkte ab. »Da muß man so viel zusätzliches Gewicht zupacken, daß das Luftschiff kaum über Baumwipfel gelangt.«

»Kapiert«, sagte Indy. »Oder unsere Piloten haben das Ziel nicht getroffen.«

»Kommt auch nicht in Frage«, entgegnete Henshaw. »Das habe ich überprüft. Die Jungs haben gesehen, wie die Leuchtspurgeschosse von oben eingedrungen sind.«

»Dann hatten die Leute an Bord entweder ungeheures Glück«, sagte Indy und aß zögernd sein belegtes Brot auf,

»oder sie benutzen kein Hydrogen und auch kein anderes entflammbares Gas.«

»Gratulation«, lobte Henshaw ihn.

»Das kann nur bedeuten, daß sie Helium einsetzen«, schloß Indy. »Aber woher kriegen sie das?«

»Ich dachte, ihr Yankees habt das Weltmonopol für Helium«, meldete Gale sich zu Wort.

»So ist es auch«, bestätigte Henshaw. »Die Hauptquelle ist ...«

Indy konnte wieder nicht an sich halten und mußte den Colonel unterbrechen. »Lassen Sie mich weitermachen, ich habe meine Hausaufgaben gemacht.«

Indys Heftigkeit amüsierte Henshaw. »Bitte, bitte, Professor, tun Sie sich keinen Zwang an.«

»Mineral Wells, Texas.«

»Gratulation.« Nun war Henshaw tief beeindruckt. »Aber es gibt auch zwei Heliumlager ...«

»Zu viele Menschen«, gab Indy zu denken, »zu offensichtlich. Die können doch nicht mit so etwas, das so groß wie ein Hügel ist, irgendwohin fliegen, wo die Leute beim Anblick eines riesigen, glänzenden Zeppelins durchdrehen.«

»Also müssen sie einen Stützpunkt haben, wo sie ihr Luftschiff verstecken können?« fragte Gale.

»Geben Sie der Dame eine Zigarre«, rief Indy. »Wissen Sie, jeder kleine Hinweis ist wie ein Baustein zu neuen Antworten, Henshaw.«

»So ist es immer«, stimmte der Colonel zu. »Je mehr Informationen man zusammenträgt, desto klarer wird das Bild.« Er warf Indy einen skeptischen Blick zu. »Wieso beschleicht mich das Gefühl, daß wir bisher erst die Hälfte gehört haben?«

Indy grinste. »Ich weiß, daß das verrückt klingen mag, aber es sieht so aus, als lieferten die Archäologie und die Anthropologie die Antwort, die wir suchen. Und der Aberglaube, der immerhin Augenzeugen, die das Luftschiff gesehen haben, davon überzeugte, den Mund zu halten und zu schweigen.«

»Sie sind mir ein paar Schritte voraus«, gab Henshaw offen zu. Ihn irritierte, daß er Indy nicht schnell genug folgen konnte.

»Nun, einer der besten Tricks stammt von Filipo Castilano«, fuhr Indy fort. »Erinnern Sie sich noch, wie Treadwell uns erzählte, daß Castilano eine vage Anspielung auf eine Stadt im Himmel gemacht hat? Zuerst kam mir das ziemlich lächerlich vor. Und dann kam ich auf die Idee, daß es sich um eine verschlüsselte Botschaft handelte. Wahrscheinlich ist er davon ausgegangen, daß ich mir darüber meine Gedanken machen und die Antwort finden würde, die er mir zukommen lassen wollte.«

»Und, haben Sie sie gefunden?« drängte der Colonel.

»Zuerst nicht«, gestand Indy ein. »Eine Stadt im Himmel könnte Asgard sein. Dort sind die Götter zu Hause. Es könnte genausogut der Berg Olymp sein. In jeder Kultur gibt es so eine Stadt oder eine Art Eden oder einen Himmel. Aber ich durfte bei meinen Überlegungen nicht außer acht lassen, daß Filipo es wörtlicher meinte, als ich annahm.«

»Indy, Sie spannen uns ganz schön auf die Folter«, rügte Gale ihn.

»Nein, eigentlich nicht. Ich möchte, daß Sie meinen Gedankengang nachvollziehen können. Daran liegt mir sehr. Also, erstens: Das Luftschiff wird wahrscheinlich nicht mit Hydrogen betrieben. Sonst wäre es unter Beschuß explodiert. Und es muß eine große Öffnung, eine Luke im Rumpf haben, durch die die Scheiben aufgenommen werden können. Und die geben große Hitze ab.«

»Stimmt alles. Schon das kleinste Hydrogenleck könnte eine Katastrophe bewirken.«

»Okay«, stimmte Indy zu. »Also brauchen wir Helium.

Wenn man zu große Mengen Helium außer Landes bringen wollte, würde das gewaltiges Aufsehen erregen. Und die amerikanische Regierung reagiert ziemlich empfindlich, was dieses Thema betrifft. Auf der anderen Seite ist es kein Problem, Helium mit einem Tanker *innerhalb* der USA zu transportieren. Man braucht nur eine stattliche Summe, und schon kann man kaufen, was man will. Hauptsache, niemand kommt auf die Idee, daß es nach Übersee verschifft wird.

Helium aus Mineral Wells in Texas. Aber wohin wird es gebracht? Und wie paßt diese Himmelsstadt ins Bild? Falls es diese Stadt im Himmel wirklich geben sollte, heißt sie nur so. Schließlich gibt es bei uns keine Städte, die durchs All fliegen. Was, wenn dieser Name einem Anthropologen, einem Archäologen oder einem Student der Geschichte etwas sagen würde, der ihn einordnen könnte? In der Öffentlichkeit müße er nicht geläufig sein. Vielleicht wurde er aus einer relativ unbekannten Sprache in die unsere übersetzt. Und falls Castilano sich tatsächlich so gut in der spanischen Geschichte auskennt, wie ich es vermute, spielte er ganz direkt auf die *wirkliche* Himmelsstadt an.«

»Jetzt haben Sie uns prima durchs Labyrinth geführt, Indy ...«

»Nicht ganz. Erst als ich begann, mir in dieser Richtung Gedanken zu machen, paßte plötzlich eins zum anderen.« Er hielt kurz inne. »Wissen Sie, es geht um einen indianischen Namen. Die Acoma Indianer leben seit Tausenden von Jahren an einem Ort, den sie – das behaupten sie wenigstens – seit 3000 vor Christus bewohnen.«

»*Acoma*! Aber klar doch!« rief Henshaw.

»*Was* ist Acoma?« bat Gale nahezu flehentlich um eine Erklärung.

»Acoma ist der indianische Name für Himmelsstadt«, erläuterte Indy. »Sie liegt südwestlich von Albuquerque in New

Mexico. Ganz in der Nähe des Zuni Indianerreservates, aber sie gehört nicht dazu. Acoma ist eine große Ansiedlung mit in Stein gehauenen Wohnungen in einer Höhe bis zu dreihundert Fuß. Um ganz genau zu sein, Himmelsstadt heißt in der Sprache der Acoma ›Altes Acoma‹. Übrigens, sie haben eine ganz eigenständige Sprache entwickelt.«

»Und sie halten an ihrem ganz eigenen, besonderen Glauben, an Mythen und Traditionen fest. Die Acoma glauben, daß sie alle von einem Ort tief in der Erde kommen, aus einer kreisrunden Kammer, die sie *Sipapu* nennen. Ihr Stamm wurde von zwei Mädchen begründet, die von ihren Göttern – Nautsiti und Iatiku – geschaffen wurden. Als die Götter diese beiden Mädchen schufen, wurde der Stamm der Acoma Indianer ins Leben gerufen, samt der Menschen, Tiere, Unterkünfte etc. Sie bauten ihre Häuser viele hundert Fuß in den Himmel hoch – *über die Mesa.* Diese Siedlung bekam den Namen Pueblo im Himmel.«

»Himmelsstadt«, flüsterte Gale.

»Und dort gibt es einen natürlich entstandenen, dicken Felswall mit großen Höhlen und Schluchten, in denen man leicht ein halbes Dutzend dieser Luftschiffe verstecken kann. Im Verlauf der Geschichte verteidigten die Acoma ihr Territorium mit einer Hartnäckigkeit, die den Spaniern, als sie in dieser Gegend ihre Eroberungsfeldzüge machten, besonders auffiel. Als sie in Acoma eintrafen – das vom linguistischen Standpunkt aus gesehen ›Der Ort, der schon immer war‹ bedeutet –, stießen sie auf einen sehr gewalttätigen Stamm, der alles tat, um seine heiligen Mesas zu behalten.«

Indy lehnte sich zurück und streckte die Beine aus. »Ich kann mich an Berichte der Spanier erinnern, aufgeschrieben von einem Expeditionsführer namens Hernando de Alvarado. Im Jahre 1540 schickte Coronado ihn auf Exkursion. Er sollte den Ort finden, über den sie so viele großartige Geschichten gehört hatten. Alvarado war angesichts der Stadt in dieser Höhe, angesichts der schmalen Eingänge und der Wälle so beeindruckt, daß er einen Angriff für nicht durchführbar hielt. In seinem Bericht an Coronado konstatierte er schlicht und einfach, daß Acoma nicht einzunehmen war. Er sprach davon, daß die Ansiedlung völlig unzugänglich war und daß mehr als sechs- oder achttausend Indianer auf dem Mesa lebten und damit den Spaniern zahlenmäßig weit überlegen waren.«

Nachdenklich strich Indy über sein Kinn. »Das war erst mal genug Geschichte, ich wollte Ihnen nur darlegen, daß Acoma eine perfekte Operationsbasis für ihr Luftschiff ist. Die dort ansässigen Indianer – in diesem Gebiet gibt es mindestens ein Dutzend unterschiedlicher Stämme – glauben seit jeher, daß sie eine ganz besondere Beziehung zum Himmel haben. Wenn ich mich recht entsinne, gab es im Herbst 1846 einen außergewöhnlichen Vorfall. Inzwischen waren die Spanier weg, wie wir alle wissen, und die amerikanische Armee setzte alles daran, die Indianer zu unterwerfen. Und dann wurde auf einmal der Glauben der Indianer durch einen Zwischenfall neu genährt. Eine amerikanische Kavallerieeinheit schlug ihr Lager knapp eine Meile vor Acoma auf, und genau in dieser Nacht fiel ein Meteor von beträchtlichem Ausmaß vom Himmel. Er war so hell, daß sich Nacht in Tag verwandelte. Aber er schlug nicht *ein*. Mit rasanter Geschwindigkeit raste er nach unten, blieb über dem Horizont stehen, tauchte die Welt in seinen Lichtschein und – machte kehrt und flog in den Weltall zurück.«

»Hängt mit den atmosphärischen Bedingungen zusammen«, merkte Henshaw an. »Das passiert manchmal. Kein Wunder, daß die Menschen dann auf einmal zum Glauben finden.«

»Nun, das habe ich mir also zusammengereimt«, sagte Indy mit fester Stimme. »Und ich könnte wetten, daß wir in Acoma das Luftschiff finden. Falls unsere Gegenspieler wirklich über das, was passiert, auf dem laufenden sind, müßten sie inzwischen auch erkannt haben, daß ihr Plan langsam in seine Einzelteile zerfällt.

Die Art und Weise, wie diese Leute sich bisher verhalten haben, läßt darauf schließen, daß sie sich einen Ausweg überlegen. Und das könnte bedeuten, daß sie sich vielleicht sogar entschließen, eine ganze Stadt zu zerstören, wenn Sie das wollen.« Zum ersten Mal klang Indy richtig besorgt.

»Eine ganze Stadt zerstören?« Gale begriff nicht, worauf er hinauswollte. »Wie sollten sie das anstellen? Ein oder mehrere Luftschiffe können gar nicht so viele Bomben dorthin schaffen ...«

»Indy hat recht«, unterbrach Henshaw sie. »Und die werden keine Bomben einsetzen, Gale. Zu schwer, zu klobig. Damit macht man nur eine Menge Lärm, setzt alles in Brand und tötet ein paar hundert Leute, vielleicht auch ein paar tausend, aber im Vergleich zu einem Krieg ist das gar nichts.« Henshaw schüttelte den Kopf. »In solchen Fällen simulieren wir sogenannte ›Kriegsspiele‹. Wir fragen uns, was würden *wir* an ihrer Stelle tun?«

»Und was würden *Sie* tun?« drängte Gale.

»Falls es meine Absicht wäre, die Menschen im großen Rahmen in Angst und Schrecken zu versetzen, würden mehrere Maßnahmen oder eine Kombination von ihnen in Betracht kommen. Zuerst einmal kann man die Wasserversorgung einer großen Stadt angehen und das Trinkwasser vergiften. Falls man ein langsam wirkendes Gift einsetzt, vergeht genug Zeit, so daß alle Einwohner eine tödliche Menge zu sich genommen haben, bevor die ersten sterben. Die Menschen hätten mit Nervenparalyse, Atembeschwerden, derlei Dingen zu kämpfen. Und dann verfügen wir über biologische Waffen. Sie sind noch nicht besonders ausgereift, aber unseres Wissen haben mindestens vier Länder eine Mutation von Milzbrand entwickelt. Wenn Menschen dieser Mutation ausgesetzt sind, sterben sie dahin wie die Fliegen. Milzbrand kann man mit Flugzeugen oder diesen teuflischen Scheiben versprühen. Und in diesem Fall muß man kein riesiges Gewicht laden. England, Frankreich, Deutschland, Rußland und die Vereinigten Staaten haben zur gleichen Zeit begonnen, biologische Waffen zu entwickeln. Waffen, die ich für äußerst brutal und hinterhältig halte ...«

»Grauenhaft, wollten Sie wohl sagen«, warf Gale erhitzt ein.

»Auch nicht schlimmer, junge Dame, als jämmerlich an einer Brandbombe im Bauch zu sterben, das kann ich Ihnen versichern«, erwiderte Henshaw kalt. »Oder von einem Flammenwerfer abgefackelt zu werden.«

»Mein Gott«, flüsterte Gale betroffen.

»Harry hat recht«, sagte Indy. »Und außerdem gibt es noch Giftgas. Im Krieg wurden Senfgas und Phosgengas eingesetzt. Andere Typen sind noch in der Entwicklung. Zehn von tausend Soldaten starben an Giftgas. Vielleicht waren sie die Glücklichen. Viele andere erblindeten, wurden wahnsinnig oder zum Krüppel gemacht.«

»Und eine harmlose Stadt kann sich gegen so einen Angriff natürlich nicht schützen«, betonte Henshaw. »Nein, ich fürchte, Indy hat recht, was die Absichten und Zielsetzungen dieser Leute angeht. Wir haben ihr Schiff versenkt, damit wissen sie, daß wir bereit sind, es mit ihnen aufzunehmen. Wir haben ihr Luftschiff angegriffen, auch wenn das nichts gebracht hat. Nun ist die Jagd eröffnet, und je eher wir das Luftschiff finden und zerstören, desto schneller muß die Gegenseite auf ihre Vorteile verzichten. Dann können sie nämlich die Menschen nicht mehr mit ihren fliegenden Untertassen und Luftschiffen zum Narren halten.«

»Bis jetzt hat noch keiner von Ihnen das gesagt, worauf ich die ganze Zeit schon warte«, sagte Gale.

»Und was wäre das?« fragte Indy.

»Wenn sie in der Lage sind, *eine* Stadt anzugreifen«, sagte sie kopfschüttelnd, »warum sollen sie dann nicht gleich mehrere angreifen können?«

»Ach, das können sie bestimmt«, wandte Henshaw ein. »Aber Massenvernichtung ist bestimmt nicht ihr Ziel. Ihnen geht es um Angst und Panik. Um Gedankenkontrolle. Wenn man das Denken der Menschen verändert oder manipuliert, kann man sie kontrollieren. Wenn sie an Götter glauben, dann *gibt* es Götter. Und wenn sie glauben, hilflos zu sein ...«

»Dann werden sie das auch sein«, beendete Indy den Satz für ihn. »Also, je eher wir das Luftschiff finden, desto ...«

In diesem Augenblick begann die Ford heftig zu schwanken und erinnerte sie daran, daß sie gerade den Nordatlantik überquerten. Von Minute zu Minute wurden die Turbulenzen heftiger. Foulois kam aus dem Cockpit zu ihnen nach hinten in die Kabine.

»Warum wir Sie überhaupt mit Kopfhörern ausgestattet haben, ist mir ein Rätsel«, sagte Foulois. »Jetzt versuchen wir schon seit zehn Minuten, mit Ihnen zu sprechen!«

»Was gibt es?« fragte Henshaw. An seinem Gesicht konnte man ablesen, daß er das Zittern und die Vibrationen des Flugzeuges registrierte und nicht darauf angewiesen war, daß der Franzose ihm sagte, was vorging.

»Wir müssen durch eine schlimme Wetterfront«, sagte Foulois. »Inzwischen sind wir mittendrin.« Er zeigte auf die Kabinenfenster, gegen die der Regen schlug.

»Wird ein bißchen ungemütlich werden«, fuhr der Franzose fort. »Ist besser, wenn Sie sich anschnallen und alle losen Gegenstände verstauen.«

»Frenchy, ich werde Sie eine Zeitlang ablösen«, sagte Henshaw. »Dann können Sie Kaffee trinken und etwas essen ...«

»Sie meinten wohl Wein, nicht wahr, Colonel?«

»Eigentlich nicht. Ich muß jedenfalls ans Funkgerät. Muß Verbindung zu Island aufnehmen.«

»Tut mir leid, mein Freund. Wegen des Wetters haben wir seit einiger Zeit keinen Funkkontakt mehr zu Island. Aber wir versuchen gerade, mit einer der Funkstationen auf den Faröer Inseln Kontakt aufzunehmen. So wie es aussieht, sind wir noch auf dem richtigen Kurs. Dieser Cromwell fliegt wie ein Jagdhund. Ich glaube, er hat die Witterung von Island aufgenommen.«

»Möchten Sie wirklich *Wein* trinken«, fragte Gale, als Henshaw im Cockpit verschwunden war.

Foulois wühlte seine Tasche durch, setzte sich auf den Kabinenboden und lehnte sich gegen einen Sitz. Dann hielt er triumphierend eine Flasche hoch. »Mit Kaffee hat noch niemand einen Krieg gewonnen, meine Liebe«, erklärte er und nahm einen tiefen Zug aus der Flasche. »Aber wenn man genug Wein trinkt, ist einem wenigstens egal, welche Seite gewinnt. Meiner Meinung nach eine äußerst zivilisierte Einstellung.«

Im nächsten Moment machte er einen Satz, weil die Ford in ein tiefes Luftloch absackte. Mit einem Knall landete er wieder auf dem Kabinenboden.

»Ein Franzose wie aus dem Bilderbuch«, meinte Indy lachend. »Verschüttet keinen einzigen Tropfen Wein.«

Zwei Stunden später war Indy, der fest angeschnallt auf seinem Sitzplatz ausharrte, bereit, dem Fliegen auf immer und ewig abzuschwören. Der Flug, der laut Foulois' Vorhersage etwas unruhig werden sollte, war kaum mehr zu ertragen. Sie wurden hin und her geworfen, sackten andauernd ab und stiegen dann wieder auf. Durch undichte Stellen im Cockpit drang Regenwasser ein, das in die Kabine lief.

»Das hier ist wirklich unerträglich!« brüllte Gale gegen das Tosen des Windes und gegen das Motorengeräusch an.

Indy hatte alle Mühe, gegen seine Übelkeit anzukämpfen und sich nicht zu erbrechen. Inzwischen wußte er längst nicht mehr, wo oben und unten, links und rechts war.

Und dann auf einmal klarte der Himmel auf, und sie hatten die Schlechtwetterfront hinter sich gelassen. Indys Magen beruhigte sich allmählich. Als er einen Blick aus dem Fenster warf, konnte er tief unten die vulkanischen Erhebungen Islands erkennen.

17

Sechsundreißig Stunden später landeten sie mit steifen Gliedern, verspannten Muskeln und völlig übermüdet in Quebec. Belegte Brote hingen ihnen zum Hals heraus, und sie sehnten sich nach Schlaf in bequemen Betten. Henshaw wandte sich an die kanadischen Behörden und arrangierte, daß der amerikanische Zoll und die Einwanderungsbehörde sie ohne die ganzen Formalitäten auf den Stützpunkt ließen, mit der Begründung, daß Flugzeug, Mannschaft und Flugziel von der amerikanischen Regierung genehmigt worden waren. Vollkommen erschöpft hätten sie gern geduscht, die Kleider gewechselt und sich ausgeruht, aber dazu hatten sie keine Zeit. Cromwell trieb alle zur Arbeit an der Ford an, mit Ausnahme von Henshaw, der sich um die von Indy an ihn übertragenen Aufgaben »kümmerte«. Sie hatten in der Maschine eine weite Strecke zurückgelegt, und Cromwell und Foulois wußten aus Erfahrung, daß das Flugzeug gewartet, die Motoren überprüft werden mußten.

Zwei Stunden später hatten sie das Flugzeug aufgetankt, die

Ölstände geprüft, die hydraulischen Anlagen nachgesehen und andere Kleinigkeiten in Ordnung gebracht. Henshaw stieß auch wieder zu ihnen. »Will«, fragte er Cromwell, »können wir bis Dayton durchfliegen? Dort *müssen* wir dann zwangsläufig eine Pause einlegen, und dann kann sich das Wartungspersonal um die Maschine kümmern.«

»Nach der Strecke, die wir zurückgelegt haben, alter Junge, wird der Flug nach Dayton uns wie ein Spaziergang vorkommen.«

»Okay, sattelt auf, und dann starten wir«, rief Indy den anderen zu.

Cromwell stieß Foulois den Ellbogen in die Seite. »Aufsatteln, hm? Wofür hält er dieses Flugzeug? Für ein verdammtes Pferd?«

In der Kabine legten Indy und Gale die Sicherheitsgurte an. Gale, die total erschöpft war, schlief gleich ein. Mit geschlossenen Augen lehnte sich Indy zurück, war aber weit davon entfernt, einschlafen zu können. In Gedanken hatte er den Flug schon hinter sich und stand mit beiden Beinen auf der Erde.

Bald war es soweit: Sie konnten zum Gegenschlag ausholen.

Aber ihre Gegner, das wußte Indy inzwischen aus Erfahrung, hielten sich garantiert schon bereit und erwarteten sie.

Colonel Harry Henshaw breitete Flug- und Straßenkarten und Fotos von Texas und New Mexico aus. Indy und Gale standen links und rechts von ihm vor einem langen Tisch, an dem mehrere Geheimdienstoffiziere Platz genommen hatten. Auf der anderen Seite saßen ein paar Zivilisten, die für Fragen zur Verfügung standen, darunter mehrere Lastwagenfahrer und ein hohes Ratsmitglied der Acoma Indianer. Während sie sich in einem Flugzeughangar auf dem Wright Stützpunkt zusammengesetzt hatten, arbeiteten Cromwell und Foulois an der Ford.

»Das sind die neusten Luftaufnahmen von unseren Piloten«, sagte Henshaw zu Indy und den anderen Anwesenden. »Zuerst sollten wir uns Mineral Wells anschauen.« Er schob ein paar Fotos neben die Karten, um sie miteinander vergleichen zu können. »An dieser Stelle gibt es die größten Mengen Helium«, sagte er und zeigte auf einen Punkt auf der Karte. »Die Gasvorräte liegen westlich von Fort Worth. Normalerweise wird Helium in Zugtankbehältern transportiert, weil das einfacher und sicherer ist. Aber der Einsatz von Tanklastwagen ist auch nicht ungewöhnlich.

Aus den Fotos kann man ersehen, daß der Verkehr in den letzten Wochen in diesem Gebiet stark zugenommen hat. Diese Fotos zeigen die drei Hauptverkehrsadern in der letzten Woche. Die Flieger hielten sich hoch genug, um keine Aufmerksamkeit zu erregen. Unsere Leute haben Tanklastwagen auf diesen Straßen gesichtet. Die Kreise markieren Frachtlinien in zwei Richtungen. Eine führt hauptsächlich nach Lubock, wo die Transportzentrale liegt, die zweite geht über den Highway nach Midland und Odessa und verläuft dann in nordwestlicher Richtung nach New Mexico.«

»Wie viele fahren nach Albuquerque?« wollte Indy wissen.

Henshaw zeigte auf einen Lastwagenfahrer. »Indy, das ist Mike Hightower. Mike, können Sie diese Frage beantworten?«

Der schwergewichtige Mann beugte sich vor. »Sicher, Colonel.« Dann blickte er zu Indy hinüber. »Helium transportieren wir fast nie nach Albuquerque. Wozu auch, dort gibt es dafür keine Nachfrage. Unsere Hauptabnehmer sind die Navy und ein paar Fabriken. Da nicht alle über Bahngleisanschluß verfügen, nehmen wir Lastwagen.«

Hightower verrückte eine Landkarte, damit er und Indy zusammen darauf schauen konnten. »Eine Reihe unserer Laster gehen nach Santa Fe. Das liegt hier. Aber das kommt mir ziemlich seltsam vor, weil es niemanden in Santa Fe gibt, der Helium gebrauchen könnte. Es sei denn«, gab er mit einem Seitenblick zu bedenken, »das Militär zieht dort ein geheimes Projekt durch. Der Colonel behauptet, daß das nicht der Fall ist. Und auch die Lieferung als solche geht irgendwie seltsam vonstatten. Ich meine, normalerweise liefern wir an einem abgemachten Ort aus. Laden ab und kehren heim. Nun müssen wir auf einmal die Wagen dort stehenlassen. Ich habe deswegen einen Riesenärger gemacht, aber mein Boß sagte, daß uns eine große Firma aufgekauft hat und nun wechselweise neue Fahrer einsetzt. Unsere Jungs werden in Bussen nach Mineral Wells zurückgebracht. Allerdings beschwert sich niemand. Sie kriegen einen Bonus, und damit kann man vielen lästigen Fragen aus dem Weg gehen.«

»Irgendwelche Lieferungen direkt nach Albuquerque?« fragte Indy.

Hightower saugte an einem kurzen Zigarrenstummel. »Hm. Es gibt ein paar Laster, die direkt von Mineral Wells nach Roswell fahren, das liegt hier, und die stellen ihre Wagen dort ab. Und ein paar Männern wurde aufgetragen, nach Las Cruces zu fahren, das liegt im Süden.«

Henshaw fuhr mit dem Finger auf der Karte nach Norden. »Von Las Cruces aus geht es immer geradeaus nach Albuquerque. Das ist eine ziemlich öde Gegend. Man kommt durch Truth or Consequences, die Straße verläuft parallel zum Rio Grande, und dann muß man durch die Lavafelder bei Elephant Butte durch oder hoch nach Socorro. Und in Belen kann man eine Abkürzung nach Acoma nehmen.«

»Das wäre ganz schön dumm«, meinte Hightower. »Schlechte Straßen, die wenigsten sind befestigt. Ist die Hölle mit einem Lastwagen. Aber wie ich schon sagte, wer immer jetzt das Sagen hat, schmeißt das Geld raus, als gäbe es kein Morgen, und da sagen unsere Jungs natürlich nicht nein.«

Indy studierte die Karten. »Aber alle Straßen führen nach Acoma, nicht wahr, Harry?« Das war nicht als Frage gemeint.

»Ja«, sagte Henshaw. »Hightower, die Fahrer, die Ihre Leute ablösen, haben die nicht gesagt, daß sie die Laster wieder nach Mineral Wells zurückbringen?«

»Ja, das ist eine ganz schöne Strecke, aber sie machen es. Wenn wir die Fahrzeuge wiederhaben, müssen wir sie erst mal wieder fahrtüchtig machen. Wenn sie so geschunden werden, ist das einfach notwendig. Und wenn wir uns beschweren, dann wird uns gesagt, wir sollen sie verschrotten, und wir kriegen neue. Ziemlich eigenwillige Art, eine Firma zu leiten, würde ich sagen.«

»Gibt es sonst noch was, das wir wissen müßten?« hakte Indy nach.

»Nein, Sir. Eigentlich dürfte ich gar nicht hier sein. Ich meine, diese Leute zahlen mir einen Bonus, damit ich den Mund halte. Beantworten Sie keine Frage, lautet ihre Devise. Und dann tauchen auf einmal ein paar Typen, ich meine FBI-Agenten, bei mir auf und schlagen vor, daß ich mich mit ihnen unterhalten soll, falls ich meine Lizenz nicht verlieren und im Geschäft bleiben will. Das tue ich hiermit. Aber man hat mir versprochen, mich dann auch wieder gehen zu lassen.«

»Wie wurde das in die Wege geleitet?«

»Ich ging nach Gainesville. Liegt nördlich von Fort Worth. Dicht an der Grenze zu Oklahoma. Da gibt es ein Armeecamp. Nachts landet ein Flugzeug, ich steige ein, und ehe ich mich versehe – bin ich hier. Und so geht es auch wieder zurück.«

»Mr. Hightower, Sie sind uns eine große Hilfe gewesen. Vergessen Sie den kleinen Besuch, den Sie uns abgestattet haben, wir bringen Sie zurück, und dann tun wir so, als hätten wir uns nie gesehen.«

»Danke, Colonel. Kann ich jetzt verschwinden?«

»Aber bitte. Wenn Sie etwas brauchen, lassen Sie es uns wissen.«

»Tja, warum bringen Ihre Leute mich nicht hoch nach Lawton in Oklahoma? Ist kein großer Umweg, und ich habe dort Verwandte. Böte mir eine gute Ausrede. *Hier* bin ich nie gewesen.« Er grinste.

»Ich wünsche Ihnen eine gute Reise, Mr. Hightower.« Henshaw blickte zu den beiden anderen Fahrern hinüber. »Haben Sie uns noch etwas zu sagen?«

Beide Männer schüttelten den Kopf. »Ne. Ist alles, wie Mike es geschildert hat.«

»Großartig. Danke.«

Ein Captain führte die drei Männer aus dem Hangar.

Henshaw wandte sich an Indy. »Es gibt noch viel mehr, aber ich meine, das Bild ist ziemlich deutlich. Helium wird in großen Mengen direkt nach Acoma gebracht.«

»Es muß eine Art Zuleitungssystem für das Luftschiff geben«, gab Indy zu bedenken.

»Ja.«

Beide Männer blickten zu dem Indianer hinüber. Im Verlauf der Unterhaltung hatte er beharrlich geschwiegen und total reglos dagesessen. Erst jetzt betrachtete Indy ihn genauer. Für einen Indianer war er sehr groß, wenigstens einsfünfundneunzig, mit breiten Schultern und dicken Muskeln. Er trug einen flachen, schwarzen Hut, mit dem viele Westmänner ziemlich lächerlich ausgesehen hätten, zumal er mit drei langen, goldenen Federn geschmückt war. Seine Hose und Weste aus Hirschleder und sein silberner Conchabelt waren handgemacht. Obwohl Indy seine Fußbekleidung nicht sehen konnte, vermutete er, daß er nicht traditionelle Mokassins trug, sondern schwere Arbeitsschuhe, die unter weißen Arbeitern beliebt waren. Solche Schuhe waren auf steinigem Gelände von Vorteil.

Indy und der Indianer fixierten einander, inspizierten neugierig die Waffen, die jeder von ihnen trug. Indys Webley hing in einem herkömmlichen Hüftholster, der Indianer trug seine Waffe in Westernmanier.

Indy nickte dem Mann zu. In diesem Augenblick war es wichtig, sich an Gepflogenheiten zu halten. Über diesen Mann wußte er nur, was Henshaw ihm kurz erzählt hatte: Er gehörte dem Hohen Rat der Acoma Indianer an. Die Haltung und das Gebaren verrieten Indy, daß unter seinen Ahnen mächtige Führer gewesen sein mußten. Die Tatsache, daß ihm erlaubt war, auf dem Militärstützpunkt eine Waffe zu tragen, sprach ebenfalls Bände.

»Jones«, stellte Indy sich vor. »Henry Jones, aber Indy ist mir lieber.«

»Guter Name. Ich bin Jose Syme Chino.« Chinos Stimme hatte einen tiefen, wohltönenden Klang. Im Blick des Indianers lag Wärme, die aber nicht darüber hinwegtäuschen konnte, daß er ein harter Gegner sein konnte, falls die Situation es erforderte. Zuerst unterhielten sie sich über oberflächliche Dinge. Sie testeten einander ab. Ging es gut, konnte sich Indy seiner Unterstützung sicher sein, die für dieses Unternehmen wichtig war. Henshaw hatte sich zurückgezogen. Damit zeigte er, daß er es für sinnvoll hielt, daß die beiden Männer sich näher kennenlernten. Die Regierung des weißen Mannes begegnete diesem Mann mit Achtung und Respekt.

Indy zeigte auf Chinos Waffe. »Darf ich?« fragte er.

Blitzschnell zog sein Gegenüber den schweren Revolver, einen .44er mit langem Lauf, aus dem Holster und händigte ihn mit dem Griff nach vorn aus. Indy drehte die Waffe hin und her, beäugte sie aufmerksam und fragte: »Gute Reichweite?«

Chino nickte unmerklich. »Ja, sehr gut.«

Indy gab den Revolver zurück, nahm seine Webley heraus und reichte sie dem Indianer, der sie genauso aufmerksam musterte und dann zufrieden lächelte. »Ist schon oft benutzt worden.«

»Ja«, erwiderte Indy erstaunt. Die Art und Weise, wie sich die Waffe anfühlte, hatte das dem Indianer verraten. Und dann zeigte Chino auf die Peitsche, die links an Indys Hüftknochen baumelte.

»Ist auch oft benutzt worden.«

»Ja.«

»Kann sehr gut mit einer Peitsche umgehen. Sollten einmal unsere Fähigkeiten vergleichen«, schlug Chino vor.

Indy lächelte wohlwollend. »Das wäre eine ... interessante Erfahrung.«

Auf einmal lachte der Mann schallend und legte die Kurzangebundenheit des »hinterwädlerischen Indianers« ab. »Ich könnte mir denken, Professor Jones, daß die Kamera Ihnen wahrscheinlich nützlicher als die Waffe und die Peitsche gewesen ist.«

Ich hatte also recht! Dieser Kerl kann bestimmt mit mehr Studienabschlüssen als ich aufwarten! Er gab sich große Mühe, sich seine Gedanken nicht anmerken zu lassen.

»Sie sind sehr scharfsinnig«, sagte Indy. »Viele Leute haben größere Angst davor, daß ihre Seele mit diesem Fotoapparat eingefangen wird, als einem Mann das Leben zu nehmen, dessen Seele dann zu Gott reist.«

»Vorsichtig, Professor«, erwiderte Chino grinsend. »Sie hören sich fast wie ein Medizinmann an.«

»Und Sie klingen überhaupt nicht mehr wie ein Indianer, der durch die Berge streift und mit einem Bowie-Messer Büffel jagt.«

Chino warf ihm einen wissenden Blick zu, sagte aber kein Wort.

»Nur so aus Neugier, Jose Syme Ch ...«

»Bitte nennen Sie mich Joe.«

»Gut. Aber, wie schon gesagt, nur so aus Neugier und bevor wir uns den wirklich wichtigen Themen zuwenden, wo haben Sie studiert?«

»Sie *sind* klug. Geologie in Montana. Meteorologie an der Universität von Kalifornien, Landwirtschaft in Texas ...« Chino zuckte mit den Achseln. »Ich lernte, was den Interessen meines Volkes am nützlichsten ist.«

»Texas muß ganz schön hart gewesen sein.«

»Warum glauben Sie das, Indy?«

»Wie sagten Ihre Vorfahren so treffend, Joe: Wir können es uns nicht leisten, mit gespaltener Zunge zu sprechen. In Texas ist man als Indianer genau so draußen wie als Schwarzer. Die dort unten möchten unter sich bleiben.«

»Manchmal ist es als Indianer sogar noch schwieriger. Aber wenn man gründlich vorausplant, ist das von großem Nutzen.«

»Und wie stellt man das an?«

»Ich war vier Jahre lang der Schwergewichtschampion.«

»*Das* nenne ich wirklich hervorragend geplant.«

»Und jetzt sollten wir uns lieber mal über *Ihr* Problem unterhalten, mein Freund«, schlug Chino vor. »Die Zeit wird langsam knapp für Sie. Ihre Gegner bereiten sich vor, sie können jeden Moment zuschlagen. Schließlich haben sie schon damit begonnen, ein paar Ablenkungsmanöver in die Wege zu leiten.«

Indy wandte sich an Henshaw. »Wissen Sie etwas darüber? Ich meine, von diesen Ablenkungsmanövern?«

»Chino hat uns diese Nachricht überbracht. Natürlich haben wir mit so etwas gerechnet.« Henshaw breitete eine Karte auf der Tischmitte aus. »Hier, da liegt Acoma und das Reservat der Acoma Indianer. Westlich davon ...«

»Colonel, darf ich?« unterbrach Chino ihn.

»Aber sicher, nur zu«, erwiderte Henshaw schnell.

Chino beugte sich über den Tisch und fuhr mit dem Finger über die Karte. »Das hier ist Cibola«, sagte er. »Ein großer Wald, der unter dem Schutz der Regierung steht. Er ist nicht wichtig für uns, aber das, was südlich und westlich von Cibola liegt. In diesem Gebiet hat es mal einen Vulkanausbruch gegeben. Ziemlich unangenehmes Gelände, das Zeug ist oft scharf wie die Spitze einer Nadel. Nur sehr mühsam zu durchqueren. Und dahinter liegt das Reservat der Ramah Navajo Indianer. In der Vergangenheit hat sich dieser Stamm als sehr schwierig erwiesen. Hier gibt es immer wieder Probleme, weil der weiße Mann und die Rothäute dort aufeinandertreffen. Bei all den Rangeleien muß jeder damit rechnen, ab und an Schwierigkeiten zu kriegen.«

Indy lachte. »Sehr gut formuliert. Aber falls ich Sie richtig verstanden habe, sind die Navajos nicht das Problem.«

»Nein. Schwierigkeiten machen die Zunis. Normalerweise unterscheiden sie sich kaum von den anderen Stämmen hier draußen. Sie beackern das karge Land, um überleben zu können. Die Landwirtschaft gestaltet sich nicht einfach, die Erde ist ausgeblutet und ausgedörrt, und es gibt nicht genug Vieh, nicht genug Schafe und Rinder. Die Menschen stehen immer kurz vor dem Hungertod. Also suchte man einen Ausweg. Eine Weile lang schien es, als könnten sich die Zunis vom Tourismus ernähren, wie viele andere Stämme auch, und außerdem sah es so aus, als könnte ein Bewässerungssystem installiert werden. Bisher hat uns vor allem die Trockenheit zu schaffen gemacht. Der Verkauf von Wolle wurde für viele Stämme zu so etwas wie einem Rettungsanker. Aber die Cubero Trading Company dirigierte das Schicksal von einem großen Teil der Stämme. Vor zwei Jahren haben wir uns von der Cubero gelöst, aber momentan macht uns die wirtschaftliche Depression zu schaffen, genau wie allen anderen Menschen in diesem Land.«

Chino atmete tief durch. »Ich möchte nicht, daß bei Ihnen der Eindruck entsteht, ich hielte hier eine Rede für die armen, gebeutelten Indianer. Das war nicht meine Intention. Sehen Sie, diese Leute mit dem Luftschiff, also die, hinter denen Sie her sind, wissen all das, was ich Ihnen gerade vorgetragen habe, und sie *nutzen* die Situation aus.«

Henshaw wurde unruhig und fuhr fort. »Der Marschal, ein Mann namens Guy Douglas, arbeitet mit uns zusammen und kennt sich hier draußen sehr gut aus. Er hält uns auf dem laufenden. Werfen Sie noch mal einen Blick auf die Karte. Hier sind die Navajo, Cibola, Zuni und andere Stämme. Vom Gebiet der Zunis bis nach Acoma ist es ein ganz schönes Stück. Seit zwei Tagen ist in den Reservaten die Hölle los, wenn ich das so sagen darf. Und dabei geht es nicht darum, daß die *Indianer* uns das Leben schwermachen. Mit uns meine ich in diesem Fall die Gesetzeshüter von New Mexico. Die Indianer sind gekauft worden und zwar von den Leuten, denen das Luftschiff gehört. Inzwischen kennen wir die Namen von zwei Gegnern, Halvar Griffin und Wilhelmina Volkmann.«

Dieser Name sagte Gale irgend etwas. Es hatte mit dem Museum zu tun ... Gale Parker meldete sich zu Wort. »Indy, haben Sie nicht auch das Gefühl, daß Wilhelmina Volkmann Marcia Mason sein könnte?«

Indy nickte, widmete sich aber gleich wieder dem Problem, mit dem sie sich im Augenblick beschäftigten. »Alles, was Sie beide uns erzählt haben, läuft auf etwas Bestimmtes hinaus«, wandte er sich an Henshaw und Chino. »Jetzt verraten Sie mir bitte die Lösung.«

»Vor zwei Tagen begannen die Navajos zu randalieren«, antwortete Chino. »Aber ganz behutsam, ganz vorsichtig. Sie blieben innerhalb der Reservatsgrenzen, was mich auf den Gedanken gebracht hat, daß das alles inszeniert ist. Eine Farce. Sie haben getrunken, die Hauptstraßen in diesem Gebiet gesperrt, sie schießen rund um die Uhr, und sie haben gedroht, jeden abzuknallen, der in ihr Territorium eindringt. Das ist natürlich nur ein Ablenkungsmanöver. Aber es funktioniert. Die dort zuständigen Gesetzeshüter haben versucht, die Ruhe wiederherzustellen. Und als sie glaubten, die Situation unter Kontrolle zu haben, verließen die Zuni in Kriegsbemalung ihr Reservat und ritten in Richtung Gallup. Unsere Leute wußten nicht, was tatsächlich dahintersteckte. Aber ingesamt betrachtet, haben die Ablenkungsmanöver ihr Ziel erreicht. Der Aufstand der Indianer hat großes Aufsehen erregt, und sofort wurde jeder Polizist aus einem Umkreis von mehreren Hundert Meilen nach Gallup geschickt. Die dortigen Einwohner sind so verängstigt, daß sie nicht mehr klar denken können.«

»Und? Das ist doch längst nicht alles, oder?« warf Indy nachdenklich ein.

»Nicht? Dann sagen Sie *mir,* was ich übersehen habe«, erwiderte Henshaw.

»In der Gegend von Acoma gibt es keinen einzigen Gesetzeshüter mehr«, sagte Indy. »Sheriffs, Park Rangers, Polizisten und Marshals, sie alle strömen in Richtung Zuni-Reservat und in die Gegend von Gallup.«

»Und das heißt, mein Freund, daß wir ganz allein mit diesem Schlamassel fertig werden müssen. Innerhalb der nächsten zwei Tage wird das Luftschiff aus Acoma verschwinden«, betonte Chino. »Also, was immer Sie zu tun gedenken, Sie müssen es *jetzt* in die Wege leiten.«

»Colonel Henshaw?« Alle Blicke richteten sich auf Gale. »Warum können Sie nicht sofort ein paar Bomber hinüberschicken und das Luftschiff vernichten?«

»Weil Griffin, oder wer immer diese Vorstellung ausgeheckt hat, sich auf diesen Augenblick bestens vorbereitet hat. Und das mit äußerster Sorgfalt. Mr. Chino kann Ihnen erläutern, warum uns die Hände gebunden sind.«

Mit grimmiger Miene begann der Indianer mit seinen Ausführungen. »Falls die Armee oder sonst jemand das Luftschiff im Versteck angreift, oder auch nur in dessen Nähe kommt, wird Acoma der Verdammung preisgegeben. Sie müssen wissen, daß diese Leute als Freunde zu uns gekommen sind. Unserem Volk mangelt es an Wasser, an Nahrungsmitteln, an allem, was zu einem halbwegs anständigen Leben nötig ist. Auf einmal tauchten Fremde zu Pferd und in Lastwagen auf. Und sie besaßen die richtigen Papiere. Sie waren Archäologen und Beobachter. Sie hoben Höhlen aus, in denen Coronados Eindringlinge wertvolle Artefakte längst vergangener Epochen vergraben hatten. So heißt es wenigstens. Als Gegenleistung für unsere Kooperation versprachen sie uns Essen, Wasser, Elektrizität, medizinische Einrichtungen, kurz gesagt, alles, was unser Volk so dringend braucht. Sie haben ihr Versprechen gehalten. Wie ich sagte, sie hatten die richtigen Papiere. Lizenzen, Erlaubnisse, Firmennamen. Und es kamen immer mehr und mehr von ihnen. Bei uns gibt es eine Höhle, die nicht so leicht zu erkennen ist. Und sie ist groß genug für ihr Luftschiff.

Ich fürchte, ich verschwende Ihre Zeit, darum möchte ich nun endlich auf den Punkt kommen. Die Weißen, die zu uns kamen, haben einen Teil der Felswand abgetragen, damit ihr Luftschiff vertikal aufsteigen kann. Wenn es landet, glaubt man, der leibhaftige Teufel steige herab. Die Abgase sind so schlimm, daß man fast erstickt, aber der Wind trägt sie weg. Wenn das Luftschiff landet, bringen sie daran Seile an, und es wird von hochleistungsfähigen Motoren reingezogen. Unten am Boden wird es festgebunden. Dann schaffen sie Helium und Vorräte herbei. In den Höhlen der umliegenden Hügel haben sie Tanks installiert. Für das Helium und den Treibstoff, das behaupteten sie jedenfalls. Was sie uns nicht erzählt haben, ist, daß es auch viele Tanks mit Kerosin und Benzin gibt.

Überall in Acoma haben sie leicht entflammbares Material verteilt.«

Er hob den Blick. »Verstehen Sie nun, was passieren würde?«

Indy meldete sich zu Wort. »Sie sitzen in der Falle.«

»Ja. Wenn das am Boden fixierte Luftschiff angegriffen wird, gehen auch Acoma und unsere Leute drauf. Die meisten werden verbrennen, weil die Tanks platzen und ihr Inhalt in unsere Behausungen fließt.«

Indy wandte sich an Henshaw. »Und wir können sie also nicht erledigen, obwohl es eigentlich eine günstige Gelegenheit wäre.«

»Ich habe mit diesen Fremden gesprochen«, fuhr Chino fort. »Ich kenne einen Teil ihrer Pläne, weil ich ein paar Diskussionen mitbekommen habe, in denen sie sich über ihr Vorgehen unterhielten. Vom Fliegen verstehe ich nur wenig, aber ich habe ganz deutlich gehört, daß sie nachts von Acoma aus starten werden, weil man sie dann nicht sehen kann und weil die Gesetzeshüter mit den Zunis in Gallup beschäftigt sind. Sie sagten, sie werden sechs Meilen in den Himmel aufsteigen und dann wegfliegen.« Er zuckte mit den Achseln. »Wohin es dann gehen soll, weiß ich leider nicht. Ich war einfach nur froh, daß sie abhauen. Und dann wandte sich Colonel Henshaw an mich und bat mich um eine Unterredung.«

Indy studierte Chinos Miene sorgsam. »Konnten Sie verstehen, wann sie weg wollen?«

»In zwei Tagen. Mein neuer Freund, Ihnen steht für Ihre Pläne nicht mehr viel Zeit zur Verfügung.«

»Joe, können wir auf Ihre Hilfe rechnen?«

»Ja.«

»Es wäre sehr gut, wenn Sie uns auf unserem Flug begleiten würden.«

»Sie möchten, daß ich im *Himmel* bin?«

»Ja. Sie kennen sich aus. Wir uns nicht.«

»Ich werde mitkommen. Bis gerade eben habe ich immer geglaubt, daß der weiße Mann verrückt ist. Nun bin ich es wohl auch.«

»Harry, würden Sie zu Will und Rene gehen und nachsehen, ob unser Flugzeug startklar ist?«

Henshaw nickte einem nebenstehenden Offizier zu. Er brauchte nichts zu sagen. »Ja, Sir«, sagte der Mann. »Ich werde mich sofort darum kümmern.«

»Falls sie höher als dreißigtausend Fuß steigen, sind wir dran. Wir haben nicht die Flugzeuge, um mit ihnen mitzuhalten, ich meine natürlich, sie sind nicht flugbereit. Ihre Ford wurde umgerüstet und mit Waffen ausgerüstet, Indy. Jetzt ist es an Ihnen und Ihren Leuten, den Zeppelin aufzuhalten. Oder wir haben verloren.«

18

Abends starteten sie und landeten am darauffolgenden Morgen in Las Vegas, New Mexico, einem Örtchen wie aus einem alten Westernroman, bestehend aus kaum mehr als einer Handvoll Häuser, die die schmale Hauptstraße säumten. Aus Gründen der Abgeschiedenheit hatten sie dieses Ziel gewählt. Ein paar Meilen in östlicher Richtung, ganz in der Nähe des Conchas Flusses, lag eine Halbwüste, flach und menschenleer, die die Armee für Felddübungen und als Trainingsstandort nutzte. Am Ende der Start- und Landebahn stand ein großer Hangar, um den sich Zelte und andere Einrichtungen der Infanterie und des Bodenpersonals gruppierten, die die Jagdflugzeuge und Bomber warteten, die bei Übungsflügen hier landeten. Ein Artillerie- und ein Bombardierungsübungsplatz machten ganz deutlich, daß ungebetene Gäste sich in acht nehmen mußten, wollten sie mit heiler Haut davonkommen. Über markierten Zielen, roten Kreuzen auf weißem Gestein, wurden Bomben abgeworfen.

»Besorgen Sie Proviant«, trug Indy seinen Leuten auf. »Und finden Sie heraus, wo die Latrinen stehen , die wir heute nacht, vor dem Start, garantiert noch aufsuchen müssen. Sie haben eine Stunde Zeit. Dann treffen wir uns am Flugzeug, gehen unsere Ausrüstung und die Waffen durch und besprechen, was sich Neues ergeben hat.«

»Um welche Zeit werden wir starten? Haben Sie schon eine Uhrzeit ins Auge gefaßt?« fragte Cromwell.

»Wie lange wird es dauern, bis wir auf zweiunddreißigtausend Fuß sind?«

»Großer Gott, Indy, so weit oben bin ich noch nie gewesen!« rief Cromwell.

»Will, wie *lange*?«

Cromwell rechnete stumm ein paar Zahlen zusammen. »Wir werden leichter als gewöhnlich sein«, sagte er schließlich, »und ...«

»Nennen Sie einfach nur eine Zahl, Will«, drängte Indy voller Ungeduld.

»Nein, Indy. Dort oben wird es *ganz* schön eng, und es wäre mir wirklich recht, wenn Sie wissen, was auf uns zukommen wird. Da wir noch nie so hoch aufgestiegen sind, kann ich Ihnen auch nicht sagen, wie lange es dauern wird. Wir sind hervorragend ausgestattet, was natürlich von Vorteil ist. Aber je höher wir gehen, desto niedriger wird unsere Steigungsrate sein. Verstehen Sie, was ich sage?«

Indy wartete geduldig. Es machte keinen Sinn, mit Cromwell zu streiten, wo er recht hatte, hatte er recht. Bei der Höhe, die sie anvisierten, konnte einem das, was man *nicht* wußte, sehr gefährlich werden.

»Falls wir ein paar Schwierigkeiten kriegen, wovon ich ausgehe«, fuhr Cromwell fort, »brauchen wir meiner Schätzung nach sicherlich zwei oder drei Stunden, um auf die von Ihnen anvisierte Höhe zu kommen. Ab zwölftausend Fuß brauchen wir die Sauerstoffmasken und müssen dafür Sorge tragen, daß uns nicht der Hintern wegfriert. Ich habe einen Blick auf die Tabellen geworfen. Dürften etwa einhundertundfünfzig Meilen bis nach Acoma sein, oder bis in die Gegend. Diese Strecke werden wir während des Aufstiegs zurücklegen.«

»Gut«, sagte Indy.

»Vielleicht nicht ganz so gut«, gab Foulois zu bedenken. »Wir müssen noch etwas in Betracht ziehen, das bisher niemand auf den Tisch gebracht hat.«

»Und das wäre was?«

»Alles, was wir über das Luftschiff gehört haben, oder nicht? Es fliegt sehr schnell. Könnte sich in dieser Höhe schneller fortbewegen, als uns das möglich sein wird.«

»Das *könnte* tatsächlich der Fall sein«, räumte Indy ein. »Aber wir werden es erst wissen, wenn wir dort oben sind.«

»Trotzdem sollten wir jetzt schon darüber nachdenken«, schlug Foulois vor. »Falls es so kommen sollte, werde ich Sie und meinen korpulenten Freund hier drängen, noch zweitausend Fuß höher zu steigen, weil wir dann beim Runtergehen wieder Geschwindigkeit zulegen können. In dieser Höhe können wir schnell werden.«

Cromwell lachte mißmutig. »Vergessen Sie nicht, Indy, daß wir wahrscheinlich Gesellschaft kriegen werden.«

Angespannt verfolgte Chino die Unterhaltung und wandte sich dann an Gale. »Gesellschaft? Wen sollen wir dort oben treffen, wo nur noch die Adler fliegen?«

»Untertassen.«

»Untertassen?«

»Na, eher halbmondförmige Flugobjekte. Aber Untertasse

paßt auch. Sie verfügen über Düsentriebwerke und sind sehr schnell, und sie werden alles daransetzen, uns abzuschießen. Darum müssen wir uns darauf einstellen, ihnen gewappnet zu sein. Und genau aus diesem Grund gibt es Maschinenkanonen an Bord unserer Ford.«

»Na, das klingt ganz nach einer dieser wilden Geschichten, die die Alten unseren Kindern erzählen.«

»Ist es doch auch, nicht wahr?« sagte Gale.

Kapitän Hans Ulrich Guenther, Pilot der *Asgard*, verfolgte die Berichte, die über die Funkanlage auf der Kontrollbrücke des großen Zeppelin durchgegeben wurden. Sein Stellvertreter, Richard Atkins, hakte jeden Punkt auf der langen Checkliste ab. Die *Asgard* war halb so lang wie das größte Luftschiff, das jemals gebaut wurde, und gerade deshalb durfte ihnen kein Fehler unterlaufen. Das Luftschiff mußte genau ausbalanciert werden, das Gravitationszentrum durfte keine Sekunde außer acht gelassen werden. Die drei Männer, die sich um den Ballast und während des Fluges um die Flughöhe kümmerten, arbeiteten wie ein eingespieltes Team zusammen. Die *Asgard* war so groß und dabei so sensibel, was Balance und Trägheit betraf, daß mehrere Männer vonnöten waren, um das Schiff sicher und ruhig zu manövrieren.

Gegen zwei Uhr morgens waren alle vor dem Start nötigen Maßnahmen durchgeführt. Guenther warf einen Blick aus den dicken Glaspaneelen der Brückengondel und sah zu, wie die Mitglieder der Landemannschaft die Startpositionen einnahmen. Aus dieser Höhe wirkten die Männer, die sich in den engen Schluchten bewegten, wie Spielzeugfiguren. Ohne den Kopf zu drehen, wandte sich Guenther an Atkins. »Alle Besatzungsmitglieder an Bord? Bestätigen.«

Atkins' Antwort kam wie aus der Pistole geschossen. »Drei

fehlen noch. Sind gerade im Begriff, an Bord zu gehen. Noch zwei Minuten.«

Kurz darauf trat Aktins zu Guenther und hielt dem Kapitän die Checkliste unter die Nase. Guenther winkte gelangweilt ab. In seinen Stellvertreter setzte er absolutes Vertrauen. »Mister Burgess!« rief Guenther laut. Andrew Burgess, der erfahrenste Pilot an Bord, trat vor.

»Motoren anwerfen, Mister.«

»Motoren anwerfen, Sir«, wiederholte Burgess und trat an seinen Platz zurück, von dem aus er drei Instrumentenkonsolen bediente. Links und rechts von ihm befanden sich mehrere Räder, mit denen man die Zeppelinspitze nach oben oder nach unten ziehen konnte und mit denen die hydraulische Anlage, das Ruder und der Ballastabwurf gesteuert wurden. Burgess schnallte sich mit Gurten an einem Pfosten fest. Die hielten ihn auf Position, selbst wenn das Luftschiff eine gefährliche Schräglage einnehmen sollte. Diese Vorrichtung ermöglichte es ihm, selbst noch unter den unwirtlichsten Bedingungen alle Kontrollen erreichen und bedienen zu können.

Hinter ihm und rechts von ihm waren drei weitere Männer postiert, die Befehle und Informationen vom und zum Piloten weiterleiteten. Darüber hinaus bedienten auch sie Kontrollen und fungierten als eine Art zusätzliche Versicherung. Nur unter Einhaltung all dieser Vorsichtsmaßnahmen konnte eines der größten Luftschiffe der Welt überhaupt gesteuert und geflogen werden.

Der Boden unter seinen Füßen vibrierte. Die Motoren gingen an. Das Dröhnen der Düsentriebwerke wurde lauter und lauter, je schneller die Propeller sich drehten. Hier vorn klang es wie Wind, der durch einen Tunnel heulte.

»*Asgard,* zum Abheben bereit«, verkündete Atkins.

»Bereit halten«, befahl Guenther und rief laut: »Miller!«

»Waffenoffizier Miller meldet sich zum Dienst, Sir.« Die

Stimme, die aus den winzigen Lautsprechern in der Gondel plärrte, klang dünn. Miller befand sich im Bauch des Luftschiffes, ungefähr einhundertsechzig Meter weit von der Gondel entfernt.

»Miller, bestätigen Sie die Sicherheitsvorkehrungen für die Bomben.«

»Ja, Sir. Erstatte Meldung. Die Gasbomben sind in den vorgesehenen Regalen untergebracht. Können auf Ihren Befehl sofort eingesetzt werden, Sir. Alles bereit, Sir. Wir warten nur auf Ihren Befehl, Sir.«

»Sehr gut, Miller. Bestätigung für die Schützen auf ihren Posten.«

»Erstatte Meldung. Alle Schützen auf ihren Posten fixiert, Waffen sind entsichert und einsatzbereit, Sir.«

»Flugführer Moldava! Hier spricht der Kapitän.«

»Moldava hier, Sir.«

»Wie steht es mit den Untertassen, Flugführer?«

»Vier Untertassen gesichert, aufgetankt, bewaffnet und bereit, jederzeit auf Ihren Befehl hin zu starten. Die Luken sind geprüft worden, die Elektrik funktioniert, Von-Hand-Betrieb möglich.«

»Danke, Flugführer.«

»Mister Burgess, ich gebe Ihnen den Befehl, jetzt mit dem Aufstieg zu beginnen«, rief Guenther seinem Chefpiloten zu.

»Ja, Sir. Beginn – jetzt.« Ein Geräusch wie das Tuten eines Horns ertönte und hallte durch die Felskammer. Das war das Signal für die Landemannschaft, die Halteleinen langsam zu lockern. Die *Asgard* zerrte an den Seilen, als könne sie es nicht erwarten, sich vom Boden zu lösen. Burgess hatte vor, vertikal zu steigen. Die Seile unterstützten die langsame und sachte Vorwärtsbewegung. Nachdem der Zeppelin aus der Kammer war, konnte er vertikal aufsteigen, wobei die Männer an den

Sicherungsleinen dafür sorgten, daß er nicht gegen die Felswände schlug.

Durch den Aufwärtstrieb der Heliumzellen stieg die *Asgard* auf. Die Triebwerke waren eingeschaltet. Wenn das Luftschiff über den höchsten Punkt des Acoma Plateaus aufgestiegen war, war es der vorherrschenden Windrichtung ausgesetzt. Dann kamen die Triebwerke ins Spiel und sorgten dafür, daß das Luftschiff weiter aufstieg.

»Wie steht es mit dem Wind, Mister Burgess?« wollte Guenther wissen.

»Trifft direkt auf den Bug, Sir. Mit zwölf Knoten. Um unsere Position über der Schlucht zu halten, ist nur wenig Maschinenleistung vonnöten, Sir. Erst wenn wir aus der Schlucht sind, werden Wasserballast abgeworfen und die Triebwerkleistung erhöht.«

»Sehr gut, Mister Burgess.« Guenther wollte dem eigentlich noch etwas hinzufügen, entschied sich dann aber anders und schwieg. Schließlich wußte Burgess sehr wohl, daß der kritische Moment gekommen war, wenn sie den Acoma Canyon verließen. Dann traf der Seitenwind auf den Zeppelinrumpf und konnte das Luftschiff auf die eine oder andere Seite drücken oder die Spitze nach links oder rechts steuern. Er mußte dafür Sorge tragen, daß die *Asgard* langsam und ganz vertikal aufstieg, und sobald die Felswände unter ihnen schwanden, mußte er die Leistung erhöhen und gleichzeitig Ballast abwerfen. Erst dann konnten der eigentliche Aufstieg beginnen und die Höhe anvisiert werden, auf der sie sich fortbewegen wollten.

Ein weiterer Grund dafür, langsam aufzusteigen, langsamer als es der *Asgard* möglich war, lag in dem Umstand, daß sich die Heliumzellen in zunehmender Höhe ausdehnten und möglicherweise rissen. Außerdem konnte sich die Besatzung so leichter an die dünner werdende Luft gewöhnen, und ihr blieb Zeit, die Schutzkleidung und die Oxygenmasken anzulegen. Wenn sie ihre eigentliche Flughöhe erreicht und die amerikanische Grenze hinter sich gelassen hatten, arbeiteten die Besatzungsmitglieder in Wechselschichten im Bauch des Luftschiffes. Dort herrschte eine angenehme Temperatur, dort konnte man sich der sperrigen Schutzkleidung und der Atemmasken entledigen, und dort gab es warme Mahlzeiten.

Sie planten, den atlantischen Ozean in einer Höhe von sechs Meilen zu überqueren und Kurs auf London zu nehmen, wo die erste Ladung Gasbomben abgeworfen werden sollte. Die zweite Bombenladung war für Paris bestimmt und die letzte für Berlin.

Und nichts konnte sie aufhalten, wenn sie einmal ihre normale Flughöhe erreicht hatten. Kapitän Hans Ulrich Guenther war äußerst zufrieden.

Jose Syme Chino kam in das Zelt gerannt, in dem Indy und seine Truppe bei einer Tasse Schokolade saßen und belegte Brote verzehrten. Chino verlor keine Zeit. »Das Ding ist in der Luft!« platzte er gleich heraus.

Alle sprangen auf. Bevor Chino noch etwas hinzufügen konnte, kam Indy schon eine Frage über die Lippen. »Seit wann?«

»Seit einer Stunde.«

»Woher wissen Sie das?« fragte Cromwell.

»Habe telefoniert. Hätte schon eher Bescheid wissen können, aber die Verbindungen von hier aus sind schlecht, deshalb brauchte ich Ewigkeiten, um durchzukommen«, erklärte Chino. »Ich habe mit einem unserer Büros in Acomita gesprochen. Das liegt an der Fernstraße nördlich des großen Pueblo. Der dort Zuständige hat dafür gesorgt, daß man ihn in dem Augenblick informiert, wo das

Luftschiff über den Felsen aufsteigt. Wie auch immer, es ist in der Luft.«

»Dann müssen wir uns aber ganz schön beeilen, Indy«, warf Cromwell ein. Wir haben zwischen ein und drei Stunden verloren, und wenn dieses Luftschiff erst mal in Bewegung ist, kommen wir nicht mehr aus seinem Kielwasser raus.«

»Ich weiß ...« Indy sprach nicht weiter.

»Nein! Warten Sie«, mischte Chino sich ein. »Erinnern Sie sich noch an das, was Sie vorhin gesagt haben, als Sie überlegten, welche Route der Zeppelin einschlagen würde? Richtung Osten? Sie alle kamen zu der Überzeugung, daß sie Albuquerque umfliegen würden, um nicht in dicht bevölkerte Gegenden zu gelangen. Na, dann müssen sie aber einen ganz schönen Umweg runter in Richtung Socorro in Kauf nehmen.«

»Warum?« fragte Foulois.

»Gewitterstürme. Entlang des Acoma und des Laguna Reservates verläuft eine Gewitterfront. Reicht bis hoch nach Los Alamos, in den Nationalwald bei Santa Fe. Und das dort ist ein unwirtliches Gelände. Wenn die Santa Fe ausweichen möchten, müssen sie in das Gebiet von Wheeler Peak und Brazos Peak ...«

»Was wollen Sie uns damit sagen?« fragte Cromwell ungeduldig.

»Joe, wollen Sie etwa behaupten, daß die *nicht* Kurs auf Norden halten?« rief Indy erstaunt.

»Ja! So ist es! Es sei denn, die sind komplett verrückt«, meinte Chino. »Brazos Peak kommt gleich hinter Albuquerque und ist ungefähr dreitausendsechshundert Meter hoch. Wenn sie nach Nordwesten fliegen, nachdem sie Albuquerque umgangen haben, müssen sie durch Wheeler Peak durch, um die Wälder von Carson und dort gibt es einen Viertausender. Ich bin kein Pilot, meine Freunde, aber ich kann Ihnen sagen, daß ein Gewittersturm in diesem Gebiet, in den Bergen, selbst die großen Geister veranlassen würde, am Boden zu bleiben. Wenn es Sturm gibt, ist es dort oben richtig schlimm.«

»Dann stellen wir uns darauf ein«, befahl Indy ungeduldig. »Sie kennen sich in dieser Gegend aus. Wohin soll es gehen? Was würden Sie vorschlagen?«

»Zuerst in Richtung Süden. Immer am Rio Grande entlang, noch über Socorro hinweg und dann nach Osten ausscheren zu den Lavafeldern im Valley of Fire. Dahinter eröffnet sich eine wundervolle Leere, die Berge sind knapp zweitausend Meter hoch, manche sogar noch niedriger. Von dort geht es dann nach Portales oder Clovis weiter. Immer die gleiche Landschaft. Menschenleere Weiten und Lavagestein. Dahinter Sanddünen und Wüste.«

»Und dann«, sagte Foulois, der auf einer Karte Chinos Streckenbeschreibungen folgte, »können sie so weit hoch, wie sie wollen. Es wäre also besser, wenn ...«

»Dann mal los!« brüllte Indy nervös und zeigte mit dem Finger auf einen Armeeleutnant. »Schaffen Sie das Flugzeug aus der Halle und zwar *jetzt*! Will, Rene, machen Sie die Ford startklar. Gale, Sie und Chino gehen noch mal alles durch und überprüfen, daß alles Wichtige an Bord ist. Ich werde mich noch um ein paar andere Kleinigkeiten kümmern. In dem Moment, wo ich an Bord komme, geben Sie Will ein Zeichen. Und dann wird sofort losgeflogen.«

Er wandte sich an einen anderen Soldaten, der – falls sein Gedächtnis ihn nicht im Stich ließ – die Kommunikationsabteilung der hiesigen Militäreinheit unter sich hatte. »Sind Sie derjenige, der zu Colonel Henshaw Verbindung herstellen kann?«

»Ähm, ja, Sir.«

»Nun, ich gehe jede Minute an Bord. Melden Sie sich umgehend bei Colonel Henshaw, und sagen Sie ihm, daß wir abfliegen. Er soll dranbleiben, bis wir keinen Bodenkontakt mehr haben, kapiert?«

»Sir, es ist mitten in der Nacht …«

»Captain, möchten Sie in den Genuß Ihrer Rente kommen?«

»Warum, aber sicher, aber ich …«

»Rufen Sie ihn an! Er ist außerdem Frühaufsteher. *Setzen Sie sich in Bewegung!*«

Indy wartete nicht ab, bis der Soldat verschwunden war, sondern rannte mit großen Schritten zur Ford hinüber. Gale hielt für ihn die hintere Kabinentür auf. Kaum war er drinnen, verschloß sie die Tür.

Aus dem Cockpit warf Will einen Blick in die Kabine. Indy ballte die Hand zur Faust und gab das Zeichen. Mit dem Kopf nickend, bewegte Cromwell die drei Drosseln und schob sie bis an den Anschlag hoch. Die drei gewaltigen Pratt&Whitney-Motoren heulten auf, und keine zwei Sekunden später begann die Erde unter ihnen zu schwinden.

19

In der Dunkelheit begannen sie mit dem Steigflug. Vereinzelte Lichtpunkte, Wohnhäuser und Bauernhöfe, leuchteten unter ihnen auf und verschwanden wieder, als sie in einer Höhe von viertausend Fuß die dicke Wolkendecke durchbrachen. Cromwell und Foulois hatten einen südwestlichen Kurs in Richtung Puerto de Luna eingeschlagen.

Die Stadt, die das Ufer des Pecos Flusses säumte, lag zwischen Las Vegas und Roswell. Auf ihrem Flug hielten sie sich an eine gerade Linie, die westlich an Clovis und dem an der Grenze zu New Mexico liegenden Portales entlangführte. In

Puerto de Luna gab es eine Radiostation, die die ganze Nacht über sendete und den Piloten eine Art Navigationshilfe gewährte. Von dort aus schalteten sie zu einer Nachtsendung, die in Albuquerque produziert und ausgestrahlt wurde. Der Radioempfang half ihnen, sich zu orientieren und auf den Flugkarten zu verfolgen, wo sie sich gerade befanden.

Falls Chinos Wettervorhersage und Territoriumsbeschreibungen zutrafen, mußte das Luftschiff, um den Gewitterstürmen auszuweichen, eine Route nehmen, die einen günstigen Ausgangspunkt für den langen Flug nach Osten bot. Darum mußten ihre Widersacher das Valley of Fire überfliegen und von dort aus weiter nach Bitter Lake, das nördlich von Roswell lag. Erst dann konnten sie – wenn sie die entsprechende Höhe erreicht hatten – einfach in Richtung Nordosten abziehen. Inzwischen kannte sich Indy gut genug mit den Funkanlagen aus, um zu wissen, wie man sich an Radiostationen und städtischen Funksignalen orientierte.

»Ist besser, wenn Sie sich jetzt umziehen«, rief Cromwell durch. »Bald wird es ganz schön kalt und zwar schneller, als Sie denken. Wenn Sie Ihre Kälteschutzkleidung angelegt haben, sollten Sie sich gegenseitig kontrollieren. Und achten Sie sorgfältig darauf, daß Sie niemals mit bloßen Händen Metallflächen oder Rohre anfassen, wenn die Temperatur unter Null fällt, was eher der Fall sein dürfte, als Ihnen lieb ist.«

»Habe verstanden, Will. Wie steht es mit Ihnen beiden?«

»Ich werde vorn am Instrumentenbrett bleiben. Sobald die junge Dame sich umgezogen hat, möchte sie nach vorn kommen und unseren Franzosen ablösen. Gale bleibt, Foulois löst mich ab, damit ich mich umziehen kann. Und Sie müssen uns ebenfalls kontrollieren. Der kleinste Fehler könnte uns teuer zu stehen kommen.«

»Kapiert«, bestätigte Indy und wandte sich an Gale. »Haben Sie alles mitbekommen?«

»Ja, dann lassen Sie uns anfangen.« Sie kicherte fröhlich. »Ist ziemlich nett, gleichzeitig zwei Männer zur Verfügung zu haben, die mir beim Ankleiden helfen. Gibt mir das Gefühl, sehr frivol zu sein.«

»Ja, für einen Grizzly schon«, lautete Chinos spöttischer Kommentar. Zehn Minuten später stimmte sie ihm von ganzem Herzen zu. In dem dicken, von innen mit angerauhtem Stoff ausgeschlagenen Lederanzug, den schweren Stiefeln, der Lederkappe, der Schutzbrille und den gepolsterten Handschuhen kam sie sich wie ein klobiger Teddybär vor.

»Ich kann mich in diesen Klamotten gar nicht richtig bewegen«, beschwerte sie sich.

»Dann watscheln Sie eben ins Cockpit«, erwiderte Indy trocken.

Ohne etwas zu entgegnen, zog sie schlurfend davon. Ein paar Minuten später stieß Foulois zu ihnen in die Kabine. Die drei Männer halfen einander beim Anziehen und überprüften gegenseitig, ob alle Reißverschlüsse und Laschen richtig geschlossen waren. Dann kehrte Foulois ins Cockpit zurück und schickte Cromwell nach hinten. Als Gale wieder in die Kabine zurückkehrte, setzten sie die Sauerstoffmasken auf und legten die Flaschen an, die wie Rucksäcke getragen wurden.

»Jede Flasche reicht für zwei Stunden«, verkündete Indy. »Wir müssen zehn Minuten vorher damit beginnen, die leere abzuhängen und die neue dran zu machen. Will besteht darauf, daß beim Austausch immer jemand assistiert. Falls einer von uns Mist baut und nicht schnell genug reagiert, wird es kniffliig. Hier oben verliert man nach dreißig Sekunden das Bewußtsein. Also eine sehr kurze Zeitspanne, falls man eventuelle Fehler korrigieren muß. Wenn wir uns gegenseitig behilflich sind, dürfte das kein Problem werden.«

Chino nickte. »Bei all dem Lärm, den Motorengeräuschen und dem Wind, wie sollen wir uns da unterhalten?«

»Diese Masken sind gerade eben erst entwickelt worden und werden bisher nur von der Armee benutzt. Wenn man sie trägt, hat man automatisch Funkverbindung zu den anderen. Das Kommunikationssystem ist allerdings nur auf geringe Reichweiten eingestellt«, gab Indy wieder, was Henshaw ihm erzählt hatte, »aber hier im Flugzeug funktioniert es hervorragend. Sollten wir mit jemandem in Kontakt treten und die andere Seite antwortet nicht, müssen wir sofort zu der betreffenden Person«, warnte er. »Vielleicht ist unserem Gesprächspartner die Luft ausgegangen oder ein Schlauch gerissen. Fünf Minuten ohne Luft bedeuten den sicheren Tod.«

Alles funktionierte hervorragend, trotz der unpraktischen Schutzkleidung, den schweren Sauerstoffflaschen und der zunehmenden Kälte. Sie warfen einen Blick aus dem Fenster. Hinter ihnen zuckten Blitze am Himmel. Die Wolkenformationen trieben schnell weiter und wurden manchmal wie von Gespensterhand in gleißend helles Licht getaucht.

»Gott, bin ich froh, daß wir nicht *dort* durchfliegen müssen«, flüsterte Gale. »Bei so einem Gewitter kann ein Flugzeug leicht in Stücke gerissen werden.«

»Vielen Dank«, merkte Chino sarkastisch an.

Indy klopfte ihm zur Beruhigung auf die Schulter. »Wir werden nicht mal in die Nähe des Unwetters kommen«, versicherte er dem großen Indianer. »Joe, es wird bald hell werden. Wir sollten uns lieber um die Waffen kümmern.«

Für die Begegnung mit dem Luftschiff war die Ford sehr gut ausgerüstet worden. In den Gepäckstauräumen der Tragflächen waren nun Maschinengewehre samt Munition untergebracht worden. Jetzt machte sich auch noch einmal vorteilhaft bemerkbar, daß Foulois und Cromwell überaus erfahrene Kampfpiloten waren. Ihr Wissen würde sich in der bevorstehenden Auseinandersetzung bezahlt machen.

Unter den Tragflächen, anstelle der externen Treibstofftanks, hatte die Armee Raketenwerfer angebracht. Von außen betrachtet glichen sie in Form und Größe den Tanks, aber in den Zuleitungen steckten nun elektrische Leitungen zum Abfeuern der Raketen. An der Spitze der Tanks war das Metall weggeschnitten und durch mehrere Schichten dickes, in Wachs getränktes Segeltuch ersetzt worden. Bevor die Raketen abgeworfen wurden, sorgte eine kleine Sprengstoffladung dafür, daß das Segeltuch aufgerissen wurde, damit die Raketen ungehindert rausgeschleudert werden konnten. Auf jeder Seite befanden sich drei Raketen, die denen, die Cromwell und Foulois vor zwölf Jahren im Krieg zur Verfügung gestanden hatten, durch die technische Fortentwicklung weit überlegen waren. Aber der Sprengkopf dieser Raketen war die wirkliche Besonderheit der Waffen. Sie vertrauten darauf, daß sie mit ihrer Hilfe siegreich aus dem Kampf zurückkehren würden. Der ursprüngliche Sprengstoff war rausgenommen und durch eine kleine Menge weißen Phosphor ersetzt worden. Um die Wirkung des Brandsatzes zu erhöhen, bestand die Metallhülle des Sprengkopfes aus Magnesium. Durch das Zusammenspiel von Phosphor und Magnesium konnte sowohl Stoff als auch Metall verbrannt werden, und die einmal entzündeten Magnesiumpartikel brannten sogar unter Wasser weiter.

Mit dem Einsatz dieser Mittel hoffte Indy, daß es ihm und seiner Mannschaft gelang, das Luftschiff anzugreifen und seine Außenhülle zu zerstören, als schnitte ein heißes Messer durch weiche Butter.

Ganz so einfach aber würde es nicht gehen. Sie mußten gegen die klirrende Kälte und mit den Schwierigkeiten der Luftversorgung kämpfen. Hoffentlich ging die ganze Sache glücklich aus.

Leider mußen sie mit einer ganzen Menge unbekannter Faktoren rechnen! Darüber hatte Indy bisher kein Wort verloren.

Aber von seinen Gesprächen mit erfahrenen Piloten wußte er, daß sie sich mit der dreimotorigen Ford auf unsicheres Terrain begaben. Keiner *konnte* im voraus sagen, wie sich die Maschine in der anvisierten Flughöhe verhalten würde, aber man mußte damit rechnen, daß das Flugzeug schwer zu fliegen und zu steuern war. Einmal abgesehen von Foulois und Cromwell, beide erstklassige Piloten, hatten die anderen drei Teammitglieder hinten in der Kabine soviel Übung im Umgang mit Maschinengewehren wie ein motorradfahrender Hund. Und an ihnen war es, einen möglichen Angriff ihrer Gegner abzuwenden.

Glücklicherweise hatten Indy, Gale und Chino ihr Leben lang geschossen und gejagt. Diese Erfahrung war ein Vorteil auf ihrer Seite. Ob man ein Maschinengewehr oder Pfeil und Bogen benutzte, im Grunde genommen war das der gleiche Vorgang: Man nimmt ins Visier, man zielt, und man schießt im richtigen Augenblick.

Foulois hatte sich für Indy etwas Zeit genommen und ihm die unterschiedlichen Bedingungen erklärt. »Oben hat man ganz andere Windverhältnisse als am Boden. Und Windstärke und Windrichtung haben Einfluß auf Ihren Schuß, nein? Aber doch, natürlich! Die Flugbahn Ihrer Munition wird vom Wind beeinflußt. Die Kugeln werden einen Bogen beschreiben, sich dem vorherrschenden Windstrom beugen. Auch mit einem Maschinengewehr kann man oben in der Luft die ganze Munition verschießen, ohne das Ziel ein einziges Mal zu treffen. Zum Glück steht Ihnen Leuchtspurmunition zur Verfügung. Jeder vierte Schuß wird hell aufleuchten und Ihnen zeigen, in welche Richtung die Munition geht.«

»Ich weiß«, sagte Indy leise.

»Aha! Haben Sie damit vielleicht früher schon mal Umgang gehabt?«

»Ja, bei der belgischen Armee. In Afrika, in Frankreich«, antwortete Indy kühl. »Ja, ich habe mit dieser Art von Munition schon meine Erfahrung gemacht.«

»*Voilà*! Dann brauche ich Ihnen ja nicht zu sagen, daß Sie nur kurze Salven abfeuern dürfen.« Foulois tat so, als schnappe er sich eine Waffe. Dann taumelte er nach hinten, um den Rückschlag zu verdeutlichen. »Verhalten Sie sich beim Schießen nicht so, als wässerten Sie Ihren Garten. Munition darf nicht verschwendet werden, unsere Vorräte sind begrenzt. Und selbst die Belgier wußten, daß man nicht zu lange den Finger auf dem Abzugshahn halten darf, weil man sonst Gefahr läuft, daß der Waffenlauf ausbrennt, verstanden?«

»Ja.«

»Noch eine Sache, mein guter Professor. Vergessen Sie nie, daß Ihr Munitionsvorrat begrenzt ist! Was weg ist, ist weg«, sagte Foulois achselzuckend. »Und dann ist es auf einmal unerhört still, wenn Sie abdrücken.«

»Mein Gott, ist das kalt ...« Trotz der wattierten Schutzkleidung zitterte Gale Parker wie Espenlaub. »Wir haben schon unter Null ... Kann es noch viel schlimmer werden?«

Ihre Frage beantwortete Indy mit einem Achselzucken, das unter dem dicken Stoff kaum zu sehen war. »Die Temperatur kann auf vierzig oder fünfzig unter Null Grad fallen, das hat Henshaw wenigstens behauptet. Aus diesem Grund wurden auch alle beweglichen Flugzeugteile mit speziellen Schmiermitteln behandelt. Normales Fett oder Öl wird bei dieser Kälte hart.«

Cromwell rief ihnen etwas über die Bordsprechanlage zu. »Ihr dort hinten, bewegt euch!« riet er ihnen. »*Bewegt* euch, soviel es geht. Wackelt mit den Zehen. Reibt eure Hände, spreizt die Finger. Tut alles, damit das Blut in euren Adern zirkuliert. Jetzt begreift ihr vielleicht, warum die Eskimos sich so eine dicke Fettschicht angefressen haben. Miss Parker, würden Sie sich im Moment nicht auch wünschen, wallende Fettschwarten zu haben?«

»Falls ... falls mir dadurch wärmer würde«, antwortete sie bibbernd, »*ja*.«

Indy blickte zu Gale und Chino hinüber. »Jetzt dürften wir bald die richtige Höhe erreicht haben. Müßten eigentlich jeden Moment unseren Freunden begegnen.« Er warf einen Blick aus dem Kabinenfenster. »Wir sind schon so hoch oben, daß man meinen könnte, es gäbe dort unten gar keine Welt. Lassen Sie uns die Waffen kontrollieren«, schlug er vor.

»Warten Sie noch kurz.« Indy drehte sich zu Chino um. »Hören Sie, ich habe mir die Position der Waffen genauer angesehen. Sie werden wohl die nehmen, die in der Bodenluke fixiert ist, richtig?«

Indy nickte. »Sie dort anzubringen wurde in letzter Minute entschieden. Henshaws Leute haben sie noch schnell eingebaut. Falls eine dieser Untertassen auf uns zukommt oder es uns gelingt, über das Luftschiff zu fliegen, könnte uns das einen Vorteil einräumen.«

»Dem stimme ich zu, Indy. Aber der Boden ist nicht der stabilste. Nehmen Sie mal Ihr oder mein Gewicht. Ich habe mich dort draufgestellt«, erläuterte Chino. »Der Boden *gibt nach.* Und wegen der Temperatur wird das Material spröde. Ich möchte vorschlagen, Gale dort zu postieren. Wir werden sie an den Halterungen der Sitze festschnallen, falls was schiefläuft, kann ihr nichts passieren.«

Chinos Vorschläge klangen in Indys Ohren richtig. Er schätzte die Lage realistisch ein. »Sonst noch was?«

»Ja. Sie haben mich gebeten, mich an die offene Luke gleich hinter dem Cockpit zu stellen. Die Waffe dort ist genau so installiert wie die in der Bodenluke. Aber, Indy, ich hielte es für besser, wenn Sie dort vorn Stellung beziehen. Falls unsere Bordsprechanlage aussetzt oder wir andere Probleme kriegen, wären Sie in der Nähe der Piloten, falls die Sie brauchen. Ich kann nach hinten gehen, und ...«

»Falls die Damen für einen Augenblick ihre Plappermäulchen schließen würden«, meldetete sich Cromwell, dem das ganz Gerede auf die Nerven fiel, »seit fünf Minuten sind die Sauerstoffkontrollen überfällig. Jetzt paßt mal auf und kümmert euch darum!«

Chino und Indy nickten einander zu, prüften ihre Masken und Schläuche, tauschten die leeren Flaschen gegen neue aus, bevor sie Gales Ausrüstung nachsahen.

»Meine Damen und Herren, ich möchte Sie darüber informieren, daß wir jetzt eine Höhe von dreiundzwanzigtausend Fuß erreicht haben«, gab Cromwell bekannt. »Und, verdammt noch mal, draußen herrscht eine Temperatur von zwanzig Grad unter Null. Und sie fällt weiter.«

Chino schüttelte ungläubig den Kopf. »Wenn der alte Häuptling mich jetzt sehen könnte«, rief er staunend. »Je näher wir der Sonne kommen, desto kälter wird es. Meine Leute würden die Welt nicht mehr verstehen, das ist sicher.«

Schon bald stand ihnen der Sinn nicht mehr nach leichtem Geplänkel. Je kälter es wurde, desto schweigsamer gaben sie sich. Die Ford kletterte Fuß um Fuß, die drei Triebwerke erbrachten Höchstleistung. Durch kaum sichtbare Risse und Nietenbohrungen drang Luft in die Kabine, so kalt und schmerzhaft wie dünne Messerklingen. Das Gewitter, dem sie ausgewichen waren, lag weit unter ihnen. Hin und wieder leuchtete es dort unten rot, orange oder strahlendweiß auf.

Der Himmel über ihnen verfärbte sich zu einem tiefen Rot, das in weiter Ferne stahlblau wurde. Man hatte den Eindruck, der Horizont läge Tausende von Meilen weit weg.

In dieser Höhe waren sie ganz allein, ein kleiner Metallkörper, der sich stöhnend und ächzend Meter um Meter hocharbeitete. Zum vierten Mal überprüfte Indy das vordere Maschinengewehr. Sollte eines der beweglichen Teile festfrieren, fiel die Waffe aus. Als er sich umdrehte, sah er Chino mit gespreizten Beinen auf dem Boden liegen und sich mit einer Hand an der Rückenlehne festhalten.

»Chino!« rief Indy indigniert.

»Ähm, ja, höre Sie ... Wer ... was ... Welt zittert ... kann die Sterne ... sehen ...« Zum Teil wurde das, was der Indianer sagte, von Windgeräuschen verschluckt.

»Kümmern Sie sich *sofort* um diese verdammte Rothaut!« brüllte Cromwell so laut, daß ihnen die Ohren klingelten. »Er kriegt nicht genug Sauerstoff! Schnell, *schnell*, macht hin!« Indy stürmte nach hinten, bückte sich und warf einen Blick auf Chinos Sauerstoffstand. Die Flasche war noch fast voll. Gerade als Chino im Begriff war, das Bewußtsein zu verlieren, entdeckte Indy den Fehler. Ohne daß er es bemerkt hatte, mußte er an das Rädchen gekommen sein, das die Luftzufuhr regulierte. Wenn Indy nicht schnell reagierte, drohte sein neuer Freund zu ersticken. Mit der einen Hand drehte er den Hahn auf, mit der anderen schüttelte er Chino.

»Sprechen Sie mit mir«, rief er. »Zählen Sie bis zehn, *jetzt* sofort!«

»Hm, mache ich, zwei, vier, nein ...« Träge schüttelte er den Kopf. Indy blickte ihm in die Augen, die langsam zu leuchten begannen. Und dann war alles überstanden. »Bin in Ordnung, danke, Indy ...«

»Zählen Sie weiter!«

Chino folgte seiner Aufforderung. »Prüfen Sie Ihre Waffe«, ordnete Indy an und tätschelte seinen Arm. »Wir müssen uns von jetzt an alle fünf Minuten in Verbindung setzen. Das gilt auch für Sie, Gale.«

»Ich kann fast nichts mehr sehen«, sagte sie. Ihrer Stimme entnahm er, daß sie Schmerzen hatte.

Er kontrollierte ihre Sauerstoffversorgung. Alles war in Ordnung. Die Maske saß richtig. »Ihre Brille! Sie müssen die Brille aufbehalten. Ihre Augen tränen, und die Tränen frieren sofort an den Lidrändern fest. Gale, hier ...« Er zog ihre Brille hinunter. »Sie dürfen sie nicht mehr verrücken, sonst frieren Ihnen die Augäpfel ein.«

»Gott, das tut so weh. Ja, jetzt ist es gut.« Sie wehrte ihn mit der Hand ab. »Gleich bin ich wieder in Ordnung.«

Cromwell und Foulois waren vorn im Cockpit besser gegen die Kälte geschützt, weil dort heiße Luft von den Motoren durch schmale Schlitze an ihre Füße strömte.

»Achtundzwanzigtausend«, rief Foulois nach hinten. »Wir setzen Eis an.«

Womit er recht hatte. Ein Blick nach draußen genügte, um zu erkennen, daß sich auf den Triebwerkstützen, den elektrischen Zuleitungen und außen an den Kabinenfenstern Eis bildete. Drinnen konnten sie das Heulen des antarktischen Windes hören, der über den Flugzeugrumpf strich.

Indy, Gale und Chino hatten alle Mühe, sich warm zu halten. Mit kreisenden Armen und ab und an in die Hände klatschend, marschierten sie auf und ab. Wann immer sie ihre Waffen inspizierten, mußten sie ihre Körper dem eisigen Wind aussetzen, der durch die Luken pfiff. Inzwischen war die Temperatur auf fünfundfünfzig Grad unter Null gesunken. Die Ford glich einem nach oben strebenden Eispflock.

»Neunundzwanzigtausend«, verkündete Cromwell. Seine Stimme klang müde. »Ist wieder an der Zeit, die Sauerstoffflaschen zu kontrollieren. Meldet euch, wenn ihr fertig seid.«

Mit langsamen Bewegungen und steifen Gliedern folgten sie der Anweisung des Piloten.

»Die Instrumente frieren langsam ein«, merkte Foulois an.

»Faszinierend, daß die Triebwerke weiterarbeiten«, murmelte Cromwell, »obwohl die Temperatur im Keller ist.«

Chinos Stimme riß die beiden Männer aus ihren Gedanken. »Wir brauchen nicht weiter hoch«, meldete er.

»W-w-warum nicht?« stotterte Gale.

»Piloten, zu unserer Linken, etwa zwei-, dreitausend Fuß unter uns ist es.«

Die Männer im Cockpit richteten ihre Augen nach links und fixierten das große Luftschiff, dessen metallische Hülle das Sonnenlicht reflektierte.

»Gott sei Dank, daß sie unter uns sind«, flüsterte Cromwell. »Ich glaube nicht, daß aus dem alten Mädchen hier noch viel rauszuholen gewesen wäre. In Horizontalflug, Rene. Sachte, sachte ... Nein, nein, nicht drosseln. Wir brauchen jede uns zur Verfügung stehende Pferdestärke. Indy, hören Sie mich?«

»J-ja. Fahren Sie fort.«

»Wir haben Gesellschaft, Junge. Schauen Sie nach hinten, sehen Sie den Zeppelin? Sehen Sie, was ich meine?«

»Hm ... nein ... nein ... doch, jetzt sehe ich sie, Will.« Unter ihnen hatten die Scheiben für einen Sekundenbruchteil aufgeleuchtet.

»Sind drei Stück«, gab Cromwell durch. »Wir sollten uns auf einen Besuch einstellen.«

»Meine ich auch. Gale, Joe ... an Ihre Waffen. Bestätigung.«

»Ich bin in Position. Angeschnallt. Sauerstoffvorrat siebzig Prozent. Rad voll aufgedreht.« Gale faßte sich der Situation entsprechend kurz.

»Jetzt bin ich dran«, meldete Chino sich.

»Wie steht es bei Ihnen?«

»Fünfundsechzig Prozent Sauerstoff. Indy?«

»Ja?«

»Hier draußen ist es *kalt*.« Chinos Kopf und Schultern waren dem Wind voll ausgesetzt.

»In ein paar Minuten wird Ihnen warm werden, darauf wette ich, Freundchen«, rief Cromwell Chino zu. Dann: »Indy, sind sie immer noch in Ihrem Blickfeld?«

»Ja, Will.«

Die Piloten beschrieben eine abfallende Kurve und hielten auf das Luftschiff zu. »Jetzt wird es wichtig, Indy«, fuhr Cromwell fort. »Achten Sie auf die Untertassen. Die sind gleichzeitig überall. Außerdem sind sie ziemlich leicht und dadurch schnell und äußerst beweglich.«

»Indy, Rene hier. Der Engländer hat recht. Sie sind beweglich, können aber nicht gut manövrieren. Sehen Sie, wie sie sich drehen? Sehen Sie das?«

Indy beobachtete, wie die flachen Scheiben sich ihnen kreiseziehend näherten. *Die beiden hatten recht.* Bei normalen Luftverhältnissen konnten sie sich prima fortbewegen, aber hier oben, in der dünnen Luft, fiel ihnen die Steuerung schwer.

»Will, was werden die Ihrer Meinung nach machen?«

»Direkt von unten können sie sich uns nicht nähern«, antwortete Cromwell wie aus der Pistole geschossen. »Falls sie das versuchen, ziehen sie über oder sacken ab. Und sie können keine Kurven fliegen, uns also nicht verfolgen. Die erinnern mich an gestrandete Fische. Insofern haben wir etwas Spielraum.«

»Indy, Rene hier. Ich glaube, daß sie von hinten kommen werden. Zu zweit. Sie gehen rauf und greifen von hinten an. Und zwar mit voller Geschwindigkeit, sonst funktioniert es nicht.«

»Sie sagten zwei. Was ist mit der dritten Untertasse?«

»Wird uns von vorn angreifen.«

»Joe, hören Sie mich?« rief Cromwell.

»Ja.«

»Wenn sie sich von hinten nähern, ziehe ich das Bug nach rechts. Dann können Sie einfach zielen und diese Mistdinger abknallen.«

»In Ordnung.«

»Nicht so schnell. Sie müssen aber trotzdem aufpassen, verstanden?«

»Nein.«

»Sie müssen aufpassen, daß Sie nicht unseren Arsch wegschießen, haben Sie verstanden? Ist das klar?«

»Ja, habe verstanden. Sagen Sie ihnen, daß sie sich beeilen sollen. Ich erfriere gleich.«

»Ich werde denen ein Telegramm zukommen lassen, Joe.«

»Indy, gleich nachdem wir nach rechts gezogen sind, müssen wir vorn runtergehen«, rief Foulois. »Das verschafft Ihnen die Möglichkeit, die andere Scheibe abzuknallen. Gale Parker, die, die von vorn kommt, *muß* unter uns durch. Sie werden nur einen kurzen Augenblick haben, um auf sie zu schießen. Also, sie kommt unter ihnen vorbei, weil sie nicht aufsteigen kann, kapiert?«

»Damit ist das Nähkränzchen aufgelöst, meine Damen!« rief Cromwell. »Da kommen sie!«

Die Scheiben zogen einen Schwanz aus schwarzem Rauch hinter sich her, als sie auf die Ford zuhielten. »Bereit halten ...«, ordnete Cromwell an. »Paßt auf die beiden hinteren auf!«

Chino sah ein Blitzlicht, das von der ersten Scheibe ausging. »Sie schießen!« informierte er die anderen.

Cromwell legte eine Hand ans rechte Ruderjoch und zog damit den Bug nach rechts und das Heck nach links. Mit seinem Manöver sorgte er dafür, daß Chino auf ihre Gegner feuern konnte. Alles, was sie dem Indianer übers Schießen erzählt hatten, war in diesem Moment vergessen. Er zielte einfach, legte den Finger auf den Abzugshahn und drückte ab. Die Leuchtfeuermunition beschrieb einen Bogen, die Kugeln sausten durch die Luft.

»Nur kurze Salven!« brüllte Indy ihm zu, doch seine Stimme ging im Lärm des Maschinengewehrfeuers unter. Kugeln bohrten sich in die rechte Tragflächenspitze der Ford, rissen das Metall auf. »Getroffen! Getroffen!« rief Chino. »Ich habe sie erwischt! *Hurra!*«

Die Glaskuppel der Scheibe war getroffen worden. Flammen züngelten hoch. Anscheinend hatte er auf das Cockpit gezielt und einen Treibstofftank erwischt. Der gegnerische Pilot gab sich alle Mühe, aufzusteigen und zu entkommen, wohl wissend, daß sein Partner die Ford von vorn angreifen würde. Aber da stark böiger Wind ins Cockpit drang und die Scheibe lichterloh brannte, verlor er an Höhe und sank ab – *die Scheibe* drohte jeden Moment, mit der dreimotorigen Ford zusammenzustoßen.

»Nach links! Nach links ziehen!« rief Indy. »Abtauchen! Der dort oben verliert die Konrolle und wird jeden Moment auf uns draufknallen!«

In dieser Höhe war es ziemlich gefährlich, so ein Ausweichmanöver durchzuziehen, aber den beiden Piloten blieb keine andere Wahl. Kurz nach Indys Warnung zog Cromwell den Bug nach links. Die rechte Tragfläche zeigte nun nach oben, und das Flugzeug beschrieb eine steile Abwärtskurve. Trotz der laut dröhnenden Triebwerke des Flugzeuges hörten sie ein seltsames Geräusch. Allem Anschein nach konnte die Untertasse nicht mehr gesteuert werden. Heftig schlingernd und trudelnd sauste sie durch die Luft, züngelnde Flammen und graue Rauchschwaden hinter sich herziehend, und zischte ganz dicht unter der rechten Tragfläche der Ford hindurch. Durch die veränderten Luftverhältnisse hatte man in der Ford den Eindruck, jemand schiebe mit starker Hand das Flugzeug unsanft beiseite. Cromwell und Foulois rissen an den Rudern und Drosselklappen und sorgten dafür, daß die Ford nicht vom Kurs abkam. In dieser Höhe konnte sich jede kleine Abweichung als tödlicher Fehler erweisen. Wenige Minuten später hatten sie es geschafft: Das Flugzeug befand sich wieder im Horizontalflug.

Dann schüttelte eine Maschinengewehrattacke die Ford durch. »Unter uns!« rief Gale in ihr Mikrofon. Da sie auf dem Boden lag und zur Luke hinausschaute, konnte sie sehen, wie die Scheibe sich ihnen von unten näherte. Ohne zu zögern, zielte sie und feuerte in einer Art Rundumschlag in alle Richtungen. Aber die Scheibe überholte die Ford und scherte nach links aus, um der dritten Untertasse, die silbern im Sonnenlicht funkelte, die Bahn freizumachen.

»Feuer eröffnen!« rief Cromwell Foulois zu. »Jagen Sie ihm wenigstens einen ordentlichen Schrecken ein!«

Aus den beiden unter den Tragflächen angebrachten Maschinengewehren spritzte die Munition. Gleichzeitig konnten sie im Cockpit sehen, wie der Gegner ebenfalls das Feuer eröffnete. Die Untertasse näherte sich ihnen mit verblüffender Geschwindigkeit. Bevor sie reagieren konnten, ging ein Kugelhagel auf der rechten Tragfläche nieder und wanderte blitzschnell zum Cockpit.

Die Ford erzitterte, als wäre sie mit einem Lastwagen zusammengestoßen. »Die Rakete! Unter der rechten Tragfläche«, meldete Indy. »Sie ist weg!« Während des Angriffs war die Raketenhülle unter der rechten Tragfläche beschädigt worden und abgebrochen. Doch sie hatten Glück im Unglück gehabt: Der Sprengkopf war nicht getroffen worden, sonst wären sie jetzt alle tot. Unter ihnen explodierte die Rakete.

»Will, fliegen Sie auf das Luftschiff zu!« befahl Indy. »Wir haben nur noch drei Raketen.«

»Als ob ich das nicht wüßte«, gab Cromwell zurück und hielt schon auf das anvisierte Ziel zu. »Wir werden gleich dort sein, viel höher kann das Ding nicht mehr steigen. Sind immer noch etwa fünfzehnhundert Fuß über ihm – mein Gott ...«

Zum ersten Mal klang der Pilot betroffen. »Der arme Frenchy. Es hat ihn erwischt. Ziemlich schlimm. Überall Blut. Ist besser, wenn ihr ihn nach hinten holt, die Blutung stoppt und dafür sorgt, daß er Sauerstoff kriegt.«

»Eine Scheibe ist im Anflug!« hörten sie Chino rufen. »Hinter uns, etwas tiefer als wir. Ich kriege sie nicht ins Visier.«

»Gale!« rief Indy. »Ich kann sie sehen. Wenn ich Ihnen Bescheid gebe, dann zielen Sie parallel zum Rumpf. Das Ding müßte Ihnen dann direkt vor den Lauf fliegen.«

»Aber dann muß ich ja blind schießen!«

»Fällt Ihnen etwas Besseres ein? Jetzt vergessen Sie Ihre Bedenken und halten Sie sich bereit! Okay, jetzt kommt sie ... direkt unter uns ... und schießt ...«

Sie spürten, wie die Kugeln gegen das Heck pollerten. Cromwell riß am rechten Ruder, dann am linken, brachte die Ford zum Schlingern, damit der Angreifer kein leichtes Spiel hatte. Kreischend rollte Gale über den Flugzeugboden.

Ihre Waffe, auf einer Art Kugellagerhalterung fixiert, war schwer zu bedienen. In der bitteren Kälte hatte sich das Metall zusammengezogen und war spröde geworden. Indy rief ihr »Jetzt feuern!« zu, und sie drückte auf den Abzug. Doch das Flugzeug schwankte beträchtlich, und die junge Frau hatte große Probleme mit ihrer sperrigen Schutzkleidung. Außerdem hatte das Maschinengewehr einen Rückschlag, dem sie kaum etwas entgegensetzen konnte. Das Metall riß, die Kreuzverstrebungen brachen wie Streichhölzer, und das Maschinengewehr fiel aus der Luke.

Gale erhaschte einen Blick auf die funkelnde Scheibe und die Waffe, die nach unten stürzte. Fassungslos beobachtete sie, wie das Gewehr durch die Kuppel donnerte und den Piloten erschlug. Die Untertasse geriet außer Kontrolle und trudelte in Richtung Erde. Wie ein wirbelnder Derwisch sauste sie nach unten, einen Feuerschweif hinter sich herziehend.

»*So helft mir doch*! HILFE!«

Gales Stimme ... in seinem Kopfhörer. Indy schaute nach hinten. *Gale war nicht mehr zu sehen.* Zum Glück steckten ihre Füße noch in den Sicherheitslaschen, aber ihr Körper hing aus dem Flugzeug im eisigen Wind.

Der Luftstrom schien sie immer wieder gegen den Flugzeugrumpf zu schlagen. Indy krabbelte zu ihr vor und sah, daß auch Chino sich aufgemacht hatte, ihr zu Hilfe zu eilen. In diesem Moment sackte die Ford ein paar Meter ab. In ihren behäbigen Schutzausrüstungen und mit den schweren Sauerstoffflaschen auf dem Rücken war es ihnen nicht möglich, zu Gale vorzustoßen. Wieder rief sie verzweifelt um Hilfe.

Da reagierte Indy instinktiv. Es gab nur eine Chance, sie zu retten. Er suchte den Reißverschluß seines Schutzanzuges, zog ihn ganz runter und wickelte die um die Taille geschlungene Peitsche ab. Er wußte, daß das der wichtigste Augenblick in seinem Leben war, jetzt durfte einfach nichts schiefgehen. Vorsichtig abschätzend, hielt er sich an einer Strebe fest und zückte die Peitsche. Das vordere Ende wickelte sich um Gales rechten Knöchel. Indy klammerte sich fest und hielt sie mit aller Kraft.

»Joe! Ich kann sie ein paar Minuten halten! Kriechen Sie zu ihr!« Im selben Atemzug: »Halten Sie durch, Gale ...«

Sie rief ihm etwas Unverständliches zu. Falls sie ihn verfluchte, konnte er es ihr nicht verdenken. *Halten Sie durch?* Wie denn – was redete er nur für einen Mist?

Auf allen vieren kroch Chino über den Kabinenboden. Obwohl er sich beeilte, schien es, als bewege er sich im Zeitlupentempo. Gales Körper wurde heftig hin und her geschleudert. Die letzten beiden Sicherheitslaschen rissen. Jetzt hing ihr Leben am seidenen Faden, oder besser gesagt, an Indys Peitsche. Die Zeit arbeitete gegen sie.

Chino streckte die Hand aus, bekam ihr Bein zu fassen und zog sie, von Indy unterstützt, der an der Peitsche riß, nach oben. Als ihr Unterkörper wieder im Flugzeug war, legte Chino den Arm um ihre Taille und rollte sich dann von der todbringenden Öffnung der Luke weg.

Taumelnd stieß Indy zu ihnen, fiel auf die Knie und griff nach Gales Schutzanzug. Zusammen mit Chino stellte er sie auf und brachte sie in Richtung Cockpit.

Ihr Gesicht war blutverschmiert. Unter den roten Schlieren war ihr Gesicht weiß und durchscheinend. Die Kälte hatte ihr schwer zugesetzt. »Sauerstoff!« rief Indy geistesgegenwärtig. »Schnell! Sie hat ihre Flasche verloren. Chino, holen Sie Ersatz!«

Um die Zeit zu überbrücken, atmete Indy tief ein, hielt den Atem an und schraubte Gales Schlauch an seiner Flasche fest. Sofort wurde ihm schwindelig. Gegen die Ohmmacht ankämpfend, schnallte er die Flasche an Gales Taille fest. Im nächsten Augenblick tanzten schon weiße Fünkchen vor seinen Augen, doch dann kam Chino und versorgte ihn mit Sauerstoff aus der Ersatzflasche.

»Joe, gehen Sie nach vorn. Versuchen Sie, Rene nach hinten in die Kabine zu schaffen. Gale wird es gleich wieder gutgehen. Aber achten Sie darauf, daß Rene mit Sauerstoff versorgt wird. Und stoppen Sie die Blutung, Gale wird Ihnen gleich helfen, sie wird wissen, was zu tun ist.«

Joe folgte seinen Anweisungen. Indy legte Gale die Hand aufs Gesicht. Wie eine Ertrinkende griff sie nach ihm. »Ist schon gut. Ich bin gleich wieder okay. Helfen Sie mir beim Aufstehen, dann kann ich mich um Rene kümmern.«

»Indy! Will hier. Kommen Sie nach vorn. Joe kümmert sich um Rene. Ich brauche Sie jetzt!«

Indy zwängte sich an Chino vorbei, der Rene nach hinten in die Kabine brachte, und setzte sich neben Cromwell. »Sagen Sie mir, was ich tun soll«, sagte er zu Cromwell.

»Sie haben beschlossen zu fliehen«, erklärte Cromwell ihm.

»Sehen Sie die dritte Untertasse, die hinter uns her war? Ist jetzt direkt hinter dem Luftschiff und versucht, wieder an Bord zu gehen. Das ist eine ziemlich dumme Idee, das kann ich Ihnen versichern.«

Cromwell verlangte der Ford alles ab und holte an Geschwindigkeit raus, was rauszuholen war. »Warum ... ich meine, warum denken Sie das?« stammelte Indy.

»Warum? Dieser Pfannkuchen kann in dieser Höhe nicht langsamer fliegen«, führte Cromwell aus. »Das haben wir doch gerade erlebt. Das Ding ist ungefähr dreihundert Meilen schneller als der Zeppelin. Wird durch das Luftschiff durchsausen und hat keine Möglichkeit, seine Geschwindigkeit zu reduzieren. Falls ich mich nicht irre, wird das Luftschiff den Pfannkuchen anweisen, sich fernzuhalten. Wenn er dieser Aufforderung nicht nachkommt, werden sie ihren eigenen Mann abknallen.«

»Na gut. Und was soll ich tun?«

»Indy, mein Junge, es schmerzt mich, Ihnen das sagen zu müssen, aber wir haben nur einen Versuch, dieses Luftschiff vom Himmel zu holen. Werfen Sie einen Blick auf die Meßgeräte, die zum rechten Triebwerk gehören.«

»Welche ...«

»Die, auf denen eine Drei steht. Der Öldruck, Junge. Der fällt und fällt. Und das werden wir auch, und zwar in dem Moment, wo das Triebwerk seinen Geist aufgibt. Also muß ich das verhindern, oder wir können mit einem schönen Feuerchen rechnen. Werfen Sie einen Blick unter die rechte Tragfläche, Indy.«

»Ich sehe, was Sie meinen.« Mit großen Augen betrachtete Indy die schwarzen Schlieren, die an der Unterseite des Triebwerks und der Tragfläche klebten. »Haben also was abgekriegt. Wahrscheinlich als die Rakete abfiel. Okay, dann schnappen wir uns den Zeppelin, Will. *Jetzt!*«

»Ja, so steht es mit unseren Karten, mein Junge. Sehen Sie diesen roten T-Griff in der Mitte des Instrumentenbrettes?«

Indy beugte sich vor und streckte die Hand nach dem Griff aus.

»Nein, nicht!«

»Was ...«

»Noch nicht, noch nicht. Wenn Sie diesen Griff runterdrücken, lösen Sie die Raketen unter der linken Tragfläche. Alle drei werden gleichzeitig abgeschossen. Ich sage Ihnen, wann es soweit ist. Dauert nicht mehr lange, und ... sehen Sie sich diesen Idioten an!«

Die Untertasse näherte sich dem Luftschiff von hinten. Das Schauspiel dort draußen erinnerte an eine Pistolenkugel, die auf ein schwerfälliges, riesiges Tier zuhält, das verzweifelt zu entfliehen versucht. »Sehen Sie die Landeplattform? Funktioniert in angemessener Höhe prima, aber hier oben eben überhaupt nicht.«

»Ja, das sehe ich«, sagte Indy. »Das Ding kann wirklich nicht langsam fliegen.«

»Da haben Sie recht. Falls ich mich nicht irre, werden sie versuchen, das Heck rüberzuziehen und hoch und ... sieh einer an!«

Die Distanz zum Luftschiff hatte sich beträchtlich verringert, so daß sie einen sehr guten Ausblick auf das Geschehen hatten. Der Pilot der Untertasse versuchte verzweifelt, ins Mutterschiff zurückzukehren. Dunkler Rauch stieg auf, als er die Fluggeschwindigkeit zu drosseln und auf der Rampe zu landen versuchte.

»Falls ich mit meiner Einschätzung richtiglag, geht es jetzt los«, sagte Cromwell.

Die Scheibe begann zu schwanken, sich um die eigene Achse zu drehen. »Er schafft es nicht!« rief Indy aufgeregt.

»Gott, ja«, murmelte Cromwell. »Ah, der Boden fällt raus.«

Die Scheibe versuchte, das Manöver des Luftschiffes nachzuvollziehen, genau wie Cromwell vorausgesagt hatte. Aber beide machten einen Fehler. Die Scheibe, die nicht in der Lage war, Höhe und Kurs zu halten, wurde abgetrieben und streifte das untere Vertikalruder des Luftschiffes. Das Ruder zerbrach und trudelte der fünf Meilen unter ihnen liegenden Erde entgegen.

»Eine bessere Chance kriegen wir nicht«, schätzte Cromwell die Lage richtig ein. »Wir müssen jetzt angreifen, bevor unser Triebwerk ausfällt.«

»Wie lange ... wie lange wird es noch mitspielen?« fragte Indy nach.

»Ich bringe uns jetzt in Position. Wir müssen unbedingt von vorn angreifen. Und uns bleibt nur ein einziger Versuch. Wir tauchen ab, und zwar in einem Winkel, der von Vorteil ist. Sie drücken auf den Griff und werfen die Raketen ab. Beginne jetzt mit der Drehung.«

Das Luftschiff war ein monströser Gegner. Wer immer es steuerte, erkannte, was der Ford-Pilot vorhatte, denn auf einmal zog der Zeppelin einen dunklen Rauchschweif hinter sich her. »Holt aus dem Ding raus, was rauszuholen ist, Indy. Halten Sie sich bereit. Jetzt oder nie.«

Alle Gedanken an die bittere Kälte, das kaputte Triebwerk, die Anstrengungen, die sie auf sich genommen hatten, waren mit einem Mal vergessen. Jetzt ging es allein darum, das Luftschiff zu zerstören. Je weiter Cromwell mit der Ford hinunterging, desto größer wurde der Zeppelin unter ihnen. Das Pfeifen des Windes schwoll an. Und plötzlich spürten sie wieder die Kälte, die durch die Einschlaglöcher in der Windschutzscheibe drang und sich wie spitze Pfeile in sie bohrte.

Die Ford wurde immer schneller, Cromwell gelang es in der dünnen Luft nicht, die Abtauchgeschwindigkeit zu drosseln. »Sie schießen auf uns!« rief Indy. Schon vorhin waren ihm diese dunklen Flecken auf dem Zeppelin aufgefallen, aber erst jetzt erkannte er, um was es sich dabei handelte. Maschinengewehre, die obenauf montiert waren! Leuchtspurgeschosse tanzten durch die Luft und schienen sich zur Ford hochzuschlängeln. Dann spürten sie, wie sie von den Kugeln bombardiert wurden. Zitternd wurde die Ford zur Seite gerissen, Cromwell brachte sie aber wieder auf den alten Kurs zurück.

Und da drückte er auf den Knopf in seinem Steuerknüppel. Die Ford bebte und vibrierte, als die beiden Maschinengewehre in Gang gesetzt wurden. »Das sollte ihnen eine Lehre sein!« schimpfte Cromwell.

Das rechte Triebwerk explodierte, wodurch der Propeller rausgerissen wurde. »Das linke Ruderpedal, Indy. Treten Sie voll drauf, mein Junge, *treten Sie drauf!*«

Er folgte Cromwells Anweisung und verlagerte sein ganzes Gewicht auf ein Bein. Ihnen mußte gelingen, die Ford weiterhin auf Kurs zu halten. Jetzt sahen sie unter sich nur noch den Zeppelinrumpf, nichts anderes mehr. Die gegnerischen Maschinengewehre spuckten Munition in ihre Richtung.

»Der Griff. Gleich ist es soweit!« rief Cromwell. Indy streckte die Hand aus und hielt sich bereit.

»JETZT! RUNTERDRÜCKEN!«

Hektisch führte Indy den Befehl aus und blickte dann zur linken Tragfläche hinüber. Drei große, schlanke Raketen wurden entzündet und abgeworfen, drangen in den Rumpf des Zeppelins unter ihnen ein und verschwanden.

Auf der Hülle zeichneten sich dunkle Punkte ab. »Was, zum Teufel, ist passiert?« wollte Indy erfahren. »Es hat ja keine Explosion gegeben!«

»Das wird ...« Cromwell sprach nicht weiter, sondern konzentrierte sich voll und ganz auf das Joch. »Nehmen Sie langsam den Fuß vom Ruderpedal«, wies er Indy an. Die Ford driftete nach rechts ab. Das Luftschiff überholte sie. Im Vergleich zu dem riesigen Zeppelin nahmen sie sich wie ein Spielzeug aus. Im Vorbeifliegen erkannte Indy an der Flanke des Luftschiffes Flammen.

Neben ihm arbeitete Cromwell wie ein Verrückter, kippte Schalter um, verstellte Hebel. Er mußte die Treibstoffzufuhr des kaputten rechten Triebwerkes reduzieren. »Wir haben auch ein nettes, kleines Feuer«, merkte er mit grimmiger Miene an, bevor er die Hand ausstreckte und einen anderen Griff hinunterdrückte.

»Behalten Sie den rechten Motor im Auge«, lautete seine Anweisung.

Weißer Nebel verhüllte kurz das Triebwerk und wurde vom Wind weggetragen. »Feuerlöscher«, sagte Cromwell. »Hat es funktioniert?«

»Kein Feuer mehr sichtbar«, antwortete Indy. Das Heulen des Windes wurde von Minute zu Minute lauter. Cromwell riß das Joch zurück und stoppte damit den Steilflug der Ford. Sie gingen immer noch runter, aber nun viel langsamer.

»Sehen Sie sich das an, Junge«, forderte der Pilot Indy auf.

Inzwischen brannte das Luftschiff lichterloh. »Wie kommt das?« wollte Indy erfahren. »Das Ding ist mit Helium gefüllt, und Helium brennt nicht.«

»Richtig«, antwortete Cromwell. »Aber die haben auch eine Menge Treibstoff für diese Düsentriebwerke an Bord. Und Magnesium brennt ewig, brennt sich sogar durch Metall. Und das bedeutet wiederum, daß das Feuer bis zu den Treibstofftanks vordringt. Meiner Meinung nach haben wir gute Arbeit geliefert, weil ...«

Mehr gab es eigentlich nicht zu sagen. Das Schauspiel vor ihren Augen war der beste Beweis für die Leistung, die sie erbracht hatten. Das riesige Luftschiff explodierte, als der Treibstoff Feuer fing. Es glich einem gestrandeten Wal, der vor ihren Augen starb. Mit leisem Bedauern beobachtete Indy, wie die gegnerische Mannschaft rausgeschleudert wurde und mit wirbelnden Gliedmaßen auf die Erde zuraste.

»Brauchen Sie mich jetzt noch hier vorn?« fragte Indy Cromwell.

»Im Augenblick nicht. Wir sind unter zwanzigtausend Fuß, und ich gehe auf vierzehntausend runter. Dann können wir diese elenden Sauerstoffmasken abnehmen und wieder ganz normal atmen.«

Indy verließ das Cockpit und setzte sich hinten in die Kabine zu Foulois. Chino hielt den reglosen Franzosen in den Armen. Die Sauerstoffmaske lag nicht mehr auf seinem Gesicht, ein Beweis für das, was Indy am meisten fürchtete.

Betreten blickte er Chino in die Augen. Es bedurfte keiner Worte. Jeder wußte, daß Rene Foulois tot war.

Wortlos setzte sich Gale zu Indy. Ihm entging nicht, daß sie geweint hatte. Jetzt war sie völlig benommen, spürte nichts mehr. Rene Foulois war tot, und sie selbst waren dem Tod nur knapp entronnen. Gales Gesicht zeugte von den Schmerzen, die sie ertrug, die die Kälte ihr zugefügt hatte. Schließlich hob sie den Blick.

»Haben wir …« Ihre Stimme versagte.

»Ja«, antwortete Indy leise.

»Sie können jetzt Ihre Masken ablegen«, gab Cromwell bekannt. Sie stellten die Sauerstoffzufuhr auf Null und legten Masken und Flaschen beiseite. Da sie nicht mehr so hoch flogen, hatte sich die Temperatur auch schon zu ihren Gunsten verändert. Indy half Gale beim Ablegen der Sauerstoffmaske. Ihre Lippen zitterten. Er warf ihr einen ernsten Blick zu.

»Setzen Sie die Brille wieder auf«, riet er ihr. »Durch die Einschußlöcher dringt immer noch Wind. Und jetzt begeben Sie sich ins Cockpit.«

Sie riß die Augen auf. »Ich … ich kann nicht! Ich …«

»Doch, Sie *können*. Und Sie werden. *Sie sind Pilot*! Will braucht vorn Hilfe. Wir haben nur noch zwei Triebwerke, außerdem ist die rechte Tragfläche angeknackst. Unser Flugzeug ist ziemlich beschädigt. Darum gehen Sie jetzt nach vorn und *fliegen*.«

Eine Weile lang starrte sie Indy ungläubig an. Dann erhob sie sich und baute sich vor ihm auf. »Wissen Sie was, Professor Jones? Ich glaube, ich liebe Sie.«

Mit einer schnellen Bewegung strich ihr Mund über seine Lippen. Dann verschwand sie.

Indy lehnte sich an die Kabinenwand. Traurig betrachtete er Foulois.

»Er war ein sehr guter Mensch«, sagte Indy. »Ein Fliegeras im Weltkrieg, er hat gegen die Deutschen gekämpft. Ist schon komisch, daß er hier und jetzt sterben mußte.«

»Ist gar nicht so komisch«, erwiderte Jose Syme Chino. »Alles hat seine ganz besondere Zeit. *Und das hier war auch ein Krieg*. Eine Schlacht zwischen Gut und Böse. Genau wie das in allen bedeutenden Auseinandersetzungen der Fall ist. Dieser Mann, der Flügel hatte, für so jemanden gibt es einen ganz besonderen Platz bei den Großen Geistern.«

Indy nickte bedächtig, während sie langsam auf die Erde zurückkehrten.

»Amen«, flüsterte er.

Nachwort
Natürlich ist es wahr!

Vor einiger Zeit – im Sommer 1991 – wurde ich vom Institute of Advanced Learning in Lincoln, Nebraska, als Gastredner geladen. Gar nicht so unvorhersehbar, erregte ein Thema bei den zahllosen Zuhörern größtes Interesse: Eine seriöse Studie über UFOs. Als nach dem Vortrag die Möglichkeit bestand, dem Sprecher alle möglichen Fragen zu stellen, auf die bislang noch niemand Antworten gegeben hatte, wurde mir die unausweichliche Frage gestellt: Hatte ich jemals ein UFO gesehen? Und wenn ja, wie hat es ausgesehen, und wie hat es sich verhalten?

Wie ich zugeben muß, spannte ich meine Zuhörer auf die Folter. Wie die meisten Menschen habe ich ein Leben lang UFOs gesehen, aber bei diesem Thema beziehe ich immer ganz *besonders* deutlich Stellung. Mit anderen Worten, hin und wieder habe ich *etwas* am Himmel gesehen, das ich nicht identifizieren konnte: ein Licht, das für einen Sekundenbruchteil aufleuchtete, einen farbenprächtigen Lichtstrahl, ein physisches Objekt, das zu weit weg war, um es genau erkennen zu können. Das Objekt, das ich gesehen habe, war einfach nicht zu identifizieren. Nicht gerade eine sehr aufregende Geschichte.

Und so erzählte ich meiner Zuhörerschaft von einer völlig unglaublichen Beobachtung, die ich vor ein paar Jahren gemacht hatte, einer Beobachtung bei Tageslicht, bei absolut hervorragenden Sichtverhältnissen, begleitet von rollendem Donner, als wäre das Ende aller Tage nah.

»Es handelte sich um ein mir vollkommen fremdes Flugobjekt«, verriet ich. »Es war wirklich unglaublich. Fast eintausend Fuß lang! Segelte in einer Höhe von fünfzehnhundert, vielleicht zweitausend Fuß Höhe am Himmel vorbei. Mit dieser Größe gelang es ihm, die Sonne teilweise zu verdecken. Das Flugobjekt bewegte sich mit einem tiefen Brummen vorwärts, das Vögel und andere Tiere erschreckte und in die Flucht schlug. Es war silbern, wunderschön anzusehen, einzigartig, und ich blickte ihm hinterher, bis es am Horizont verschwand.«

Nun, nicht viele Leute schenkten meiner Ausführung Glauben. Um ehrlich zu sein, ich bezweifle, daß auch nur ein einziger Zuhörer ein Wort von dem glaubte, was ich gerade geschildert hatte. Ich bat um Handzeichenmeldung, weil ich wissen wollte, wer das, was ich erzählt hatte, für wahr, für echt hielt.

Niemand streckte die Hand hoch. Obwohl ich mir alle Mühe gegeben hatte, glaubte mir keiner. Da entschied ich, meine »Glaubensbombe« abzuwerfen.

»Ich kann nicht verstehen, warum Sie das, was ich Ihnen gerade vorgetragen habe, als phantastisch ansehen und daher als unglaubwürdig abtun. Was ich gesehen habe, haben Millionen andere ebenfalls gesehen. Ich stand neben der USS *Akron*, dem Schwesterschiff der USS *Macon*, beides große Luftschiffe der United States Navy, die seit Anfang der dreißiger Jahre im Einsatz sind. Und natürlich *erschien* mir dieses riesige Luftschiff, hinter dem die Sonne verschwand, fremdartig, außerirdisch, zumal ich so ein Luftschiff bis dahin noch nie zu Gesicht bekommen hatte und von der Existenz der beiden nichts wußte!«

Daß der Vorfall mehr als sechzig Jahre zurücklag, tat nichts zur Sache.

Es handelte sich um einen dieser seltenen Augenblicke, wo die Wahrheit sonderbarer anmutet als die Fiktion. Und jener Moment, zusammen mit anderen, wie beispielsweise damals, als ich mit einem Düsenjet andere Flugobjekte am Himmel verfolgte, die ich nicht einholen und deshalb auch nicht identifizieren konnte, kamen mir wieder in den Sinn und erleichterten mir die Entscheidung, daß in INDIANA JONES UND DIE HYÄNEN DES HIMMELS alles, was auf den ersten Blick exotisch, wunderbar, außerordentlich und *unmöglich* erscheint, auf harten Fakten, auf Realität basieren sollte und somit zu beweisen sein müßte.

In Luftschiffen, diesen aufgeblasenen, behäbigen Zigarren, aus Leintüchern, Seilen und klobiger Ausrüstung zusammengebastelt, steigen die Menschen schon seit länger als einem Jahrhundert in die Luft. Manche bewegten sich nur deshalb fort, weil Männer wie verrückt in die Pedale traten, die in diesem Fall nicht Räder, sondern Propeller antrieben. Andere griffen beim Antrieb auf gefährliche, mit Benzin betriebene Motoren zurück, die den Hang hatten, während des Fluges in Flammen aufzugehen und zu explodieren, und damit vielversprechende Karrieren *endgültig* beendeten. Gewaltige Luftschiffe, vor allem die in Deutschland gebauten Zeppeline, erwiesen sich in den Jahren 1914 bis 1918 als großer Erfolg. Mit ihnen bombardierten die Deutschen britische Städte, und die Zeppeline selbst wurden im Gegenzug von Jagdflugzeugen abgeschossen.

Die deutsche L-35 leitete eine neue Ära ein, indem sie einen Albatros D-111 Jagdflieger emporhob und ihn später zum Schutz »abwarf«, vergleichbar einem behenden Adler, der einem riesigem, aber plumpem Huhn Deckung bot. Kurze Zeit später trugen britische Luftschiffe Jagdflieger mit sich, die sie während des Fluges freigaben und danach wieder aufnahmen – dies diente als Vorlage für die Geschichte, die in diesem Buch erzählt wird. Und vor knapp fünfundsiebzig Jahren konnte die deutsche L-53 schon auf eine Höhe von einundzwanzigtausend Fuß aufsteigen.

Nach dem Kriegsende im Jahre 1918 wurden Luftschiffe größer, schneller, verfügten über mehr Leistung und stellten sich als erstaunlich *zuverlässig* heraus – diese Charaktereigenschaften wurden ebenfalls in diese Geschichte übernommen. Selbst heute fällt es einem schwer, die herausragenden Berichte über bestimmte Flugmaschinen aus vergangenen Jahrzehnten ernst zu nehmen, wie z. B. der über den deutschen *Graf Zeppelin,* der in einem Zeitraum von neun Jahren 17179 Flugstunden auf 590 Einzelflügen absolvierte. Der weltbekannte *Graf Zeppelin* flog von Europa nach Amerika, nach Südamerika und in den Mittleren Osten, überquerte die Arktis, was für die Passagiere sicherlich ein aufregendes Abenteuer gewesen sein mußte, und flog dann einmal um die Welt, ein Ereignis, das uns heute noch wie ein Traum vorkommt. Bevor der *Graf Zeppelin* nach neun Dienstjahren aus dem Verkehr gezogen wurde, hatte er mehr als vierunddreißigtausend Passagiere sicher und bequem transportiert.

Also, was Sie auf den letzten Seiten über ein großes Luftschiff und die Flugmaschinen erfahren haben, die es transportierte, »ausspuckte« und wieder aufnahm, wird durch zahlreiche Belege in der Geschichte der Luftfahrt untermauert.

ABER – DÜSENTRIEBWERKE IN DEN DREISSIGER JAHREN?

Wenn man in Büchern über die Geschichte der Luftfahrt stöbert, dicke Enzyklopädien wälzt oder Ausstellungen mit dem Thema Luftfahrt besucht, erfährt man unter aller Garantie, daß das erste Düsenflugzeug im August 1930 abhob. Das war eine Heinkel He-178, wieder aus Deutschland, und dieses Flugzeug stellte einen Höhepunkt dar, was den Fortschritt in der Luftfahrt anbelangte.

Dabei war dieses Flugzeug nicht das erste, das mit Düsenantrieb flog – auch dies eine Tatsache, die in diesem Buch zur Geltung kommt. In Wirklichkeit startete so eine Maschine zum ersten Mal *dreißig Jahre früher.* Der Franzose Henri Coanda startete von einem Flugplatz in Issy-les-Moulineaux. Man schrieb das Jahr 1910, und Henri Coanda flog nicht nur zum ersten Mal in einem Düsenflugzeug (so kurz und desaströs dieser Flug auch gewesen sein mochte), sondern entwickelte auch das Düsentriebwerk für seinen eigenen Doppeldecker. Heute ist der zweite Doppeldecker, den Coanda gebaut hat, in einem französischen Flugzeug-Museum zu sehen. Der erste Maschinentyp dieser Art wurde 1910 im Salon Aeronautique in Paris vorgestellt.

Der Autor dieses Buches hat Henri Coanda über längere Zeit befragt, und ich darf sagen, daß es mit die schönsten Stunden meines Lebens gewesen sind, die ich mit einem der größten Luftfahrtpioniere zugebracht habe. 1904 begann Coanda, seine Ideen für einen Düsenantrieb zu entwickeln. Zu jener Zeit besuchte er die French School of Advanced Aeronautic Studies. In dieser Lebensphase entwarf er einen Düsenantrieb, den er Turbo-Propulsor nannte und in den folgenden Jahren weiterentwickelte. Sein Freund Clerget baute die Strahltriebwerke nach Coandas Entwurfsplänen, die dann in einen Doppeldecker, den Coanda ebenfalls entworfen hatte, eingebaut wurden.

Da Coanda seinen Jet im Jahre 1910 flog, ungefähr zwanzig Jahre vor der Zeit, in der unsere Geschichte spielt, bestand ausreichend Zeit, den ersten, etwas grobschlächtigen Antrieb zu modifizieren und in ein leistungsfähiges und verläßliches System für die fliegenden Untertassen umzurüsten, mit denen es Indiana Jones zu tun kriegt.

Aber wieso haben wir nicht mehr von Coanda gehört? Der Grund dafür ist, daß es ihm zwar gelungen ist, in seinem Jet zu starten, er aber eine Bruchlandung hatte. Die Manövrierbarkeit seines Flugzeuges testete er selbst. Er fuhr mit dem Coanda-Jet über den Flughafen, um die Motorleistung und die Bremsen zu überprüfen, damit der Pilot vor dem ersten Flug wußte, was auf ihn zukam. Zu Coandas Überraschung war sein Düsenantrieb wesentlich kraftvoller, als er erwartet hatte, und als er sein Ruder bewegte, züngelten Flammen aus den Düsen, die laut aufheulten. Ehe sich Coanda versah, stieg seine Maschine auf. Als der Designer durch die Scheibe blickte, sah er eine breite Wand vor sich. Verzweifelt versuchte er, die Motorleistung zu reduzieren, und riß das Steuer zurück, woraufhin der Jet in die Schräglage ging und am Boden zerbarst. Glücklicherweise wurde Coanda hinausgeschleudert und zog sich nur ein paar Blutergüsse zu, aber das Flugzeug brannte bis aufs Skelett aus.

In unserer Geschichte begegnen wir Coanda im Jahre 1910, während er noch mit der Entwicklung dieses Flugzeugtyps beschäftigt war, und dann noch mal während des Ersten Weltkrieges, als er für die französische Regierung einen Raketenwerfer entwarf. 1914 beantragte er ein Patent für seine Entdeckung. All das ist geschichtlich belegt und bildete die Grundlage für die düsenbetriebenen fliegenden Untertassen.

Ich möchte noch erwähnen, daß Coanda auch für mehrere Untertassenentwürfe verantwortlich ist, die unter der Bezeichnung Lenticular Aerodynes bekannt wurden, nachdem sie einige Jahre später der Öffentlichkeit präsentiert wurden. Und *sie funktionierten.* Also, falls der Leser daraus schließt, daß die fliegenden Untertassen in unserer Geschichte echt sind oder tatsächlich existieren könnten – *dann liegt er völlig richtig.*

Die Düsenflugzeuge in diesem Buch basieren auf Coandas Entwürfen, die 1910 getestet und 1914 patentiert wurden. Hätten die französische Regierung oder private Investoren Coandas

Arbeit unterstützt, dann wäre im Ersten Weltkrieg vielleicht mit Düsenjets und Bombern gekämpft worden. Weil aber Flugzeuge *dringend* gebraucht wurden, wußten nur wenige von Coandas verblüffenden Entwürfen, und die zuständigen Regierungsstellen mißtrauten solch revolutionären Erfindungen.

Der Coanda-Antrieb wäre für das große Luftschiff und die fliegenden Untertassen in unserer Geschichte perfekt gewesen. Er startet wie ein normaler Verbrennungsmotor, aber die Leistung kam von einem rotierenden System, das sich mit großer Geschwindigkeit innerhalb des Motors dreht. Die Drehbewegung schuf ein Teilvakuum, das große Mengen Luft ansaugte. Dann gelangte die Luft in den Kompressor, wurde mit Benzin vermischt und entzündete sich dann, so daß eine Art Dauerexplosion entstand, wodurch weitere Propeller in Gang gesetzt wurden und sich der Luftzustrom erhöhte. Die Sauerstoff-Benzin-Mischung wurde verdichtet, die Temperatur innerhalb des Motors erhöht, und heißes Gas drang mit ungeheurer Geschwindigkeit aus den Turbinen. Und damit sind wir zum Kern vorgestoßen – es handelte sich nicht nur um einen funktionsfähigen Düsenantrieb, sondern um einen, der seine Leistung erhöhte, je schneller er arbeitete. Und je schneller die Maschine flog, desto mehr Leistung war vorhanden – damit haben wir einen Motor, der für das Luftschiff und die Untertassen perfekt war.

Natürlich gab es immer noch Probleme mit der Balance und der Kursbeibehaltung der Untertassen, aber dafür lieferte wieder Henry Coanda eine Lösung, die unter der Bezeichnung Coanda-Effekt bekannt wurde. Der Franzose bewies, daß solch eine flache Rumpfform bewegt werden kann, indem man im Randgebiet des Gasstrahls als Störkörper eine kleine bewegliche Klappe anbringt, die eine Richtungsänderung des Gasstrahls hervorruft. Er entwarf eine Aerodyne Maschine, die durch diesen Effekt ein Teilvakuum über einer Tragfläche (oder einer Scheibe in Form einer Tragfläche) produzierte. Wenn unter der Scheibe normale Druckverhältnisse herrschen, entsteht eine starke Auftriebskraft. Später baute Coanda sein System in eine richtige Scheibe ein, die ihm – wie er es nannte – eine dreidimensionale Antriebskraft ermöglichte. Was die Balance anbetraf, verwandelte der sehr schnell kreisende Windstrom die Scheibe in einen wunderbaren Kreisel. Während des Fluges zeigte dieser Kreisel immer nach Norden, was dazu führte, daß die Scheibe sich nicht in die Kurve legte oder wie ein gewöhnliches Flugzeug kehrtmachte, sondern mit kreisenden Bewegungen durch die Luft glitt. Das Cockpit, in dem der Pilot saß, drehte sich und erlaubte dem Steuermann, immer in die gewünschte Richtung schauen zu können.

Das Ergebnis war eine fliegende Untertasse. Es dauerte viele Jahre, bis der Coanda-Effekt und Coandas einzigartiges Turbinentriebwerk gebaut und getestet wurden, aber die kanadische Regierung klemmte sich dahinter – und verfügte vor Jahren tatsächlich noch über ihre eigenen fliegenden Untertassen.

Lassen Sie uns, wenn auch nur kurz, zum Thema UFOs zurückkehren, über deren Erscheinen es in den vergangenen Jahrhunderten immer wieder Berichte gegeben hat. Wie wir auch in unserer Geschichte gezeigt haben, wurde dieses Thema häufig sehr kontrovers diskutiert. Dabei darf man nicht vergessen, daß es der Wahrheit entspricht, daß im Lauf der Zeit immer wieder seltsame und nicht identifizierbare Flugkörper am Himmel gesichtet wurden. Meines Erachtens gibt es keinen Zweifel, daß seltsame Objekte durch unseren Himmel schießen. Sehr erfahrene Menschen haben immer wieder derlei Beobachtungen gemacht, und seit dem Jahre 1947 sind UFOs auf Film aufgezeichnet, mit Teleskopen gesichtet, von

Radar aufgespürt worden, und es hat mehrere Begegnungen aus der Nähe gegeben, als bemannte Flugzeuge UFOs in der Luft begegneten.

Es mag seltsam erscheinen, daß die zuverlässigsten Berichte über diese Begegnungen der Öffentlichkeit *nicht* zur Verfügung gestellt werden. Wann immer militärische Streitkräfte ein UFO gesichtet haben, fiel dies unter die höchste Geheimhaltungsstufe. Das liegt daran, daß man keine plausible Erklärung für diese Erscheinungen findet und unsere Regierung sich dagegen verwehrt, die Existenz eines Flugobjektes zu verifizieren, das sich schneller und in größerer Höhe als unsere Flugzeuge fortbewegt.

Weil viele Berichte als lächerlich abgetan wurden, weigern sich Flugkapitäne und andere erstklassige Piloten, Kommentare über Untertassen oder andere unbekannte Flugobjekte abzugeben, vor allem wenn man sie *nicht* einem anderen Land auf dieser Erde zuordnen kann. Der Autor dieses Buches besitzt zahllose Berichte von Piloten, die erstaunliche Details über Untertassen geliefert haben, die ihnen auf Flügen begegnet sind.

Als ich der U. S. Air Force angehörte, nahm ich an einer Untersuchung über UFO-Sichtungen teil. Zu meiner Aufgabe gehörte es, mit Hunderten von Zeugen zu sprechen, die in der Luft und auf der Erde Objekte gesehen hatten, die nicht identifiziert werden konnten. Ein Großteil dieser Unterredungen erwies sich als Sackgasse. Doch ein paar hatten Hand und Fuß. Als Pilot habe ich in einem B-25 Bomber beängstigend große Untertassen verfolgt, die unseren Flugzeugen in vieler Hinsicht überlegen waren. Aber um was für Flugmaschinen handelte es sich?

Diese Frage kann ich nicht mit hundertprozentiger Sicherheit beantworten, und ich möchte keine vorschnellen Schlüsse ziehen, zumal die Informationslücke groß ist. Wir sehen uns mit einem Geheimnis konfrontiert, das, wenigstens in der Öffentlichkeit, nicht gelüftet wird. Aber das Geheimnis als solches ist real, es *gibt* seltsame und unerklärliche Flugobjekte, und mit diesem Umstand müssen wir leben. Hoffentlich erfahren wir im Lauf der Zeit genug, um verstehen zu können, was sich an unserem Himmel abspielt.

WIE STEHT ES MIT DIESEM DREIMOTORIGEN FLUGZEUG?

Es besteht ein eklatanter Unterschied zwischen der *schriftlichen Darstellung,* wie ein Flugzeug fliegt, wie es sich verhält und reagiert, und dem Erlebnis des Fliegens, wie es sich für einen Piloten darstellt. Das Schreiben ist die eine Sache, und eine Maschine wie die inzwischen veraltete dreimotorige Ford aus diesem Buch zu fliegen, ist etwas ganz anderes. Insofern ist es mir eine große Freude, dem Leser zu sagen, daß ich dieses Flugzeug tatsächlich geflogen habe und insofern weiß, wie es sich anfühlt, welche Aufgaben während des Fluges bewältigt werden müssen.

Der Autor des Buches war stolzer Besitzer einer Junkers Ju–52/3m, einem in Deutschland produzierten dreimotorigen Flugzeug, das sowohl als Transportflugzeug als auch als Bomber eingesetzt wurde. Die Junkers ist wesentlich schwerer und größer als eine Ford, aber in vieler Hinsicht sind sich die beiden Maschinen ähnlich. Außerdem hatte ich noch Gelegenheit, eine Stinson fliegen und kennenlernen zu dürfen. Nachdem ich viele Stunden im Cockpit dieser Flugzeuge verbracht habe, zolle ich diesen großartigen alten Maschinen großen Respekt. Aus Erfahrung weiß ich, daß sie unglaublich weit entwickelt und vielschichtig einsetzbar waren. Das erstaunt viele Piloten von heute. Gerade die dreimotorige Ford, um die es in diesem Buch geht, wurde bei einer Art vagabundierendem

»Luftzirkus« eingesetzt, weil sie besonders für den Tiefflug geeignet war. Die Kunststücke, die die Piloten mit diesen Maschinen vorführten, waren unter den Zuschauern besonders beliebt.

Außerdem wurden die dreimotorigen Fords bei der U.S.Army eingesetzt, und einige Flugzeuge wurden *tatsächlich* mit Maschinengewehren, Bomben und anderen Waffen ausgestattet und bei Kampfeinsätzen überall auf der Welt verwendet. Alles, was die Ford auf den vorigen Seiten geleistet hat, entspricht der Wahrheit. Wieder einmal zeigt sich, daß die Realität die Fiktion überholt.

DIE HIMMELSSTADT

Besteht die Möglichkeit, daß es so einen Ort wie die Himmelsstadt – *Acoma* – gibt? Auf den ersten Blick scheint sie eher der Phantasie als der Realität entsprungen zu sein. Eine ganze Stadt auf einem weitläufigen Hochplateau, inmitten einer kargen Halbwüste und dabei isoliert und unbekannt? Und das soll eine der ältesten und am kontinuierlichsten bewohnte Ansiedlung Amerikas sein?

Wieder befinden wir uns auf einem Terrain, wo die Fakten der Phantasie voraus sind, denn es gibt einen Pueblo mit dem Namen *Acoma,* der heute noch bewohnt ist. In dieser Ansiedlung sind die Acoma Indianer zu Hause. Acoma liegt südwestlich von Albuquerque in New Mexico, inmitten so faszinierender Landschaften wie der Laguna Indian Reservation. Dort ist auch das Elephant Butte Reservoir zu finden und südlich davon die weiten Lavafelder wie auch eine Ansiedlung mit dem eigenwilligen Namen Truth or Consequences. Noch weiter südlich sind die Zeichen der Neuzeit zu erkennen – die großen Dünen von White Sands, wo große Raketen getestet wurden. In der Gegend von Alamagordo, nahe der Stadt Trinity, wurde die erste Atombombe der Welt gezündet.

Gäbe es nicht die National Endowment of the Humanities, die 1973 einen Fonds gestiftet hat, um die Geschichte vier indianischer Stämme zu erforschen und aufzuzeichnen, wäre viel Wissen endgültig verlorengegangen. Einer dieser Stämme waren die Acoma. Seit Urzeiten glaubt dieser Stamm, daß sein Volk und sein Land unter der Erde geschaffen wurde, in einer Unterwelt namens Sipapu. Als die beiden Schwestern, Nautsiti und Iatiku aus den unterirdischen Kammern kamen und sich in die Sonne begaben, wurde der Stamm der Acoma Indianer »geboren«. Die Geister, die Acoma schützten, schufen Männer für die beiden Schwestern, um den Stamm zu gründen, der heute diesen Landstrich bevölkert, Viehzucht betreibt und den Boden beackert.

Wenn man die Geschichte des amerikanischen Herzlandes liest, wundert man sich, daß vor ein paar Jahrhunderten die Spanier hier herrschten. Historische Belege zeigen, daß Juan Ramirez, ein spanischer Priester, der im Jahr 1629 eine Expedition begleitete, die den Pueblo der Zuni-Indianer zum Ziel hatte, die Aufgabe übertragen bekam herauszufinden, was die Acoma benötigten. In der Vergangenheit hatten sich die Spanier den Acoma gegenüber sehr niederträchtig verhalten. 1599 hatte ein Expeditionsteam unter der Führung von Vicente de Zaldivar die Ansiedlungen der Acoma zerstört. Die Berichte belegen, daß die Spanier das, was sie einmal zerstört hatten, zusammen mit den Acoma wiederaufbauten. Die Stadt wurde größer und prosperierte, so daß die Indianer auf dem Hochplateau, mehrere hundert Fuß über dem kargen Wüstenboden, ein neues Acoma gründeten, mit dreistöckigen Häusern, die sich am Baustil der Spanier orientierten. Sie nahmen auch die Religion der Fremden an.

Aber schon lange vor der Ankunft der Spanier hatten viele

Generationen von Acoma Indianern auf dem Hochplateau gelebt. Vor etwa zwanzig Jahren unternahm man die ersten Anstrengungen, die Geschichte dieses Stammes aufzuzeichnen, und fand heraus, daß Acoma nur ein Name von vielen war. Die Indianer nannten sich auch Acu, Akome, Acuo, Acuco und Ako. All diese Namen beziehen sich auf die Gemeinschaft der Acoma, die auf dem großen Hochplateau lebt, an einem Ort, der übersetzt »Der Ort, der immer war« heißt.

Das erste Mal, als ich von Acoma erfuhr, war ich so überrascht und beeindruckt, daß ich mir nicht sicher war, ob das, was ich sah, wahr war. Zu jener Zeit machte ich in einer einmotorigen Maschine, einer Beech Debonair (N935T), eine Tour durch Amerika, und mein Freund und Fotograf Jim Yarnell schoß mit einer Leica wunderschöne Bilder von einer Landschaft, die nur wenige Amerikaner besucht hatten. Wir flogen über die weiten Testgebiete in der Wüste, wo Atombomben gezündet und riesige Atompilze aufgestiegen waren, kamen dann über Lavafelder, menschenleere, ausgedörrte Landstriche und plötzlich über ein Hochplateau, auf dem eine Stadt erbaut worden war! Wir kreisten über einem Ort, der, wie ich später in Erfahrung brachte, *Acoma Pueblo* hieß – *Himmelsstadt.* Die hohen, vertikal aufsteigenden Felswände, die wie undurchdringliche Befestigungsanlagen aus einem endlosen und trockenen Ozean aufstiegen, waren mehr als imposant. Zu verstehen, warum die spanischen Expeditionsteilnehmer Acoma für eine uneinnehmbare Festung hielten, fiel uns nicht schwer.

Schon bald nachdem ich Acoma aus der Luft kennengelernt hatte, bekam ich die Chance, die Stadt zu besuchen. Da uns ein Flugzeug zur Verfügung stand, erhielten wir die Erlaubnis, die Indianergebiete in dem weiten Wüstenlandstrich zu besuchen. Wir landeten auf ungeteerten Straßen und besuchten Menschen, die vor nicht allzu langer Zeit noch tapfere Krieger gewesen waren und ihre Heimat mit Waffen verteidigt hatten.

Diese kriegerischen Auseinandersetzungen liegen hinter uns. Der Acoma Pueblo blüht endlich wieder auf. Seine Geschichte ist aufgezeichnet worden, die Traditionen der Indianer sind uns glücklicherweise überliefert.

Aber lassen Sie sich nicht in die Irre führen – diese Ansiedlung ist immer noch so beeindruckend und uneinnehmbar wie zu jener Zeit, als die Spanier zum ersten Mal einen Blick auf diese alte Stadt warfen, die hoch über dem Rest der Welt thronte.